罗 明———著

战地钢琴家

浙江文艺出版社
Zhejiang Literature & Art Publishing House

图书在版编目（CIP）数据

战地钢琴家 / 罗明著. -- 杭州：浙江文艺出版社，
2025. 1. -- ISBN 978-7-5339-7841-9

Ⅰ．Ⅰ247.5

中国国家版本馆 CIP 数据核字第 2024AZ0248 号

责任编辑 罗　艺
责任校对 许红梅
责任印制 吴春娟
封面设计 象上设计
营销编辑 汪心怡
数字编辑 姜梦冉　诸婧琦

战地钢琴家

罗明　著

出版发行 浙江文艺出版社
地　　址 杭州市环城北路 177 号
邮　　编 310003
电　　话 0571-85176953（总编办）
　　　　　　 0571-85152727（市场部）
制　　版 杭州立飞图文制作有限公司
印　　刷 浙江新华印刷技术有限公司
开　　本 880 毫米×1230 毫米　1/32
字　　数 340 千字
印　　张 15.25
插　　页 2
版　　次 2025 年 1 月第 1 版
印　　次 2025 年 1 月第 1 次印刷
书　　号 ISBN 978-7-5339-7841-9
定　　价 68.00 元

目　录

第一章

一

林君离开纽约时，19岁。

前一晚，在这个即将离别的城市，林君举行了最后的告别演奏会。

那是1941年1月，此时的纽约，依然歌舞升平，欧亚大陆的战火丝毫不影响她的平静与祥和。曼哈顿那横竖交错的街道中，林君的一张张巨幅海报悬挂在高耸的楼宇上。冬日寒风肆虐的都市中，古典音乐界最大的关注点，就是这个当世最年轻的钢琴天才。

这晚，第七大道上的卡内基音乐厅艾萨克·斯特恩礼堂内温暖如春，能容纳2800人的大厅座无虚席。舞台上挂着横幅：James Lin告别演奏会。它在不住地提醒着所有观众，这是林君回国前的最后一场音乐会。明天，他就要启程回中国。

一个月前，林君开始全美告别巡演。最后一周连续在卡内基举行了七场演奏会，今天这最后一场，是与纽约爱乐乐团合作演奏贝多芬的《降E大调第五钢琴协奏曲》和格里格的《a小调钢琴协奏曲》。

音乐会已经接近尾声，格里格的钢协全曲终了。林君从钢琴前起身鞠了一躬，重又坐回琴凳，观众席如雷的掌声瞬间平息，全场重归寂静。作为林君的乐迷，他们太熟悉这个少年天才那从不拖泥带水的性格，一起等待着他的安可。今天的安可曲是拉赫玛尼诺夫的《帕格尼尼主题狂想曲第十八变奏》，那悠长宽广的旋律随即在剧场响起。

这首拉氏独有风格的变奏曲，成为林君与纽约爱乐今晚的压轴曲目，也是他回国前与纽约爱乐的最后一次合作。掌声中，林君再次从钢琴前站起来，与指挥弗兰克久久拥抱，两人的眼中都含着泪水。卡内基是林君演出最多的剧院，常驻卡内基的纽约爱乐乐团和它的常任指挥弗兰克，是与林君合作最多的乐团和指挥。

"等着你的'普二'，James。"弗兰克万分不舍。

"一定，先生。"

同样不舍的还有乐队的演奏家们，他们全体起立向林君鼓掌。

拥抱、鞠躬，在全场观众的掌声中，指挥与乐队一起撤下了舞台。

林君走到麦克风前。瞬间空旷的舞台上，聚光灯照着黑色钢琴前身着黑色燕尾服的林君，他玉树临风，略长的黑发微卷。台下是热情疯狂的观众，鼓掌声、喝彩声充斥了整个大厅，所有人都站立着，很多人热泪盈眶。在当时的古典音乐会中，只有林君的音乐会拥有这么多年轻而狂热的乐迷。此时，年轻的乐迷们疯狂地喊着林君的英文名字：James Lin。

将满20岁的林君已经成名六年。六年前，14岁的林君横空出世，他那无与伦比的音乐天赋、英俊帅气的外表，如同极强的海龙卷，在年轻人的世界掀起了古典音乐的巨浪。这几年古典音乐圈一直有一种说法：林君这个十几岁的少年，以一己之力把古典音乐推向了年轻的观众群体。

此时，林君静静地等在麦克风前，眼中含泪。记忆中，已经很久没有这样激动过，除了14岁那年的第一场个人演奏会。六年来，经历了无数次的演出，对舞台、对观众、对聚光灯下的钢琴，林君早已经习以为常。

但今天，不同。

面对台下的观众，面对熟悉的艾萨克·斯特恩礼堂，林君万分不舍，他不知道自己何时才能重回卡内基，何时才能重回这个舞台。

台下渐渐安静下来。林君开始用英语说："感谢你们，感谢你们这么多年喜欢我的演奏，也感谢你们对我的祖国的支持。明天我将要回国，但我会记得你们的热情。希望我以后还能回到这里，回到卡内基与你们相聚……"

话音未落，已经有一名乐迷手持鲜花冲了上来，接着其他的乐迷也相继上台。完全不设防的舞台迅速被乐迷和鲜花所淹没，年轻乐迷们开始拥抱他们的偶像，眼泪鼻涕肆无忌惮地擦在林君的脸上和衣服上。

林君很狼狈，虽然经历过很多次，但今天上台的人实在太多。在工作人员的帮助下，他好不容易挣脱出来，逃进后台。他抽空从人群的缝隙中往台下一瞥，果然看到他的女友岑敏敏用手挡着眼睛，心里不由得一乐。

岑敏敏就坐在第一排正中，这是她观看林君演奏会的固定座位。对于乐迷的疯狂，她早已经习惯，能做的只是闭上眼或者用手挡住，眼不见为净。

林君走进休息室，助手立即帮他整理被搞乱的衣服，洗脸后简单上妆。几分钟后，林君在掌声中上台开始独奏的安可，此时半个舞台满是乐迷们留下的鲜花。

林君的安可都是连续的，他从不每曲一一返场。而今天这场最后的告别演奏会，安可的数量也前所未有，一口气连续演奏了舒曼的《梦幻曲》、肖邦的《革命》、帕海贝尔的《D大调卡农》等六首曲子。

安可完毕，几次谢幕后，林君临行前的告别演奏会结束。

林君的乐迷们是幸运的，他们依然能再次见到偶像。音乐会一结束，林君就换了黑色的西服，坐在大厅进行签名活动，这也是他演奏会的保留程序。

以往的签名会有数量的限制，但今天这告别演奏会后的签名，林君要求彻底放开，所以签名持续了整整三个多小时。到最后，林君觉得右手已经麻木，然而他始终打起精神，微笑面对所有来要签名的观众。

现场除了观众和工作人员之外，林君音乐界的朋友们也一起等候在大厅。包括他签约的哥伦比亚唱片公司的音乐伙伴，和今天合作的纽约爱乐乐团的演奏家们。大家一起全程见证林君的这一场告别演奏会。

冗长的签名活动结束，观众退出后，留声机开始播放林君的唱片，肖邦第一钢协的主旋律在大厅里回荡。等候多时的音乐界的朋友们一起举杯，最后为林君的启程祝福。19岁的林君拿着苏打水穿梭在人群中，与朋友们干杯、拥抱，感谢他们的热情和祝福。他的眼中始终含着泪水，不舍、留恋和离别的伤感充斥在他的内心，无法挣脱。

二

林君的车停在剧场门口。岑敏敏和林君的经纪人周昂波，及司机老刘已经等了很久。

敏敏17岁，刚刚高级中学毕业，青葱稚嫩，聪慧纯粹，且拥有毫不张扬的美。来纽约已经两年，这次离去，她的内心并没有过多的眷恋。对敏敏而言，只要与林君携手，去往哪里她都不在意。

而周昂波的感觉完全不同。

昂波是林君同届校友，毕业于茱莉亚音乐学院声乐系，但年长四岁，因为林君是12岁被破格录取的。林君一进钢琴系，昂波就与他相识，都是华人，与其他几位华人校友一样，都是林君的好友，也是他的仰慕者。

昂波毕业后留校当了老师，就开始担当林君的业余经纪人，不但处理林君音乐相关的繁杂事务，也帮助这个小弟弟料理一些生活上的事。不收费是昂波坚持的，无论林君怎么说，甚至威胁另找经纪人，昂波还是不为所动。他只是说自己时间充裕，而且喜欢做这些事，也只给林君做。

这次林君回国，又是一堆事情由昂波帮忙处理。义演的募捐，已经通过花旗银行汇入国内。林君还卖掉了纽约的两处房产，一处是长岛的别墅，一处是位于法拉盛的公寓。售房款加上林君这几年大部分的积蓄，后续也将一并作为捐款由昂波汇往国内。剩余的积蓄委托昂波管理，林君毕竟以后还是要回到纽约的，纽约是他最熟悉最爱的舞台。

当时有很多的古典音乐家过着清贫的生活，但林君却不同，他本就家境富裕，读书时都是全额奖学金。而这几年演出、出唱片、广告等又收益颇丰，所以几年下来财富积累不少。

纽约的这两处房子早几年先后买入，现在都有所增值。这房子其实林君没有住过，平时为了演出排练方便，就在中央公园附近租了公寓。这次退租前，里面的九尺施坦威钢琴、书籍、收藏的唱片，以及几套礼服都寄放到昂波的家里。其他物件除了带走的衣服等必需品之外，后续将全由昂波变卖处理。

除却林君的资金，还有敏敏名下的资金也托付给了昂波。敏敏来美国留学，家里早就准备了经费汇到纽约，但林君坚持全部承担了她在美的费用，敏敏也不过多理会，两人在金钱上从来不费神。

此时等在车内，昂波内心五味杂陈。很多人都不舍得林君就这么离开舞台，去往战火纷飞的中国，而他尤其难受，这段时间以来心里一直空落落的。

有同样感受的还有司机老刘，他长长地叹了口气。

老刘为林君开车已经五年。林君虽是大音乐家，但脾气好，而且为人大方。这次才年初，林君却要付给老刘全年的工资，并一再表示，以后回到纽约一定再来找他。老刘相信林君如果回来，一定会再雇用自己。他坚决不收多付的工资，推辞不过后，老刘就表示这些钱也一并捐出，表达对祖国的一点点心意。

林君自己也会开车。他一向注意保护自己的手，任何对手有潜在危险的运动或者活动他都不参与。唯有开车和骑马他很喜欢，算是业余时间的消遣。但毕竟自己开车不多，所有公务性外出都是老刘当司机。除开车外，老刘还坚持为林君料理家务，包括洗衣做菜、打扫卫生，说自己闲着也是闲着，不用再另外找人。平时两人生活在一起，林君称呼老刘刘叔，少年的生活相当于就是老刘在料理。对于这个比自己小二十多岁的雇主，老刘叫他少爷，而内心里就当他是自己的孩子，尽心尽力地照顾他。

如今，林君少爷要回国了，老刘除了叹气，不知道还能说什么。

过了午夜，林君终于来了。一进车内，就甩着右手嚷道："手抽筋了！手抽筋了！"

敏敏知道是嚷给自己听的，就笑着握住他甩着的右手，按摩手背上的穴位。林君的手漂亮得令人艳羡，这是他最自傲的。这双手的保险投保额全世界最高，被誉为世上最贵的手。

车子发动。昂波回头笑道："你这么结实的手也会抽筋啊？到底签了多少？"

林君说："不知道，反正手快废了。"又嬉笑说："幸亏我的中英文名字都很短，'林君''James Lin'。万一像西班牙人名一样，比如'Diego Rodríguez de Silva y Velázquez'，那要签到下个礼拜了。"

大家哄笑。

敏敏侧过脸来，认真地用手指轻轻点了一下林君的脸颊，低声说："有口红印。"

林君吓了一跳："怎么还有？那刚刚岂不是——"

再一看敏敏促狭的眼神，知道上当了，轻敲了一下她的额头："捉弄我是吧？"

敏敏凑近他耳边轻声说："已经印进肌肉里了。"

林君也凑近她耳边说："你帮个忙不就行了？"

敏敏一脸疑惑："我怎么帮？"

林君轻声坏笑说："亲一下就好。"

敏敏脸一下子红了，急着轻声道："喂，在车里啊。"

两人不停打闹，昂波实在忍不住，笑着埋怨道："你们俩，能不能别这么无视我们？前面还有两个人呢。明天开始一个多月的日子在船上，有的是时间闹。"

两人互相望了一眼，又开始打趣：

"影响到别人了不是？怪你！"

"怪你！"

"就怪你！"

……

昂波和老刘都笑着摇了摇头。

三

车子到了第五大道上的一家中餐馆，在楼上最好的包厢里，林君的华人校友们都在等他，要为他饯行。

在确定要回国后，得知消息的各路朋友都设了各种宴请，要与林君道别，但林君一直很忙，推掉了不少。然而今晚的这场聚会，再忙再晚再累也要参加。

这些年在纽约，在这异国他乡，这些华人朋友给了他最大的呵护，慰藉了他孤独的心，特别是他哥哥离开纽约后，他们是他独立生活最大的依靠。

"抱歉抱歉，这么晚，都凌晨了。"一进包厢，林君就高举双手抱拳示意。

一开席，满屋的笑语欢声和热情迅速被离别的伤感所笼罩，朋友们对林君归国满是不解和不舍，很多人都喝醉了，哭了。

林君没有喝酒，但他也哭了。他明白太多人不理解他回国的决定，他也曾直面自己内心的挣扎，所以他完全理解他们的不理解。

"小君，真舍不得你就这样走。"

"敏敏，你本来就要考茱莉亚了，这下也读不成了。"

"我还没有考过，不知道能不能考得进。"敏敏很认真地回答。

"你，茱莉亚最著名的校友林君的女朋友，若进不了茱莉亚，我们一起把茱莉亚拆了。"大家一起带着泪水笑了。

这个包厢，敏敏记忆深刻，她刚到纽约那天，也是这些朋友，在这里宴请林君和她。事后林君说：他们就是为她接风洗尘的。

当时敏敏说：那也是因为你啊。但林君说不是。

敏敏不解，问为什么，然后林君坏笑着说："*George's Dream*（《乔治之梦》）……"

早在 14 岁还在上学时，林君就已经开始开演奏会了，而且场数越来越多。同年也开始灌录唱片，此后每年一张。16 岁毕业。毕业的当月，哥哥离开纽约去了香港，自此，林君开始一个人生活。周边有很多朋友，但唯独没有亲人。

毕业后，演奏会和各类活动骤然增多，林君的名声也如日中天。他的天才，他的年轻，他的英气逼人，以迅猛的速度牢牢占据了音乐、新闻和时尚媒体的头条。尽管他的演奏不是尽善尽美，但他年轻，未来可期，在喜爱他的人眼里，林君往后的音乐人生，没有什么不可能。

也许太一帆风顺，也许弦一直绷得太紧，也可能是青春期叛逆，或许是哥哥不在身边，毕业没几个月，林君慢慢开始懈怠。先是贪玩，在家喝酒、抽烟，然后开始逛舞厅，与女孩子交往。短短几个月，他与女孩们的交往愈演愈烈，几天换一个女友，女孩们为他争风吃醋，甚至大打出手。

他 17 岁生日那天，一早，公寓大门口堆满了鲜花，连门都无法进出，成群的少女在寒风中等着她们的王子。王子没有让她们失望，他早把音乐界朋友和昂波为他准备的生日宴抛在了脑后，与这些狂热的少女一起狂欢直至深夜。

17 岁的少年彻底放飞自我，他一有空就频繁出入各类玩乐场所。新闻记者很高兴，特别是各类小报记者。蹲守在纽约的娱乐场所，时不时会让他们喜出望外——拍到这个天才钢琴家的各种顽劣行迹。

玩，最直接影响的就是林君的音乐事业。人懒了，练琴少了，开始推辞演奏会，与乐队的排练时常迟到。人的精力是有限的，天才也是如此，一旦勤勉不再，负面影响立即显现无疑。

林君的朋友、音乐上的搭档，特别是昂波，都很担心，频频劝阻林君。林君不是不听，往往会收敛几天，但过后又故技重演。昂波还专门写信给林君的哥哥林航，林航得知后忧心忡忡，写信来苦口婆心地劝弟弟，林君回信也连连保证一定痛改前非。但好了不到半个月，又重蹈覆辙。

放纵了大半年之后，天才钢琴家的时尚照片上了《乔治之梦》的封面。

《乔治之梦》，是《纽约世界新闻报》一年前刚推出的一份杂志。《纽约世界新闻报》是与其名称完全不符的一份时尚类报纸，近年来内容越来越倾向于各类名人特别是明星们的私人话题、花边新闻。去年该报推出了《乔治之梦》杂志，更多的明星花边新闻和照片在《乔治之梦》上刊登，照片的尺度也越来越大。

林君照片上了《乔治之梦》封面这件事，通过各种渠道传到了他的老师麦克·威尔逊教授那里。麦克·威尔逊是茱莉亚音乐学院钢琴系最著名的教授，林君的授业恩师。

林君被叫到了老师家，客厅的茶几上放着一本《乔治之梦》，封面上是他英俊、帅气又有点顽劣的头像。

面对老师的怒容，林君尴尬地笑笑："娱乐杂志的记者摄影水平就是高，拍得比音乐杂志上的生动多了。"

威尔逊教授对林君怒道："如果再不改邪归正，我就登报申明与你断绝师生关系。"

林君却嬉皮笑脸地说："教授，你舍得吗？我这么个天才。"

结果，教授当场就气哭了。他当然舍不得，但他心痛，却无可奈何。

看到老师哭了，林君愣了。老师教了他四年，他太熟悉老师的喜怒哀乐，第一次见到老师这样伤心。他小心翼翼地向老师承诺：一定改一定改，让老师满意。但与对哥哥的保证一样，十几天后又故态复萌。

四

1938 年的 7 月底，哥哥林航终于放假坐船赶到了纽约。这么多年来，哥哥，是林君最亲的人。

林君的哥哥林航，小时候是著名的神童，数学天才。也就是这么一个数学神童，在 10 岁时发现了 5 岁弟弟林君的音乐天赋。他以与他年龄完全不相称的成熟，要求父母让弟弟学音乐，否则会耽误了弟弟这个音乐天才。

小时候的练琴是枯燥的，即使是天才也是一样。能哄得弟弟乖乖练琴的只有哥哥。林航 15 岁时被哥伦比亚大学录取，就向父母提出带弟弟一同前往，让弟弟去纽约学音乐。两个孩子，小的还只有 10 岁，父母自然担心，也曾提出其他方案，如父母或者母亲一同前往，但林航坚持能照顾好弟弟，连父母先陪同过来安顿都被林航拒绝。

经过一个多月的海上漂泊，那年 8 月，兄弟俩一起到了纽约，所有的事情都由林航，一个 15 岁的少年安排妥当。此后六年，兄弟俩在异国他乡相依为命，一起生活学习。神童林航六年间跳级读完了本科、硕士和博士。而音乐天才林君先是读了两年中学，12 岁跳级考入茱莉亚音乐学院，四年时间也读完了本科、硕士和博士。兄弟俩六年里在纽约声名鹊起。

林航还没有毕业，香港大学已经多次伸出橄榄枝，邀请他去该校数学系当教授。可能是年龄小，也可能是性格使然，林君很能适应纽约的生活，他很早就轻而易举地融入了白人的世界。但林航不同，同样在纽约六年，他却始终与当地的社会格格不入，而是向往着回归华人世界。同时，港大的热情也感染了林航，林航很想去，唯一的障碍是对弟弟的担心。

这个从小依赖自己的小自己五岁的弟弟，如果自己不在身边，他会多么孤独伤心。为此，林航迟迟没有答复港大，同时开始考虑纽约当地的大学。

林君知道了此事。哥哥没有说，但他了解哥哥的心思。林君觉得自己已经依赖哥哥这么多年了，不能再耽误哥哥。他主动要求哥哥去香港，告诉他自己长大了，不能一辈子在哥哥的羽翼下生活。而且自己这几年演出多了，涉足社会也深，对纽约已经很熟悉了，自己一个人生活完全没问题。

林航终于被说服了，动身去了香港。从此，兄弟俩天各一方。

林君一直记得那一刻：暑气逼人的7月，纽约港，他笑着送哥哥上船，一副没心没肺的样子。等船开远了，林君蹲在岸边失声痛哭，他真的舍不得哥哥走。无论身边的朋友们怎么劝，他都不肯起身，一直哭到傍晚。

回家后，林君进入哥哥的房间，躺在他的床上，脸贴在哥哥曾经睡过的枕头上，哭到睡着。此后一个多月，白天他依然练琴演出，但一到晚上，每晚都是如此。这是一段至今为止林君最为铭心刻骨的日子，他没有向任何人提起，也没有在信中向哥哥诉说。但他感觉哥哥是知道的，哥哥的来信中每一个字都在安慰他，他都懂。

一别整整一年，对林君来说却如十年一般漫长。哥哥到来之前，林君早就安排好了自己的工作，尽量减少演出，决不去国外巡演。与哥哥在一起的时日，会是他这一年中最开心的日子。兄弟俩团聚期间，林君自然也彻底收敛。对林君而言，所有的诱惑都及不上哥哥。

林航到纽约的第二天，一早，昂波就来到林家，趁林君还没有起床，把这大半年林君的荒唐行径详详细细地向林航讲述了一遍。最后昂波很无奈地说："我们也真是没用，都管不好这么一个毛孩子，只能盼着大哥你来。"

林航心里是很感激昂波他们的，非亲非故，他们完全没有这个义务。而对于弟弟，他唯有自责，道："小君之所以如此，全是我这个当哥哥的错，当初就不应该把他一个人留在纽约，他才16岁，还是个孩子……"

正说着，听到客厅外林君的喊声："大哥！"

"在客厅。"林航笑着向门外应着。

林君穿着睡衣睡眼蒙眬地走了进来，昂波觉得他那神情如同10岁的小孩，就差两行鼻涕。

"大哥，你怎么也不叫醒我？"林君一边一屁股坐在林航身边的沙发上抱住了哥哥，一边伸直手臂指着昂波道，"昂波，肯定在告我的状。"

林航按下他的手臂，道："用得着昂波告状吗？"

林君立即撒娇道："大哥，你别骂我。"

林航满脸温和地说："快去洗漱，眼睛上眼屎还在呢。等你一起吃饭。"

林君边起身边说："大哥，早饭后我开车带你去兜风。"

饭后，林君开着敞篷车，出了纽约城。一路上，迎着夏日的景色，兄弟俩不停地聊着，仿佛想把离别一年间的所有往事都向对方倾吐出来。这是他们分别最长的时间，一年的孤寂时光，留给了他们彼此间太多的眷恋。

中午时分，他们到了郊外的一个湖边，坐下开始吃带来的午餐。然后兄弟俩静静地并排坐在湖边的石头上，望着湖水。此时周边没有什么人，时间仿佛停滞，只有兄弟俩享受着只属于他们自己的时光。

"记得我们到纽约后，第一次出游就在这里。"林君说。

"对，那时你还是小毛孩，当然，现在也差不多。"兄弟俩都笑了。

林航望着湖水，像下定了决心一般，对弟弟说："小君，10月份你要去一趟香港，今天早上我已经跟昂波说了，让他安排好。"

迎着弟弟询问的眼光，林航接着说："我要结婚了，你要去给我当伴郎。爸妈他们也要过去。"

林君吃惊地望着哥哥，脸上神情复杂无比，半晌才说："大哥，你……你要结婚了？"

"怎么，小君，你不高兴？"林航看到弟弟的脸上分明是伤感的神色。

"不是不是，"林君反应过来，连忙摇头说，"只是从来没有听大哥说起过，很突然。"

"本来想在信里说的，但怕说不清楚，反正要过来，还是当面说的好。"林航当然不是怕说不清，他完全懂弟弟的心情，这个自小看着长大的弟弟，他对自己的眷恋依赖有多深，林航太清楚了。与其让他看完信一个人伤感，不如当面说，或许还能适时安慰他。

林君从大哥的脸上看到了满满的歉意，心里不由得自责。大哥结婚，自己本应该高兴，于是他想打消哥哥心里的歉意，道："大哥是应该早点结婚，否则一个人在香港，太孤单了。"说着，眼泪却不自觉地流了下来。

林航眼睛也湿润了，他望着湖面说道："这一年来，我一直在想，我当初为什么一定要离开纽约，把你一个人留在这里，我们兄弟俩一直在一起多好。"

"大哥，我们都要长大的，长大后难免会分开，哪怕是亲兄弟。"林君说着，擦掉满脸的泪水，强笑着看向哥哥道，"大哥在港大，肯定是个明星，有很多女孩子喜欢你。嫂子肯定很漂亮，也一定很爱你。"

五

由于纽约至香港间漫长的海上旅程，8月初林航就动身前往香港。码头上，林君流着泪抱着哥哥，林航拍拍弟弟的背说："不是10月份就又要见面了吗？我怕到时候大家都看你这个伴郎，不看我这个新郎了怎么办。"

林君松开哥哥，破涕而笑。林航看看旁边行李员拉着的行李车，其中一个大箱子里全是林君买给哥哥的礼物。

"以后别给我买这么多的东西了，我根本用不了。"

"我不管。"林君噘着嘴。

"好好好，不管。"林航宠爱地拍了拍弟弟的头，然后温和地问弟弟，"小君，能否听哥哥的话？能否乖一点？"

林君知道哥哥说的是什么事，认真地点了点头。林航来的这些日子里，没有就此事责备过弟弟一句，但林君心里明白。

然而，远洋轮船带走了哥哥，同时也带走了对少年唯一的约束，哥哥走后不到一周，林君又恢复了往日的放纵。

开始几天，除了一场演奏会之外，林君闭门不出。哥哥走后，他内心的伤感无法排解，他明白，这伤感既是对哥哥的思念，又是因为哥哥的婚事。自得知哥哥要结婚后，他内心的隐秘处一直有种深深的失落感，哥哥不再只属于自己，哥哥将有自己的家庭、自己的爱人，以后还会有自己的儿女。林君明知自己这种失落感很荒唐，但就是无法排遣。

那天晚饭后，林君漫无目标地练着琴，心绪越来越乱。他停了下来，站到窗口望着楼下的大街。此前近一年的时间，楼下经常会有女孩们仰望着他公寓的窗口，这些天由于他一直陪着大哥，女孩慢慢减少，今晚街上已经悄无一人。林君忽然有下楼的冲动，走出琴房，与老刘打了声招呼，说去喝杯咖啡，就出门上了电梯。此时已经将近晚上 10 点。

楼下拐过一个弯就有一个 24 小时营业的咖啡厅，是林君经常光顾的地方。此时咖啡厅依然灯火辉煌，一半的桌子坐着客人。林君戴着墨镜，推门进入，门内的侍者还是立即认出了他："James！"

林君赶紧"嘘"了一声，让侍者找一个隐蔽点的位子，因为他一眼就看到了那群熟悉的女孩，正围在里面靠边的一张大桌旁手舞足蹈、高谈阔论。

侍者带林君到了另一边角落里的一张小桌旁。林君坐下，背朝着那帮女孩默默地喝着黑咖啡。但他还是被她们从背后察觉到，James 的背影她们太熟悉了。一个女孩先过来探查，惊呼道："James，果然是你！"

顷刻间，林君被那帮女孩包围，虽然他果断地扯掉了一个女孩围抱过来的手臂，并始终一言不发，但女孩们依然围在他的身边，热情的眼神紧紧地盯着他的一举一动。

　　林君掏出了一支香烟，刚放到嘴上，眼前就出现了一圈打火机，火苗围着他的香烟，后面是女孩们年轻欢快的笑脸。

　　林君终于笑了，摘下墨镜，点着了烟。女孩们发出了幸福的笑声，他们熟悉的 James 又回来了。

　　11 点多，昂波也走进了咖啡厅，坐在门旁的一张桌子前，远远地看着里面的那一圈人，听着他们的笑闹。

　　昂波是老刘请来的。林君走后，老刘一直坐立不安地等在窗口，因为他知道明天一早少爷 5 点就要出发去波士顿，今晚本来应该早点休息。过了近一小时，林君依然没有回来，他忍不住下楼走到咖啡厅外，确认少爷就在里面后，回来给昂波打了电话。

　　午夜过后，昂波看到里面的那圈人终于有点松动，看林君想站起来，但很快又被女孩们按到了座位上。又见林君高举手臂招呼侍者，好像想买单，但也被女孩们阻止，不知道是她们已经替他买了，还是想再留他一会儿。又过了半小时，已经将近凌晨 1 点，终于看到那群女孩簇拥着林君走了过来，将要出门时，昂波叫住了林君。

　　两人默默地走出咖啡厅向公寓走去，午夜的街头少有人烟，只听到脚步声在寂静的夜空回响。

　　"这么晚了，昂波你快回去吧。"林君低着头边走边说。

　　"你也知道这么晚了？"

"我只是想出来喝杯咖啡。"

"你这是来喝咖啡吗？"两人同时回头，看了看后面依然跟着的那帮女孩。昂波轻叹一口气，继续说道："小君，大哥回去才几天。"

林君没有说话，此时已经到了公寓的大门口，两人停了下来，昂波看着沉默的林君道："快回去休息吧，你还能睡四个小时，明天早上5点我来接你。"

林君又沉默了会儿，说了声"对不起"，跑进了公寓门。昂波看着他的背影，心里沉重无比，明白林君又回到了他那荒唐的形态，承载了大家所有希望的林航，最终没能彻底扭转少年的心。

波士顿的演奏会结束回到纽约后，昂波招呼华人校友们到学校的咖啡馆一起商讨，决心作出最后的努力来挽救这个顽劣的少年。

"这小子又犯浑了？"一校友问。昂波先说了那天咖啡厅的事，接着讲在波士顿的那场演奏会期间发生的事：

"下午排练完，人马上就没影了，一直到晚上演出前半小时才赶到。当时我们都快要急疯了，从来没有这样过。签名会后立马又跑了，直到下半夜才回到酒店。"

"他怎么跑的？车呢？"

"他根本不用我们安排的车，门口有一排的车在等他。"

"那些女孩是哪里的？"

"有当地的，也有从纽约过去的。"昂波愁容满面地说，"后面的两首安可弹得飞快，演奏会前还跟我商量想取消签名活动。"

"他现在的心思根本不在音乐上。"大家的神情都越发忧郁。

昂波继续说:"我现在已经不去管他的音乐了,我担心他会出事。下个月初有十多天的空档,如果不给他安排事情,谁知道他又会搞出什么幺蛾子来。如果出了什么事,我们怎么对他大哥交代?今天找大家来,就是商量这事。"

经过一个下午的讨论,大家终于讨论出了一个方案,给林君安排一次去老家上海的演出。这是想让他父母当面教导他,同时也让他离开纽约一段时间,换一换环境。

六

林君是上海人,10 岁离开上海到纽约后,只回去过一趟:交通不便,林君又太忙。其间林家先生太太来探望过几次儿子,但不多,也是因为路途遥远,加上林先生公务繁忙。所以这些年林君与父母亲见面很少,书信成了唯一的纽带。正因为如此,大家对林君父母说服儿子并不抱太大的希望,只是想,万一呢?

林君的演奏会大多数在美国,其余的就在欧洲。去欧洲一次,可以连续在几个国家巡演。而其他地区就不方便了,交通不畅。那时中美间固定的航班是直飞香港,再从香港转到内地。航班不稳定,时常取消,机票也不好买。而且飞机不大,不舒服。要舒服就坐船,但太费时间。

因此,虽然在家乡也早已如日中天的林君,一次都没有去国内开过演奏会。但这次大家下决心促成此事,来试图挽救这天才浪子。

联系安排演奏会没什么问题，关键在于交通。香港的航班少，而且这季节台风多，航班时常会被取消或延误，一旦遇上，会严重影响行程安排。最后，通过各方努力，9月初，安排林君搭乘军方的一架飞机，从旧金山经停夏威夷再飞上海，少了很多折腾。

由于座位的限制，陪同人员也缩水，商量之下只带了两个助理，昂波也没有随同。考虑到是到林君的家乡，衣食住行有家人照顾，生活上应该没多大问题。

一切安排妥当后，昂波才准备跟林君说，省得这小子找理由反对。昂波知道林君再怎么犯浑，也不会抗拒已经安排好的演出行程。

"跟你商量个事，下个月不是还有十多天的空档吗？给你安排加了场演奏会。"

"不能让我休息一会儿吗？"林君皱着眉头说道。

"今年的演出已经被你推掉了好多场，比去年少了三分之一。"

林君哑然，顿了顿问道："哪里的演出？"

"上海。"

"开什么玩笑？来回起码三个月。"林君惊道。

"当然不是坐船。"

"飞机？这个时节还有很多台风，吹到小岛上待大半个月？"

"常规线路当然不行，安排了搭乘军机。"

"军机？颠死人，亏你们想得出来。"林君几乎要跳起来。

"上海是你老家，难道你不想回去看看父母？"

林君冷笑了几声，道："行了，以为我不知道，无非就是想叫我父母管教我。省省吧，我保证你们会失望，我从小不听我父母的话，我只听我大哥的。"

昂波也急了，道："我们不是没辙了吗！"

看昂波这模样，林君最终还是让了步："行行行，我去，行了吧。"

昂波松了口气，提醒道："其他你不用操心，曲目再与唱片公司商量一下。"

"不用，我自己定。"

自 1937 年淞沪会战后，上海沦陷，但租界尚未被日军占领，像是一座孤岛，舞照跳，马照跑。

时间安排得很紧，从头至尾只有九天时间，因为回来后第三天还有一场演奏会。整个行程还是折腾了好几天，先从纽约坐飞机去旧金山，等了一天，再从旧金山起飞经停夏威夷后飞往上海。

到上海已是傍晚，林君父母早已经接到电报，直接到位于龙华的军用机场接儿子回家。助理由剧院安排住到附近的宾馆。

回家吃完晚餐，林君就到二楼自己的卧室休息。虽然去欧洲也是要跨时区的，但到国内 12 个小时的时差还是极少经历，而且坐了一路的军用飞机感觉很累。这一觉林君一直睡到第二天下午。

醒来时，隐约听到楼下客厅有说话声，想应该是岑伯父一家来了，昨天父亲说起过。

林岑两家是世交，都家世显赫。林先生与岑先生既是发小又是同学，原先都在学术机构工作。1937年底，上海沦陷，各类学术机构相继关门或迁徙。自此，两位先生就一直赋闲在家。

林岑两家在上海住得比较近，林太太和岑太太一直是闺中密友，但下一代联系很少。林家两个儿子年少就离家，现在分别在香港和美国。岑家只有一个女儿，一直在父母身边，年纪比较小。林君对这个小妹妹印象不深，上次回上海时见过一面，记得还是个小丫头，好像比自己小两三岁。

林君起床洗漱后走出卧室，从二楼的栏杆处往下一看，果然是岑伯父一家。楼下客人也看到了林君，都起身招呼，林君赶紧下楼。

这是林君与岑敏敏在长大之后的第一次见面。

林君看到这个女孩，心里一跳。

敏敏穿着一件很简洁的淡草绿色连衣裙，垂肩的辫子，典型的女学生装束。他不知道她吸引他的是什么，是漂亮？是聪慧的眼眸？或许是因为看多了金发碧眼，而觉得新鲜纯粹的东方女孩的面庞？只是觉得有种以前从未有过的心动。

而对于敏敏而言，楼上下来的这个年轻英俊的男孩，她太熟悉了。她看到过太多他的照片，在唱片封面上，在报纸杂志上。这些天，因为明天的演奏会，上海最繁华的街道上满是他的海报。

此时他就近在咫尺，还是那一头微卷的头发，白衬衣，袖子随意上卷，比照片中的更帅。

七

林君下楼，与岑伯父岑伯母礼貌又热情地打招呼，为自己起得这么晚而抱歉。然后他转头看向敏敏，两人很得体地握手，一个称呼"小君哥哥"，一个称呼"敏敏妹妹"。

大家落座，说了会儿闲话。林太太说："敏敏也在学钢琴，学了好几年了。"

林君早就发现，母亲一直拉敏敏坐在身边。闻听此言，马上明白她说这话的意思，就笑着问敏敏："弹给我听听？"

敏敏双颊绯红，说："我业余弹弹的，不敢。"

"这有什么？"林君起身。林太太也推着敏敏，劝道："去弹弹，敏敏，去弹弹。"

敏敏就跟着林君去了旁边的琴房，这是林君小时候练琴的房间。

"就是这架钢琴不行，而且也没调音，你凑合着弹吧。"林君说着打开钢琴盖。这是120的施特劳斯，林君小时候用的琴，已经很多年没有人弹了。

"那小君哥哥演出前练琴怎么办？"敏敏坐到琴凳上后问。

"去剧场练，等会儿就去，虽然那琴应该也不是太好，只好凑合了。"林君站到钢琴旁，一手支在钢琴上，"想弹什么？"

"最近在练《水中倒影》，刚会背，但不是很熟。"

随后敏敏开始演奏德彪西的《水中倒影》，果然不是很熟。一曲完毕，林君就对敏敏的钢琴水平了然于胸。

敏敏抬起脸，以询问的眼光看向林君，她的眼睛纯洁而明亮。

"挺好，"林君说道，"有几个错音。"然后俯下身，弹奏有错音的小节，指出错的音。

敏敏睁大眼睛："这么多错音，老师都没指出来！"

林君笑了，一副大钢琴家理所当然的样子。

"敏敏妹妹以后想走专业的路吗？"

敏敏摇摇头："我这水平，还是算了吧。我打算以后学化学。"

"喜欢化学？那学化学以后做什么呢？"林君挠挠头，他是真的没有概念。

"我想最好做老师。反正学化学肯定有饭吃，能养活自己。"敏敏认真地说。

其时，新思潮已经流行了很多年。新女性，特别是大都市中的新女性，独立的意识很强。读书后找工作，自食其力的观念很流行，包括很多富家的千金。敏敏有这样的想法也很正常。

但林君还是觉得她有趣，忽然盯着她的脸说："干吗要自己养，我养你不就行了？"这样的调笑，对于已经在女人圈里摸爬滚打快一年的林君而言驾轻就熟。

敏敏很意外地看着林君，认真地说："小君哥哥何出此言？我为什么要你养？"

瞬间有点冷场，双方都略感尴尬。很快，两人几乎同时开口道：

"抱歉啊，小君哥哥。"

"不好意思，我开玩笑的。"

两个年轻人对视着笑了笑，一起走出琴房，尴尬貌似一扫而空。双方现在都明白对方的心思，但也都知道，两人之间有一层纱，虽然薄，却很密。

"比起印象派，敏敏妹妹更适合浪漫派——应该也很喜欢吧？"

"是的。"敏敏一脸崇拜的神色，心说自己就是弹了一首印象派的作品，他就知道自己喜欢浪漫派。

"浪漫派最喜欢哪位？门德尔松？肖邦？李斯特？"

"李斯特。"

林君笑了："年轻人，都喜欢炫技。"

"小君哥哥也不老啊。"敏敏也笑了。

到了客厅，却见助理已经到了，要接林君去剧院。时间很紧，林君的午餐加上晚餐都只能在剧场解决。

临走前，林君从助理处接过演奏会的门票，交给大家，6排正中，音乐会最佳位置。在此前已经有不少门票由林先生林太太转送给了亲朋好友。

不料，敏敏却说想要第一排正中的。此后，这也成了她在林君音乐会的保留位置。

林君自然明白，敏敏学钢琴的，肯定知道听音乐会的最佳位置不是第一排。但他不多想，就换成了第一排，幸亏还留有第一排的票。

敏敏要第一排，其他人没有任何其他想法。林君脑中马上出现了明天的座位排序：敏敏在中间，两边两位太太，太太两边各挨着自己的先生。这可能就是这几年这两家人的现状，敏敏无疑是上一辈人心中最重要的寄托。他心中不由得有些触动。

出门前，林君回头冲敏敏说："坐第一排，可要给我献花哦。"

"好啊。"敏敏答应着。

第二天是周一。敏敏想着献花的事，下午下决心翘了节课，去兰心大剧院旁的花店买花。之所以自己去买，是因为一直在纠结买什么花，自己都想不好，更无法托别人代买。

到了花店，看到大部分是各色玫瑰，严格来说应该是月季。店老板说，今天买花的人很多，据说有个大钢琴家今晚开演奏会，玫瑰花特别畅销，特别是红玫瑰，问敏敏是否也是送钢琴家的。

敏敏连忙否认，说送老师。这是她好不容易想出来的答案。

按照敏敏的想法，送老师应该是康乃馨、郁金香和百合最合适。花店里康乃馨有，百合虽然有但很少，由于季节原因，郁金香自然没有。敏敏就用康乃馨、百合加上玫瑰，自己设计了一个造型。

八

晚上的音乐会在南京大戏院。林君这一天又是睡到下午，在家吃完午餐就去剧院练琴。

今晚的曲目是林君自己定的。相较于在美国特别是纽约的演出，曲目会有很大的不同，因为这是他至今为止在上海的唯一一场音乐会。最终定下来的曲目按照林君自己的说法是：最通俗的古典音乐大杂烩。曲目有：贝多芬的《月光奏鸣曲》，莫扎特的包括《土耳其进行曲》在内的三首奏鸣曲，施特劳斯的《蓝色多瑙河》，肖邦的《c小调第13号夜曲》Op.48之一、《离别》及《英雄》，李斯特的《匈牙利狂想曲》第二和第六号、《爱之梦》。安可曲准备的是：德彪西的《月光》，和最最最脍炙人口的贝多芬的《致爱丽丝》。

开场前，林君从后台看向观众席，果然看到第一排的座位座次就如自己昨天预料的一样。正中的敏敏怀中抱有一束鲜花，林君特别注意到这束鲜花与其他观众手中的鲜花不同，颜色的组合和整束花的造型都别具一格。

音乐会进行得很顺利，上海观众的欣赏水平和礼仪都很好。全场演奏结束，林君鞠躬致谢时，等了两小时的乐迷们开始从两边楼梯上台来献花。不知哪一个乐迷上来抱了抱林君，接下来的场面瞬间失控，乐迷们纷纷拥抱林君，先到的不放手，后到的要挤进去。

林君对这样的场面很熟悉，此前在美国的演出，一般事先会做好预防措施。但上海的演出，剧场方面没有这类的经验，林君方面也没有刻意提醒，觉得上海不是纽约，不会像美国特别是纽约的乐迷那么疯狂。

剧场工作人员上来，奋力将林君解救出来。林君走向后台时扫了一眼台下，看到敏敏手捧鲜花呆立着，身边的几位长辈惊愕地坐着。

钢琴家和观众在舞台上下都消化了一段时间，剧场重归平静。随后观众席上热烈的掌声响起，邀请钢琴家安可。林君重新上台鞠躬，同时看了一眼台下的敏敏，然后走向钢琴，临时改变曲目，演奏德彪西的《水中倒影》。

敏敏自然知道这是林君临时改曲子，特意为她演奏的，否则昨天他就该说起。这首曲子自己已经练了不短的时间，如今听到林君的演奏，瞬间觉得是天壤之别，顿时气馁，觉得自己恐怕一辈子都无法演奏出这样的乐感、流畅度和触音。

钢琴演奏，技巧只是最基本的必要条件，而成为钢琴家还需要有足够的艺术素养，把对音乐的感受反映到演奏上，能自如地通过演奏准确传达音乐的情感和内涵。很多钢琴演奏者终其一生都很难突破。而林君天生就有这样的能力，这就是天才。

一曲完毕，林君在掌声中站到台前。以往的演奏，林君都会连续弹奏完所有安可曲再鞠躬谢幕，觉得不但进去出来太麻烦，连起来坐下都太复杂。少年天性，不喜欢这么婆婆妈妈。而今天，第一首安可曲演奏完，他特意起身走到离她最近的地方，不知道那可爱的小妹妹是否懂自己的意思。

敏敏懂了，她立即起身走上前，从台下把鲜花递了上去，林君弯腰接过，两人目光对视，迅速握了握手，双双退开，因为旁边的乐迷已经蜂拥而至。两边台阶前被工作人员守住，乐迷们赶紧跑到中间。但林君已经退后，再次坐到钢琴前，完成这次上海之行的最后一首曲子，全世界最为通俗的古典钢琴曲——《致爱丽丝》。

第二天，是林君此行在家的最后一天。他照例午后才起，冲凉后好好地吃了顿午餐，随后与母亲一起坐在窗边，享受难得的相聚时光。

此时是9月初，上海正值秋老虎时节，热浪逼人。院子里的蝉鸣声此起彼伏，骄阳下的树木投下浓荫，为偎依在树旁的花草留下一丝难得的凉爽。

林君今天决定不练琴。细细想来，自学钢琴以来，自己不练琴的日子真的屈指可数。哪怕是近一年来这么贪玩，也还是每天练琴，只不过练琴时间大打了折扣。

林君尤其怕热，身边一直放着一台电扇，汗出得多了就跑去冲凉。

此时他倦懒地坐在小圆桌旁，双脚光着搁到凳子上，头发湿漉漉的，吃着母亲剥的鲜桂圆。

当时，桂圆基本晒干了再出售，市面上鲜桂圆很少。林先生的一位好友从老家福建带来些鲜桂圆，知道老林的天才儿子这几天回家，特意送过来。林君其实不爱吃太甜的东西，特别是桂圆、荔枝之类的，然而这是母亲剥的，他不仅要吃，还时不时地撒娇，让母亲喂他吃。

"好不容易回家一趟，只在家待三天，还这么紧张，空下来就这半天时间。"林太太不舍道。

"这叫偷得浮生半日闲，已经不错了。"

"噢哟，中文没怎么忘记嘛。"

"那是，一直没落下，我的书有一半是中文书，小时候的古文功底也还在。"林君有点得意。

林太太另有心事，想着如何开口。儿子这一趟回家，最直接的原因大儿子早就来电报告知了。但一来林君几乎没有在家空闲过；二来这个多年不在身边的小儿子难得回家，总不能一回家就训他。夫妻俩也为此商量过好几次，最终林先生表示放弃，说自己开不了口。林太太想，如果自己还不说，明天一早林君就要走，真的没机会了。

思忖一会儿，先聊了些闲话，林太太决定从昨晚的献花事件说起。

"昨晚的这些小姐怎么这么疯狂，我们都吓傻了。"

林君笑了，说："在美国很正常，但没想到上海也这么开放。"

"我当时很担心敏敏的那束花送不到你手上，她昨天可是特意请假去买的。"

林君想，终于进入主题了，心里暗笑。

"那花很特别，原来是她自己选的，造型也是她自己设计的？"

"这不清楚，有可能。啊对了，敏敏的钢琴弹得怎么样？"

"有音乐天赋，但不是天才。"

对这个评论林太太不是太懂。"我们周围一些认识敏敏的人都觉得敏敏弹得很好。"看母亲还想滔滔不绝下去，林君打断了她：

"姆妈，我来这几天，您天天都敏敏长敏敏短的，看中她，想让她当儿媳妇了？"然后一脸坏笑地看着母亲。

林太太怔了怔，笑着说："你这么多年不在身边，倒是敏敏，是我看着长大的。"

林君立即撒娇道："怪我？"

林太太笑着轻轻拍打了下儿子："姆妈的意思，我了解敏敏，她喜欢你。"

林君却一脸的不以为然，道："喜欢我的女人很多。"

"但姆妈知道你也喜欢他。"林太太想索性捅破窗户纸。

林君却凑上前来，一脸坏笑地对母亲说："我喜欢的女人也很多，这姆妈您就不知道了吧。"

林太太无奈地看着儿子，叹了口气说："姆妈知道，这一年你的事情，你大哥都来信来电报说了。下次见了你大哥，看他怎么骂你。"

林君长长地伸了个懒腰，说："我哥才不会骂我呢，他疼我都来不及。"

然后他看着母亲似笑非笑地说："您和爸爸呢，想骂我，但又骂不出口，像我老师一样。"

林太太听说了他把威尔逊教授气哭的事，看他这副模样，更是无比担忧。

"小君，你也知道把你老师气哭了是不对的，你这一年做的，就是……"林太太不知道如何表达，林君却替她说："'放荡不羁'，成语用得不错吧？"然后又是一脸调皮的笑。

林太太听了不知道怎么说才好，愣了半天才问："那小君，你为什么一定要这么做？"

九

林君收起笑容，低下头想了想。这其实也是自己想要搞明白的事情。他抬头看着母亲，认真地说：

"姆妈，我累了。自我学钢琴开始，我一直都没有停下来过。别人家的孩子向姆妈撒娇要糖吃，我在……"他双手来回模拟了一下弹钢琴的动作，继续说：

"别人家的孩子冬天在堆雪人打雪仗，我在……"他双手又来回模拟了一下弹钢琴的动作。

"别人家的孩子春天去放风筝，我在……"他双手继续来回模拟了一下弹钢琴的动作。

"后来去美国读书、练琴、演出。毕业后，继续练琴、演出、与乐团排练、录唱片，还要应付记者，给乐迷签名。我累了，我想，就稍微少弹会儿琴，少演出几场。稍微多玩玩，稍微多一点其他的生活体验。"

林太太的眼眶有点湿润，不由得心疼，说："小君，你若累了，好好休息，少弹钢琴，甚至不弹钢琴都没事，只要……"

林君连忙把头摇得像拨浪鼓："那可不行，钢琴是我的生命，如果哪天我不能弹钢琴了，那不如死了算了。"

"说什么呢，小孩子什么死啊活啊的。"林太太怒道，狠狠拍了一下林君的腿。

林君立即嬉皮笑脸地凑上去安慰母亲："噢哟姆妈，我说着玩的，别当真。"

林太太看着这陌生而又熟悉的小儿子，哭笑不得。从她内心而言，儿子的音乐成就她并不在乎，少开点演奏会怎么了，儿子还小，贪玩很正常，但关键在于儿子玩的事情不正常。她打算一条一条跟他分析。

"小君，你想玩就玩，但不能伤身体，你这么小，怎么能有抽烟酗酒这些不良嗜好？"

林君却振振有词道："烟没有抽上瘾，您瞧我这几天在家，就没有抽过。酒嘛，我本来酒量就好，从来没醉过，离酗酒早着呢。"

"但你进出那些声色场所不行呀，你才多大啊，那可不是正派人去的地方。"

林君却笑着说："姆妈，按照您的观念，正派人可能就是我爸爸这样的老学究一样的人是吧？现代世界可不是这样的，姆妈您落伍了。"

林太太不由得气馁，她招架不住儿子的伶牙俐齿。但最重要的事情必须得说："另外，还有最不应该的是，你十几岁的孩子，怎么就……"林太太自己先脸红了。

林君更欢了，托着下巴看着母亲说："姆妈，您想说交女朋友吧？"

"这是玩火啊，小君！"

"姆妈，言重了。我们是真心互相喜欢，她们喜欢我，我也喜欢她们。"

"平均三天的热度？"

"这您也知道啊。即使三天也是真心投入。"不等林太太再次开口，林君严肃地对母亲说，"姆妈，我不是小孩子了，我能把握我自己。我玩，但有自己的原则。一是我不管多晚，晚上都会回家睡觉；二是再喜欢的女孩我都不带回家。除此之外，我就趁年轻放纵一下自己。"

林君吃了颗桂圆，继续说："我明白，大家都是为我好。这次费尽心思把我折腾到上海，也是这意思。但其实呢，我想玩多久，还想玩什么，我自己都不知道。等我不想玩了，我就会自己收心不玩的。您和爸爸就不要操心了。哥哥也好，老师也好，都不用管我。"他停顿一下，想了想又说，"还有，您也别找个黄毛丫头来管我。"

林君早猜到了母亲的心思。林太太无言以对。事已至此，她也认真地说："是姆妈想错了，敏敏比你都要小两岁，她怎么能管住你。小君，你太野了，敏敏适应不了你。即使现在你们互相喜欢，但能有多长久，三天？三个月？就算三年，又能如何？"

想明白了，林太太就不再纠结此事。怎么办呢，儿子大了，又不在身边，特别是林君这样的孩子，真的不是做父母的能管教的。

两人不再提此话题。林太太说起晚上岑先生一家在梅陇镇设宴，为林君饯行的事，说岑伯父担心林君是否喜欢那里的菜肴。林君说没关系，自己吃东西不是很挑，那里肯定有自己喜欢的菜。

晚上，林岑两家的汽车一起到了梅陇镇门口。饭店老板和经理等一行人早就在门外恭候，为梅陇镇成为大钢琴家此次上海之行唯一就餐的饭店而诚惶诚恐。

梅陇镇周边热闹非凡。此前，一行人恭候在门口就引起了关注，路人纷纷猜测是哪位达官贵人亲临饭店，驻足围观，其中也有小报记者想蹭点新闻。

待林君一下车，大家才知道是大钢琴家一行人，人群顿时激动起来。小报记者更是兴奋，立即举起相机。一个胆子大的女孩冲到林君面前，激动地想请林君签名。注意到周边人纷纷围了上来，相机发出的闪光此起彼伏，林君转头正好看到刚下车的敏敏，就上前轻轻搂着她的背，撇下众人进入酒楼。

有人认出了敏敏就是昨晚献花的女孩。马上，大钢琴家在上海结识情窦初开的女学生的消息流传开来，第二天一早的报纸上，连照片带人成了头条新闻。

一进入酒楼，林君就不动声色地放开了敏敏，敏敏暗暗松了口气。两人依然并排而行，边走边聊起昨晚的那首《水中倒影》。

"小君哥哥是昨天临时改弹这首的吧？"

"对啊。"林君心想，这不明知故问吗？

但敏敏其实想着另外的事："那你有多久没有弹过了？"

林君想了想，实在不记得了："应该很久了，起码七八年了吧。"

敏敏睁大眼睛，吃惊道："那你还记得？背得出来？"

林君笑了，说："这不需要刻意背的，不会忘记。"

"这就是天才。"敏敏叹了口气道，"小君哥哥，我听了你昨晚弹的，我都不想练了，一辈子都练不到这水平。"

"那你练某一首钢琴曲时，如果能找到大师们的唱片，听不听？"

"听啊。"敏敏心想，自己听得最多的就是你的。

"那不一样吗？大师的演奏水准常人很难达到，但可以模仿，以此提高自己的演奏水平。"

但你不一样。敏敏心想，却没有说出口。为什么不一样，自己也说不清。

到了包厢，饭店经理跑来向林君介绍菜肴，请大钢琴家亲自点几个菜。在这当口，林太太貌似不经意地拉着敏敏到桌子旁，让她坐到自己和岑太太的身边。等林君点好菜过来，就只好坐在两位父亲的中间，正好与敏敏面对面。聪明如他，自然明白母亲的意思。

林太太在门口早就注意到了林君搂敏敏的动作。当着这么多人的面，而且还有新闻记者，林君这么做明显是故意的，林太太知道儿子的老毛病又犯了。这一搂在小君而言，就是随意一搂，但对敏敏来说，是很敏感的。下午与儿子的交谈，让她明白，既然不能如愿，就不要去点敏敏的火。但心里不免有些遗憾。

十

晚宴开始，两家人热闹地互相敬酒祝福，感叹林君多年不回家，却不得空闲在家好好休息。不免又聊起昨天的众多小姐献花事件，感叹现在上海的风气。林君解释说，纽约的乐迷更疯狂，有一次他们居然从中间直接爬上台。大家又是一阵惊叹。

后又聊到林君在美国如日中天的名声，古典音乐界为什么只有他一个人享受如此的厚爱。敏敏对此很是内行，笑着为长辈们解惑，将古典音乐界和时尚界相关名人、演出的形式、新闻报道等一一道来。林君明白了，这丫头这么清楚，一定是一直关注自己。

然后聊到了媒体，说到了古典音乐界最著名的《留声机》杂志。这时不知谁问了一句："那小君也上了时尚的杂志？"

敏敏说："有啊，比如 *George's dream*。"

林君正好伸筷子，猛然间住了手，缓了缓才夹起菜。他似乎看到敏敏说 *George's dream* 时戏谑的眼神，或许是自己敏感，但感觉仿佛被狠狠地电击了一下。

席间其他人听不懂，似乎在问敏敏 *George's dream* 什么意思，敏敏好像没有明确回答。林君有点魂不守舍，但还是极力克制，尽量不动声色地吃完晚餐。

此刻，从敏敏口中听到的古典音乐界、时尚界的自己，竟让他感到陌生，他第一次感觉到，自己近一年来的表现如此荒唐。在这个黄毛丫头面前，他内心里感觉羞愧无比。

卧室中，收拾好简单的行李，林君就抱着手臂倚在桌前，面朝窗外黑夜中的点点星光，良久没有动弹。上海的夜空，他已经多年没有如此静静地凝视过了，记不清前一次遥望这片夜色是何时：是童年，还是 10 岁离开前的那夜？上海与纽约，是同一片夜空，但夜空下却是不同的人。明天就要离开，回到纽约又能看到一样的夜空，但留在这里的人，却不知何时才能再相见。林君凝望着窗外，思绪似乎已经飘往遥远的星空中，迟迟不愿收回，直到父母在外面敲门。

林先生夫妇看儿子还没有睡，就来看看。晚餐回来，其实二老多多少少都注意到了林君的略微反常。

"行李收拾好了？"

"嗯，也没有多少，就一些简单的衣物和洗漱用品。"

林君关上皮箱，忽然下定决心，说："爸爸姆妈，我去下岑伯父家。"说完转身跑下楼去。

"让老赵送你去！"林太太追着喊道。老赵是林家的司机。

"不用了，我自己开。"遥遥传来林君的声音。

两家距离本来就不是很远，夜间行人又少，车很快到了岑家。看到岑家还亮着灯，林君松了口气。此时已经是晚上10点，很多人家这时候都已经入睡。

因为外出用餐回来，加上席间信息量比较大，岑先生夫妇还在客厅说着闲话。忽听门铃响，见娘姨领进来的是林君，都吃惊不小。

礼貌招呼过后，林君就直接开口道："伯父伯母，我想跟敏敏说句话，她还没有睡吧？"

"没有，还在赶作业呢。上楼左边的房间。"岑太太说，没有多问一句。

林君就跑上楼去，刚跑到二楼，敏敏就开了门。

门铃响时，敏敏好奇这么晚还有什么人来，就跑到窗口张望。看到林君进来，知道肯定是来找自己的。晚餐时席间林君的心思，敏敏多多少少明白一点，后悔自己莽撞，不该去刺激他。

林君看到房门开了，愣了一下，缓步上前，右手高举撑着门框，看着敏敏，认真而简短地说："给我半年时间，我给你答案，你也给我答案。"

敏敏略微思忖了一下，然后明确答复道："好。"

林君看着她，抬起左手凑近她的脸，犹豫了一下，往上轻轻拂了一下她的头发，微微一笑说："走了。"

没等敏敏回答，林君就转身跑下楼。敏敏反应过来，连忙跑到窗前。过了会儿看到岑先生夫妇礼貌地送林君到大门外的车边，林君上车，绝尘而去。

敏敏忽然泪如雨下，她很想追上去告诉他，她现在就可以给他答案。

不爱他是不可能的，而且已经爱了很久。与林君对她的陌生不同，她是能从不同渠道看到他的照片和报道的。她为他的成就而骄傲，为他的天才而喝彩，也为他这近一年来的荒唐而痛心。

也是因为他的堕落，她对他的感情变得理性了不少。她越来越明白他不可能只属于她一个人，他还属于音乐，属于舞台，属于众多的乐迷，包括像昨天晚上那样疯狂拥抱他的女乐迷们。他太年轻，太成功，成名太早。太多的诱惑，使得他很容易陷入各类温柔陷阱。

敏敏知道林君对自己的感情三天前才开始。对于这近一年来阅人无数的林君而言，敏敏自忖自己就是一个有些另类的黄毛丫头而已。这是她这几天对两人感情现状的清醒认识，很令人无奈，但很现实，所以敏敏的内心深处是很伤感的。

但是，林君今天来说的这一句话，把敏敏内心的防线瞬间粉碎，碎得很彻底，没有一丝丝的残余。她知道，半年是给他们俩完全撕下那层纱的时间，敏敏此时确信，那时的他会是一个完全不同的形象，而且无需半年。这是她对他毫无理由的信任。

至于以后，他还会不会再陷入不同的陷阱中，敏敏现在不去考虑。以后的事情，谁知道呢？这不是她以往的性格。她年纪虽小，但一直是理性和独立的，然而在林君今晚的这一句话面前，她的理性荡然无存。

是啊，我也就是个黄毛丫头，我才多大？

十一

纽约，林君的公寓，隔音做得很好的琴房内，轻轻地传来拉赫玛尼诺夫的《c小调第二钢琴协奏曲》。这周，昂波已经第三次来林君家，前两次都没有碰到林君，他关起门来练琴，昂波等了半天都没有等到。凡是林君练琴，别人是从来不会去打扰他的，只有等他自己开了琴房门出来。

十天前林君从上海回来，昂波接他到家。一周前的那场演奏会之后，昂波还没有见到过他的面。老刘说少爷回家后闭门不出，除了吃饭睡觉就是练琴。饭也吃得很简单，像今天中午没到饭厅吃饭，就啃了个面包了事。昂波知道林君是很好吃的，以往吃饭即使一个人也往往菜品丰富，而且非喝红酒不可，现在这是怎么了？

昂波知道，后天晚上开始，就有连续三场与芝加哥交响乐团合作的演奏会。因为乐团的时间安排问题，明天才开始排练，时间很紧。但按照昂波对林君的了解，这些对他而言完全不是问题，没有必要搞得如此紧张兮兮的。肯定有事，昂波想。他决定今天一定要见到林君，反正已经傍晚，林君总得出来吃晚饭吧。

没想到，过了晚饭时间，林君明明刚刚完整地练习完一遍，却又从头开始，分明没有出来吃晚饭的意思。昂波下了决心，打破常规，趁他刚练了个开头，就去敲门叫道："小君，是我。"

琴声一停，林君终于来开了门。昂波一把把他拽了出来说："不吃饭了？"

老刘也赶紧过来，叫少爷去吃饭，说已经热过一次了，再热就不好吃了。林君好像才想到吃饭，就拉了昂波道："都吃晚饭时间了？来，陪我一起吃。"

一起到了饭厅，昂波看着林君问："你在上海受到什么刺激了？"

林君在上海的情形昂波真不知道，除了排练和演出，林君其他的活动都没有助理跟着。只是助理含含糊糊地说过，离开上海那天早上，听说有个林君与女学生的花边新闻在上海流行，但实际推究下去，好像也仅仅是献了个花，还有说吃过饭，但又说吃饭是父辈的世交一家一起吃的。有说是同一个女学生，有说不是同一个。昂波听了也一头雾水，只是感觉林君这小子桃色事件真是多，上海之行才三天，就花边新闻不断。

"有吗？"林君笑着反问。

"被爸妈骂了？"

"我爸妈舍得骂我吗？"林君嬉笑着。

坐下后，昂波发现林君的一头卷发乱蓬蓬的，更不可思议的是胡子都长出来了，应该有几天没有刮了，这可不是他的风格。

林君对自己外貌是很苛刻的，从不容许自己有一点点的失态，哪怕在家里练琴。

"胡子几天没刮了？"

"明天去排练，再刮。"

"你真的有事。真的，受什么刺激了？"

林君举起红酒杯，与昂波碰了下，神秘兮兮地说："以后你会知道。这几天先好好练琴，来回一趟耽误不少时间。这首'拉二'第一次演出，排练时间又少，自己多练练。"

昂波忽然想到，林君去上海前的一年来，可是隔三岔五去外面会见各类女朋友的。即使演出前，也会抽出时间去跟她们喝一杯咖啡。现在一周都没有出门，不去咖啡馆舞厅了？女朋友们呢？不去见了？昂波很想问，但不知怎么开口，看着林君，欲言又止。

林君看透了昂波的心思，笑着说："我这样，不是你们大家希望的吗？"

"是，但不能过了呀，饭都不好好吃，当苦行僧了？"

林君心里一动，好像明白了自己这几天之所以这样做过头的原因了——他在惩罚自己，为前面近一年来的荒唐和堕落惩罚自己。

两天后，林君与芝加哥交响乐团合作的拉赫玛尼诺夫《c小调第二钢琴协奏曲》和勃拉姆斯《降B大调第二钢琴协奏曲》在卡内基演出，观众反响强烈，连演三场，一票难求。林君的状态回来了，这个曾经误入歧途的少年天才，重新回到了古典音乐纯粹的氛围中。朋友们欣喜之余依然在猜想缘由，虽然不知道实情，但想应该与上海之行有关。

不到两个月，谜底揭晓。一天林君请昂波帮忙联系高级中学，说他的女朋友两个月后要来纽约读书。

林君离开上海，一上飞机就开始给敏敏写信。敏敏当天晚上也开始给林君写信，只不过不知道林君的地址，等收到林君的信后才寄出。此后，两人就来回写信。两人都很忙，每天有空余时间就写几句，写得厚了就寄出，从不等对方回信才动笔。

林君的所谓答案，其实不需要刻意说明，从公开的新闻敏敏就能感觉到，所以她也早就给了林君自己的答案。一个月后，书信夹杂着电报，两人已经在商量敏敏到纽约读书的具体事宜。在纽约的一切，林君都会安排好，两人的分歧在于敏敏如何来纽约。

林君要自己来接，敏敏坚决不同意。自那晚自己决定了之后，对这个以后要成为自己恋人的大明星，敏敏给自己画定了底线，两人之间的事，绝对不能对他的钢琴事业有任何的负面影响，所以决不容许他给自己放长假来接。林君不放心敏敏一个人来，敏敏则坚称可以。最后林君让步，确定行程，敏敏坐上海到旧金山的轮船，林君再到旧金山码头接敏敏坐火车到纽约。

敏敏住的公寓林君早就安排好了。从上海一回来，他就让老刘找自己租住的公寓房东，租了旁边一套小一点的公寓。那套公寓正好空着，紧挨林君的公寓，林君觉得没有比这套更合适的了。因为怕会被租出去，就提前向房东租了下来，这事除了老刘没有其他人知道。林君相信，不用半年，这个黄毛丫头肯定会来纽约。

房子一租好，林君就告诉了敏敏。两人以后在纽约的相处，虽然没有在信里直接挑明，但各自生活，是林君给敏敏的暗示。林君是男人，这个承诺必须是林君主动给她的。

敏敏来之前，林君对她其他的生活事宜也都安排得妥妥当当，比对自己还要上心。林君自己租的公寓是大哥还在纽约时就租下的，除了钢琴，其他如家具之类都是大哥操心。而敏敏的这套小公寓，自租下后，很多东西都是林君抽空自己去挑选的，当然包括钢琴。昂波后来得知后心想，果然爱情的力量是很强大的。

学校的事情一托给昂波，情况也就公开了。大家猜了一个多月的谜终于解开，只是好奇是怎样的女孩，让这个浪子这么迅速地回了头。在上海不就三天时间吗？还要演出排练，怎么算，两人见面的时间都不会太多。

林君接敏敏到纽约的那天，大家就在那个包厢为她接风洗尘。虽然敏敏自己懵懵懂懂，但所有人对她的感激发自肺腑。就是这个漂亮聪慧的小女孩，让这个这么多人费了九牛二虎之力都无法拉回的浪子悬崖勒马。敏敏不明白，但林君明白。

晚餐后，林君带敏敏到了她的小公寓。因为林君有时要到外地演出，敏敏一个人生活不方便，老刘又是个男人，所以他特意为敏敏雇了一个女佣，与敏敏一起生活。

转了一圈后，两人到了敏敏的琴房，林君告诉敏敏琴房是做好隔音的，放心弹。看到钢琴，敏敏吓一跳："给我也买了施坦威？"

"七尺的，九尺现在你弹可能有点重。当然实在想弹可以弹我那架。"林君笑着说，"不过呢，那要我不弹的时候，可不能跟我抢哦。"

"那是，你是大钢琴家嘛。"

此时林君站在敏敏身后，就从后面抱住了她，小声说："那，小钢琴家，这些安排可满意？"

敏敏侧身仰头，刚想说什么，林君已经吻住了她。这是他们第一次接吻，敏敏开始僵硬着，后又开始羞愧，挣脱出来，回身抱住了林君的腰，把脸埋在他的胸口。

敏敏个子一般，但林君个子高，轻松用下巴抵住敏敏的头。只听敏敏轻声说："你说过要等我的哦。"

"但你不能让我等太久，我可比你大很多。"

"等我到 20 岁，行吗？"

"20 岁，好像还有好几年哦。"林君一副很痛苦的样子。

敏敏为难地抬起头，林君不忍，把她头按回到自己胸口，说："开玩笑的，等，一定等。"

十二

自此，两人开始在纽约生活。

两人都很忙。林君自不用说，而敏敏读书本来就用功，还要练钢琴，林君自然成了贴身的钢琴老师。不用多想，自两人相处以来，敏敏高级中学毕业以后就计划专业学钢琴了，至于学成什么样，不重要。

林君虽然有助理和司机，但他依然喜欢保持自己的独立性，如开车、上街购物等，他要保证自己可以不依赖他人而很好地生活。而对敏敏而言，她虽是第一次独立外出，但因为有林君照顾，在纽约，依然像在上海一样。然而敏敏的个性也像林君一样喜欢独立，所以到了纽约她也努力学习各类生活技能，包括开车。

平日里，两人一旦都有空，就自己开车到纽约的郊外游玩。这样的时间并不多，对于他们而言是最美好的时光。而林君去外地演出时，如与课程不冲突，敏敏就会一同前往，在音乐会后挤出时间在当地游玩，享受两人难得的悠闲时日。而两年中的寒暑假，敏敏就会带着功课全程跟着林君，一起吃饭，一起练琴，坐在第一排的正中位置听他的每一场音乐会。

林君比敏敏大两岁，而且是老纽约了，自然是林君照顾敏敏。林君也是这么想的，直到有一次他重感冒发烧，才知道这个小丫头居然很会照顾人。

林君身体还不错，但就是容易感冒，几乎都是演出时剧院内的气温导致的。林君怕热，别人适合的室温，他都要出汗，加上演出时服装要求是长袖衬衣加燕尾服，所以每次演出完衬衣湿透，湿衬衣贴身时间一长，身体受寒就容易感冒。

林君怕打针，自小生病就不打针，只吃药，再苦的药都吃，包括在国内时偶然喝中药。小时候为了不打针会死命闹，后来父母也知道他这脾性了，就不再坚持。来纽约后，人也长大了，别人更管不了，有时候感冒发烧，还坚决不打退烧针，感冒就好得慢。

敏敏来纽约后，第一次遇到林君生病，发烧，敏敏就守着他用物理方法给他降温，一遍遍地用温水擦身。半夜林君醒来，感觉烧退了，看到敏敏就趴在床边。丫头明显累了，在林君的催促下睡眼蒙眬地去自己公寓睡觉。后来好几次，在敏敏的呵护下，林君的感冒都好得很快。林君最深的感受是，不知已经多少年，自己没有感受过除哥哥以外的呵护了。

敏敏很快找到了林君老是感冒的原因，就从源头入手，每次演出前准备两三件衬衣，让助理带着。林君中场休息及演出结束后，一旦出汗，就让助理准备热水，擦身后换上干净衬衣。开始林君嫌麻烦，不肯换，但敏敏坚持在后台盯着，换了几次衬衣，林君感冒果然少了很多。

然而时间一长，林君内心生出了另外一种遗憾，就是生病一少，敏敏的贴身照顾也少了。这个念头林君放在心里说不出口，只是在偶然生病受到敏敏照顾时撒娇越来越多，经常一派无赖相。聪慧的敏敏自然知道，每当此时，就觉得这个少小离家的男人，虽比自己年长两岁，但毕竟还是个孩子。

本来按照计划，敏敏高级中学毕业后，就申请进入林君的母校茱莉亚音乐学院学钢琴。但国内形势的变化，使得林君开始有了回国的念头。

1937 年，由于日军侵华战火的扩大，国民政府迁都到重庆，随迁的包括各行政部门和部分学术机构。1940 年，家中来信提到，林岑两家都已经迁到了山城，赋闲两年多的林岑两位先生，在重庆的学术机构另谋了新职。

之后，林君内心总有一种不安。他不是一个恋家的人，少小离家，独立惯了，与父母间的联系也不多，但两年前那次回家，明显感受到父母的孤独，不舍之感油然而生。现在得知他们离开一直生活的城市，去陌生的内地，心中开始忐忑不安起来。这种不安，加上国内战争的硝烟日益浓重，让林君渐渐萌生了回国的念头。

当这种思绪在演出时也开始冒出来时，林君知道必须解决了。但真要解决，太难了。

对于普通人，离开长期居住的地方，本来就不是一件容易的事，迁往他国，更加困难。自 10 岁开始，林君的生活、学业和事业就在纽约，如果要离开，要丢掉的实在太多了，他不舍。

为此，他挣扎了很久，但最后还是下定决心：他要回去，到父母身边，到那个战火纷飞而陌生的祖国。

最后决定前，他向敏敏说了自己的想法。他觉得，敏敏回国的想法应该比他还要强烈，她毕竟以前一直在父母膝下承欢，之所以不主动提出，无非是顾及林君的音乐事业离不开纽约。敏敏知道了林君的想法，自然支持他，但还是提醒林君：真的想好就这么离开舞台？

但林君决定了，他一旦决定了就很干脆。除了敏敏之外，其他人他只是通知，无论是父母、哥哥，还是包括昂波在内的一众伙伴、朋友。这个决定惊煞了所有人。

所有人都反对，包括父母。

所有人都提醒他：放眼全世界，在这个战争肆虐的星球，至少留在美国是最安全的。

哪怕敏敏也还是在不断提醒他：真的要放弃？就算是暂时的。

但林君说：我在舞台上不安了，这是我从来没有过的。越往后，不安会越强烈。音乐需要心无旁骛，一旦掺杂了另类的情绪，音乐就不是音乐。

林君毕竟是感性的——音乐家都是感性的——当感觉自己想要离开时，他不再犹豫。

于是，在无数恋恋不舍的目光注视下，在告别巡演之后，他们踏上了回国的行程。

当天凌晨的送别宴结束后，大家一起和林君与敏敏到了纽约港最近的一家酒店住宿，休息到临近中午，吃完午饭后，一同来到码头。

到了码头，看到来送行的除了同学、朋友之外，还有很多音乐界的同行，连老师威尔逊教授夫妇都来了。另外还有大量得知确切消息的乐迷，冒着寒风来送别他们心目当中的钢琴王子。码头上黑压压的全是送行的人群和鲜花。

林君拥抱了很多人，跟他们道别。他与老师久久地拥抱，告诉老师只要自己回纽约，一定立即来看望他；告诉师母还要回来吃她的法式菜肴。

冬日午间，清冷的纽约港，海水反射着阳光，摇动着即将远航的轮船。船上硕大的烟囱直插天际，反衬出甲板上匆匆上船的旅人的渺小。海边的空气中弥漫着分别的伤感气氛，无论是送行者还是远行者，都被笼罩在离别的悲情中。

即将离开码头的林君回首，噙着泪，举起双手，向远处送别的人群送去了飞吻，转身登上了回国的轮船。

汽笛鸣响，轮船缓缓启航，隔着海水，挥动的手越来越遥远模糊，终于看不见。

纽约，何时会再回来？林君不知道。

第二章

一

轮船自纽约出发，将出入西洋经巴拿马运河进入太平洋，中途会停靠香港，再到上海，然后再换江轮顺长江到重庆。时间很长，但这趟航线是林君专门选的，目的就是去香港看望哥哥一家。

随着战争的持续，远洋班轮日益减少，因此每一趟几乎都满客运行。这趟船上客人也很多，特别是底层船舱拥挤不堪。但头等舱依然清静，宛如另外一个世界。凡是头等舱的客人，行李早就已经由船上的客房服务员送到了船舱。林君与敏敏简单收拾了一下行李，就开始找钢琴。

在船上找钢琴，这是事先考虑到的，只是没有把握能否找到。林君曾经还考虑过，是否把敏敏的那架七尺施坦威搬上船，但后来想想实在太麻烦，就托昂波卖掉了。钢琴船上肯定有，音乐厅、酒吧或者舞厅里，但让客人长期练琴很难。然而找还是要找，一个多月时间不练琴，对林君而言是不可思议的。至少在海上的这段时间尽量找钢琴练，而从上海到重庆的江运肯定没有钢琴，但毕竟时间短。

运气很好，顶着头等舱客人的身份，在客房管家的帮助下，通过娱乐部总经理，找来剧院经理，陪他们在音乐厅的一个排练室内找到了一架闲置的钢琴，可以让他们自由弹奏。船方坚持不收费，客气一番，只是经手的人员收了点小费。

这个排练室目前闲置着，除了钢琴，还放了些其他乐器和杂物，房间居然还做了隔音。钢琴很好，是七尺的贝森朵夫，就是实在旧了点，特别是外观看上去很陈旧。剧院经理说当初买来时就是旧琴，几年下来更加陈旧，购置新琴后，这琴就被淘汰至此。

林君试了试，感觉琴键没什么问题，就是太松，音很久没有调了，已经低了一个八度。又请剧院经理找来调音师，另外付费给他，委托他好好调下音。

安排好这些，两人才松了口气，开始拉着手一起逛船。到傍晚时刻找了几个不同的餐厅，好好大吃大喝了一番。这天晚上他们没有去练琴，又在船上逛了很久，泡了几个酒吧。

当时的美国禁止21周岁以下的人在公共场所喝酒，所以即使是林君最荒唐的那一年，他也没有在公共场所喝过一口酒，这点他把握得很牢。而今天在船上，他就彻底放开，加上酒量又好，各种酒喝了不少。

酒足饭饱之后，又看了几场歌舞，两个玩累了的年轻人才回房间休息。

此时已是深夜，然而，林君却失眠了。

记得前一次失眠，还是在哥哥第一次离开纽约去香港大学任教的那段时间。自送走哥哥那天开始，他好些个晚上都伤心得难以入眠。而今晚，在这远航的轮船上，他觉得心绪烦躁，辗转反侧，睡意全无。

反正睡不着，林君干脆起身，从床旁边的抽屉里拿出早就准备好的香烟和打火机，在睡衣外穿上长大衣，走出了船舱。林君来到稍微远一点的甲板上，趴在栏杆上点上烟，在夜风中抽着，微红的烟头缓缓燃烧，一丝丝香气迅速消散在清冷的夜空中。

冬日寒风蕴含着海水的潮湿，远处无边的黑暗中泛着点点灯光，是同样远航的船只还是孤独矗立的灯塔？林君记忆中的海水气味已经是多年之前，而今少年已经长大，然而海水还是依旧。

他已经两年多没有抽烟了，记得最后一次抽烟还是上次去上海前。这次出发前，他鬼使神差地特意准备了烟和打火机，没想到这时候用到了。

此时，一个念头不断地冲击着林君的心头：自己这么断然离开纽约回到战争肆虐的故土，是否太冲动了？

自下决心回国后，演奏会、告别宴、募捐善款、回国各种繁琐的准备、纽约后续事务的处理等等，占据了他所有的时间和精力，没有余暇去进一步思考，又或许是自己本来就在回避。

此时，对自己音乐事业的绵绵愁思，对未来在战火中生活的深深担忧，一起涌上心头。在这冬天寂静的夜色中，林君忽然觉得自己的前途如同眼前黑沉沉的海面，茫然一片。

林君正在抽烟发呆想心事时，一阵香水味飘来，在林君的记忆中，这是"喜悦"的味道，随后是娇柔的女声："Please."林君转头，一根寿百年香烟已经伸到他的面前，烟的后面是个风情万种的金发美女。

林君拿起打火机打着火，给她点着了烟。女人吸了一口，缓缓把烟吐到林君的脸上。林君连忙转过头，想要走开。这样的女人，几年前林君交往过不少，不陌生，知道接下去会发生什么，而此时，自己能不能把控住自己都没有把握。

果然，美女一只手搭上了林君的左肩，嘴几乎凑到了他脸上，用英语柔声道："一个人？"标准的美式英语。

林君不知道如何作答，说是也不对，说不是也不对，想把肩膀从她的手下移开。但美女迅速把手绕过林君的背，搭住了他的右肩，道："这么漂亮的男人，怎么能一个人在这里发呆呢？我陪你。"

林君拉开了她的手，转身离开栏杆，想走开，但那女人依然不甘心，冲上来一把把林君推到船舱壁上，两手已经捧住林君的脸，红嘴唇几乎要贴到林君的嘴上。

林君知道再不下决心就麻烦了。他猛地推开她，快步离开走向船尾。那里正好有道窄窄的向下的螺旋式楼梯，他就顺着楼梯跑了下去。

那美女没有追下来。林君就在这一层又瞎逛了一会儿，心想真是倒霉，出来抽个烟都不得安生。慢慢地感觉睡意越来越浓，就又回到上面一层，小心张望了一下——他可不想让那女人知道自己的房间。幸好没有再看到那个金发美女，他松了口气，赶紧开锁进了舱房，这下马上就睡着了。

二

第二天，林君被敏敏叫醒，一看表，已经快中午了。敏敏坐在他床头，嘟着嘴："快点起来了好吗？我等了半天了。"

林君伸出手臂，撒娇地说："拉我起来。"

敏敏笑着拉他起来。林君还是很困，就又把头埋到膝盖上。敏敏摇着他的身子说："快点嘛，我肚子都快饿瘪了。"

林君一听来劲了："饿瘪了？我摸摸，饿得有多瘪。"一手抱住敏敏，一手摸着她的肚子，敏敏发痒大笑。两人闹了一阵，随后林君迅速洗漱完毕，一起到餐厅吃早餐。

船上有好几个餐厅，几乎 24 小时都能找到各类餐食，即使是中午，也能找到提供类似自助早餐的餐厅。餐厅不大，只服务二等舱以上的客人，可能大家都睡得晚，今天人也不少，西方人和东方人都有。

他们俩一进来，窗边的一个金发美女就注意上他们了，就是昨晚向林君借火的那个女人。女人确实漂亮，20 多岁的年纪。她的眼光一直跟着这个漂亮的男人和他身边那个小女孩。男人很帅很年轻，那个女孩更小，金发美女细细一想，就明白了为什么昨晚漂亮的年轻男人会一个人跑出来抽烟解闷。

见他们俩面对面在另一边的一张桌子旁落座，她喝了口红酒，拿着酒杯，慢慢地走到林君桌旁。

此时，林君和敏敏举着咖啡杯想要碰杯，女人一手撑住桌子，一手拿着红酒杯伸过去碰到林君举着的咖啡杯上。刚要碰上杯的林君和敏敏吃了一惊，双双抬头。林君立即认出了那女人，知道她肯定是来找茬的，心里暗暗叫苦。

"昨晚后来跑哪里去了？"她媚笑着，盯着林君用英语说。

林君不知道说什么，脸上满是窘态。

女人笑得更开心了，说道："太嫩的女孩不合你意，尽管来找我呀。"

林君恨不得埋下头，不知道她还会说出什么话来，却听对面的敏敏开口用英语说道："能不能请你不要打扰别人就餐？"

女人转头看向敏敏，敏敏抬脸望着她。

"小姑娘，你想不想知道昨晚半夜你男朋友去了哪里？和谁在一起？"

"不想！"敏敏毫不示弱。

女人愣了一下，转而一笑，继续看着敏敏说："你知不知道，你男朋友想要的，你给不了，但其他人可以给。"

"这关你什么事？"

"当然关我事，我看见了，我看见了他的孤独和痛苦。"

"那又如何？但他只能是我的。我再说一遍，不——关——你——事！"

这完全出乎女人的意料，她愣在那里，一时说不出话。敏敏继续不客气地说："能不能请你走开，别打扰我们？"

女人不甘心地直起身子，转头看向林君，林君正认真地看着敏敏，一脸笑意。

女人无奈，转身走开，走了几步又回过头，看见敏敏依然一脸严肃地瞪着她，只好叹了口气，彻底死了心。

敏敏回过头，看到林君笑着看她。这是敏敏第一次碰到这样的事，这种情况与女乐迷们拥抱林君完全不同。她今天如果不是这么处理，会有什么样的波折不好说，虽然他们之间不会因为这样的事情闹什么误会，但在大庭广众之下，对这样一个显然混过江湖的女人，真的不好应付。

"昨晚你出去了？"敏敏轻声问，对此她肯定好奇，明明都回船舱了。

"是，睡不着，出去抽烟。"

"你怎么又抽烟了？带烟了？"

"就是怕有昨晚这样睡不着的时候。"林君接着说，"碰到了她，她向我借火，看她有企图，我就跑了。"

"你为什么睡不着？明明应该很困了。怪不得今天早上你起不来。"

"不知道为什么，忽然怀疑起自己来了。"林君神情黯淡了下来。

敏敏呆了一下，马上懂了。尽管林君义无反顾，但丢掉的实在太多，他的内心深处，无法彻底摒弃对事业的留恋。敏敏懂，但不知道怎么安慰他。其实，回头是很容易的，但林君肯定不会回头，只是内心深处的不舍是无法排遣掉的，所以他失眠了。

林君马上回过神来，打断了敏敏的思路说："好了，丫头，赶紧吃，吃完去练琴。"

琴已经调好音，对音准林君期望值不高。船上的调音师水平有限，调的音对于一般的演奏者没问题，但对于林君而言，瑕疵肯定不少。

林君在纽约的调音师是他御用的施坦威的特级调音师，调音费是最贵的，按小时计费，时间从调音师出家门到回到家计算。而林君对音准的要求异常苛刻，家里的琴如果每天练习，几乎两三天就要调一次音。如果一天内练的时间长，练得又猛，就每天都要调音。演出时，调音师必须在后台候场，中场时候就要赶紧上台调音。对调音费的支出，林君从不吝啬。

然而现在在船上，这些都不计较，也无法计较，有琴练已经很不错了。

回国后的事已经安排妥当。林君去已经迁到重庆的中央大学钢琴专业当老师，敏敏则进钢琴专业学钢琴，两人将正式成为师生。

林君只是找个事情做，他不想在如今的国内开音乐会——在这样兵荒马乱的时节开演奏会，他全然没有这样的心情。他是完美主义者，他演奏出的音乐要保持最好的状态献给观众。

当老师的事是小学同学陈绍平提议的。林君太早出国，在国内的朋友很少，出国前在国内读过几年小学，到现在还有几个小学同学在联系。其中绍平联系最为紧密，因为父辈也认识，而且绍平大学也是学音乐的。

绍平读书比较早，刚刚从中央大学毕业，留校当了声乐专业老师。绍平说他所在的艺术系属于师范学院，他周边的同学老师很多人都是林君的仰慕者，听说林君要回国，而且就住在重庆，就纷纷提议校方聘请林君来他们学院。

这事通过绍平联系林君，林君开始很犹豫，主要是自己没有当过老师，要说当过，也就教过敏敏这一个学生。但校方那边聘请的愿望很强烈，后来达成一致，林君否定了校方聘自己为教授的提议，要求就当个普通的钢琴老师，这样自己的压力会小一点。至于其他，林君不在乎。

而且林君觉得自己也不知道会在国内待多久，如果这几年一直这么闲着也不行，当个老师换个工作环境也挺好。以后自己肯定还是要重返舞台的，这也算是人生中的一个小插曲。

敏敏本来应该申请茱莉亚音乐学院，如此一来，只能在国内读本科，以后看是否有机会再去茱莉亚深造。对林君的这所母校，敏敏一直有这个心结。

这两年，在非专业老师林君的贴身指导下，敏敏的钢琴水平突飞猛进。学钢琴时，敏敏很恭敬地叫林君林老师，一口一个林老师长林老师短，但事实上不怎么听话，主要是在练习曲目的选择上。敏敏对浪漫派情有独钟，尤其是李斯特。古典派不怎么喜欢，巴洛克更不想练。但林君告诫她，除非她就业余练练，否则每个时期的作品都要涉及，这是钢琴专业的学生所必须的。

为此事两人经常扯皮，有时候敏敏一撒娇，林君就会让步。但大部分时候，还是林老师的权威起了作用，敏敏乖乖地去练嘴上说练不下去的曲目。

回国的远洋轮船上，两人大部分时间就在这个闲置的排练室度过。林君练琴时，敏敏在旁看书做功课。功课是化学，她一直放不下，想既然在国内就读中央大学了，就在学钢琴专业的同时辅修化学专业的课程。敏敏练琴时，林君大多数时候就盯着指导，其余时间自己看书，练中文书写。临出发前，他买了一些教育学方面的书，想为上讲台临时抱佛脚。同时考虑到上课要写板书，而到美国后自己中文写得太少，为了写出来的板书稍微周正点，开始勤练中文书法。

三

经过漫长的旅程，船终于快到香港了。船越靠近香港，林君的心情越激动，又快要见到哥哥了。

那年 10 月，林航结婚，林家全家都到了香港，参加婚礼，林君给哥哥当伴郎。由于林君的日程很满，参加婚礼那次林君只在香港待了一天，就匆匆返回美国。在人群涌动的婚礼中，林君对哥哥在香港的家几乎没有什么了解，只知道嫂子是林航任教的数学系主任的女儿。

第二年的暑假，哥哥偕嫂子和刚出生两个月的小侄女到纽约与弟弟团聚，林君才能细细观察哥哥和嫂子。他明显发现了哥哥最大的变化，哥哥放松了，很放松。多年以来，少年林航肩负着自己和弟弟的生活、学业，内心永远是紧张的，这么些年以来，林君从来没有在哥哥脸上看到过如此放松的神态。

嫂子陆晓岩书香门第出身，很娴静，话不多。林君发现，嫂子看向哥哥的眼神温柔，而且带着明显的崇拜之情。

林航比林君稍微矮一点，不像弟弟那样英气逼人，但长相同样英俊，带着浓浓的书卷气。林航一到香港，就如同弟弟说的，立即成了以港大为中心的知识阶层中的小明星，神童的光环、留学的背景、不俗的家世及出众的外貌，让他成为很多少女心目中的白马王子。

婚后，林航很轻松地融入了岳父家所属的富贵知识阶层，业余时间开始打桥牌、打高尔夫球。林君记得，那次哥哥自豪地展示他练球后健硕的臂膀。本来相比弟弟，林航显得瘦弱。林君练钢琴，手臂力量很强。如今看到哥哥同样健康的体魄、轻松的神情，林君内心里很感激嫂子。他明白，现在在香港的哥哥，已由以前照顾他人，转为被人照顾，他替哥哥高兴。两年前在纽约郊外湖边，第一次听到哥哥要结婚的消息时，聚集起来的失落和伤感，自此彻底一扫而空。

船还没有靠港，林君和敏敏已经提前挤到了出口处，行李员推着行李车，车上堆着三大箱给哥哥一家的礼品。靠港时间不多，一共就五个小时，所以心急的两个年轻人要第一时间上岸。

上了岸，两人手拉手疾步向前，林航一家和司机早已经等在码头出口处。等看到哥哥时，林君忍不住快跑起来，扑过去，一把抱住了哥哥。林航趔趄了一下，笑骂道："小君，你又皮了！"

林君松开哥哥，兄弟俩笑着对望，林君又撒娇般地抱住哥哥道："大哥，我们终于又见面了！"

大家一起走出码头。此时，林航一岁多的女儿小柔嘉由敏敏抱着。

小柔嘉与敏敏很有缘，两人已经在纽约见过两次面，第一次小柔嘉还在襁褓中，第二次小柔嘉刚一岁，就与敏敏很亲。敏敏也特别喜欢柔嘉。按照上海人的称呼，敏敏让柔嘉叫自己"嬢嬢"。

此时，小柔嘉小手抱着敏敏的肩膀，嘴巴贴在她的耳边，一直叫着："嬢嬢、嬢嬢……"

晓岩看到嘉嘉一直黏着敏敏，就说："嬢嬢这么远路来，累了，妈妈抱好吗？"

小柔嘉小嘴一嚦，抱住敏敏，把头埋到她的脖子里。大家都笑了。

林君搭着哥哥的肩膀走在众人后面，劝哥哥一起回内地。

林航说："小君你呢，做事情一向很干脆，这次说走就走，把这么多年的一切都放下。我这做哥哥的呢，做事从来就优柔寡断，做出个决定不是那么简单的。"

"算了吧大哥，你对我的事情别提多果断了。"林君不以为然，"我在决定回家之前的这一段时间里，连演出都不能专注，后来想想，就下定了决心。"

"既然你已经回家替我尽孝了，我就不着急了，可以慢慢考虑。"

"你这话说的，什么替你尽孝，不是我的亲爹亲妈啊？"林君失笑道。

林航凑近林君轻声笑着说："我们家二老也很可怜，我们俩，一个神童，一个天才，早早离家，让二老一直膝下空空。本来还有敏敏那丫头可以给他们一些安慰，结果还让你给拐走了。"

林君低下头一脸坏笑道："这不还回去了吗？"

四

到林航的家已将近午饭时间。开饭前，各人分别整理三大箱礼物。

敏敏给小柔嘉带了许多礼物，除了小公主裙，大部分是玩具，自然有小姑娘最喜欢的洋娃娃。敏敏还给她带了刚刚新上市的全套电动小火车，此时已经在她的儿童房地上摊开，敏敏童心未泯地与柔嘉一起玩起来。

晓岩试穿了新的连衣裙进来，问敏敏如何。敏敏很惊讶，说："嫂子，你个子高，这就像是为你量身定做一般。"

林航结婚当年的年末，敏敏到了纽约，此后大家两次在纽约团聚，晓岩和柔嘉的礼物都是敏敏买的，甚至包括林航的衣服之类，这使林君大大地松了口气。本来他买给哥哥的礼物不难，照着自己喜欢的就行，其他的就难了。而敏敏不但能买女人小孩的礼品，而且因为经常给林君买东西，给哥哥买礼物也比林君内行。

此时哥俩正在另一个房间整理林航的礼品。

"小君，这次你们怎么带这么多礼物啊，你们自己的行李也没这么多吧？"

"接下去几年不是不能再买到纽约的东西了吗？除了这个

雪茄和酒之外，其他都是那丫头选的。"林君一边把烟酒给哥哥，一边说。箱子里除了衣服外，还有雷朋墨镜等时髦物品。"她一听说买到了香港停靠的船票，就急急忙忙地拉着我去买礼物了，还说反正用的不是她的钱，是我的钱。"

两人大笑，林航道："你的钱不就是她的钱吗？对了，小君，这次你把这么多年在纽约的大部分家当都捐了？"

"对啊！"林君笑着伸了个懒腰，说，"以后再去赚回来。"

过了一会儿，大家来到餐厅准备吃饭。

林君坐在哥哥身边，又抓紧时间开始劝说哥哥。

"大哥，香港最大的问题是地理位置太重要了，各方都盯着，太危险了。"

"但目前香港还是安全的，瞧瞧重庆，那轰炸。"

"是的，但重庆虽然不安全，却是有预防的；香港现在看起来一片和平，却无法预见什么时候战争降临。最怕这种不可预计的不安全性。"

"香港自去年开始也在预防空袭，也不是没有准备。而且我觉得只要英国没有与日本翻脸，香港就安全。我想轻易也不会翻脸。"

"为什么？我觉得危险。你想，日德交好，英德交恶，本来就不是一个阵营的。"

"但只要美日不交恶，日本就不会与英国翻脸。"

"美日交恶不是不可能，我甚至觉得很有可能。"

"美国现在搞孤立主义，与日本公开交恶，政府层面很难突破。"

"但大哥你别忘了，美国一向是民间推动政府的。想想一战，先是志愿兵去欧洲参战。现在那个议员杜鲁门，不就是借钱买了装备去欧洲的吗？现在也是，陈纳德将军也是民间行为。至于政府层面，不是没有，前两年，美国就已经陆续开始禁止向日本出口与战争相关的资源。后续听说还可能出台冻结日本在美资金的政策。"

林航笑着轻拍了一下林君的头，说："小君啊，长大了，现在说起政治经济来也一套套的了。"

林君笑着说："没办法啊，现在都被逼到这个程度了，不去了解不行啊。音乐是最纯洁的，但现在已经不能蒙着头只关心音乐了。"

林君接着说："所以，我还是这个观点，香港危险，大哥要早点撤。"

"你看啊小君，我不是说走就能走的，我的这一届学生才带了一半，这么扔下他们，不负责任啊。"

"那还有多长时间？"

"两年。"

"太长了。"

说到这里，林君猛然想起了嫂子，嫂子全家可都是香港人，就看向晓岩问："嫂子，你怎么想？离开香港的话，伯父伯母有什么意见？"

晓岩说："我听你大哥的。至于我父母，他们目前没有离开香港的打算，如果要离开，也是去广东老家，但老家现在已经被日军占领。所以暂时不会走。"

"嫂子，如果伯父伯母要离开香港，去重庆，或者其他相对安全的地方的话，尽管提出来，我们能帮忙。"林君真诚地说。

五

轮船又将启航。两家人在码头告别。

林君面对着林航，他最终没有说服哥哥，内心很是压抑，忽然紧紧地抱住了哥哥，眼泪喷涌而出。

"大哥，跟我走好不好？"

"小君，别闹了。"

"大哥，我一直都是听你的，这次你能不能听我一次？"林君把脸埋到哥哥肩上，带着哭腔道。

林航不由得眼睛湿润了，拍着弟弟的背。"瞧你，小君，把我衣服都弄湿了。大哥答应你这一届学生毕业就回去，好不好？"

"时间太长了，两年时间太长了。"

"那……一年，好不好？"林航哄着弟弟。

"小君，怎么还是像小孩一样，柔嘉都要笑你了。"林航笑着说，但眼泪还是下来了，他自然感受到了林君的伤心。

柔嘉用小手刮着自己的小脸说："小叔羞羞，小叔羞羞。"

开始晓岩和敏敏都在旁边笑，但这时也都伤感起来。

船鸣笛了，林航拍着林君的背，道："好了小君，该上船了。"

林君松开手，看着哥哥，还是哭。林航无声地轻轻拍了拍他的头，不知道该说什么。林君又一次抱住哥哥，哭着说："大哥，我们像小时候一样天天在一起，好不好？"

"小君，我们都长大了。"林航的眼泪无声地流了下来。

终于和哥哥分开了，林君亲了亲小柔嘉，忽然对着晓岩深深鞠了一躬，道："谢谢嫂子照顾哥哥。"然后拥着敏敏一步三回头地上了船。

晓岩这才反应过来，对林航说："小君今天是怎么了？"

林航遥遥望着走远了的弟弟，满脸的不舍："小君长大了。"

轮船启航，缓缓离开码头。倚着栏杆，林君的脸上满是悲伤。他没有再哭，只是望着岸上那越离越远的身影，忽然有一种下船把哥哥强行拉上船的冲动，但随即连忙摇摇头，摆脱了这荒唐的念头。

不知道为什么，林君对这次与哥哥的离别特别伤感，有一种以前从未有过的生离死别般的感觉。他想，或许是战争的阴影导致的，他太想一家人在乱世中生活在一起。世上有太多无奈的事，包括长大，包括离别，包括亲人们的天各一方。

接下去的航程比较短，随着与父母重逢日子的日益临近，与哥哥离别的伤感也渐渐淡化，但压抑的心情却迟迟没有平复。林君想，以后还是要经常去信劝说哥哥，哥哥最后不是说一年吗？等一年到了，如果哥哥还不肯来，自己就再去香港，哪怕绑也要把哥哥绑来。

3月中旬，船到了上海。林家在上海的亲戚已经办妥了繁琐的江运手续，而整个江运途中还要换两次船。林君的两个堂兄陪同两个年轻人先坐第一航程的江轮顺长江往西南，换了一次船后，一直送上第三航程的江轮才返回上海。几经折腾，3月末，漫长的旅程终于到了终点。

在这两个多月的航程中，林君度过了他的20岁生日。

重庆码头上，林岑两家人团聚在一起。自上次上海的那次相聚后已经两年，再聚自然是欢声笑语。大家一起在饭店里聚了个餐，然后各自回家。与在上海的情况相似，两家相隔不远。

到码头来迎接的还有林君的同学陈绍平。林君在校方的所有事情都是绍平在操办，除此之外，绍平还要为林君和敏敏在各自家中准备琴房和钢琴。琴房早就做好了隔音，但找钢琴费了不少周折，主要是林君的钢琴不好找。

如果在上海，买个稍微合适点的钢琴还相对容易点，但在重庆，钢琴不是没有，但选择余地小很多。绍平所在的艺术系音乐专业的同人们一起努力，全城找寻合适的钢琴，最终找出了五架三角钢琴作为备选，都是二手的，在不同地点。

到家后，林君稍微休息一下，就由绍平带着去试这五架钢琴，其中三架还在别人家里。最后矮中取长，林君选出两架。林君自己的是博兰斯勒，虽然不能与在纽约的那架相比，但林君有心理准备，已经很满意了。

隔天，绍平继续忙着搬运钢琴，请调音师调音，终于把林君和敏敏的钢琴摆弄妥当。林君笑称自己运气真好，到哪里都有这么多人帮忙。绍平离去前与林君约好时间，明天上午林君要先去一趟学校。

六

一早，林君自己开车出了家门。

林君以前没有来过重庆，完全不熟悉。他买了张地图，放在车上，就在全城转了起来。与绍平约好的时间还早，林君就是想熟悉熟悉这个山城。山城的车很少，在这里汽车是稀缺品，有车不容易，加汽油更不容易。

林君的方向感极强，转了两小时，基本熟悉了重庆这个陪都。然后开车到沙坪坝，停在中央大学的大门口附近。

没多时，绍平跑出来，上了林君的车。绍平让林君先不忙着开车，他想先介绍一下林君在学校的相关事宜。前一天忙钢琴的事情，都没有聊学校，绍平觉得有些事情得提前跟林君打招呼。

"第一件事呢，是你的学生。小君你的钢琴专业一共28个人，我们替你面试了27个，剩下的一位当然由你亲自面试了。"这指的是敏敏，两人都笑了。本来应该是林君自己面试所有学生的，但回国的旅程太长，只能由同事们代劳。

学校的新学年开学是在暑假，其他专业都已经上了一学期课。但林君的钢琴班纯粹是因为林君而招生，那时夏季班已经开学，招进来的学生就成了春季班。

"除了这钢琴专业之外，其他音乐专业一些消息灵通的学生知道大钢琴家来当老师，都要求加选修课，现在还没有定下来，系主任要听听你的意见。"

"加选修课没问题，反正我不忙。"林君一口答应。

"第二件事，是你的聘书。校方没有按照你的要求，最终还是聘任你为教授，说你这样的大钢琴家如果聘为普通教师，被学生和校外人士知道，会被骂的。"

这个大出林君的意外，本来以为都说好了。绍平也是知道不好办，干脆现在才说明，反正木已成舟，林君也没办法。

"这太让我为难了，大感压力啊。"林君无奈摇摇头说。"本来可以轻松一点，教授可不好当。你太狡猾！"林君点点绍平说。这事确实让林君感觉头疼。

"第三件事，你可能也不会太喜欢。"绍平继续笑着说。

林君一听吓了一跳，说："还有什么事？"

绍平指指前面，说："开车过去，你就能看到。"

车子进了校门，前往艺术系。没开多少距离，已经看到到处都是欢迎林君的横幅，有些还正在挂，各种欢迎语都有。林君边开车边摇头。

下车后，看到艺术系严主任已经等候在办公室外面。不用绍平介绍，严主任已经握住林君的手，拉着一起进入系主任办公室。

林君先就选修课的事明确表态没有问题。至于林君的聘用问题，严主任作出了解释，与绍平说的一致，已经无法更改。然后林君提出横幅的事，说自己来重庆就是一个普通教师，不想再成为钢琴明星，希望校方就把自己当成普通的音乐教师。但严主任笑着摇摇头，解释说这是学生自发的行动，校方不干涉。

最后，只有在办公室问题上，严主任让了步。本来他给林君准备了专门的办公室，林君坚决推辞，说一个人太冷清，想与同事一起，热闹，严主任最后没有坚持。

那时已经3月末，早就开学，音乐办公室有不少教师在。严主任和绍平大致向林君介绍了一下大家。林君感谢同事们的帮忙，说自己没有当老师的经验，请大家以后多多关照。但同事们却都以看偶像的眼神看着林君，有几个甚至激动不已。

半天不到的时间，林君已经体悟到了一点：明星，不是自己想不当就不当的，以后在学校里说不好还会有什么麻烦。

接下来的下午和第二天的一天时间，林君和敏敏很忙，既要安顿好远途归来后的琐事，又要做好开学前的准备。两人还商量好，以后去学校，林君开车，搭敏敏一起去。但两人的课程可能不一致，敏敏还没有拿到自己的课程表，林君的选修课课程安排也没有出来，如果两人课程时间不一致，林君和敏敏分别在办公室和琴房等对方一起回家。

学校的琴房是最近才紧急办置的。为了钢琴专业学生练琴需要，学校腾空整理出几间房子，隔出十几间琴房。艺术系的老师们在寻找林君钢琴的同时，一并购置了十几架立式钢琴，大部分是旧的，总算在林君到校前安顿好。

至于林君和敏敏在学校里的亮相，他俩都觉得不用特意回避，现在艺术系的老师们很多都已经知道，只是也不必太张扬，所以他们约定两人同行时相距一尺，还拿出尺子量了量，有了个大概的距离感。

七

开学第一天，一早两人开车到学校。林君指了钢琴教室大概的位置，敏敏先下车，步行前去教室，林君开车到办公室附近停车。这也是以后他们早上到学校的固定形式。

敏敏找到钢琴教室，看到教室外面站着很多学生，而里面乱哄哄的，里里外外的学生有上百个。敏敏奇怪，小君不是说只有 28 个学生吗？

她好奇地张望着，吸引了外面站立的几个学生，有个男生过来问："同学哪个专业的？"

"钢琴专业。"

"咦，面试时好像没有见过你。"那男生说，旁边又有人围过来。

敏敏有点窘迫，不知道怎么回答，自己是被特殊照顾的这一点现在实在说不出口，就扯开话题问："这怎么了？你们怎么不进去？"

几个人七嘴八舌，敏敏终于明白了。一早，钢琴教室就被鸠占鹊巢，几十个非钢琴专业的学生满满地占据了教室里的座位，后来连站的位置都没有了，大部分钢琴专业的学生只能站在外面。

先来的学生，都是艺术系其他音乐专业的学生，他们的目的只有一个：他们也要学钢琴。他们事先不知道钢琴专业的教授是大名鼎鼎的林君，现在既然知道了，就要与钢琴专业的学生一起上林教授的课。

校方曾经答应过请林教授再加开选修课，但没有明确，现在开学都那么久了，依旧没有回复，这些学生认为就是校方在打太极。其实这是冤枉了校方，因为林君刚刚回来，实在来不及确定最后的方案。

几个学生在敏敏身边聊起来。敏敏出众的外貌和气质无疑吸引了他们。大家自我介绍了一番，敏敏也介绍了一下自己，只是在被问到面试好像没见过时，含糊了一阵没有答复。

这时，严主任、林君和几位老师一起过来了。严主任本来是陪同林君过来，想正式向学生介绍林教授的，结果得到消息，有艺术系其他音乐专业的学生占了钢琴教室，就又叫上了其他几个音乐专业的班主任，其中也包括声乐专业的班主任绍平。

见林君一行人过来，课堂内外的学生爆发出阵阵欢呼声。几番对话，老师们都明白了是怎么回事，事情其实最后落在了林君一个人身上。与林君简单商量了一下之后，严主任就代表校方答复学生道："已经得到了林教授的认可，所有想上林教授选修课的同学，今天下午3点前到音乐办公室报名，等后续分班和确定上课时间后，同学们就可以上林教授的课了。"

教室里一片欢呼声。然后严主任笑着说："那现在是否可以把课堂让给钢琴专业的同学了呢？"

同学们笑着答应，开始往外走。

林君一直微笑着看着这一切，对严主任林教授长林教授短的称呼感觉很不自在。他随意扫了一下下面的同学，发现很多道热切的眼光盯着他，特别是女生的。

大部分同学特意从前门出去，就为了能从林君身边经过，有些叫一声"林教授"。其中一个女生走过来时边叫"林教授"，边用一双漂亮的大眼睛直勾勾地瞪着林君，脸上满是激动的神色。林君礼貌地回答所有同学的招呼，及时避开了这热烈的眼神。

以后在这学校里，是否还会有很多这样的眼神？林君觉得自己先前忽视了这一点，学校是一个有很多女生的地方，而艺术系音乐专业的女生很多更是他的乐迷。还是那句话，明星要低调不是那么容易的。

八

等被迫等候在外的钢琴专业的学生进来落座，林君又看到了一大片热切的眼光，同时看到敏敏坐在比较靠后的位置。

教室能容纳 50 多个学生，但钢琴专业学生少，因此几乎每个同学占一张双人课桌。讲台旁靠里放着一架施特劳斯三角钢琴，也是艺术系的老师们给林君找钢琴时购置的。

林君走到讲台前，把带来的一沓书放到讲台上，他人生中的第一堂教学课正式开始。没有当过老师，但学生当了很长时间。俗话说：没吃过猪肉，还没有看过猪跑？林君暗想。

等师生间相互问候后，林君说："对同学们提一个要求，凡是上我课的同学，以后一律叫我'林老师'，而不能叫'林教授'。我本来就是来应聘教师的，教授只是校方的称呼。我能不能当好老师不知道，但我见过很多音乐教授，至少不是我这样的。"

哄堂大笑。笑声刚落,学生们立即紧张起来,因为林老师第一堂课就要看他们的实力。

林君翻开花名册,说:"我没来得及赶上你们的面试,所以今天这连续的四节课,我要请每一个同学弹一首曲子,当中我也会进行点评。随便弹什么,以你本人基本练熟了为标准,能反映出你的大致水平。可以看谱子,每首曲子控制在五分钟以内,不反复。"

林君指了指他刚刚放在讲台上的那沓书,告诉同学们,如果要看谱子,这里找,肯定能找到。原来林老师有备而来。然后林君把椅子搬到门旁坐下,离钢琴远一点,以免学生弹琴时紧张。

此时最惴惴不安的自然是花名册中的第一个同学,被叫到名后,红着脸上来坐到钢琴前,深呼了好几口气,才开始弹。他演奏的是车尔尼599的第75首。

花名册是按照姓名笔画来排的,座位上的同学们此时深刻感受到姓名笔画多一点是有好处的。不是说不敢当着众人演奏,而是老师不是一般的老师,是大师。

第一个同学演奏完站起身,林君过去坐到钢琴前,第一感受是:这琴音还是不准。绍平说过,因为这是林君上课的用琴,所以事先的调音被作为一项重要工作进行。而林君还是感觉不够,但又想,现在这种情况下,以后对音准这样的事不能太较真。

"我简单讲一下,这599第75首,谱子不长,但有点复杂,有前倚音、后倚音、颤音、双附点音、三连音、半音阶。练习后弹奏准确,不难,但还要能演奏出连贯性和右手旋律的完整性。"

林君说完示范了一遍，旁边站立的刚刚演奏完的同学木讷地说道："林老师，您这一示范，我都不想练了，我弹一辈子也弹不到这水平。"

其他同学都笑了，很多人深以为然。

"怎么也这么说？"林君笑着说。他知道这句话下面坐的只有一个同学懂。

"那以后是不是我都不能示范了？"

"不是不是！"同学们笑着纷纷叫道。

听了几个同学的演奏，林君已经在敏敏的名字后打了5分。已经演奏完的同学基本在2至4分之间，跟敏敏相比较，林君感觉给他们4分都是高的。

敏敏的名字比较靠后，林君准备不让她上来弹。当时已经是第四节课了，绝大部分同学都已经完成演奏，敏敏的名字被直接跳过。几个知道敏敏名字的同学想到了，一个坐在敏敏隔壁课桌的同学，忍不住伸过头悄声提醒："岑敏敏同学，你好像被跳过了。"

敏敏笑了笑，她心里其实很着急，眼睛一直盯着林君，林君好像故意不看她。这坏蛋！敏敏心里暗骂。

好不容易逮到了林君的眼光，敏敏连忙悄悄用指尖点了点自己的鼻尖。林君隐隐一笑，等到点下一个同学的名字之前，终于叫了："岑敏敏同学。"

敏敏松了一口气，上来坐到琴凳上，第一组音弹完，下面一片轻轻的惊讶声："啊，《冬风》！"接着右手快速弹出的音符落下。林君心里暗笑，到底是小孩，炫技来了。

林君知道，肖邦的这首练习曲，敏敏应该是班里唯一能弹奏的，虽然还不完美。看目前这些同学的演奏水平，再过两年能弹的也很少，部分同学等毕业了也不能达到这个水平。这没办法，钢琴演奏首先是天赋，再加上时间和勤练。其中，天赋起到了更为重要的作用。

敏敏演奏完毕，一片掌声。每一个同学的演奏，下面的听众同学都有一个基本准确的评价，评价的表现就是掌声。能得到热烈掌声的不少，而如此热烈的就只能是这首《冬风》了。等她演奏完，林君表示这首《冬风》以后会好好讲解，今天暂不评讲。同学们满以为林老师会大大赞赏一番，听闻此语有点出乎意料。

之后，林君私底下对敏敏说："《冬风》8个错音。"

敏敏吃了一惊："有吗？我只感觉到3个。"

林君说了几个音，敏敏不承认道："那是碰错的。"

"碰错的不是错？丫头，8个错音的曲子以后不要去炫技了，给你老师丢脸。"

敏敏却得意地说："反正大家也听不出来。"

敏敏同学就这样得意亮相，几个私底下对她没有参加面试而有异议的同学，也都心悦诚服："原来如此，怪不得不用面试。"他们心下了然，但还是对敏敏感到好奇：招生老师又是怎么知道敏敏的呢？岑敏敏好像不是钢琴小名人，以前没有听说过啊。

九

这个谜底，在当天傍晚时分就被揭晓了。第二天，全系，甚至全校都知道了这个小女生是大钢琴家林君教授的女朋友。

当天下午3点，钢琴选修课报名结束后，林君就开始了选修课学生的面试，他要按照学生钢琴的演奏水平大致分一下班。这项工作要花费不少时间，所以接下来的几天，林君所有课余时间都要忙于此事。

按照原先的约定，敏敏下午就在琴房练琴，等着林君。林君已经抽空帮她找了一架相对较好的钢琴，等林君结束当天的面试工作，就过来找敏敏。

两人保持一尺的距离走出琴房，向林君车子的停放地走去。到了车子旁，林君帮敏敏打开副驾驶的车门，再绕到驾驶座门旁，开门上车。这已经非常明确地宣布了他们的关系。整个过程中遇到了很多学生，他们惊讶地看着，有些干脆伫立在路边看得出神。

这个消息流传开来，惊动了太多的人。林君与敏敏的相处都在纽约，而且在纽约他们也很注意，在公共场所特别是娱乐场所很少出现。如果一定要出现在公共场所，两人都会简单装扮一下，特别是林君，往往墨镜是少不了的。因此知道他们关系的人范围很小，更别提在国内的重庆了。

如今的这一幕，对很多女生来说是晴天霹雳。谁都不希望自己爱慕的明星结婚或者有女朋友，这与自己能不能嫁给他没关系，是一种天然的排斥。

林君之所以这么早刻意挑明，就是因为今天早上看到了那么多热辣的眼神，他这些年太清楚自己在这方面的吸引力了。不提他的天才钢琴家身份，单单是他那英俊帅气的外形，就能引来很多女孩子的爱慕。所以，为了以后能少些麻烦，还是早早把敏敏推到前台为好。

　　但这校园新闻的发展还是超出了林君的意料。没几天新闻就传到了校外，报纸马上挖出两年前林君在上海的演奏会期间，与一个小女生的花边新闻。当时这新闻不了了之，现在被发现原来是故事的开始，然后又被挖出双方原来是世交。新闻一个接一个，热闹了好多天。

　　在这期间，两人在校园依然如第一天一般相处，对这些新闻置若罔闻。

　　敏敏与同学接触少，也刚刚与几个同学熟悉，而且钢琴专业同学本来也不多。她每天除了上课就是在琴房一边练琴、自学化学，一边等林君，也很少参与校园里的其他活动。相熟的几个同学也含含糊糊地问过敏敏，敏敏只是大方承认，但不涉及详情，一副反正就是这么回事、多问无益的架势。

　　作为这位天才钢琴家的女朋友，作为万人爱慕的明星的恋人，敏敏自然早就做好了应有的思想准备。被瞩目、被嫉恨、被炒作、被挖掘出各类小道消息，都免不了，甚至会被中伤、被造谣，都得应对。谁叫你是大众情人的女朋友呢？明星怎么能被你一人占有呢？以前在纽约没有遇到的情形这次都遇到了，由于两人同在一个学校，成了师生恋，更加重了八卦的色彩。但不管如何，两人就是我行我素。关于大钢琴家的花边新闻发酵了一段时间，终于慢慢平息了。

　　经过一周的忙碌，林君按照钢琴水平，把他的选修课学生分成了三个班。一班钢琴水平相对较好，差不多有两年以上的学习经历；二班刚刚入门；三班纯粹是没有任何钢琴基础的学生。但林君事先申明，这个分班不是固定的，每个学期都会按照期末考试的成绩，在下一个学期重新调整。

　　钢琴专业学生的钢琴课，一周有两个上午是连续上四节，其他四个上午各两节。选修课学生的钢琴课每个班一周两次，每次两节，都是下午。如此一来，林君空余时间已经很少，本想回国后轻轻松松练练琴偷几年懒的林君，感觉自己给自己套上了紧箍咒，一转眼成了上课最多的老师。

　　花边新闻热爆的几天，林君也思忖过，大家对他的热情是否会减退，来修钢琴课的人是否会少一些。但等正式上课一周后发现，一个都没有少。

　　林君和敏敏忙忙碌碌了一个多月，终于适应了这样的生活。

　　相较于在纽约，在重庆的最大不同是要预防空袭。1940年之后，日军对重庆的轰炸次数逐渐减少。一方面是日本企图迅速占领中国的目的未能达到，从而改变了战略方针；另一方面是中国空军防御作战能力的增强。但学校依然每周进行空袭演习，每次无论老师还是学生，都全身心投入到演习中。几次下来，不熟悉演习的林君和敏敏动作也迅捷了不少。而林君作为老师，还多了个监督学生演习的责任。虽然防空洞是最好的躲避场所，但学校学生的日常演习是就近直接快速躲避到课桌底下。

春暖花开的季节到了，天晴的时候，人们却不敢外出，因为发生突袭的概率大。赶上周日天阴或下小雨，林君和敏敏就忙里偷闲驾车到郊区游玩，有时候放放风筝，有时候装上脚踏车，到郊外骑行。在重庆，脚踏车是比汽车更为稀有的交通工具，两人不愿意在城市里招摇，就运到郊外再骑。两人感慨，在这被侵略的国土上，一到晴天就如临大敌，连春游都要避开这春日的暖阳。

十

此时，离开学已经过去了两个多月，当大家以为林教授的花边新闻终于不再新鲜之后，事情的发展却出人意料。

一天中午刚吃好午餐，音乐办公室内的老师们正在闲聊。林君倚在桌旁，与绍平等同事们说起春游的事。同事们推荐了一些近郊的好景致，但都感叹现在少有人游览。

正聊着，猛听到外面有汽车的轰鸣声，不止一辆，直接开到办公室门外，传来刺耳的刹车声。大家很疑惑，从来没有车子这么没礼貌地直接开到办公室门口，稍远的地方有停车位，几个开车的同事车都停在那里。

有人想出去看，还没出门，就闯进来几个军人。他们一进门停顿了一下，领头的一个举起手上貌似照片的东西，朝老师们逐个对了一眼，就疾步来到林君身前，问："是林君老师吗？"

林君愣住了，还没反应过来，那领头的军人又对了一下照片说："就是你！对不住，我们司令请你走一趟。"

林君呆了，他努力让自己冷静下来，问："你们司令是谁？为什么找我？"

"这你自己去问他老人家。"说完，就上前拽住林君的手臂，旁边的老师想上前，没承想那军人立马从腰间拔出手枪，对着周围瞄了一圈。林君定了定神，对要上来的绍平他们说："别乱来！"俗话说，秀才遇到兵，有理说不清，万一惹恼了这当兵的，真的一枪射来，后果不堪设想。

林君知道今天非跟他去不可，虽然实在想不出什么原因，但看这架势，不去不行，就跟那军人说："你放开手，我跟你走就是。"

那军人放开手，林君就往门口走去，看到同事们一脸担心惊恐的样子。军人持着手枪走在后面，看上去就是一副押送的架势。还没到门口，严主任进来了，怒道："怎么回事，这是我们林教授，是……"

话还没有说完，一把手枪已经指到严主任的脑门，是门附近的另外一个军人。林君连忙对严主任说："主任，没事的，我去去就回。"

林君身后领头的军人挥了挥手，那顶着严主任脑门的手枪放了下来。严主任担心地问林君："小君，知道是什么事吗？"

林君拼命摇头，后面的军人推了他一把，他只好继续走。刚刚收回手枪的那军人推了严主任一下，严主任无奈地让出道，让林君过去。

门外继而传来车门的开关声，一阵轰鸣，渐渐远去。

林君坐在军车后座，一路百思不得其解，自己怎么跟军方扯上关系了？好几辆军车来学校带他，有名字有照片，肯定不会弄错。林君虽然年轻，才20岁，但毕竟早早开始开演奏会，与那些一直在学校象牙塔内长大的孩子不同，也算是早早进社会的人，但再怎么也想不出自己与军方有什么瓜葛。

车子行驶了近半个小时，开进一座中式的院子。下车后，那领头的军人带林君进入一个大厅，冲背对着他们的一个高个子军人敬了个礼："报告司令，林先生带到。"

高个子军人回过身来，看到林君愣了一下，笑道："果然一表人才。"

林君越发不解。

司令指了指旁边的交椅，说："林先生请坐。"

林君只好坐下。司令在与林君隔了个茶几的另一把交椅上坐下，开门见山地说："林先生肯定不明白为什么请你过来，其实很简单，我家小女看上你了，我要把女儿嫁给你。"

林君瞬间目瞪口呆。饶是他行走江湖多年，也曾在情场荒唐过一阵子，但打破脑袋也想不到会是这样的原因。

看到林君呆若木鸡的样子，司令笑了，说："不要紧，林先生一时反应不过来，正常。"他看向林君的眼光越发赏识，心想女儿的眼光真好，这后生可比照片上还要好看，从没有看到过这样好看的男人。

林君回过神来，知道这下麻烦了。虽然他不知前因后果，但觉得多少与自己的长相有关，刚刚司令看他第一眼后说的话就说明了这一点。他第一次觉得长得好也不一定是好事，会给自己惹祸，今天这祸还不小。

他定了定神，礼貌地对司令说："抱歉司令，我不能答应您。"

刚刚还笑逐颜开的司令马上寒了脸，盯着林君的脸问："为什么？"

"我已经有未婚妻了。"林君本想说自己已经结婚，但想堂堂司令这点小事肯定能搞清楚，而未婚妻，他恐怕查不清。

司令又笑了，道："这有何妨？未婚妻算什么，结过婚也能离婚，我女儿可不会做小。"

林君无言以对。

司令继续说："这事就这么定了，如果小女着急，马上可以结婚，我这里会全部搞定，无须林先生家里操心。"

林君知道再这么下去，事情会更糟，自己必须表态，至于结果如何，此时已经无暇顾及了。于是，他郑重地对司令说：

"司令，现在是民国时期，连父母包办、媒妁之言都已经不可能了，怎么还能这样逼婚？我连令千金的面都没有见过，怎么可能娶她？"

司令立即满脸冰霜，起身盯着林君，一字一句道："你还想说什么？"

林君感觉被激怒了。自己好端端地在学校，被这么绑架来，还被逼婚，我林君是谁，就算你女儿是公主又如何？我不喜欢就是不喜欢。

他也站起来，面对着司令。司令发现林君居然比他还高一点，心里暗道：这小子不得了，个子这么高，据说弹钢琴世界闻名，长得这么好看，胆子还这么大，我女儿什么眼光啊，我哪里去找这么优秀的女婿。

但他依然一脸寒冰，看着林君。林君盯着他，毫不示弱道："我绝对不会娶你的女儿。"他已经把称呼"您"改为了"你"。

一瞬间，林君感到额头一阵冰冷，司令的手枪已经顶了上来。

十一

林君没有退缩，事已至此，只能硬到底。两人对峙着，旁边司令的手下看着，心里敬佩这年轻人的胆量，敢在司令面前如此硬气的人还真的没有。

这时，听闻门外有人在招呼："小姐。"随后传来女孩的叫声："爸，您干吗？"

看到女儿进来，司令马上放下枪，好像才想起这是女儿喜欢的男人，不能这么拿枪威胁。他的脸上马上绽放出花一样的笑容，说："宝贝女儿，怎么现在回家了？"心里自然明白，女儿肯定听到风声了。

林君看到这女孩，认出来了，她叫赵慧荃，学过几年钢琴，是选修一班的。她就是第一天抢占钢琴专业教室的一个同学，后来走出教室时，曾经用大眼睛直勾勾地看着他的那个女生。此后选修课分班面试时，发现她的眼神已经不再热烈。他和敏敏的关系公开之后，很多女生的眼神都暗淡了下来。

原来她就是赵司令的女儿。此时，那女生痛心地看着她爸爸，而刚刚还威风八面的司令，此时满脸堆笑，讨好地看着女儿。

赵小姐走近他们，对着林君鞠了一躬，说道："对不起，林老师。"

她抬起头来时，林君发现她的眼中闪着泪光。

然后三个人都沉默着，一时氛围有些尴尬。还是林君打破沉默，微笑着对女孩说："谢谢你赶过来。"然后看着司令，略带戏谑地问："司令，能让我走了吗？"

司令好像才想起来似的，对部下挥挥手说："送林先生回学校。"

下午林君有选修一班的课，于是就对女孩说："我记得你今天有课，一起走吧。"

女孩没作声，抬起头看了看林君，眼泪流下来，半晌才道："林老师，我没资格再上您的课了。这件事马上会全校皆知，接下去我都没脸再去学校了。"

司令一听急了："说什么呢，宝贝女儿，谁敢……"

"爸，这是学校，您不懂！"女孩哭着喊道。

林君想了想，低头温柔地对女孩说："没事，这事不怪你，本来也是误会。"他本想说是你父亲的问题，但想想现在这情形还是不要刺激大家。

"你跟我一起去，一起进教室，同学们都看着。就算有什么流言，没几天就过去了，你自己别多想就是了。"

说完，林君用手做了个请的姿势，女孩犹豫了一下，低头与林君一起走出大厅。

车上两人坐在一起，但都没有说话。林君是刻意不想与这女孩多亲近，避免她有过多幻想。赵小姐则是满心羞愧和尴尬，不知道说什么。

此时，林君才觉得自己的后背一片冰冷，全是汗水。心说，林君啊林君，胆子还真不大。

车子驶近学校，远远看到严主任和一群老师等候在门口，看到林君他们回来，都松了口气。虽然见林君安然无恙，但严主任依然义愤填膺，道："真是没有王法，光天化日之下来学校绑架老师，简直是……"

老爷子气得嘴唇发抖，林君连忙安慰他。因为马上要上课，林君答应严主任课后向他详细说明一切，反正现在事情都过去了，不要再激动。

说完，林君就和赵小姐一起急急忙忙赶到钢琴教室上选修一班的钢琴课。走到教室外面，刚好上课铃响，林君看到赵小姐犹豫着，就微笑着看着她。赵小姐鼓起勇气，先于林君进入教室。林君进去后，看到所有人的眼光都投向那女孩，就边走边说："同学们好！"同学们才纷纷看向林君，起身问好。

课后，林君回到办公室，与严主任、绍平一起聊了聊，事情就更清楚了。

赵司令是重庆第二警备区司令，重庆市区及江北、巴县一带都归他管辖。赵司令军阀出身，四川本地人，可谓是地头蛇。因北伐至今的战功，他于1938年晋升为现职，少将军衔。虽然已经是陪都的一方正规军，但军阀的脾性依然很重，手底下也都是跟着他多年的人。

赵司令五十出头，与很多军阀不同，膝下只有一女。妻早亡，不知是不是不想让爱女吃亏，一直没有续弦，连姨太太也没有。

赵司令脾气暴躁，唯有对小女宠爱有加，百依百顺。

林君被带走时，严主任想要报警，也有老师提议马上请记者，一阵乱哄哄中，唯有绍平冷静下来。他迅速记下了两辆车的车牌号，让大家稍等，就跑去找他班上的一个女生，问这车牌号她是否熟悉，果然，那女生说是她爸爸司令部的车。

绍平事后对林君说："我当时就想，你小君刚到重庆没多久，又没招谁惹谁，唯有桃花劫好解释。既然是军方，这么胆大包天的，十有八九是那赵司令。"

赵司令的独女赵慧荃是声乐专业的，绍平的学生。一听此事就知道是怎么回事，一个有车的同事连忙送赵慧荃去司令部，才接回了林君。

"桃花劫。"林君苦笑，看着绍平道，"我林君好歹是闯荡过江湖的人，问题是我人在学校坐，祸从天上降，我压根儿就没去惹过他女儿啊。"

"所以才叫'桃花劫'嘛。"绍平大笑。

"我已经很有预见性了，早早把敏敏抛出来，谁知道这招对军阀没用。"

"军阀是怪物，不能以常人度之。"绍平继续说，"不过，小君，你这招对那些女学生太有杀伤力了，这样不厚道，哭倒一片啊。"

"那你叫我怎么办？去当和尚？"

十二

傍晚，林君接上敏敏开车回家，详细说了桃花劫的经过。敏敏侧过脸仔细看林君的额头，问："额头痛吗？"

"这倒不痛，就是吓人，所以后背全是汗。"林君然后赶紧说，"吓出汗的事只跟你一个人说，别外传啊，丢人。"

"这有什么，那可是枪，换了我，可能会吓晕。"

"你吓晕了也不丢人，小丫头片子，我一个大老爷们吓出汗，丢人。"

"不过，"林君又得意道，"我还挺会装，那臭军阀没看出来，可能还很钦佩我胆子大。"

两人大笑。"臭军阀！"敏敏也骂道。

"不过他女儿很可怜，今天下午下课后我看到没人理她。尽管如此，我以后也要离她远远的，万一她路上摔一跤，我在旁边，那臭军阀也要来怪我。"

"臭军阀还真做得出来。"

此时，被骂为臭军阀的赵司令正在宝贝女儿的房中。

赵司令尽管疼爱女儿，但女儿长大后他很少出入女儿房间。近段时间，他感觉女儿情绪不好，很低落，问了几次都说没事。每当女儿有心事时，赵司令就会暗中叹息：父亲就是父亲，如果是母亲，可能女儿就会敞开心扉吧。

以前女儿也有不高兴的时候。女儿是个性格很开朗的人，任何喜怒哀乐都会挂在脸上。赵司令明显感觉到最近女儿愁绪深重，这是以前没有过的。

他去问从小带女儿长大的奶妈，奶妈吞吞吐吐地说，可能小姐有意中人。她带赵司令到女儿房间，司令才发现房中挂满了同一个男人的照片，年轻英俊，很多与钢琴在一起，是个钢琴家。奶妈说，好像这个意中人现在就在学校。

赵司令马上明白了，好办啊，查！手下人很快查到了林君。并报告说这位大钢琴家有女朋友，可能就是因为这个，小姐心碎失望。

是啊，爱慕多年但本来遥不可及的明星，忽然到了身边，然后宣布自己已经心有所属，一副你们都别来惹我的架势。赵司令深切体会到了女儿的痛苦。虽然女儿无可奈何，但父亲行啊，不管是谁，女儿喜欢的，赵司令就要让她得到。于是就发生了军车进学校的事件。

此时，赵司令在女儿房间，父女俩已经谈了很久。赵司令无可奈何地认可——有些事，不是他这个做军阀的父亲一定能办到的。

"那，宝贝女儿，你真的就放弃了？"

赵慧荃点点头。

"说实话啊，爸爸觉得，爸爸以后是找不到这样优秀的女婿了。"

"我知道，爸。"慧荃无奈地认可，"您见他时，是不是觉得照片没有骗人？"

"岂止没有骗人，比照片上还要漂亮年轻，而且胆子还这么大，有几个人能在你爸面前这样胆大？还是个这么年轻的人，他有多大？"

"二十。"

"还有，居然还比我长得高。"

这句话把慧荃逗乐了："爸，长得比您高也这么重要啊？"

"当然啊。"父女俩都笑了。随后赵司令问：

"他是大钢琴家，有多大？"司令真的不明白，什么叫大钢琴家，什么叫小钢琴家。

慧荃笑着向父亲耐心解释道："他是一流的钢琴家，现在的唱片销售量年年第一，有本叫《留声机》的古典音乐杂志，每年都评选优秀唱片，他永远在榜上。他的演奏会门票价格也是最高的。爸，他可不是那些拍电影或者唱流行歌曲的明星，他是实打实的古典音乐家，天才。"

说起偶像，慧荃滔滔不绝，继续道："他还很勤奋，小小年纪也不贪玩。当然，前几年，他也贪玩过一阵子，那时我也很心痛。后来，又改邪归正了。最近才听说，就是他现在的这个女朋友拉他出来的。"

"他那女朋友漂亮吗？听说就在他的班上。"

为了彻底打消爸爸残存的念头，慧荃开始说敏敏的事，这是她最近才从不同渠道打听来的，而且她也见过敏敏，看到她与林老师并排行走谈笑风生的样子，记得当时自己心里酸痛无比。

"她漂亮，而且是那种很有内涵的漂亮。很聪明，据说在上海上初中时成绩全校拔尖。现在是钢琴专业的，钢琴水平在班里遥遥领先。当然这与林老师贴身教学有关。"说到贴身教学，慧荃内心又是一痛。

"他们两家是世交，可能从小就青梅竹马。她两年前就去了纽约，他们相爱应该已经很多年了。他们的父亲都是知识分子，母亲也是书香门第出身，不像其他很多有钱的太太那样天天打麻将。反正他们就是同一类家庭里出来的人。"

女儿的话，赵司令听明白了，他叹了口气，心疼地看着女儿，说："荃荃啊，你母亲也是知识分子。"

第三章

一

　　夏天来临，重庆火炉的名号名副其实。

　　林君本来就怕热，这下觉得来重庆最大的困难就是度夏。家里可以购买冰块，但学校没有这条件，每次上完课，都汗流浃背。到后来，冰块也不好买，不单单冰块，很多物资都渐渐紧张起来。

　　他的教学已经渐渐娴熟，跟"桃花劫"相关的话题早就平息。与学生间既有师生关系，又有偶像与乐迷间的关系，而林君性格本就开朗活泼，年纪又比学生大不了多少，师生间亦师亦友，很是融洽。

　　由于钢琴专业开学晚，一学期少了将近两个月的时间，林君提出来要在暑期加课，同学们都强烈赞同，选修课的同学也积极响应。最后林君加了一个半月的课，心里叫苦不迭，有些后悔，不该自己提出这个馊主意。累倒是还好，主要是太热。为此他被敏敏笑话了好一阵子。

夏天之后，两人已经不出游了，主要还是怕轰炸。郊外的空袭比市区少，但周围没有可隐蔽的场所，危险性太大。他们空闲时间在一起时几乎都花在钢琴上，每次练完琴，就继续研究只属于他们的一首四手联弹。

这首四手联弹，是林君至今为止创作的唯一一首钢琴曲。

一直以来，林君内心里认为自己这个钢琴家的称呼名不副实。不说他最崇拜的莫扎特，单就浪漫派而言，以前的肖邦、李斯特，后期的拉赫玛尼诺夫，都是作曲与演奏并行。所以，林君把自己的身份定义为钢琴演奏家，而不是钢琴家。

但林君不想为此去努力改变，因为他觉得，作曲，不是你努力学习就能灵感喷发的，而是需要天赋，就如同他的钢琴天赋一样，这是无法逾越的鸿沟。所以他从来没有尝试作曲，没有灵感就是没有灵感。

直到与敏敏在纽约生活期间，一天早上醒来，电光石火间，一段旋律出现在他的脑中。这是他从未感受过的旋律，他知道这是属于他林君的。很快，他写出了这首钢琴曲。由于一直没有找到合适的名字，林君暂时称这首曲子为《爱的无名曲》。

自此之后，他们俩一有空就在钢琴上不断完善这首曲子，写成了一首四手联弹。现在空闲下来，这首曲子的完善速度开始加快，但总会发现新的不完美，他们自己戏称可能永远处于不断完善之中。

进入秋天后，一个周六的深夜。平时周日他们都喜欢睡到中午起床，是一周难得一次的睡懒觉时间，因此周六两人总是磨蹭到很晚。那天两人练完琴后又开始琢磨这首曲子，敏敏弹高音部，林君弹低音部。其中有一段林君总感觉不对，想了一会儿，他把低音部的右手部分加高了3个八度。敏敏吃了一惊，说："这怎么弹？"

　　林君笑着把右手绕过敏敏，到她右边弹奏。"就这么弹。哈哈，这样音就对了。"

　　敏敏脸红了："这成什么样子？别人看见非笑话不可。"

　　林君就喜欢看她脸红羞涩的样子："我们自己弹，又不给人家看。"

　　把这段改了，又练习了几遍，今天总算暂时满意了。于是两人又温存了一番，林君开车回家。途中，他感觉到了敏敏的琴声，就是刚刚练过的那首《爱的无名曲》。

　　他们相爱三年，有很多属于他们自己的秘密，而在钢琴领域，他们另有特殊的秘密——能感觉到对方的钢琴声，是他们之间的第一个秘密。

　　第一次感受到彼此的琴声，是有次林君去芝加哥开演奏会的时候，敏敏由于课程原因没有随同。那天演奏会刚结束，马上要去签名，林君就感受到敏敏在弹奏她这几天正在练的李斯特的《献辞》。

　　林君感觉真切，他马上走回到台上，在还来不及撤下来的钢琴前坐下，合上敏敏的音开始与她一起演奏，敏敏马上跟上。由于时间紧迫，林君稍微弹了一会儿，只能离开，看傻了周围一圈人。但想凡是天才都有怪异的举动，也就不以为奇了。

回到纽约后，两人互相一对，果然有感应。此后他们如果分开弹琴，也时常会聆听，发现这样的感应虽然很少，但肯定有。这是只属于他们之间的音乐感觉，这就是他们之间关于钢琴的第一个秘密。而这首不断完善之中的四手联弹是关于钢琴的第二个秘密。

此时林君又感受到了敏敏的琴声。他到家后进了琴房，开始配合敏敏的旋律弹奏自己的伴奏部分，敏敏的速度有点快，林君稍微压了一下。又听到敏敏的错音，不禁笑道："丫头，又弹错音了。"

陪都重庆，战火弥漫的1941年之秋，周末午夜难得的安静时光，属于这对痴迷于钢琴的爱侣。音乐穿越时空，不断在他们之间传递只属于他们的爱的琴声。

二

11月中旬，已经进入深秋。

一个周二的下午，林君上完选修二班的课回办公室，还没到门口，就看到绍平跳着脚在叫："小君，快快快，帮我去代两节欧洲音乐史！"

他接着解释道："我太太刚生完孩子，我要去医院。"

林君一听，满口答应，问绍平太太怎样了，绍平答母子平安。林君又问，要车子送吗？绍平表示不用，医院就在旁边。

绍平去年年底结婚，还被林君笑这么早结婚，现在已经是当父亲的人了。他也是为了能让太太离自己近一点，前几天就把她接到了隔壁的一家小型妇产医院。

绍平说完就跑了，林君忽然想到什么，急着在后面喊："在哪个教室？你教到哪里了？"

"声乐教室，斯美塔那。"

林君心里有数了。进入办公室，才发现只有一位新来的同事在这里。可能其他老师要不去上课了，要不还没有下课，绍平肯定找不到人，才急得跳脚。林君找了一下绍平的办公桌，没找到教材，又想找唱片，也没找到。就问那位新来的同事有没有《沃尔塔瓦河》的唱片，运气不错，那同事还真有。林君谢过，拿着唱片就急忙出了办公室。

时间本来就有点紧，林君还跑去琴房找了敏敏，告诉她再等两节课，自己去声乐教室代个课。本来这个时候他们应该一起回家了。

一路飞跑，林君终于踩着铃声进入了声乐教室。

声乐教室是阶梯式的，也是艺术系最大的教室。声乐专业的很多同学都是林君钢琴选修课的学生，很熟。同学们一看见林君，都喊道："林老师，走错教室了。"

林君笑道："没有错，我代你们陈老师的课。"

"陈老师怎么了？"看到林老师，学生们活跃起来。

"好事，以后你们自己问他。"

相互问候后开始上课。林君问同学们，斯美塔那部分，陈老师讲到哪里了，同学们说基本还没有展开。

林君就说:"我没有上过这门课,今天就按照自己的理解讲,你们听过后如果有疑问,以后问你们陈老师,我不管了啊。"同学们大笑后应承。

此时林君看到,赵司令的女儿赵慧荃坐在后排,也笑吟吟地看着他。林君转开眼光,每次上选修课时他都刻意不与她目光交集,他可不想再招惹军阀的女儿。

"先放一段他的《沃尔塔瓦河》。"林君开始放唱片,主旋律过后,林君暂停了音乐,开始讲解。

林君没有教科书,完全按照自己的思路讲课。他记忆力极强,无须温习,学过的知识随时都能记起来。至今为止,林君涉及的斯美塔那的钢琴曲还很少,但他很喜欢他的交响诗套曲《我的祖国》,当然也最熟悉其中的第二乐章《沃尔塔瓦河》。今天他重点讲解这首名曲。

同学们听得很认真,其间有同学问:"林老师,您去过沃尔塔瓦河吗?"

"去过,欧洲有两大河与音乐有关,我都特意游览过。除沃尔塔瓦河之外,另一条想必同学们都知道。"

"多瑙河!"同学们一致叫道。

正在此时,有个男同学举手站起身,小心翼翼地说:"老师,我能上厕所吗?"

这个请求简直大煞风景,引得哄堂大笑。林君笑着让那男生快去。等那男生跑出门后,林君继续讲解。刚讲了几分钟,就听到刺耳的空袭警报声响起。

林君立即督促同学们钻进课桌底下。同学们速度很快,平时演习多了，纷纷动作敏捷地钻了进去。

林君快速到教室后面转了一圈，确保所有同学都躲进了课桌下，才回到讲台，钻到了讲桌下面。刚进去，听到门口一声"报告！"，上厕所的男生回来了。林君感到不妙，好像飞机就在头顶。他连忙出去把还要往自己座位跑的男生一把拽过来，一起躲到讲桌下面。

听到"报告"声同时钻出身子的还有赵慧荃。她瞥见林君又钻出了讲桌，十分不安，直到看到他们都躲进去了，才放心地准备再钻进去，但已经来不及了。

"轰！"一颗炸弹就在声乐教室顶上爆炸，半边屋顶塌了。

警报一解除，很多人马上朝声乐教室跑来。声乐教室的爆炸声震动了整个学校，很多师生都往这里赶，特别是艺术系的。一阵搬移忙碌后，灰尘弥漫之中，大家站起来，基本安然无恙。唯一受伤的是赵慧荃，掉落的一块石片击中了她的左胸，石尖深深地刺入肌肉，血流个不停。

林君一起身就扫视所有同学，马上看到了刺眼的鲜血。跑过去一看，见是赵慧荃，顿时心中暗暗叫苦。他赶忙把她横抱起来，踏过凌乱的地面，来到外面。

大家都围上来，找了一片厚一点的草地，几个人脱下外套，让赵慧荃躺下。有人拨打电话叫救护车。校医已经赶了过来，连忙给她止血，但效果不佳。

林君一脸愁容地站在一边，看着地上赵慧荃身上的鲜血，他自己身上的外套和里面的衬衣都已经染上了鲜红的血。

三

当空袭警报响起时，敏敏立即躲进了钢琴下面，这里肯定是最安全的。警报一解除，她就满心不安地跑出门，因为她听到炸弹的爆炸声很近，就在校园内，严格地说应该就在他们艺术系。

跑过去时碰到各处跑动的学生和老师，"声乐教室被炸了"的话语不时传入她的耳中。

小君就在那里！

敏敏的眼泪夺眶而出，她疯跑着，很快看到大群师生，她哭着边跑边找，终于找到了林君的身影，他站着，还好，没事。然后又看到了他身上的血，敏敏又紧张起来。

此时林君也看到了她，走过来，看到她满脸的泪痕，立即明白了，轻声说："我没事。"顺着敏敏的眼光看到自己的衣服，又马上解释道："不是我自己的血。"

他们一起走到赵慧荃身边。看到止血困难，敏敏摸出一块手帕，蹲下身，一起压在她的伤口上。

绍平也赶来了，站到林君身边，看到赵慧荃，神情也凝重起来。

救护车到了，大家稍微松了一口气，纷纷让开身。一个女医生下车简单检查了一下赵慧荃的伤口，大家拿来担架开始搬动。此时，敏敏看到赵慧荃艰难地转过头，两眼紧紧地盯着林君。

绍平作为赵慧荃的班主任，要与救护车一起去。大家正在讨论是否要另外去一位女老师，敏敏悄然走到林君身边道："要不你一起去？"

赵慧荃的眼光林君也看到了，他知道她的心思。自己本来也是应该去的，毕竟是在自己的课堂上受的伤。但林君有顾虑，一来敏敏会怎么想，二来他实在想离这军阀的女儿远一点。但既然敏敏主动提出来，而且事已至此，躲也是躲不掉的。现在这女孩是很希望自己陪伴她的，如果自己去，或许能多给她一些信心。

于是他叮嘱敏敏打电话让家里司机来接她，让敏敏在她自己家等他，接着就与绍平一起上了救护车。

救护车上，医生给赵慧荃接上氧气，开始止血包扎，血暂时止住了，但赵慧荃已经失血过多，脸色苍白。

绍平问司机去哪家医院，司机说附近的医院都很小，而且空袭过后已经有很多伤者，最好去远一点的市第三医院，那医院等级高，但要开半个小时车。

赵慧荃自上救护车后就一直看着林君，当初就是他抱她出来的，这是她与他最近的接触。此时她也知道自己伤得很重，但看到林君也一起上了车，守在她的身边，心里涌上了无穷的满足感。

但林君感觉情况不妙，女孩的眼神越来越涣散。女医生轻轻拍了拍赵慧荃的脸，说："姑娘别睡着，别睡着。"

林君这时已经顾不得太多，他温柔地拉起女孩的手，轻声说："慧荃，你别说话，听我说。"

慧荃听话地微微点点头。林君接着说："你在我选修课上上了这么长时间的课，我已经了解到你的钢琴水平不错，也很有天赋，要不以后你转到我的钢琴专业来？"

慧荃无神的眼睛忽然透出光来，想说话，林君制止了她，继续说："如果你顾虑跟不上，不要紧，我可以让岑敏敏教你，她的水平应该能教你。我虽然很忙，但有空时也可以给你开小灶，这样好不好？"

慧荃笑了。她也是聪慧的，心里明白林君的用意。自军车进校事件后，林君对她的刻意回避她都清楚。而今天这一切发生得这么突然，她百感交集。是的，林君这辈子都不可能是她的，但现在这样已经够了，他完全不欠她的，他可以不上车，不跟她讲这些。他只是善良，所以，她感到安慰。

为了不让慧荃睡着，林君和绍平继续说着转专业的事情，好像马上就要去办一样。甚至还说到万一严主任不同意，就去找校长。绍平说，校长这点面子总是要给林君的。

说着说着，救护车到了市三医院，慧荃终于没有睡着。

林君知道自己来对了，不由得佩服敏敏这丫头的大度。虽然她私底下经常说，你林君就是我一个人的，我专有的，不但是这辈子，下辈子，下下辈子都是我的，但却从来不闹无聊的妒忌。

四

手术室的门关上，走廊上就剩下了林君和绍平两个人。林君来回走了几圈，忽然烦躁起来，道："真是见鬼了，我明明看到所有人都躲好了。"

绍平说："我在操场上听同学说，她是感觉到你又出来了，好像还没有躲好，才又钻出来看你的，可能担心你吧。"

林君唉声叹气，不住地在胸口画十字，说："上帝保佑，千万别出大的岔子，否则她爸爸肯定劈死我。"

绍平笑了："小君你好像不是基督徒吧？要怪就怪我，你是给我代课。"

"如果是你上课，你肯定没什么事，我就不一样了，他正好找不到理由。"

"炸弹又不是你扔的，要怪就怪日本鬼子，他也要讲道理啊。"

"臭军阀才不讲什么道理呢。"

正说话间，手术室的门打开，一个白衣护士冲出来。又过了一会儿，那护士又冲进去，然后又有一个护士冲出，朝着他们跑过来，问道："你们是赵小姐的老师，那她的家属呢？"

"家属？"一时间两人都回答不出来，后来想想学校肯定会通知的，就说，"应该快到了吧。怎么了？"

两人的心都提了起来，护士说："血的问题。"

"什么血的问题？"绍平问。

那护士边跑开边说："这血型太少，麻烦了。"

林君猛地冲着她背影叫道："是不是 AB 型？"

果然，赵慧荃是 AB 血型。

自 20 世纪初血型被发现后，AB 血型的人一开始被称为万能受血者，据称可以输入任何血型的血，但实际输血过程中，却发生过各种危险。就在成都，很多年前就发生过 AB 血型输血的溶血事故。此后，医院在给 AB 血型输血时都非常小心，除非输血量少，否则尽量输入 AB 型的血，特别优先输入亲属的同类型血。

慧荃失血过多，需要大量输血。然而 AB 型血在血型中比例最低，血库里没有存量，又不敢大量输入其他血型的血，因此医生也束手无策。

而林君知道自己是 AB 血型，而且还知道是 Rh 阴性。

关注到自己的血型有些偶然。前几年在纽约，一个音乐界的朋友突发胃出血，为了帮他，林君献血时知道了自己是 AB 血型。后来听说了一些 AB 血型输血的事故，就一直有所留意。到 1940 年 Rh 抗原被发现之后，他去做了化验，确定了自己是极其稀少的 Rh 阴性血。因此他知道，只要慧荃是 AB 血型，不管是阴性还是阳性，都能接受自己的血。

献血没事，但林君怕针，看到护士小姐拿出来的针，林君就脸色发白。"这针怎么这么粗啊？"他已经卷起袖子，伸直的手臂又不由自主地蜷曲了起来。

护士小姐感到好笑："先生怕打针？抽血的针是要粗一点。"

林君下了很大决心似的放下手臂，一脸惊恐地看着护士系上橡皮筋带。等针快要戳进时，他连忙转头不看，紧闭双眼，万分紧张。

绍平和护士都笑起来，绍平说："小君，你这怕针有点过分了吧？护士小姐，没见过他这样的吧？"

"只有有些小孩会这样。"护士抿着嘴笑。

血顺着橡皮管流到了瓶子里，林君神情终于恢复了正常。

这时一位医生进来，一脸为难地说："林先生，血能不能多献一点？"

"要献多少？"

"起码 600cc，最好 800cc。"

林君献过血，知道一般不会超过 400cc，自己两次献血，也都没有超过这个量。

"如果不够，赵小姐还是会有生命危险，是吗？"林君问。

"是的，她失血太多。"

"那我多献一些会有危险吗？"

医生回答："那倒不会，但先生可能短时间内会贫血、头晕、脸色苍白等。另外，身体的恢复时间会长一点，可能需要半个月。"

"那就 800cc 吧。"林君很干脆地点点头。

献完血，护士小姐就拿来了一杯葡萄糖水，让林君喝下。林君喝得直皱眉，说太甜。喝完后护士关照他要在这治疗室内休息半小时，就出去了。

护士小姐刚走，一片强烈的灯光从窗外射来，接着听见车子的轰鸣声。此时林君一手还按着手臂上的棉球，就跳起来跑向门口，但觉得一阵晕眩，绍平连忙扶住他。林君不管不顾，继续冲过去，猛地关上了门，背靠在门上，小声说："她爸来了！"

绍平觉得好笑，说："你也太怕他了吧。"

"你被他用枪指着试试。"林君恨恨道。

"我说，你好歹给他女儿献了血，也算是他女儿的救命恩人。"

"拜托，这军阀可不是一般人的思维，还恩人呢，能功过相抵我就阿弥陀佛了。"

"你怎么又信佛了？"

一阵齐整的脚步声从走廊上传来，两人从门缝往外张望，果然看到一队军人整齐划一地走过。

等所有军人转弯消失，两人像做贼似的溜出来。绍平扶着林君，一路小跑到医院大门口。一路上两人担心没有黄包车，虽然才傍晚6点多，但因为是战时，街道非常冷清。很幸运，因为是医院，门口依然停着几辆黄包车。两人匆忙跳上其中一辆，绍平说了林君家的地址，林君马上否认，说去敏敏家。

"我这个样子，会把我姆妈吓死。"林君指了指身上沾染的大片血迹说。

那你家敏敏小丫头就不怕？不就想去见女朋友吗？绍平本想嘲讽林君，但一想，在学校里看到敏敏帮忙给赵慧荃止血，可能这丫头胆子是不小。

此时，赵司令等一帮人直冲到手术室外，正好遇到推出来的手术床。赵慧荃闭着眼睛躺在床上，一旁的护士手举着两个瓶子，其中一瓶是血，殷红的血正一滴一滴地注入赵慧荃的身体。

赵司令没有听见身边医生小心的告知："赵小姐已经脱离危险，无碍。"他的眼睛死死地盯着这瓶血，铁青的脸色慢慢转为惊诧，一字一句地问："这是谁的血？"

五

黄包车到了敏敏家，敏敏立刻跑了出来，她一直在翘首以待。

绍平对敏敏说了献血的事，然后道："800cc，所以有点头晕。"

"800cc？怎么可以一次性献这么多！"敏敏急了。

"没办法，否则她就要死。"林君说着就抱住敏敏的肩，毫不客气地倚在她身上。

绍平在后面看着好笑，在他这里可没晕成这样，到女朋友那里就要无赖了。他突然想起了什么，就说："小君，你明天休息一天吧，我去替你请假。"

林君答应了。本来他不想缺课的，但献的血实在有点多，自己也不知道明天还会不会头晕。

敏敏把林君扶到自己房间，看他这么虚，问他是不是晚上就住在这里。林君否定，敏敏于是就先跑下去找司机老钱，告诉他晚上要送林君回去，让他有准备。然后让娘姨赶紧准备饭菜，端到房间让林君吃好晚餐。

接着敏敏帮林君脱掉所有上衣，让他躺到自己床上，打来热水，给他擦身。

林君躺在被子里，一脸无赖样地说："万一我睡着了，一直睡到明天怎么办？"

敏敏稍微愣了一下，说："那就睡着呗。"

林君装作挣扎着起床说："那可不行，我还是睡沙发吧。"

"行了，行了，睡沙发多难受啊。"敏敏知道他装的，就把他推倒在床，替他盖好被子道，"你先好好休息会儿，等我处理好你那两件衣服。"

正想走开，被林君一把拽住："你不陪我吗？"

"我要去处理你的衣服啊，否则等会儿你怎么出门啊？"

"这么多血迹你怎么处理啊？"

"你别管这么多了，我学化学的。"敏敏得意地说，林君只好松手。

敏敏正想拿起衣服，又想起来了什么，马上跑出去，不一会儿拿来了一个茶盘，放到床旁的凳子上。

敏敏扶林君坐起来，林君照例耍无赖，自己一点儿也不用力，让敏敏扶他起来。见敏敏拿过来的是一杯麦乳精，连忙摇头："不喝不喝不喝。太甜了。"

"献完血，必须喝。"

"护士那里已经喝过葡萄糖水了。"

"哦，护士小姐的你能喝，我的你不能喝？"敏敏板起脸。

林君苦着脸，只好拿来咬牙切齿地喝了。

敏敏得意地笑着，又拿来一杯白开水，让林君喝了几口，扶他躺下，就去处理衣服上的血迹了。

林君躺在敏敏的被子里，这还是第一次。敏敏是不擦香水的，她身上只有少女特有的气息，这被子里也是。想起敏敏刚才给自己擦身，记忆中已经好久没有这样的待遇了，感冒少了嘛。又想到弄脏的上衣都脱了，但其实裤子上也有很多尘土，那岂不是把丫头的被子搞脏了？等会儿得提醒她，明天赶紧换换。林君胡思乱想了一阵，疲惫感上头，慢慢睡着了。

醒来时，林君发现敏敏正坐在床边，手托着下巴，痴痴地看着自己，满脸的温柔。

"几点了？"林君抬起手臂一看手表，竟然已经晚上11点多了。"怎么不叫我？"

"看你睡得这么香，你真累了。"

敏敏拿过旁边林君的衬衣让他换上，衬衣果然已经洁白如雪。

"你怎么弄的？"林君换好衣服，又躺下。

"不告诉你。"敏敏调皮道。处理这两件衣服足足花了两个小时，确实很不好搞。又问："你好点了吗？"

"还差点，你没有安慰我。"他似笑非笑地看了敏敏一眼，闭上眼。敏敏白了他一眼，坐到床上，俯下身轻轻吻到他的唇上。林君两手立即抱住了她，左手搂住她的腰，右手按住她的头，重重地回吻过去。

"你不是贫血了吗？"敏敏想挣脱，却一点儿都动不了。

林君忽然感觉脸上凉凉的，吃了一惊，松了手坐起来，扶住敏敏的肩膀看向她的脸，看到她的眼睛里含着泪水。

"怎么了，丫头？"林君感觉肯定有事。

敏敏抬眼看着他，轻轻说："小君，我们结婚吧。"

林君张着嘴愣住了，好久才说："什么时候的想法？"

"就在今天下午。"敏敏的眼泪夺眶而出，"听说声乐教室被炸了，我一路跑一路想，小君千万别出事，他若出事了，他若出事了……"

敏敏抱住林君的脖子大哭，边哭边说："我都还没有嫁给你呢。"

林君还是第一次看到敏敏这么失态，看样子今天下午是真的吓坏了。林君噙着眼泪，抱着她笑着说："不等到 20 岁了？"

"什么狗屁 20 岁。"

"这可是你自己说的，丫头。"

"我赖了，我赖了。"敏敏依然大哭。

"我们结婚，丫头，马上。"

"嗯，马上。"

两人分开，脸对脸，都带着眼泪笑了。接着就讨论登记、婚礼等结婚事项。两人不约而同地第一时间想到马上去电报叫大哥一家。

"这下大哥没有理由不来了吧。"敏敏很得意。

两人基本商定：第二天就告诉双方父母，拍电报给大哥；然后准备婚礼相关事宜，因为目前是战争状态，婚礼简单些，但要西式的。

至于登记，本想第二天马上去办，但林君说绍平曾经说过，现在登记也可以有简单的仪式，可以请父母和亲朋好友等一起见证。于是两人商定等大哥一家到了再去注册。

两人兴奋地商量了一阵，才想起已经半夜12点多了，林君还是坚持回家，敏敏就扶他下楼，叫醒司机老钱。敏敏坚持要送林君到家，路上一直叮嘱林君不要洗澡。

敏敏知道，林君有个习惯，每天必须洗澡，但今天不行，万一昏倒在浴室中怎么办。到了林家，敏敏送林君进去，进入客厅后，敏敏又在说洗澡的事，她踮起脚尖凑近林君耳边说："我已经替你擦过身了，你就不要洗了。"

林君坏笑着说："说这么小声干什么，要大声说：我给小君……"敏敏连忙捂住他的嘴。

送林君到他的卧室，站在门口，敏敏最后一次叮嘱洗澡的事。

林君笑道："丫头，你真啰唆，我保证不洗，保证。"

敏敏看他的样子应该真的不会洗，才放心下楼。为了方便，他们双方都有对方家的大门和外面铁门的钥匙，敏敏出来锁好门，坐车回家。

六

早上，林君还在睡梦中，迷迷糊糊间听见母亲在敲门："小君，醒了没有？"

林君凌晨才睡下，加上昨天下午的折腾，又献过血，身体很疲惫，还处于半醒状态，嘟囔着说："姆妈，我今天不去学校，请假了。"

只听林太太在门外压低声音说："小君，有人找你。"

林君从母亲的声音中分明听出了焦躁的情绪，忽然清醒过来，难道臭军阀找上门来了？与敏敏聊结婚的事太兴奋，把这么大的祸事给忘了。林君连忙起身，下床时定了定神，想起昨天献过血，不知道是否还会头晕。起身试了试，感觉还好，就赶紧开门，让母亲进来。

关上门后，林太太急切地说："都是当兵的，就说找你。"林君心想坏了，但还是安慰母亲道："没事姆妈，您先在楼上，不要下去了，我马上去。"

他简单洗漱一下，换好衣服，忐忑不安地走到楼梯口，感觉自己心跳加快，就先闭上眼，深呼吸了几次，才慢慢走下楼梯。

走到一半，就看见楼下客厅里几名军人肃立在旁，当中一名高个军官背朝楼梯笔直站着，听到声音回过身来，果然是赵司令。

林君的脚步不由自主地停了下来。赵司令看见是林君，脚一并，抬起头对林君说："林先生，我为上次对先生您的不敬表示道歉，为您对我小女的救命之恩表示感谢。"说罢，赵司令深深地低下了头。

林君半晌才回过神来，连忙说："司令客气了。"

两人分别坐在两张沙发椅上，赵司令缓缓开口，眼睛仿佛望见了遥远的过去。

"我年轻时忙着带兄弟们打仗，三十了还没有正式成亲，有几个姨太太，还经常换。那时我们在成都，一次听说当地的成都高等师范学校正好在文艺会演，有很多漂亮的女学生。我一时兴起，就和兄弟们换了衣服，混入学校，躲到礼堂后排看学生演出。

"当时，业余时间我们都喜欢看川剧，而这学校的演出，很多都是现代的跳舞、唱歌，还有西洋乐器。我们看着很没劲，正想走，就看到一个女生上台，开始唱一首外国歌曲。不知道为什么，我一下子被她吸引了，她那么美，歌那么好听。我不懂音乐，但我从她的歌声中听到了很深的悲伤。我入迷一般听着，虽然听不懂，但我觉得这首歌是世界上最好听的歌曲，而她是唱得最好的，她也是世界上最漂亮的。

"我当时就着了魔，回来后一晚上都睡不着。我下决心要娶这个女生，要像当时很多时髦的年轻人一样与她谈恋爱。第二天我就派人去查这个女生，很快盯上了她。她是师范学校三年级学生，学音乐的，平时就住在学校宿舍里。我开始接近她，学着时髦年轻人的样子，给她送花。周末她回家的时候，在校门外等她，要用车送她。结果，统统被她拒绝，她对我的身份极端排斥，不给我一点点的机会。

"那时候我年轻，脾气暴，一下子火气就上来了。"

林君心说：你现在脾气也好不到哪里去。

赵司令喝了口茶，继续说："那个礼拜六的下午，我知道她马上要回家，就骑着马，带着一帮弟兄等在校门口，等她一出来，我就拍马上前，直接抱起她放到身前，抢了回来。"

林君暗想，二十年前抢老婆，二十年后抢女婿。

"那女学生就这样被我抢回家，我把她关在一间卧室里，结果她从那天起就开始绝食。她不吵不闹，不说话，冷冷的脸，好像冬天的冰霜一样。两天过去，她已经面黄肌瘦，我慌了，我去找她，一直求她，但她还是那样的神情。

"那几天我一直在了解她的家世，想通过她的家庭，看看有什么办法，结果发现，她已经是个孤儿。她母亲早亡，父亲虽然续弦但依然很爱她，然而就在半年前，她父亲也去世了。她的继母对她很不好，一直威胁她不让她继续读书。而那天我在学校门口抢走她，她继母已经扬言丢了他们家的脸，不再认她。这些我不敢跟她说。

"第三天，我又去找她，求她吃饭，保证吃好后就送她回家。她将信将疑，还是吃了点饭。我默默送她回家。车上，我坐在她旁边，偷偷看着她，她很虚弱，我很心疼。

"送她到家后，我没有离开，等在她家门口。果然，她很快就提着个箱子哭着出来，继母已经明目张胆地把她从家里赶出来了。她见到我，眼中满是怨恨。我小心翼翼地问她接下去怎么办，她说她住到学校去。

"她继母的态度我是预见到了的，但没想到她在学校也受到了排斥。特别是在宿舍里，她成了不受欢迎的人。知道这件事已经是好几天之后了，她同班的一个好朋友偷偷来找我，说她快要被赶出宿舍了。我知道这都是我引起的，必须为她解决。我找到校长，还动用了自己的权势威胁校方。我说我可以为她解决住宿，但学校必须接纳她继续读书，她父亲过世不久，不能这么欺负她。那件事都是我的不是，她是无辜的。最后学校和她都同意，她继续读书，我在学校旁边为她租了一个小院子，让她一个人居住，我再安排人照顾她的日常生活。

"我时常去看她，开始她不理我，后来能进去坐坐。再后来，允许我坐的时间越来越长。她在学习时，我就经常坐在旁边。后来礼拜天，她也同意跟我出来，主要是骑马。她胆子很小，但很喜欢骑马。

"有一次在骑马时，我鼓起勇气跟她说，那天把她抢来之后，我已经遣散了所有的姨太太，只想将她明媒正娶回家。哪一天如果她同意了，就告诉我，我决不强求她。至于我现在为她花的钱，为她做的一切，都是我自愿的，也可以算作我致使她被赶出家门的补偿，她不需要为了还债而答应我。我记得她当时没有说话，但我想她应该是听进去了。"

七

司令继续说：

"就在她搬出学校一年后的一个礼拜天，我们照常在郊外骑马，那时她骑马已经骑得很好了。时隔这么多年，我依然记得那一天，她穿着红色的骑马装，像仙女一样在马上驰骋。

"没想到，不知什么原因，她的那匹马忽然惊了，狂冲出去，她吓得尖叫。我拍马追上她，跃到她的马上，坐在她身后拉住缰绳，终于控制住了这匹惊马。当时周围只有我们两人，我们骑在马背上，缓缓行进。我就在她的身后，她没有排斥我。我终于忍不住说，我以前说过让她主动告诉我，我今天忍不住还是要问她，她是否……

"没想到，我还没有说完，她温柔地说：我答应。啊，这是我这一生中最最幸福的时刻，我从后面抱着她，哭了。她含着眼泪，笑话我：堂堂大将军，还要哭，被下面人看见了笑话。

"我们于是商量我们的婚事。她对婚事没有其他要求，唯一要求是要西洋婚礼，因为她是学西洋声乐的。婚后她依然要去读书，毕业后，她还要去当老师。当老师是她一生的愿望，因为她的爸爸就是教书先生。我当然同意。

"我们结婚了。我只要没有其他事，就接送她上下学。半年后她毕业，就去附近的中学当音乐老师，我依然一有空就接送她。自结婚后，她每天要教我很多功课，国文啊，英语啊，还有唱歌、画画。她懂得真多。她还每天督促我刷牙洗脚，搞

117

好个人卫生。

"她当老师没多久，发现自己怀孕了。我们更高兴了，马不能骑，就改为散步，其他依旧不变。我们俩就是在谈恋爱，她是第一次，我也是第一次，这是我人生中最为快乐的时光。

"但这样快乐的时光太短了，或许，人生快乐的时光本来就很短。就在她生孩子的时候，出事了。当时很多人家生孩子还是找接生婆或者请医生到家里，但我们早就安排好，早早住进了医院。

"为了预防生孩子时失血，她刚住院我就让医生先验了血型，是 AB 型。医生说这种血型比较少，要提前预备。我的手下排着队来验血，终于找到两个，献了血留存着。

"生孩子时很顺利，生了个女儿，正当我们一起看着女儿的小脸时，她开始大出血。准备的 AB 型血马上被用上，情况渐渐稳定。眼看她的脸恢复了血色，但没多久，她的身体状况急转直下，先是呼吸困难，血压下降，后来开始发烧，全身发黄。"

林君此时已经猜到了，溶血症，她是 Rh 阴性，而且之前她可能输过 Rh 阳性血。

赵司令的眼眶涌上了泪水："林先生，你肯定猜到了原因。但当时我不知道缘由，我在走廊上对医生们狂吼，如果他们救不回我太太的命，我要把他们统统杀光。但是，她的生命在一点点流失。医生已经无能为力。她让医生叫我进去，我哭着抱住她，叫着她的名字，求她不要离开我。她用尽最后的力气，说了三句话：一是不要怪医生；二是照顾好女儿；最后她温柔地看着我，努力抬起手抚摸我的脸叫了我的名字，说了声'我爱你'。

这是她唯一一次对我说爱我。然后她就走了。我不让她的手离开我，紧紧地把她的手按在我的脸上。但她还是走了。她还那么年轻，我们俩的幸福时光这么短。

"女儿是她留给我的唯一安慰，我宠着她，满足她的所有要求。哪怕她要天上的月亮，我也要想办法去摘下来，所以才有了上次对林先生的冒犯。我没有再结婚，连姨太太都没有找。不是我不想，而是我再也不习惯与其他的女人相处，她走后这么多年，我的心中依然只有她。我按照她的要求每天抽出时间看书学习，按照她的要求每天刷牙洗脚，搞好个人卫生。

"女儿虽然不像她那么漂亮，但也喜欢唱歌。我一直想听到女儿唱那首歌，就是她最喜欢的那首西洋歌曲，也是我第一次见到她时她唱的那首歌。我不知道歌名，只记得她说过，那是首女神的歌。

"女儿给了我很多快乐，但我内心深处却满是担忧。当初，她妈妈的事件在医学界传开，特别是四川的医院都对这件事很关注。当值的医生事后还去北京协和医院咨询，但也没有找到答案。直到今年，一直与我保持联系的医生才告诉我世界上最新的血型研究结果。我太太应该就是 AB 血型中的 Rh 阴性血，这种血型很少，而且只能输入同种的血。而我在女儿很小时，我就给她验过血，她就是 AB 血型，那她应该就与她妈妈一样，也就是医生说的 AB 血型中的 Rh 阴性血。从此我更加担心，担心她也会和她妈妈一样忽然走了。医生说过，这种血型很难输到血，一定要小心不要出血。但是，谁知道呢，世事无常啊。这次，果然碰上了。

"你知道吗，林先生，当我听到女儿受伤的消息时，我觉得天都要塌了，难道她妈妈的命运要在她身上重演吗？手下人安慰我，说已经命令所有辖区的兵来医院。但我知道，这没有用，我已经绝望了，直到看到了她上面挂的那瓶血。"

赵司令抬手擦了擦脸上的泪水。林君早已经为之动容，说："司令，你用不着为了我给慧荃献血太过在意，我在纽约也给别人献过血。慧荃是我的学生，我正好在现场，义不容辞。"

然后林君起身，请司令一起进入琴房。林君站在钢琴前弹了一段《圣洁女神》的旋律，问："司令，是这首歌吗？"

赵司令一下子仿佛被击中了，连声说："是的，是的，是的。"然后问："林先生怎么知道是这首？"

林君解释道："你说是首女神的歌，我猜可能是这首，这是一首很著名的咏叹调。"说罢，林君又找出了一张唱片给司令，说，"这张唱片送给您，其中的第三首就是这首歌，《圣洁女神》。"

赵司令连连道谢。两人走到客厅后，司令指着地上放着的几个竹箱说："都是现在市面上比较紧缺的日常用品，吃的用的都有。我知道，林先生可能不缺这些，但这是我这做父亲的一点点心意。"

林君本来想推辞，但看司令的意思，不收是不行的，也不再客气。两人又聊了几句，司令告辞，林君送行。

刚出客厅门，司令忽然停下脚步说："林先生，现在这样兵荒马乱的，还是早点成家为好，虽然先生你还很年轻。"

"不瞒司令说，我们今天刚刚商定，准备结婚。说起来你还是我第一个通知的人，连我父母都还不知道。"

司令一听大喜，说："恭喜恭喜啊，林先生。婚礼有什么需要帮忙的尽管说。我知道你们不缺钱，但是现在物资越来越紧张，我好歹管着一方土地，可能有些你们搞不到的我还能帮一点。"

"那就先谢过司令了。"

八

自那天起，林岑两家进入了喜气洋洋的婚礼准备状态。

告知父母后，林君即刻去邮局拍电报给哥哥。哥哥的回电第二天就到了，说12月20日之前一定赶到重庆。哥哥要提早准备，安排好教学，路上也需要几天，20日之前能到已经很快了。

想想还有一个月左右的时间，又能见到哥哥了，林君兴奋不已。他打定主意，这次一定要留下哥哥，不让他们一家再回香港。不知为什么，林君对此时的香港一直有一种很强烈的不安全感。

于是按照哥哥的行程，确定了婚礼的时间。接着开始选定登记时间、订礼服、酒店、准备请帖等事宜。虽然想婚礼简单点，但毕竟林君的身份在那儿，不可能太过简陋。而且时间很紧，所以大家分头开始忙碌起来。

林君和敏敏两人最用心的是敏敏的礼服，特别是林君，敏敏每次试穿，他都要找出不足之处，设计师改了一遍又一遍。结婚照也是重中之重，但林君坚持要穿婚礼的礼服去拍，而不是用照相馆的礼服，因此结婚照迟迟没有开拍。

两人抽空去医院看望赵慧荃。慧荃的伤势恢复得很快。经过这一系列的事件，女孩完全释怀，衷心祝福林君和敏敏，并笑着叫敏敏"岑老师"，请老师以后多多关照。学校那边，绍平与林君已经办妥了慧荃转专业的手续。

12 月 1 日，慧荃出院，她第二天就去了学校。林君郑重其事地向同学们介绍了慧荃这位新同学，钢琴专业的同学起立热烈欢迎。当天下课后，敏敏就正式当了慧荃的老师。两人一起去琴房，路上说起了学校几天后要举行的文艺会演，敏敏问慧荃有什么打算，慧荃说她还没有想好唱哪首歌。于是敏敏就问她知不知道她爸爸喜欢《圣洁女神》。

"我虽然不是太肯定，但我猜爸爸喜欢的，我妈妈唱的就是那首歌。"

"你好像从来没练过？"敏敏想起林君说过的事。

"其实，我一直偷偷在练，但是，我的高音不够好，所以一直想把这首歌的高音部分练好。我虽然没有听过我妈妈唱的，但想她能在全校会演中表演，肯定唱得很好。而我现在唱得还不够好，我不敢唱，怕我爸爸失望。"

敏敏没想到，这个平时大大咧咧的女孩还有这么深的心思。

既然说到了这首歌，在敏敏的钢琴伴奏下，慧荃试着唱了一遍。敏敏觉得挺好，但毕竟她不懂声乐，而慧荃自己则不满意。敏敏极力鼓动她唱，因为她觉得唱得好不好不是关键，关键是能让父亲再次听到这首歌，听到女儿唱的这首歌。

于是，慧荃就开始练这首选自贝里尼的歌剧《诺玛》的《圣洁女神》。几天后的文艺会演，她就在岑老师的钢琴伴奏下，演唱了这首歌。

会演那天，林君安排了赵司令来观看。司令脱下军服穿着西装，坐在观众席上。

司令看着台上的女儿，唱着20年前那个她所唱的歌，依然是那个旋律，依然是年轻的女孩，时空却相隔了20年。他在心里呼唤着她，问她，是不是听见了他们女儿的歌声。他相信她肯定听见了。

赵司令热泪盈眶。

林岑两家对婚礼的筹备继续紧锣密鼓地进行。请帖基本写完，都由林先生和岑先生两位亲笔书写。酒席人数也基本确定。就是敏敏的结婚礼服林君还在修改中，敏敏已经不知道跑去试了多少趟了。她恳求林君，是否能够放宽点标准，林君表示绝对不能放宽。

所有人都在期待着即将举行的这场婚礼。虽然两个人不想张扬，但以林君的名气，想不张扬也不可能，知道的人越来越多。特别是在学校里，见到林君和敏敏的人都会道喜。这场即将到来的婚礼，无疑给在战争中的陪都带来了一丝难得的喜气。

然而，谁也没有想到，到12月8日那一天，这场婚礼的准备戛然而止。

夏威夷时间1941年12月7日7时55分，日军偷袭珍珠港，6个小时后，日军大规模轰炸香港。太平洋战争爆发。

得到这个消息时，林君已经到了学校，他的心一下子紧缩起来，连忙请了假，第一时间去邮局，想打长途电话联系哥哥。

到了邮局，看到人山人海，都是想接通香港长途电话的人，焦虑和失望写在人们的脸上。林君好不容易挤进去，不死心地重复着同样的问题，得到的回答是一样的：接不通！林君又赶紧去拍加急电报，当天中午、傍晚又连发两封。接下去几天，林君每天都要拍好几封加急电报，但都石沉大海。长途电话也依然不通。

接下去的几天，坏消息不断传来，英军的抵抗无法阻断日军侵略的脚步，香港步步沦陷，通信及交通全部中断。

而哥哥一家依然没有消息。

两家人都开始茶饭不思，阴影笼罩下的家一片死寂。

沉默很快被打破。几天之后的晚饭时间，敏敏也在林家吃饭，电话铃响起，大家心里都一跳。林君起身去接电话，最后等来的却是噩耗。

打来电话的是哥哥的岳父在广东的亲戚。林航的岳父几经周转，传递来林航一家三口 12 月 8 日被炸死的消息。这一消息之所以迟到，除了通信不畅的原因之外，还因为现场惨不忍睹，无法第一时间确认遇难者的身份。

所有的担忧都成了真。林君拿着听筒的手在不断颤抖，他忘了自己讲了什么，好像向对方道过谢，又好像没有说。他慢慢把听筒放在机座上，手依然在颤抖。

后面站着的三个人，六只眼睛紧紧盯着林君的背影。

"小君……"林先生的声音迟疑着。

"哥哥，哥哥……"林君没有回身，顿了顿，努力地平息了一下，继续说，"全家都被、被炸死……"

林太太身子无声地向下滑去，左右站着的林先生和敏敏赶紧抱住了她。林君连忙转身，抱起母亲，走向卧室。大家手忙脚乱，请来医生。一直等到第二天，林太太才有点缓过来。

林君请了两天假，他实在没有精神去上课。两个年轻人打起精神，想为哥哥一家做一个衣冠冢，于是开始整理他们的衣服。

哥哥的衣服好找，但由于他们婚后来内地次数很少，嫂子的服装只有一套，而小柔嘉的一件都没有。敏敏想起，说前段时间给小柔嘉买的公主裙和洋娃娃，算是那个才两岁的小侄女的衣冠吧。

这是他们买婚礼物品时顺便买的，当时敏敏还想重庆现在物资紧缺，只能买到这些，不知道柔嘉喜不喜欢。现在，礼物已经送不出去了。

几天后，林岑两家六人为林航一家举行了衣冠入葬仪式。仪式很简单，现场除了他们六个人只有墓地工作人员，没有邀请其他亲朋好友。

站在只有衣冠的林航一家的墓前，敏敏和两位太太哭得很伤心，两位先生也泪流满面。敏敏偷偷转头看去，却发现林君一脸肃穆，没有一滴眼泪。那种肃穆，敏敏是如此陌生，她的心不由得一缩，无来由地感到不安。

回想起这几天，林君没有在她面前流过一滴眼泪，这很不正常。敏敏明白，就对林航的感情而言，林君绝对超过这世界上的任何人。但他没有哭，甚至在墓地里也没有哭。

没有任何人的提议，林君和敏敏的婚礼就这样默默地中止了。酒店、照相馆等等统统取消预约，该支付赔偿金的支付赔偿金。结婚礼服林君再也没有兴趣修改，两人的礼服买来放在各自家中，没有再去理会。

接下去的时间里，两家人照常过着日子，却没有了欢声笑语，连对话都少了很多。

而敏敏内心的不安愈加强烈。林君依然是开车、上课，教敏敏练琴。但自己练琴很少，而且没有计划，想到什么弹什么，这很不正常。敏敏的记忆中，林君这样练琴，从没有过。

他一定在考虑什么事，重大的事。敏敏知道，他会说的，但等他说的时候，会不会来不及了？敏敏的担忧只向慧荃说过，经历过这么多事，她们已经成为最好的朋友。她们一起猜，但都找不到头绪。

12月末的一天晚上，林君走进琴房锁上门，弹奏起肖邦的《d小调前奏曲第28号之24》。他弹了一遍又一遍，弹了足足一个小时，然后双手直直地撑在钢琴上，目光坚定，一字一句道："大哥，我要为你复仇！"

九

放寒假前的最后一天，林君送敏敏回家。自林航去世之后，他们俩虽然晚上还是经常在一起，但气氛沉闷，所以都早早分开。那天送敏敏到家才晚上7点钟。

车停在岑家门口，林君拉住了想要下车的敏敏，看着她，缓缓说道："敏敏，我跟你说件事。"

敏敏的心狂跳起来，来了，终于来了！她不安地凝视着林君。

"我要去从军。"很简单的五个字，就像五支箭射中了敏敏的心。她想过很多种可能发生的事，但就是没有想到林君要去从军，她无论如何都无法把钢琴家与军人联系在一起，无论如何不能把眼前这个年轻英俊、眼光清澈无邪的艺术家与战场上手持钢枪冲锋陷阵的战士联系在一起。

她愣愣地看着林君，眼睛泛着泪光，说："你说什么？你要去干什么？你是谁？"

"我当然知道。"林君异常平静。

"那你认为你去从军，大哥能活过来吗？"敏敏的声音带着哭腔和愤懑。她失态地叫起来，泪水潸然而下："你为了自己心安，但你是你一个人的吗？你考虑过其他人吗？你考虑过林伯母吗？你考虑过我吗？你自私，如果大哥地下有知，他非狠狠抽你不可。你是谁？你是谁？不要跟我说人人平等。谁都可以去从军，你不可以，你是林君，你只属于舞台，而不属于战场。你的手只能碰钢琴，不能握枪。"

她还想继续说，林君制止了她，他本来想好的话都已经被敏敏堵住了，他已经无话可说，只能亮最后的牌。

"好了，敏敏，我说不过你，但我必须去！"

"我不会让你去的！"敏敏坚定地盯着他。

"我已经报名。"林君依然平静。

敏敏一呆，但很快就坚决地说："报名了也没用。"她很快下车，跑进家里。

林君从车里看着她，他知道她要做什么，但他知道没用，

127

她最终会失望。林君刚才还平静的脸上泛起了不舍和伤感。

开车回家，林君还有一关要过，去告知父母自己的决定。

站到父母面前，林君同样平静地说了从军的事。不出所料，父母大惊失色。

"你去从军？小君，你开什么玩笑？"林先生瞪大眼睛看着儿子。

林太太一时失神，过后立刻泪如雨下，她带着哭腔说："小君，你这是拿刀子捅姆妈的心。你大哥刚刚走，你就要去玩命，你是不想让你姆妈活了？"

林君看着父母，慢慢屈膝，先是单膝，再是双膝，跪了下来，父母呆住了。

林君抬头看着父母，缓缓说道："爸爸、姆妈，今天是我第一次给你们下跪。这是我唯一能为大哥做的，如果我不去，我这辈子都会寝食难安。请爸爸、姆妈成全。"

敏敏冲进自己的卧室，翻出所有的底片，从里面找出十几张林君的照片底片，正面的、侧面的，全身的、半身的，严肃的、微笑的。然后她打电话给赵慧荃问了地址，让司机老钱送自己去了赵家。

慧荃已经等在大门口，敏敏没有进去，两人简单交流了一下。慧荃将敏敏拿来的所有底片交给了父亲。

第二天，重庆市内的每一个征兵处都收到了林君的照片及指示——将每一个报名的人和照片逐一核对。同时，军方开始排查所有已经报名的人。

敏敏肯定林君这段时间没有离开过重庆，所以赵司令认为他只能在重庆报名，因为报名要本人去，还要体检。征兵不由赵司令管，但他完全能够做到不让林君报名入册。

然而，几天下来，已经报名的名单中没有找到林君，新增的报名人员中也没有发现。

根据林君说的，他已经报名，但为什么没有找到？到2月份，报名结束，都没有查到林君的名字，大家不安起来。

林君申明要从军的第二天一早，敏敏就来到林家，此时林君还在睡觉。敏敏和林太太一起关起门来聊了很久。敏敏知道林太太此时的心情，就把赵司令那边的计划告诉了林太太，安慰安慰这个刚刚失去大儿子，小儿子又要出征的可怜母亲。

但无论是敏敏还是林太太，两人都没有解除内心的担忧。林君的性格她们是了解的，平时温文尔雅，脾气也很好，但实际上非常固执，他一旦想做什么事，肯定是义无反顾的。这次就算能把他拦下来，以后呢？能一直看着他，关着他，还是绑着他？

敏敏心里还有一个担心：小君肯定知道自己会去找慧荃，既然如此，现在他们所做的一切他岂非了如指掌？那他事先是不是都有所防备？

末了，这本来应该已经是婆媳的一对伤心人，只能面对面坐着，默默流泪，唯一抱有的一丝希望，就是最终林君报不上名，至少这次是走不了了，至于以后，再说吧。

这年的春节，是林君敏敏回国后的第一个春节，本来阖家团聚，应该是最喜气洋洋的。但林航的去世和林君的从军意愿，像两团巨大的阴影，压得两家人都喘不过气来，覆盖了春节所有的喜气。

春节过后没多久，就开学了，林君和敏敏又开始了在学校与家之间来回的生活。自放假前的那晚以来，两人都没有再提起林君从军的事。随着时间的推移，敏敏心里的一丝希望慢慢扩大，开始幻想是不是林君真的没有报上名。因为，赵司令说过，大概再过半个月，新征的兵就要集中出发。

十

林君在确定要从军时，就去找了严主任，提出自己可能几个月后就要离开重庆，请严主任早点找接替的老师。他向严主任再三道歉，自己才来不到一年，就要撂担子。严主任完全理解，他当时想，林君肯定因为哥哥的事受了打击，要离开重庆另有打算。另外，严主任其实从一开始对林君能当多长时间的老师就没有多少把握，这样的大钢琴家，能来已经不错了，还指望人家带完一届学生到毕业？

直到春节过后开学的第一天，林君才到主任室跟严主任说了实情。主任闻听后大惊失色，他愣愣地看着林君，直到林君向他告辞出门后，才反应过来。他马上叫人喊来了绍平，问他知不知道林君要去从军的事。

绍平听闻，如同五雷轰顶。他朝主任摇了摇头，就冲出主任室直奔音乐办公室，拦住了正要出门上课的林君大声喊道："小君，你发什么疯啊！"

他随即抓住林君的一只手臂，激动地继续喊道："你这手，只能弹琴，不能干其他事，懂吗?！"

林君冷静地看着他，继而挣脱出来，说："绍平，我去上课了。"出门走了。

同事们围拢过来，看到绍平满脸的泪水。得知原委后，都大惊，完全无法理解林君这个反常的行为。

绍平默默地站了一会儿，也转身出门，到林君上课的钢琴教室外，坐到一个木桩上等着他。下课铃响后，见林君没有出来，就叫一个同学去叫一下林老师。

林君出来走向绍平。绍平看着依然冷静的林君，站起身，他刚刚才收住的眼泪又流了下来。

"小君，我求求你，别去！"

"绍平，我不是一时冲动，我两个多月前就已经决定了。"

绍平举手指着远方，流着泪说："前方，有那么多的兵，不缺你这一个，但林君，只有一个，在音乐界，在钢琴界，就只有一个林君！"

"那又如何？"林君定定地看着绍平，依然冷静的眼睛开始泛红。

"我哥哥死了，他被炸死了。"眼泪已经慢慢盈满了他的双眼，"我钢琴弹得再好又有什么用？他是我最亲爱的大哥，他才 25 岁。"

绍平看着林君的泪眼，说不出话来。林君的双手紧紧地攥成了拳头，他的眼神悲伤而凌厉。"我要亲手为他报仇。"

周围已经围着很多同学，聪明的大学生们早已经从两人的对话中洞察了一切。有同学冲进教室到敏敏的桌前问道："敏敏，是真的吗？林老师要去当兵？"

见敏敏点头，那同学哭喊着道："那你怎么不拦住他？！"

"我拦了，我拦不住。"敏敏双手蒙住脸，泪水不断地从指缝中流出。

3月初一个周六的早上，车停在校园里敏敏往常下车的地方。敏敏下车后，林君也下了车，叫住了敏敏。

望着回过身来的敏敏，林君略有些艰难地说："敏敏，应该就在下周，就要出发。"敏敏脸上的表情由惊讶转为失望、悲伤，她没有说话，失神地看了一会儿林君，慢慢转过身，离去。林君看着她那萧索的背影，内心不忍，但又无可奈何。

接下去就是钢琴课。林君发现赵慧荃不在座位上，自然明白是怎么回事。

敏敏两节课都魂不守舍，下课后，她没有继续去上后面的课，就到校门口等候慧荃。接近中午，慧荃才回来，令敏敏惊讶的是，一同来的还有赵司令。赵司令之所以亲自过来，就是想把林君参军的调查情况跟敏敏交个底。

林君的报名资料迟迟没有被查到，赵司令就基本肯定林君没有在重庆的征兵处报名。他如果已经报名，只有两种可能，一种是去外地报名，另一种是不通过正式征兵处报名，后者是司令最担心的。

其实，应征入伍只是当时参军的一种途径，除此之外，还有其他入伍方式，最多的就是直接进入军队，有被动的也有主动的。前者俗称拉壮丁；后者有热血青年主动投军，更多的是贫苦家庭的孩子，为了有口饭吃，主动加入军队。如果林君也以这种方式入伍，就很难查到，因为他完全可以隐姓埋名。

赵司令先不考虑林君直接入伍的可能性，集中查找外地的报名资料。由于林君没有离开过重庆，要报名只能通过非面试非体检的方式。虽然这种方式在制度上是被禁止的，但赵司令觉得不可能每个地区都遵守得那么严格。果然，后来终于查到了线索。广西一个地区的征兵，由于预计当地报名人数可能不足，完不成指标，早就放开，允许远程邮寄报名表，只要附上两张照片就行。赵司令锁定广西这个地区，仔细检查，很快在已经上报到军部的名单中查到了林君的名字。

报名地已经找到，接下去怎么办？赵司令自己有个初步的打算，但要征询敏敏的意见。

果然，敏敏和慧荃的第一反应就是直接把林君的名字从军部拿下来。司令说这样有点难度，但也不是不可以，虽然名字已经上了军部总名单，再拿下来会被归为逃兵，但凭着林君的身份，完全可以解释。

但司令有更深层的考虑。他先向两位姑娘说明了还有另外一种很方便的不通过应征的入伍方式，两人听得心惊肉跳。司令接着道："连广西这么远的征兵不需要面试体检，林先生都能得知，那直接入伍的方式，林先生肯定也早就知道。但他还是通过广西报名，说明他毕竟是知识分子，还是想通过正式的方式入伍。如果他发现这条路走不通了，而他铁了心要从军，就会直接入伍。这样一来，我们到时候连他的名字都找不到。"

"在找到林先生报名的档案时，发现了一件有趣的事。"赵司令笑道，"他的学历填写的是小学。"

"小学？"两个女生都很惊异。

赵司令解释了他的推测。之前几年，国家层面不鼓励大学生入伍，特别是教育系统中反对大学生从军的呼声很强烈。客观上，当时的大学生大部分出身富贵，娇生惯养，即使入伍也很难适应军旅生涯。因此抗战爆发至1941年底的这些年里，真正报名入伍的大学生比例很低。军队在使用大学生时也异常珍惜，真正让上战场的，基本上只有少量被称为天之骄子的空军飞行员；其他大部分被安排为翻译、机修人员及文职人员，从事后勤工作。林君之所以把学历填写为小学，肯定就是考虑到了这个因素。小学是当时征兵制度的学历起点要求，可见他是决心直接去前线的。

经过与广西方面的协商，赵司令把林君的报名档案调到了重庆。他先让广西那边撤销档案，再让重庆这边加一张报名表，至于照片，多的是，同时把学历改为了大学。司令已经了解到，这次，有一个只招收大学生的高级通信培训班，全国范围内招30个人，拟通过短期的强化训练，培养出第一批大学生通信骨干。赵司令打算把林君的名字放进去。

当时的军队通信方式落后，系统杂乱，通信人员普遍水平不高。军中最优秀的通信人才来自陆军通信兵学校，但数量少。大部分的通信兵学历不高，特别是前线的随军通信员，学历更低。这无形中大大降低了通信质量，给军队的作战部署、整体协作等带来了很大的负面影响。因此，上级决定从今年起，不定期地组织只招收大学生的通信培训班，以大学生通信员作为骨干带动所在营部的整体通信水平。由于人才稀缺，第一期培训班里出来的学员都会被分配到师部。

这就是赵司令的计划，让林君作为文职人员，在战争期间尽量远离最前线。

司令的分析已经很有道理，就林君那固执的性格，已经没有更好的办法了，敏敏很感谢司令。赵司令最后关照，这个计划千万不能让林君知道，省得横生枝节。至于让他在重庆报到，他不会想太多，因为他报名表上填报的地址是重庆，林君会理所当然地想，按照地址就近报到是顺理成章的。他之后肯定会慢慢猜到此事的前因后果，但那时他已经在军营中，岗位已经确定，军令如山，由不得他不老老实实地待在师部的通信科里当个文职人员。

十一

赵司令的计划，已经是眼下最完美的安排，敏敏很清楚赵司令为这件事所付出的努力和心血，但对她而言，林君下周就要远离自己是最残酷的现实。

一想到此就心如刀绞。

自三年多前她与林君在旧金山码头相拥以来，除了林君因演奏会短暂外出之外，他们几乎天天都能见面。早上互吻道早安，晚上吻别道晚安。在家时他们一起吃饭，学习，练琴。

她最喜欢在他的琴房里，听他练琴。有时候她坐在他的书桌前做功课、看书，时常抬头看他的背影——修长而健硕。有时候她坐到他的侧面，拿着书，却痴痴地看着他的侧脸。他是没有察觉的，他练琴一向很投入，浑然忘了她就在房间里。她望着他英俊的侧脸，看他投入时的脸部变化，皱眉很好看，微笑更好看。每当此时她就在想，这样一个天之骄子，是她的，她何其幸运。

如今，他要离开她，不知道要多久，不知道见面时他是怎样的。有一个念头，被她深深地埋在心里：他能安全回来吗？她不允许这个念头浮现。稍一念此，她就狠狠地痛骂自己。

一下午，她都没有什么心思练琴，这段时间她的练琴质量一直很差。感觉时间差不多了，她就来到林君的办公室外面，坐在花坛的边沿等他。

林君今天下午课后，在与马上要接替他的钢琴老师交接工作。新的钢琴老师原任教于燕京大学，年前随家人到重庆，来央大应聘，正好可以顶上林君的空缺。

林君谈完后出门，看见敏敏，有点意外："怎么等在这里？"

敏敏起身走到林君身边，没有像以前那样保持一尺的距离，而是双手抱住了林君的胳膊。林君愣了一下，微笑道："不保持距离了？"随后抽出手臂，抱住了她的身子，两人全然不顾周围惊讶的眼光。他明白她的心思，她要争分夺秒，享受与他相拥的时光。

随后林君提议，明天，也就是他出发前的最后一个休息天，一起再去一趟第一次放风筝的郊外。

第二天一早，两人开车出城，往西开到城外20里的郊外，那里在群山环绕之中有一片天然的草地。

一眼望去，满目的绿色，春天的气息勃发。虽然没有野花点缀，但已经遍地生机盎然，展示着寒冬后的复苏。记得去年5月，他们第一次来到这片草地，五彩的鲜花在绿色的间隙摇曳。那天他们两个新手一起试着放风筝，放了好几次都没有成功。等终于放上去之后，两人像孩子般大笑着快跑，拉着绳子追逐着半空中飞舞的鹞子，好几次不小心绊倒，但依然欢快无比。

也就一年不到的时光，如今两人再次来到这里，却全然没有了往时的快乐。同样是春天的草地，但没有风筝，没有激情，如同远处灰色的天际，冷冷清清。

两人缓缓走在野草间，来到一处空旷的草丛中，坐在一个小土丘上。敏敏俯身偎依在林君的腿上，林君开始叮嘱她日后的通勤事项。

"以后都要老钱接送。"

"我们有几位同学骑脚踏车的，一路上坡很少，可以骑。"

"不可以！"林君断然否决。

"那我自己开车？我没问题的。"

"也不行。"林君坚持道，"绝对不行！"

"好。"敏敏说着，眼泪顺着眼角流下，滴到了林君的裤子上。敏敏连忙用手去擦，但怎么也擦不完。

林君闭上眼睛，忍着酸楚。忽然，他感觉有异样，连忙转头，发现一根棍子朝他们打过来。林君急忙抱住敏敏一起顺着土坡滚下去。

来的有两人，是附近的混混。远远看到汽车，然后看到一对少男少女坐在草丛中，顿生歹念，想打昏男的，劫财劫色。看到一击不中，定睛一看，那小女娃果然长得好看，更加急切地挥动长棍打过来。

林君护着敏敏躲了几下，还是被击中肩背，看见棍子又过来了，思忖不能这么被动，就放开敏敏主动迎上去，扑倒拿棍子的那个混混，找准他的脖子，狠狠掐下去。

林君对自己的手臂力量是很有信心的，扳手腕他都没遇到过对手。不过，为了保护手，他很少玩这种游戏。今天他想就算再挨几棍，也要掐昏这个混混。

没想到，这混混一被掐就动弹不得。而此时另外一个混混已经抓住了敏敏，林君一见放开手，又冲向那个混混。有了第一次的成功，他信心大增，迅速扑倒第二个混混，同样掐住他的脖子，那混混也马上瘫软。

林君放开手站起身，拥住敏敏，看着两个混混。见他俩慢慢有了动静，松了一口气，他可不想就这样杀了这两人。

两个混混看见林君还站在旁边，眼中露出祈求的神情，林君上前狠狠地边踢边骂道："混蛋，就会欺负自己人，有本事去打日本人啊！去啊！去啊！"两个混混终于能发声了，连连求饶。

林君停住脚，拉着敏敏跑向车子。他狠踩油门，车子快速离开凹凸不平的泥土小路，来到了砂石大路上。林君猛开了一段路，把车停在路边，狠狠地捶打了几下方向盘，头伏在方向盘上失声痛哭。

"大哥，你为什么不能听我一次，怪我！怪我！我怎么没有把你拽回来？怪我！"林君无所顾忌地大哭，眼泪彻底喷涌而出，无尽的痛苦撕咬着他的心。那个他最亲的大哥，那个从小陪他从家乡到纽约追寻他的音乐梦的大哥，永远都见不到了。他想起去年在香港码头的一别，才知道，当时那从未有过的生离死别般的感觉，竟然是如此准确，那竟然是与大哥见的最后一面。

敏敏泪流满面地看着林君，用手轻轻抚摸他被棍子击打过的地方。她完全懂得他的感受，对此刻的林君而言，就像他自己说的，唯一能为大哥做的只有上战场亲手杀敌。其实敏敏早就懂，但她实在不舍得他。

过了许久，林君的哭声渐渐低沉，他全身瘫软，依然伏在方向盘上。

敏敏下了车，走到驾驶座旁边，拉开车门，温柔地扶住林君："小君，你累了，来，换个位子，我来开车。"

林君顺从地下车，敏敏扶他到副驾驶门边，帮他上车，然后稳稳地开车离开。

十二

周一晚上，入伍报到的通知由人送到了家里。那时报到的通知五花八门，一般由当地最基层的官员通知，有登报的、寄信的，还有打电话的。由于林君已经被纳入高级通信培训班，

139

所以有专门的人送来信件。对此，林君没有怀疑，毕竟他不知道这些细节，以为都是如此。

通知出发的时间是周五早上，所以，林君在学校还有三天的课程。他要上到最后一天。

新学期开学后，都知道林君要从军，同学们的情绪很是压抑，越是到最后几天，气氛越是悲伤。

林君在这几天打破了自己原先的教学计划，尽量满足学生平时提出的要求讲解曲子。周四上午，是钢琴专业的最后一课，林君决定讲《冬风》，这完全超出了同学们的水平范围，但既然答应过他们，今天最后一课就留给了《冬风》。

本来，《冬风》应该由敏敏来弹奏，林君讲解。但敏敏这段时间完全不在状态，今天更是如此，林君就只好自己弹。他边弹边讲解，同学们认真听着，鸦雀无声。

林君心里明白，自己这一走，无论结果如何，以后不会再回到这个课堂了。战场是残酷的，等战争结束，如果侥幸能活下来，他会回到纽约，回到与哥哥一起生活过的地方。所以，今天是给这个班学生上的最后一堂课，他与这个班学生的缘分到此为止。

课上完了，马上就要下课。同学们已经全体站立，流着泪为他们的老师鼓掌。林君站在学生面前，深深鞠了一躬。他示意同学们坐下，然后说："同学们，今天是我给你们上的最后一堂课，明天开始，你们会有新的钢琴老师，他比我优秀。我不是一个好老师，感谢你们的包容。"

学生们哭着说："林老师您是最好的。"

林君继续说："希望你们继续好好练琴，并希望你们是为自己学钢琴，而不是为了我。请同学们记住，这世界充满了邪恶，唯有音乐是最纯洁的。当你在未来的人生中感到不安、彷徨、愤怒、忧愁的时候，唯有音乐能净化你的心灵。"

同学们鼓掌。这时一位同学说："林老师，能不能再为我们弹一首曲子？"

"可以，想听什么？"林君干脆答应。

"《革命》！"有个同学说。

"好。"林君说罢，走向钢琴，继续说，"同学们请上来吧。"学生们立即上来围着林老师站立。林君平时示范时经常这样。

"肖邦的这首 Op.10 之 12 号 c 小调练习曲，重点锻炼左手的跑动，同学们最好能在练好车尔尼 718 之后再尝试着练这一首。"林君说完，抬手，音符倾泻而下。

《革命》是林君演奏最多的曲目之一，特别是安可时，经常有乐迷在台下直接高喊曲名，希望能在现场听到林君的演奏。自林君第一次演奏这首曲子以来，就一直被誉为是最佳的演奏，无人能够超越。当时美国一些音乐院校中钢琴专业的学生，经常会计算林君的演奏速度，虽然林君并不刻意追求，但少年天性，在保持曲目演奏风格的前提下，无意中一再加快这首练习曲的演奏速度。林君是当时世界上唯一能在两分钟之内完美演奏《革命》的钢琴家。

下午的钢琴选修班，同学们也是对林老师恋恋不舍。课后回到办公室，严主任和同事们围着林君，伤感无法言表，都说明天要去送行，被林君拒绝。他安慰他们，以后回来，会第一时间到学校来看望。

同事们送林君到车旁，赶过来相送的还有学生们，他们都没有走。林君很感动，为了让他们早点回去，就与敏敏匆忙上了车。

林君驾车离开众人视线，又绕到校园的另一侧，开车慢慢地看着自己来了近一年的学校。这个本来是为随便找个事情做而来的地方，此刻承载着他满满的眷恋。林君不知道自己以后是否还有机会再来看一眼。

那天的晚餐林岑两家都在林家吃，菜很多，但席间几乎寂静无声，唯有林君偶尔说上几句，努力改善一下气氛。与同事们一样，家人们也都说第二天要去送行，林君说报到的地方人很多，因为是集中报到，乱糟糟的，车子送他到那里就要马上回来，不能久留。东西也没什么好带的。林先生问以后能不能写信，林君说不是很清楚，看去什么地方，邮路如何。即使能通信，也有丢失的可能。但有机会，他肯定会写信来。

饭快吃完了，敏敏对父母说："爸爸姆妈，你们先回去，我还有点事。"

敏敏晚点回去，所有人都觉得这是理所当然的。

到了林君房间，敏敏先进去，背朝着林君，没有转过身来。林君关上门，笑着问："看你一直背着那个小包，当宝贝似的，是有什么礼物要送给我吗？"

敏敏放下包，拿出里面的东西，慢慢转过身，不敢抬头看林君。林君走近，看到她手上拿着一件粉红色的物件，貌似衣服。

"是睡衣。"敏敏的声音像蚊子般，她举起睡衣，抬起头来看着林君，满脸通红。

林君明白了，他没有接过那件粉红色的睡衣，而是猛地抱住她，过了很久，才无限柔情地说："宝贝，等我回来，做我的新娘。"

敏敏的眼泪夺眶而出，呜咽着问："你会后悔吗？"

"不会。"林君说得很坚决。

"可我后悔，我后悔没有早点嫁给你。"敏敏伸出手臂抱住林君的脖子，哭出声来，"你能不走吗？"

林君眼眶湿润，但依然平静地低声说："敏敏，有些事，就算明知有危险，也是必须要去做的。人生就是这样的。"

"可你林君不一样。"敏敏继续哭。

"我的人生不单单是钢琴，我不会把我的人生只限定在钢琴上，我有我必须要去做的事。对不起，丫头，对不起。"

车远远地停住，开不进去，人太多。

林君下车往前走。转身回望，满满的都是送行的人，除了爱人和家人，还有同事，包括严主任、绍平，还有很多学生，他们还是来了。林君高举双臂朝他们挥了挥手，就回身朝报到的院子大门走去。

他没有再回头。

去年年初，在纽约的码头，也是送行的人群，他朝他们挥手飞吻告别，登上从纽约回国的船。今年将要离开刚熟悉不到一年的重庆，去往不知道哪里的战场。林君有一种时空转换的迷惘，但心里却平静如水。对于未知的未来，他没有设想过多，既然是自己要往前走，就要承担所有的一切。

在乱哄哄的院子内，林君找到了报到的地方排队。一递上报到通知单，就有人领他离开报到现场，到了另外一间小屋内。接着领军服，剪头发，林君人生中第一次剪了个平头。他从镜子里看到自己，觉得这样的自己也很帅，很男子气。

很快，他就与其他几个年轻人一起，由专车直接送到火车站，坐火车离开了重庆，奔向下一个目标。此时的林君并没有细想，自己报到的整个程序为什么这么快捷。他沉醉在对未来路途的期望和结识新伙伴的快乐之中。

第四章

一

第一期高级通信培训班于 1942 年 3 月开班。准确地说，是高级无线通信培训班。

成立于 1936 年的陆军通信兵学校，在六年间辗转从南京到湖南临澧，再迁到麻江，培养了当时军中最专业的通信兵。学校除了培养通信兵之外，还涉及军犬和军鸽的训练与应用。对通信兵的培养既有针对现有军人的短期培训班，也有只招收高中生的学生队。因此，就学生的基础学历而论，在通信兵中，这期高级通信培训班的学生学历是最高的。

尽管目前的通信状况依然无法完全满足军事和情报系统的需要，但近几年来的发展却非常迅猛，这完全归功于某局电信处处长卫肖记。这位从清华去西点军校深造过的高材生，以一己之力主导了整个通信业务的发展，其中也包括通信人才的培训，陆军通信兵学校就是他一手创办起来的。而这次高学历的通信培训班，是他今年新推出的最重要的培训计划。

培训班设在某依山傍水的训练基地。营地很大，周围群山环抱，但内部异常开阔。营地前面是一条宽阔的大河，河流温和平静，波光粼粼的河水清澈见底。水草在水中摇曳，大小鱼儿的身影穿梭其中。岸边是粗粝的砂石，质朴而整洁。地处秀丽山河中的营地，不仅景观赏心悦目，还拥有山泉和河水，解决营地用水问题。

营地除了各种不同用途的房屋之外，还有跑道、跑马场、汽车摩托车道、射击场，以及各类体能训练的相关设施，如人工墙、铁丝网、壕沟等，据说是当时国内最大、设施最为齐全的培训基地。

对这一期培训班上级非常重视。首先是增强师资力量，陆军通信兵学校无线电课程最好的讲师，被调来任通信课的教官。另外，给每位教官加配了几个得力的助手。其次，拨下了专用资金用于此次培训，增加了培训设施，特别充实了培训用的通信器材。另外还特意派遣了一个擅长米食面点的高级厨师，以改善学员的伙食，增加他们的营养。

至于生活设施方面，剩余的经费已经不够大改特改，只是增加了一间大的淋浴房，里面有几十个莲蓬头，还贴心地为每一个蓬头位装了木质的围挡。当然水只能是冷水，整个训练营除了少量喝的水外，没有热水。另外做了一些木质高低床，放在一间大的宿舍里。两边各一排，每排8个上下铺，一共32张床，可以容纳这次培训的 30 个学员。这比原先的大通铺好了不少，学员总算有了自己的床，除了睡觉，还能放衣服毛巾等日常用品。

周五下午，学员们陆续到达营地。虽然学员们不是同时到营地的，但都是同一天下午到达，可见上级对这期培训班的重视程度。从报到通知的送达，到最后的交通运输安排，每一个细节都事先经过了精心策划，确保分处各地的学员在同一时间段内到达训练营。

接待这批学员的是姚辅导员，一位戴金丝边眼镜的年轻军人，温文尔雅。姚辅导员介绍说自己平时是培训基地的文书，从军前当过中学老师；有培训班时兼职当辅导员，负责学员的生活后勤工作，以后学员们在生活上有任何问题都可以来找他。

傍晚时分，学员们全体到齐后，姚辅导员让大家集中到教室，简单介绍了一下培训基地的基本情况和常规的培训规章制度，并发给每个学员一本薄薄的学员手册。

课后，姚辅导员带领学员到食堂吃晚饭，饭后带大家参观了一下营地中的生活区，再安排抽签分床，按照不同尺码发给每个学员若干套服装，既有内衣内裤，也有外套、棉衣、鞋袜等。其他的诸如毛巾、肥皂、脸盆、牙膏牙刷等生活用品已经分发放置到每张床上。接下去学员要马上准备就寝，明天就要开始正式的培训课程。

林君抽到了下铺，位于宿舍中间靠里面一点儿的位置。此时林君呆呆地站在自己床前。没想到，从军第一天，自己遇到的第一个考验居然是床。

这床实在太脏了。

床架是新的，但枕头被褥等床上用品都是旧的，而且好像也没有洗过，黑乎乎的，快看不出是军绿色的了。林君自出生以来一直过着锦衣玉食的生活，这样的被褥别说碰，见都没有见过，他实在无法这样躺下去。

这一期的培训学员都是大学生，大部分都是富贵家庭出身，与林君一样感受的不止他一个人。大家各自站在床边，为了这床铺叽叽喳喳讨论纠结了很久，最后不得不陆陆续续勉强躺下，否则难道在床边站一夜？

林君刚想下决心也将就将就，又发现自己还没有洗澡。这也是他的个人癖好，每天必须洗澡。可一想到刚刚看到过的淋浴房是冷水，就心里发毛，这3月份，春寒料峭的，怎么洗冷水？但如果不洗，今天就没法睡踏实，那明天的培训如何参加？一发狠，找出新发的内衣和毛巾就去洗澡。

宿舍中去洗澡的只有他一个人，大家在背后叫着提醒他："冷水啊，兄弟。"但林兄弟为洗澡义无反顾。

到了淋浴房，发现居然有一个人已经在洗了，一聊才知道是他们明天开始的体能训练的教官，姓洪。洪教官对林君因为洁癖而不怕冷的精神大加赞赏，鼓励他坚持下去，说长年洗冷水浴能增强体魄。在洪教官的鼓励下，林君咬牙淋了约一分钟，赶紧牙齿打着颤出来，擦干身子换衣服。

然后林君看着手中换下的内衣又发了一会愣，他不知道怎么洗衣服，因为从来没有洗过。最后他把衣服用水打打湿拧一拧，和湿毛巾一起胡乱挂到外面的晾衣绳上。

林君回到宿舍，感觉身上稍微暖和了些。来到床边时，发现自己真的困了，但还是不能就这样躺下去。想了想，拿出一条毛巾，盖在黑乎乎的枕头上，又穿着外套，连袜子都穿好，和衣躺下，盖上大衣。但感觉不够暖和，只好用手指尖捏住黑乎乎的被子一角，把被子拉到胸口，盖到大衣外面低一点的位置，使被子不碰到脖子，再把手臂小心翼翼地放到大衣里面。经过这一番谨慎操作，使自己整个身子与脏兮兮的被子和床单彻底隔离。

就这样，洁癖钢琴家学员终于把自己安顿好，开始了培训班的第一天生活。

二

第二天一早，起床号响起是在早上 7 点钟。

这一期的培训时间为期八个月，不算特别长，但对他们的培训目标很高，课程排得非常紧，因此只能增加每日的培训时间。7 点起床也就只有这一天，从第三天开始，每天的培训时间是从早上 5 点到晚上 8 点，包括早中饭时间，但晚饭要到晚上 8 点后才能吃。天黑之所以也能培训，得益于齐全的照明设施，大部分的训练场内晚上都灯火通明。

这是学员们第一次在训练营吃早饭。早餐很丰富，敞开供应，以当地出产的米食为主，有米线、米糕、米面、粥等，关键是有奶粉喝，并要求学员每天至少吃两只鸡蛋。林君这些年吃了太多的西式面点，反倒对中式点心情有独钟，加上他一向胃口很好，早餐吃了很多。

刚被派遣来的厨师长姓孔，胖乎乎的。看到小伙子们吃得欢，很高兴。对于奶粉，孔厨师长提醒大家，据他了解，只有他们这一次的培训有供应，后来其他教官助教也这么说，还说沾了他们的光，也能喝上八个月的奶粉。

早餐时，有几个学员问老孔能不能做面包蛋糕之类的西式面点，孔厨师长很为难，给学员们解释道：他原先能做得一手好面点，还能做西式的蛋糕面包，但由于训练营地处产米的区域，面粉需要从外地运进来，而现在是战乱时期，物资运输不畅，因此面粉很少，可谓巧妇难为无米之炊。同学们只能适应吃米食，孔厨师长会尽量换着花样做，满足同学们的不同口味。

早饭后，体能培训课开始了。学员们先集中到教室，洪教官给大家上了两小时的理论课。

课上，洪教官先简单介绍了一下整个培训计划，又详细讲解了所有体能训练项目和课程的时间安排。最后，教官说，理论课其实还有两小时的课，到体能培训结束前再给大家上。

整个培训项目分为三大部分，两个月的体能课、一个月的射击课，最后就是五个月的无线通信课。射击和通信项目都是专项培训，除此之外的其他培训课都归类于体能培训，因此洪教官的体能培训课还包含了一小部分的非体能项目。

理论课结束后，马上开始军人队列训练，这也是所有新兵训练的必备项目。第一天训练后，队列项目就成了每天早上学员集合后的常规操练。

洪教官是第一次培训全部是大学生的学员班，他早有心理准备。他知道这些大学生基本都是娇生惯养的富家子，体能较弱，生活能力差，往往还能言善辩，培训他们会相对困难些。但几天下来，洪教官还是感到自己心理准备不够。这批大学生的体能比他想象的还要差，而话实在太多，令洪教官头痛不已。

在理论课上，学员们不停举手，提出各种问题，后来干脆连手都懒得举，与洪教官辩论、探讨。洪教官实在招架不住，心想出了课堂，到实际体能训练环节可能就好了。但多话的学员发挥时刻提出疑问、探讨问题的求知精神，对洪教官的培训指示提出各种质疑，在训练场上也喋喋不休。

洪教官本来也是个能说的人，但与这些善辩的大学生一比，甘拜下风。他干脆不接他们的话，按照自己的培训方案，严格执行下去。他发现这些大学生有一点好，尽管嘴上各类疑问，但对教官的指令都不折不扣地执行。只是体能普遍太差，个个都很累。然而洪教官知道这次培训的内容不得有丝毫的松懈，只能一步步按照计划进行下去。

洪教官对前一天晚上碰到的那个洗冷水澡的学员很有好感，今天早上一见到这个叫林君的年轻帅气的高个子学员就主动打招呼。碍于这个情面，林君虽然也是个多话爱热闹的人，还是忍住没有给洪教官添乱。但林君的体能实在太差，几乎排在全班倒数，没跑多少路就上气不接下气。

在整个体能培训基础项目中，林君只有手臂力量相关项目相当拔尖，后来考核时全都名列第一。他多年前就开始买来哑铃，天天在家里练，俯卧撑也练得不少。其他健身器材他很少练，偶尔去去健身房，去泳池游游泳，但很少跑步。上学时在学校倒是天天在校园里跑，但自毕业后已经五年没有跑步了。纽约早上跑步的人不少，但林君是无法在外面跑的，有一次在家附近的中央公园逛逛就被围观，跑步就别想了。回国后在重庆怕空袭，跑步想都没有想过。

第一天训练结束，吃完晚饭，尽管已经精疲力尽，林君还是要去洗澡。这次跟他去的人多了，因为都一身臭汗，忍无可忍。冷水淋下来，淋浴房里一片尖叫声，洪教官一阵嗤笑，心说：小兔崽子们，嘴皮子要得欢，让你们尝尝早春洗冷水的滋味。

其他人冲了几下就忍不住跑了，唯有林君洗了很长时间，因为今天出汗多，他要用肥皂，一用肥皂时间就长，居然忍住了，感觉比昨天好很多。没想到他这洁癖反而帮他习惯了冷水浴。洪教官又是大大赞赏了他一番，说他肯定能练成长年洗冷水浴的习惯，还能冬泳。冬泳？林君想想都要打寒战。

关于个人卫生，林君还有一件麻烦事，就是洗头。哥哥很早就告诫他，晚上睡觉头发不能是湿的，否则湿气进入毛孔，对头部有害。林君对哥哥总是很信任的，哥哥说湿头发睡觉不好那就是不好。于是他从来不在晚上洗头，一般感觉要洗头了白天有空时就洗，晚上洗澡头发不碰水。现在他晚上淋冷水浴时也不淋湿头发，白天经常见缝插针趴在河边洗头。

同学们看到林君不但天天洗冷水浴，还白天在河里洗头，洗头洗澡还一定要分开，都打趣他，肯定在家里被伺候惯了，否则哪有这么麻烦。

林君洗完出了浴室，看到自己昨天的衣服毛巾还挂在晾衣绳上，已经干了，但都皱巴巴的，特别是衣服，皱得很厉害，才知道晾衣服也不是那么容易的事。拿下来后，就把今天的湿衣服晾上，拉得稍微平整一些。

还没有进入宿舍，林君就感觉眼皮都快睁不开了，庆幸自己抽到了下铺，否则还得费力往上爬。挪到床边一头栽倒在床上，迷迷糊糊脱了外衣，拉过被子，立即进入了梦乡。什么床啊被子啊旧的脏的，全然不觉。

床这一关，林君终于跨过去了。

三

体能培训分为基础课和技能课。基础体能训练包括长跑、负重越野山地跑、快速冲刺跑、快速卧倒起身、爬山、攀岩、滚坡、涉水、蹚泥地、钻铁丝网、翻墙、跨壕沟、投掷，以及单双杠、拉力器等力量训练项目。学员们每天努力地练习，开始几天一天比一天累，体力消耗几乎到了极限。

几天后的一个晚上，8点训练结束，不知谁说了句"饭都没力气吃了"，就往宿舍走。其他人都颇有同感，也都一起走回宿舍，穿着脏衣服摔到床上倒头就睡。宿舍里马上传来鼾声，此起彼伏，满屋子都弥漫着汗臭味。

洪教官走到食堂准备吃饭时才知道，今天学员都没来，明白是今天的训练量有点大了——这帮孩子是不会搞绝食抗议什么的。孔厨师长埋怨洪教官太狠，把这帮孩子给累着了。洪教官说，这可是为他们好，只有平时练得好，战场上他们才能更好地保护自己。孔厨师长却不以为然道：这帮孩子不都是通信兵吗？这些项目有什么好练的？

这其实也是洪教官有些困惑的地方。但仔细想来，军人就是军人，战争中任何事情都有可能发生，他们都有可能遭遇到，哪怕是文职人员。

孔厨师长喜欢这帮学员。孩子们嘴甜，想吃什么直言不讳，厨师长尽量满足。凡吃到好吃的菜，学员们会把老孔夸到天上去，几个喜欢厨艺的还会教老孔做好吃的，这些都很合孔胖子的脾气。今天看到孩子们没来，正着急，就催着洪教官赶紧去叫，解铃还须系铃人。

洪教官的叫法很直接——吹起床号。

听到起床号很多人都没有反应过来，以为又是一个早上，迷迷糊糊到了操场上。排队整齐后，洪教官一声令下：向左转，目标食堂，跑步走！大家才慢慢缓过神来，原来是叫他们吃晚饭。

孔厨师长已经领着厨师事先在座位上准备好了饭菜，今天特殊情况特殊处理，他心疼这帮孩子。学员们一叠声地感谢老孔，狼吞虎咽地吃起来，毕竟早饿了。

洪教官看了会儿，终于放心了，也一起坐下吃饭。吃到一半，有个学员上前用手搭了下教官的额头说"好烫"，旁边又有一个学员过来，直接把自己的额头贴上老洪的额头，说："都40度了。"

洪教官摸摸额头，不知何意，其他学员全都哄堂大笑，几个学员笑着说："洪教官，您要不是高烧烧糊涂了，怎么会晚上吹起床号呢？"

洪教官正想义正词严一番，想想还是算了，跟这帮小子比嘴巴，自己太吃亏，继续低头吃饭。

吃完饭，学员们总算缓过来一点了。林君自然又要去洗澡，他只要能挪动脚就一定要去浴室报到。今天去的人更多了，天气也渐渐转热，好些人也已经洗过几次，慢慢有些适应了。

有人边洗边唱京剧，另有人问："这戏叫什么名？"

"《失空斩》。"

"什么叫《失空斩》？"林君问，他对京剧全然不知。

"失街亭、空城计、斩马谡。"有学员答道。

"哦，《三国演义》啊。"林君终于知道了。

"我家有位堂叔，是个票友，不过他喜欢小旦。"另一个学员道。

"小旦是不是这样的：'苏三，离了洪洞县，将身来到大街前……'"又一个学员学小旦尖声唱起了《苏三起解》。浴室里笑声一片。

洪教官也在洗澡，笑着听那帮小子闹，心里想大学生就是不一样，怪不得老孔这么喜欢他们。虽然经常要严厉批评他们，但其实他心里也很喜欢这帮小子，可爱、聪明、坚忍不拔。

训练不到一个月，所有学员都被迫下河洗了几次冷水澡，原因在于蹚泥地训练。

第一次蹚泥地训练完，学员和教官及助理个个一身泥。洪教官带大家到了那条大河边，助理一个个直冲下河。洪教官看着驻足不前的学员们，笑问："怎么，你们还有什么好办法能洗掉这身脏泥吗？"

培训已经过去了大半个月，所有学员都洗过冷水澡了，否则天天臭汗淋漓的日子过不下去。但大家洗的次数不一，毕竟冷水太凉，有些人能擦就擦，能凑合就凑合。那时虽然已经是4月份，河水还是很冷，对学员们而言，下河依然很艰难。

　　见依然无人敢下水，洪教官回头向人群喊道："林君，带个头！"

　　"别朝后面喊，我在这里呢。"洪教官一看，旁边一高个子泥人边笑边回答。

　　学员们全都笑了。见同学们还是怕，林君只能试着向河中走去。尽管大半个月以来天天洗冷水澡，但下河还是第一次，寒冷的感觉不是洗冷水澡能比的。随着身体慢慢没入水中，最冷的感觉也逐渐过去，开始适应水温，很快肢体觉得舒畅，疲劳感也随之消失。这之后，林君喜欢上了直接下河洗澡游泳，每次训练完都要下河畅游一番。

　　在林君的带领下，学员们纷纷下河洗掉脏泥。怕冷的在浅水处，能适应的去水深处尽量多泡泡，会游泳的游上几圈。之后，每次蹚泥地训练后，全体学员都不得不下河洗冷水澡。

　　一个多月后，体能培训中的基础项目完成，开始进行分项的技能训练。技能训练一共五个分项：游泳、骑马、开汽车、骑摩托车、骑脚踏车。开始之前，就每个分项先进行筛选，按照学员已经掌握的技能和程度，由教官和助理因人而异地进行分组教学。

　　分项技能充分体现出了这帮大学生的优势。最难掌握的其实是开车，会开车的人数虽然并不多，但比例远远超过非大学生学员。会摩托车和脚踏车技能的人数也有一定比例。有骑马和游泳技能的比例大学生和非大学生倒差不多。

林君这下子就很轻松了，除了摩托车，其他的他都会，只是程度不一而已。摩托车他很快就学会了，但脚踏车和摩托车他都不愿多练，觉得以后自己不太用得上。最想多练的是开车，因为他发现洪教官的开车技术很高，达到了开赛车的水平。但练汽车的排队时间最长，因为不会开车的人占用了大量的练习时间，而车子也少，能上手的机会不多，找洪教官教更难。于是林君只好多练练骑马和游泳，特别是游泳，不用排队等，随时可以下河游。

四

两个月的体能训练即将结束，考核陆续展开。几天考核下来，林君除了翻墙，其他项目都已经考核完毕，整体成绩一般，特别是基础部分更差。其中，长跑、负重越野山地跑的成绩倒数，耐力不行。所有项目中，剩下还没有考核的翻墙是最差的，居然一次都没有翻过去，而且是唯一一个没有翻过去的学员。林君知道是心理问题，但就是调节不好。

人工墙分成两排，分别高 2.5 米、2.7 米，长都是 20 米。要求学员跑到墙前，用规定动作分别越过两堵墙，按照越过的墙分别记 60、100 分。

林君个子高，站在低的那堵墙前原地跳一下就能攀住墙头，但他跑过去就只会停止在墙前，怎么也不敢做动作越过。最后考核前的一天，林君依然越不过，很是沮丧。洪教官安慰他说，他的学员没有一个学不会翻墙的，不要急。林君说能不急吗，都最后一天了，洪教官说他有撒手锏。

　　林君对洪教官的撒手锏也没有信心，因为听说就是数好步数，蒙着眼睛跑过去，林君觉得不靠谱。

　　此时不考核的人都散坐在附近。林君和一帮学员坐在河边，扔石子玩。当时的林君，除了翻墙考核外，还有一件进培训班后自始至终都压在心头的事，就是以后的去向。

　　自从知道这个训练营的培训目的之后，林君的心里一直压着一块大石头。他猜想，这次培训的同学们都是自己报名从军的，很多学员对未来的去向都有一个大概的想法，但没有一个人会像自己那样想要去战场的最前线，直接与日本鬼子面对面厮杀。

　　通信兵一般是不上战场最前线的。他们这期高级通信培训班的学员，更是远离战场。

　　前段时间训练太苦太累，有太多训练项目要学，他没有多余的心思想这件事，现在有点空闲下来，他又想起来，就问旁边坐着的小苏说："我们以后肯定都是滴滴答答的通信兵吗？"

　　小苏是与他一起从重庆过来的，算是最熟悉的几个同学之一。

　　"那肯定的，"小苏说，"据说统统到师一级，都还不够分。"

　　"这么香喷喷？"然后，林君又想到了另外一个疑问，"确定大家全都是大学生？"

"对啊，难道你不是？不是的话不会被招进这个班的。"

"我不是，我小学毕业，如果不是为了报名需要，我连小学也不会填，填文盲。"林君笑着说。

小苏捧腹大笑，只以为林君在开玩笑。"你文盲？你天天趴在床上写情书还文盲？"

林君跳起来："你怎么知道，偷看是吧？"说着就要去揍他。

小苏连忙笑着跑开，一边跑还一边笑着叫道："用得着偷看吗？看你写信时一脸的温柔……"

看着两人跑远了，一帮同学都大笑不已。

小苏知道林君虽然跑步耐力不行，但速度很快，自己肯定要被他追上，灵机一动，就向人工墙跑去，欺负林君不会翻墙，速度肯定会慢。小苏跑到第一堵墙前，一下子攀越过去，又跑向第二堵墙，无意中回头一看，正好看见林君也一下越过了墙，登时傻眼，对着冲过来的林君打起暂停的手势道："停！停！小林，你能翻墙了。"

林君一愣，才想起来，自己是翻墙过来的。

一旦一次越过，后面就放开了。第二天的考核中，第一堵墙林君能轻松越过，考核通过。第二堵墙有困难，但林君和洪教官都已经很满意了，至少所有科目中没有不及格的，总成绩也上去了一些。

第二天下午，所有的体能训练科目都考核完毕，还有最后一堂理论课，就是洪教官开始时说的，放到最后的那堂两小时的课。

大家重新坐回教室，洪教官举目望去，如今的学员个个坐

159

姿笔挺，目光坚毅，与第一次坐在教室里时完全不同。他知道，这帮孩子，无论成绩如何，大家都非常努力，已经从学生脱胎换骨，成了军人。

他之所以把今天的课放到最后，就是因为这堂课的内容不是军人是不能承受的，这堂课的残酷，必将使下面的这帮孩子刻骨铭心。

五

洪教官没有多说话，示意助手拉上窗帘，只开了一盏小灯，放起了幻灯片。第一张幻灯片打出来，全黑的背景上只有一个白色的正楷大字："死"。

全教室肃然。

洪教官慢慢开口道："死，是最沉重的话题，但我今天的这个死更加沉重，因为是求死。"他顿了顿，问道，"同学们，什么时候会求死？"

"生不如死时。"一个学员立即回答。洪教官暗叹，到底是大学生，能如此快捷准确地抓住主题。

他继续问道："那一般什么时候会发生？"

"成为俘虏，受酷刑。"另一个学员答道。

"对。酷刑是古今中外对待俘虏最直接的手段。现在我展示几个日本宪兵常用的酷刑。"助理开始翻动幻灯片，洪教官一个一个酷刑慢慢讲解。他讲得很详细，幻灯片中血淋淋的画面，以及洪教官没有感情的话语深深地刺激着大学生们的心。"这些画面都是真实的，我讲的这些都是有人亲身经历过的。"

全场一片死寂。

其中的一个酷刑直击林君的心脏。那是关于手的酷刑，有两种，一种是拔指甲，一种是在手指甲里钉竹签。林君放在膝盖上的双手不由自主地颤抖起来，全身冷汗直冒。他知道是为什么：这是他的死穴。

酷刑的幻灯片终于不再翻动。洪教官继续说："在这样的酷刑下，如果挺不过去，结果如何大家都知道，虽然对组织造成的损失大小不一，但大部分人都不愿意在酷刑下沦为一条讨饶求生的狗。然而人的忍耐力是有限的，怎么办？这个时候，死，可能就是最好的选择。

"但是当你想死的时候，却发现在一定条件下，死其实是很难的，像在牢里，特别是在受酷刑的时候，你会发现，人真的到了求生不得求死不能的地步。我下面介绍的几种自杀的方法，实行起来也比较难，但你们知道比不知道好，在适当时候抓住机会，会给你一线希望，一线死的希望。"

然后洪教官讲了几种自杀的方法，果然有难度。但学员们都听得很认真，尤其是林君，他知道自己尤其怕痛，连打针都怕的人，还能去忍受这种酷刑？所以，学会怎么自杀对自己太重要了。当然了，最好不要碰到，但谁知道呢？

洪教官接着说："一些战斗在敌人内部核心的特工，随时会遇到被捕的危险，他们都事先准备好氰化钾，对它的使用都训练有素，一到紧急时刻使用，就能猝死。这是不是最幸福的死法？"

"是的。"学员们一致认同。

所以，这世界上的幸福没有绝对的，只有相对的。当人生不如死时，死是一种解脱，是一种幸福。在死亡的过程中，用氰化钾之类的快速死亡，又是死亡中的幸福。

对于战场上的军人，为自己留下最后一颗子弹，就相当于特工的氰化钾了吧？林君自忖。但是到那个时候，怎么知道是最后一颗子弹呢？

当林君正在思考最后一颗子弹时，这最残酷的一课也结束了。窗帘徐徐拉开，阳光照进了教室，仿佛从地狱重回人间。

洪教官向下面望去，刚上课时神采奕奕的学员们，此刻都惊魂未定，大多数都脸色苍白，有些直冒冷汗。洪教官特意看了一下林君，发现他也是满头大汗。

到底都是学生啊！洪教官心里想着，微微不忍。

"同学们，"洪教官最后说，"我希望你们以后都不要经历这样的事。事实上，我也曾经犹豫过，虽然培训项目中有这一课，但我想你们以后都是文职人员，很难会遇到如此绝境。然而，现在是战争时期，你们是军人，军人就会遇到意想不到的艰难和险境。一旦遇到了，我今天讲的这一课，就是给你们打了支预防针，或许能让你们在关键时刻有更多的选择。"

洪教官的最后一课上完了，同学们走出教室。阳光下，刚才的阴影快速散去，但洪教官知道，这一堂课的内容，这帮学生肯定会一辈子铭记在心。

洪教官特意走到林君身边，笑着说："看你，一头的汗。"

林君回嘴道："又不是我一个人，别揪着我不放。"

洪教官却不依不饶道："你特别多，哈哈哈。"

自训练开始，第一次这么早下课，大家难得地放松休息了一下，就开始用晚餐。

今天晚餐时间也临时提早，6点开饭，孔厨师长特意多做了不少好菜，学员们以水代酒，纷纷向洪教官和助教们致敬。很多同学向洪教官道歉，说老惹教官生气，但请洪教官大人不记小人过，在考核评语中多多美言。

欢声笑语的训练营洋溢着青春的快乐，感染着教官和食堂的师傅们。

六

林君趁下午难得的休息时间，把这些日断断续续写的给父母和敏敏的两封家信收尾，交给了姚辅导员，明天营地有车出去送信。

离家后，这才是寄出的第二批信。通信是允许的，只是训练营的地址是个邮箱编号，没有具体地址。姚辅导员事先关照过，现在邮路很乱，不一定寄到，可能会丢失，也可能会被敌人截获。所以信里面的内容都要掌握好，无论公私，任何相关的秘密都不能泄露。也就是说，只能是一封相对公开的信。

私下里有同学议论，其实他们这里寄出去的信可能都会被检查，毕竟是比较机密的通信培训班。林君也觉得有道理，所以写信更加小心。

同时，训练营相对封闭，一个月才集中出去送一次。第一次送信，林君寄出两封，简短报了一下平安。接下去两封就写得详细不少，但下笔时很为难，加上训练太忙太累，只能每天写几句，还很小心地经常检查，看是否有敏感的内容，拖拖拉拉直到今天，才马马虎虎完工。

无论多忙，无论多累，亲人，永远在林君的心中，时时会想起。林君明白，他们对自己又何尝不是这样呢？

林君走的那天，敏敏放学后就直接让司机老钱送到了林家，一进门，就嚷着饿了。林太太没想到敏敏会来。

"怎么，小君不在，我不能来吃饭了？"敏敏撒娇道。林太太惊喜万分，赶紧让娘姨张妈再去准备几个菜。敏敏告诉林太太，以后照旧隔天来吃饭，周日中午也要来。

林太太笑得合不拢嘴，她当然明白这丫头的用意。见敏敏马上要入座，赶紧拖住，推着她去洗手。

这事敏敏以前没有跟林君提起过，什么我会时常来看你父母之类的，她一句都没提。林君也从来没有关照过，他们间不需要提醒，但都懂。

敏敏吃完饭，就去林君琴房练琴，做功课，每次都磨磨蹭蹭到晚上才走。她知道，林太太听着她的琴声，知道她在里面，心里就会有些许的安慰。

林君走后快两个月，家里收到了他的第一封信，看落款，算算就知道信足足走了近一个月。

164

信很简短，报平安。进一步的消息其实来自赵司令。赵司令是知道一些林君的情况的，不是太详细，但知道大概在哪里，目前什么状态。然而出于军队保密制度的需要，传达到敏敏这里的消息也很少。同时敏敏也了解了现在军队通信的一些规定，知道写信不方便。这些情况，敏敏都会整理一下，时不时地告诉林太太，宽慰一下做母亲的心。

林君平安，是目前两家人最大的祈求。内心里对他的思念，敏敏只能自己默默承受，伤感是决不能在林太太面前流露的。其实她知道，林太太何尝不是这样。两人见面都是高高兴兴交谈，谈林君的过去，讲着他的笑话。林太太说小君小时候多么顽皮淘气，敏敏说他在纽约时的往事。

只能这样，否则怎么办呢？不知道他还有多久能回来，大家都在等着他，他知道吗？他当然知道。

收到第二封信时，已经是他离家后的三个多月，信虽然长了不少，但敏敏看出了信中很多不能言表的信息。她懂，他现在已经是个职业军人，首先要严格遵守军人的纪律。

敏敏知道，林君外表随性洒脱，但做事其实是非常认真的，职业感很强。钢琴不用说，这么多年以来，除了曾经松懈过近一年时间之外，一直兢兢业业，非常自律。当老师只是中途随意找个事情做，但也很认真努力。在央大从教不到一年，他几乎读完了所有教育学的书。现在成了军人，他的投入肯定也是百分之百，不打一点折扣的。

敏敏时常在想林君在军队里的生活。在训练营里，他如何吃饭睡觉，他怎样洗澡，有热水吗？与很多音乐家不一样，林君是个生活自理能力比较强的人，他独立生活没什么问题，能自己开车，上街买东西，外出演出行李箱也是自己整理，也能自己泡咖啡，自己做个简单的早餐。但这么多年以来，因为从小家境富裕，他的日常生活其实一直是有人伺候的。敏敏想起来，他都没有自己洗过衣服。还有，他有洁癖，床铺脏了怎么办？他晚上能睡着吗？

每每想到这些问题，敏敏都忧心忡忡。林君的两封信里对这些事自然只字不提，他不写任何艰难，都是报喜不报忧。但敏敏知道，这次入伍，会是他至今为止人生中最大的磨难。

七

第二阶段的训练是为时一个月的射击课程，这也是学员们最向往的培训项目。从军，不拿枪算什么？拿枪必须会射击。对这次射击项目的培训安排，学员们都感到庆幸。因为按照这个培训班以后的岗位目标，他们这些学员以后都是不配枪的通信兵。所以，学员们都很珍惜这为时一个月的射击课程培训机会。

但是不管什么培训项目，自体能培训开始后，每天早上的列队操练和早晚两次的负重越野跑都要进行。经过两个月的强化训练，学员们都已经适应越野跑，越跑越轻松，速度越来越快，跑步距离越来越长。本来体能很差的林君虽然考试成绩不怎么样，但两个月坚持下来，体能也提高了不少。

射击培训也是从理论课开始。第一天上午，射击课的余教官给学员们讲解了枪支的历史、类别、性能、机械结构，以及目前世界上最新最先进的枪支等内容。半天的理论课程内容繁多，学员们都听得很兴奋，笔记记个不停。男人天性就喜欢枪械，如同古时男子喜欢宝剑一样。

与体能课前上的理论课不同，学员们都认真听讲，没有一个人多嘴多舌，没人与余教官探讨什么枪支理论。可能对这个领域太过陌生，大学生们实在缺乏这方面的知识。

下午开始，就进行实际训练。所有学员一字排开，站在射击场中，每人身边一张小桌子，桌上放着四支步枪，分别为：中正式、汉阳造、春田M1903、1924年式毛瑟步枪。每种枪事先准备好了几组弹夹。

训练内容是每支步枪的枪弹装卸、射击姿势，包括：站姿、装上弹夹、举枪瞄准、单腿跪姿、卧姿、卸下子弹。从第二轮开始，由于先不进行射击，新的弹夹装上前，先要把原先的子弹一发发卸下。训练要求每一轮的速度达到20秒以内。如果练到了20秒，就向15秒努力，最终目标是余教官的速度——10秒。

射击场上一片金属撞击的声音，跪下、卧倒、起立的声音此起彼伏，场内尘土飞扬，已经连续练了一个多小时。对大多数学员而言，已经经过了两个月的体能训练，20秒的速度很轻松就能进入，15秒有些难度，但10秒最难。时间一长，随着体能的消耗，动作开始变缓，速度更慢了下来。学员们开始时的兴奋渐渐消退。

林君更是心烦。他速度很快，不到十分钟就已经进入了15秒之内，本来他再练练也无所谓，一下午的时间，他有足够把

167

握进入 10 秒。但是天太热了，已经是 5 月，林君怕热，大太阳底下重复着一样的动作，早就汗流浃背。而这枯燥的动作要练一下午，想想真的不如去跑步，于是他开始发牢骚。

林君本来就是话多的人，在洪教官那里因为碍于面子，一直忍着不与洪教官拌嘴，已经憋了两个月，现在实在憋不住了，就边练边开始唠叨："练杂耍一样，没完没了。"

周围的同学有些奇怪，觉得小林一直没有撑过洪教官，应该是个尊师重教的乖学生，今天这是怎么了？

所有学员都没有与余教官争论的勇气，除了业务实在不熟悉之外，还因为余教官很严肃，脸上永远是一副冷冰冰的神情，讲话简洁得出奇，与他对话估计场面会十分难堪。

林君却继续发牢骚："有意思吗？射击就射击，又不是练体操。"

此时，右手边的同学向他努了努嘴，林君装作看不见。他知道余教官已经站到自己身后，却依然不管不顾边练边道："明明是射击课，却成了体能课，这么机械的动作，战场上难道也是这样？几种姿势稍微练得熟练一些就行了，快一秒慢一秒有什么区别？有必要练一下午？"

林君这话说到同学们的心坎里去了，一想还真是这么回事。余教官站在林君后面听着，等林君说完，走到他面前，冷冰冰地问："你叫林君？"

"是。"林君停止训练，立正但丝毫不惧，直视着余教官。

与洪教官不同，余教官有充分的时间了解这帮学生，他早就把所有学员的名字与人对上了。对林君的印象是：这个年轻人

168

长得很帅，个子也高，南方口音，典型的富家公子哥。他早就看到林君的训练速度超过其他人，但看他居然这么沉不住气，就想过来当作典型教训他一下，消消这公子哥的脾气。

"你是练得很快，那依你说，你马上应该进入实际射击课程了，是吧？"

"是！"林君脾气上来了，毫不示弱。

"我可以马上教你，但你必须练到我一样的速度，10秒。"

林君一想，这不白说吗，练到10秒估计还真的要一个下午，那牢骚白发了。

此时，旁边的学员都停了下来，担心地看着。他们都看出来这两人杠上了，想小林真是的，偏偏与余教官对着干，余教官一看就不像洪教官那样好脾气。

林君真是杠上了，赌气似的说："不就是射击吗，您不教我我也能。"话一出口，马上后悔，觉得跟教官这样说话太不应该。

余教官冷冷一笑，说："好，你随便选支枪，我让你打三发，你若每发都能打到9环以上，你就不用练所有射击前的准备动作，我直接教你射击。"

八

不用准备，每个学员前面都有靶，就在100米远处。林君顺手拿起毛瑟枪，快速装上弹夹，按照自己认为的正确姿势拿起，拉栓、瞄准，连打三枪。

教官助理跑过去，回头激动地喊道："三个10环！"

所有人都惊住了，林君自己也呆了，他在射击时就觉得应该是三个10环。

余教官把视线从靶上收回，看着林君问："以前练过？"

林君还呆着，摇摇头说："没有，第一次摸枪。"余教官觉得自己多此一问，看林君这个呆呆的样子就知道他自己都很吃惊。

想练枪其实林君早就想过，纽约持枪的人不少，但林君当时年龄不够，而且也顾忌会伤手。曾经不止一次在报纸上看到过新闻，说运气不好买到质量差的枪，射击时枪后膛出问题走火伤了手，就断了买枪的念头。而这次决心从军，就把这顾忌彻底抛开不管了。

余教官想了想，让助理把靶移到150米处，还是三发子弹，林君换了支步枪，依然三个10环。

全场鸦雀无声。

余教官接着从腰间枪套里拿出一支手枪，解除保险后交给林君，让助理把靶移到50米。

林君右手拿起手枪，伸直手臂。余教官马上说："用双手。"

"不用。"林君很自信，没有悬念，三个10环。

"我左手单手也行。"此时林君已经信心十足，他猜想可能是自己手臂力量强且稳定的缘故。

余教官从助理处又拿来一把手枪，林君双手同时平举，同时发枪，边打边说："我打一条直线。"

六发子弹合并成三声，靶上从左到右分别为7、8、9、9、

8、7环，与以前打的 10 环正好连成一线，不但是笔直的一条，而且间距完全相等。

林君这样的姿势射击，与一般意义上的双枪手不同。一般的双枪手大多数其实是一枪一枪打的，只不过左手也能开枪而已。而林君是双手齐发，准确度又是如此之高，难度完全不一样，高了不止一点点。

大家实在忍不住了，周围爆发出了热烈的掌声。余教官冷冰冰的脸上也出现了一丝微笑，说："最后一个考核项目，移动靶。"

助理跑过去忙了一阵，靶在 50 米处从林君的右边快速向左边移动。余教官没有提出具体要求，林君随手拿起步枪射了几发，又快速双手拿起手枪连续射出，10 环！

鼓掌声变成了喝彩声，林君自己也很高兴，他做梦都没有想到自己有这样的天赋。

等大家的喝彩声稍微低下去之后，余教官微笑着看着林君说："恭喜你，林君，你就是个天生的神枪手。"

接着他对着大家说："像林君同学这样的一个神枪手，在战场上，起码能以一当十，他能压制住敌人的一个重火力点。像重机枪火力，伤害是很大的。机枪手头戴钢盔，全身在掩体下，只露出很少的一部分面部，而神枪手就能射中他的脸部。如果反应够快，还能勉强压制住两处重火力点。"

余教官说完转过身来看着林君，温和地说："接下去你帮我一起教学员吧。"

林君却一脸茫然道："余教官，怎么教啊？"

"对，你这一套无法教。"余教官恍然大悟。林君的射击

171

没有技巧，就是本能，拿起枪不用瞄准，所有准备的步骤他都不需要，他是无法教别人的。

"那……你去休息吧。"余教官脸上终于露出了灿烂的笑容。

大家都笑了，但林君却没笑，对余教官说："余教官，我是否就不能练射击了？"

余教官明白他的心情，想了想说："每天容许你来打十发子弹。这已经很好了，你要知道，学员们练习时大部分时间都不是用这些枪，是用气枪。"

子弹太宝贵，不舍得啊，林君懂。

"那我去休息了。"他向余教官敬了个礼，笑着向同学们挥挥手，转身走了，没看到背后余教官目送他的眼光满是惊喜之色。居然在自己的训练班里发现了这么一个天才，余教官心里的激动无以言表。

九

而林君此时的心情开始复杂起来了。当初他决心从军，去战场与日本鬼子厮杀，至于具体怎样杀敌，他压根儿都没有考虑过。但今天，忽然挖掘出自己的射击天赋，又听到余教官说的那番压制敌人火力点的话，自己在战场上的位置和作用立刻清晰起来。

"我就是一个优秀的神枪手，我起码能以一当十，但现实是我以后只能是个通信兵。"他忧郁地想着，想了一会儿，甩甩头，告诉自己不要再多想，还是先把能提高的再多练练吧。于是他跑向人工墙，他还有第二堵墙没有翻过去。

林君一个人孤独地在练习翻墙，被洪教官的一个小助理看见，就跑去告诉了老洪。今天开始洪教官就比较空了，在下一批学员到来之前，写写这一期学员的考评语和教学总结，自己再整理整理教学提纲。一听说他一直很喜欢的林君射击不学在练翻墙，就赶忙过来看个究竟。林君把前因后果一说，洪教官对林君的射击才能也吃惊不小。不过更令洪教官好奇的是，为什么林君会在余教官课上发牢骚。

"你一向这么好的脾气，怎么跟老余较上劲了？老余不好惹的。"洪教官不解地问。

"洪教官啊，您课上我也有意见的，但我俩关系好，不是想给您留面子吗？"林君嬉皮笑脸道。

洪教官才明白，不禁哈哈大笑说："幸亏我没惹你，否则你这小子还真的可能给我喝一壶。"

此后，洪教官一有空就陪着林君练各类体能项目。林君也把自己的烦心事都告诉了洪教官。老洪很能体会林君的心情，这么一个难得的射击天才，去当通信兵，不甘心是难免的。但洪教官告诉他，这一期的培训，上级所花的心思和经费都是史无前例的；为什么要搞这一期培训，以及通信兵的重要性，洪教官也能看出来。他让林君这些天先放下心结，不浪费时间好好练习。

"记住，技多不压身。"洪教官又说起经常说的一句话。

这话林君听进去了。是的，有这么好的教官能单对单教习，还有这些场地，这么难得的机会不能浪费。于是林君在这一个月里，一刻不停地进行着体能项目的各种练习。余教官答应的每天十发子弹他没有去使用，子弹是珍贵的，林君没有这么不懂事。

首先冲刺高的那堵墙。在洪教官的贴身指导下，林君用心苦练了两天，终于能轻松翻越。洪教官又临时加高了墙，让林君尝试更高的高度，到最后，他最高能越过三米的墙。

技能项目方面，林君对洪教官的驾车技术很感兴趣，这下不用排队等了，就想多练练。洪教官带着练了几回，但有些为难，说汽油紧张，林君马上明白，自己想得太不周全。于是他摩托车和汽车都不练，对脚踏车不感兴趣，就多练骑马，马术增进了不少，把训练营里的每匹马都骑了个遍，包括最烈的马。还学会了喂马、给马洗澡、放马鞍等活。

洪教官为了安慰林君，教他汽车的机械知识，以及如何修车。那天，两人开始拆一辆军车，拆得满地都是零件，林君躺到车子底下正在卸螺丝，洪教官在车头忙活。姚辅导员过来，正好看到卸完螺丝从车底下钻出来的林君，满身满脸的油污，大惑不解地问："林君，你这个也学啊？"全营都知道这些天洪教官在一对一教林君，现在两人居然又当起了修车工。

"对啊，战争时期，赚钱不易，退役后可以开个修车铺养家糊口。"林君开玩笑道。

"你这个全营第一阔少还需要自己干活养家糊口？"姚辅导员一脸的不信。

"我怎么成了全营第一阔少？"

"天天洗澡，谁有你这么讲究的？不是第一阔少是什么？"

"喂，我洗的是冷水，有阔少洗冷水的吗？"

"对，说得没错。"洪教官也来凑热闹。

"怎么样，无话可说了吧？"林君笑着走近姚辅导员。姚辅导员看到他一身一手的油污，有点怵，后退了一步。这下林君来劲了，笑着一伸手抹到姚辅导员的脸上。可怜的姚辅导员连忙跑开，林君笑着紧追不舍，一边把手上的油污往姚辅导员的身上擦。两个多月的体能不是白练的，姚辅导员无论如何跑不过林君。

"喂，林君，你再这样，我把你写的情书公布出来。"姚辅导员边跑边威胁。

"你敢！"林君擦得更起劲了。

洪教官在旁笑弯了腰。

就这样，师生俩分别把营地的几辆不同的车子都大卸八块，又安装起来。从第二辆车子开始，拆卸和安装都是林君主导，洪教官当下手。老洪这一次发现林君不但很聪明，一教就会，而且动手能力也很强，心想这孩子真是难得。

剩下空余的时间就练游泳和跑步了。洪教官看得出，林君的泳姿很标准，各种泳姿都会，肯定是专业学过的，就是练得少。现在天气这么热，河里下水就能游，很方便，所以每天游的时间很长，林君的体能也越来越好，能连续游近两个小时。

所以，同学们练习射击的这一个月内，林君的体能项目成绩大幅提高。洪教官开玩笑地问："要不要重新考一次？"

林君笑着说："这可是教官贴身教学的结果，同学们会嫉炉的。"

射击课程结束前的一天,同学们都在抓紧时间练习,明天就是考试日。林君刚刚游完泳,自己独自一人坐在河边,头发湿漉漉的。虽然每天太阳暴晒,林君也没有黑多少,他就是属于不怎么容易晒黑的人。

这些天虽然他也一直在进行体能练习,但毕竟比前段时间上课训练轻松了不少,前几个月很多没有去细想的问题,现在都有闲暇慢慢地去思考。

最核心的问题就是:为什么自己明明填写了小学学历,还会进入这个大学学历才能进的培训班?对这个问题,林君已经很准确地抓住了最关键的人——赵司令,所有的事情都是赵司令一手安排的。

一抓住关键点,一切事情联想起来,前因后果也就一目了然。敏敏找赵慧荃,又找到赵司令。在重庆拦截林君报名无果之后,赵司令这个在军队浸淫多年的老军阀,很轻易地在浩瀚的外地报名名单中找到了林君,调走他的档案,改了他的学历,并安排他进了这期高级通信培训班。

至于为什么赵司令没有就此撤下林君的报名,很简单,老江湖知道这样并不能断绝林君从军的决心,就顺势而为,将计就计地把林君安排进通信兵的阵营,牢牢地把他固定在文职人员的岗位上;并通过这期高级培训班,将他分配到师部,远离最前线,直到战争结束。

自己其实早就应该想到。林君想起报到那天,自己就排了第一个队，等到拿出那张通知书后，就一直有专人陪同，办理完所有手续，没有再排别的队，非常快捷，并有专车送到火车站。再想想那张通知书也是由专人送到的。当初自己都没有细想，现在想来，这么多新征的兵，怎么可能都是这样的流程？专人送通知书，专人陪同报到，专车送火车站。一切只能是因为自己已经被列入了这期高级通信培训班。

想清了此事，林君喟然长叹，但同时也莫名感动。丫头、慧荃、赵司令，为这件事殚精竭虑，不都是为了让我林君能活着回去吗？

十

林君正想得有些恍惚，感觉有人来，以为是洪教官，回头一看，却看到余教官正缓步走来。

林君想起身，余教官按住了他的肩头，在旁边坐了下来。

林君有些奇怪，道："余教官，明天大家要考试了，您今天居然这么空？"林君觉得，这个时候，余教官不是应该忙着对学员进行最后的冲刺辅导吗？

余教官说："到今天这个时候，大家的射击水平其实都已经固定，再怎么练，明天的成绩都不会有什么变化，就看临场发挥而已。技术上让几个助理指导就行了。我远远看你坐在这里，抽空过来，跟你聊聊。"

林君一想也对，射击这个项目，心理素质起了很大的作用。

射击固然有技能，这技能其实不难掌握，像林君，拿起枪就会。技能的提高可以练习，但心理素质的提高太难。

林君知道余教官找自己应该有话要说。两人开始闲聊，林君问："教官，像我这样的，您碰到的多吗？"

"就一个。"余教官还是神情淡淡的，眼睛微眯，看着骄阳下泛着白光的河水。

林君吃了一惊。

"天赋好的有，上手很快，准确率很高，但像你这样，不用教抬手就百发百中的，绝无仅有。"余教官接着说，"可能以后也很难遇到。"

"那我岂不是'前不见古人，后不见来者'了？"林君开玩笑道。

余教官微笑着看了看林君，开门见山道："小林，我知道你的心思，洪教官也跟我交流过，我理解你的心情，我今天来就是来跟你谈谈。"他顿了顿，继续说，"如果以往我们碰到像你这样的神枪手——当然技术肯定不如你的——都要第一时间上报给上级有关部门，那他往往会马上被调走，去进行另外的训练，进入另外一个领域。"

"特工？搞暗杀？"林君问。

"是的。"余教官暗叹，这年轻人聪明过人。

"那我，没上报？"林君犹豫着问，余教官应该就是这个意思。

"没报。你们这个培训班，不管遇到怎样的射击人才，一律不报，你们只能留给你们所说的滴滴答答的通信领域。这是这次培训班开始前上级再三强调的，其实说白了就是卫肖记处长的指示。这个培训班是卫处长今年最重要的培训计划，你也知道卫处长所在的部门，本来最看重的就是你这样的射击人才。然而这次的培训班，他们完全放弃了类似的人才选拔，把你们完全留给了通信系统。洪教官也跟你说过很多，你应该也了解了你们这个班的重要性。这是关系到整个战争的关键领域，相比之下，什么间谍工作啊，神枪手啊，重要性都要弱得多。"

林君默然，道理他都懂，只是不甘心。

余教官接着从腰间拿出一把手枪，交到林君手上道："这个送给你，算是我这个射击教官给你的安慰。"

林君一看，大惊失色："卢格 P08！"

第一堂射击理论课上，余教官就特意介绍过这款卢格 P08 手枪。这款枪被称为手枪中的贵族，德国生产，外观精美，生产工艺要求很高。由于成本太高，已经慢慢退出军用，据说将要停产。此枪流入中国的极少，但作为资深的射击教官，拥有这款枪，也不奇怪。然而现在余教官要送给自己。

林君连连摇头，双手把枪递还给余教官，说："教官，这太珍贵了，我不能收。"

余教官不接，笑着拍了拍林君的后背，道："宝剑赠英雄。这枪是我的私人物品，你退役后也不用上缴。"

林君握着枪，很感动。不像洪教官，他与余教官不熟，话都没有说过几句。从一开始，两人就剑拔弩张，林君知道当时全是自己的错。而这卢格 P08 对于余教官，相当于施坦威对于自己。

最后余教官真诚地说："小林，我看人的眼光还是很准的。这些天我都在观察你。你除了射击的天赋之外，智商也很高，而且你非常努力，不放过任何一个学习的机会。聪明而且努力的人很少，上天总是很眷顾的，会在不同的领域回报你，包括通信领域。我相信，接下去的通信培训课，你的成绩也会很优秀。"

"所以，"余教官郑重地看着林君说，"小林，认真学。"

林君也郑重地点了点头。

林君自己也知道，他自小就过目不忘，很小时候上的是私塾，别的比他大的孩子背古文要一遍遍朗读，而他听一遍就记住了。在国内上小学，他都不怎么记得是如何上的，大部分课余时间都用来练钢琴，但还是很轻松地在学校名列前茅。

10岁那年哥哥带他去美国，在船上，哥哥从字母开始教他英语，两人又找一切机会跟人练口语，一到美国，兄弟俩都能流利地用英语对话。而林君自己，仅仅通过船上一个多月的学习，就能轻松跟上美国中学的英语授课。

在美国上的两年中学，林君也不怎么记得过程，课余时间依然是以练钢琴为主，也是轻松毕业，跳级考上了茱莉亚。

在茱莉亚，除了钢琴，还有大量的理论课，而林君进校两年后就开始演出。他虽然忙，学习却游刃有余，又是跳级用四年时间读完本硕博。毕业后，虽然主要的精力和兴趣点都放在了钢琴上，钢琴事业占据了他大部分的时间，但他还是能抽出时间阅读各类中英文的书籍，涉猎很广。

他知道自己的智商是很高的，他是音乐天才，但可能不仅仅是音乐天才，其他的天赋或许也有，比如射击。接下去的通信课，也真有可能如余教官所说，成绩会不错。

十一

最核心，时间也最长的培训课程通信课开始了，也是先从理论培训着手。

通信课的理论课时间长了不少，有足足五天。每人发了两本教材，都是自编的，一本《无线电手册》，一本《中文电码本》，其余的理论部分都由教官口述。

教官姓罗，高个子，文人气质很浓，曾是陆军通信兵学校无线电课最好的老师，理论课、实操课他都能上。上课内容很多，时间也排得很紧。内容涉及通信的作用、意义、历史、现状、原理、应用、设备、安全等。涉及通信现状时，提到最多的人名就是卫肖记。

罗教官上课语速很快，不带一个多余的字。上课气氛很紧张，学员们必须保持注意力高度集中，一字不落地记笔记。课上没有一个人提问，因为太过紧张，没有提问的时间和精力。对于这班大学生而言，通信课程除了少量的通报英语可以轻松掌握之外，其他都要从头学起。

林君也在认真做笔记。这是一个他原先全然没有接触过的新鲜领域，他对陌生的世界永远保有浓烈的兴趣。与其他学员不同的是，他知道自己上课时所听到的内容已经全部记住，不需要再去课后背诵记忆，不记笔记其实也没问题。但他不想太过突出，记记笔记又何妨，何况还可以多练练中文书写。

自从到了美国之后，林君写中文的机会少之又少，除了家信之外，他几乎没有写中文的必要。在回国的轮船上，为了能当好老师，开始练中文书写，经过两个多月的练习，效果还不错：在后来近一年的教师生涯中，上课时的板书、期末给学生的评语，写出来的中文都流利周正。这次培训，记笔记让他的中文书写又进步不少。特别是这五天的通信课，到理论课程结束，他粗算算写了约二十万字，记了满满三大本。同时感觉自己写字的速度也越来越快。

自通信课开课之后，学员们每晚的就寝时间大大推迟，个个每晚挑灯夜战，忙着消化白天的课程内容。只有林君觉得没必要，但开头几天也不想太招摇，先看了一遍《无线电手册》，再拿出电码本随意翻着，居然很容易就记住了。之后更没事可干，也不想再装模作样，干脆一个人呼呼大睡。

同学们看林君翻电码本，觉得很不可思议。虽然教官上课时说过，有人会背下整本电码本，一旦记住了电码，翻译速度会大大加快，但毕竟背这玩意儿太费神，没人打算真背下来。林君开玩笑说，背熟电码，自己退伍后可以到电报局上班挣钱。同学们笑他，又要开修车铺又要当电报员，真忙。

"小林，你有这时间背这玩意儿，还不如去背英汉词典。"有同学说。

另一个同学说，他的一位大学英文老师就会背整本的英汉词典："我们如果有不认识的英文单词请教他，他要不告诉我们正确的答案，要不就说这个词在词典里是没有的。"

太神了！大学生们一致认为。林君一听来了兴趣，心想自己以后真的可以去尝试一下，应该也能背出整本的英汉词典，那岂不是也成了外语界的大神了？

通信理论课结束的当天晚上，林君照例洗澡回来，看到同学们都在翻看他的课堂笔记。

"小林，你怎么记了这么多？"

"不是就有这么多吗？"林君觉得奇怪。自己少写了很多年汉字，难道书写速度还比国内的同学快？

"太全了，能不能借给我们抄抄？"

"拿走拿走！"

"你要复习了说啊，反正考试前肯定还给你。"三本笔记马上被抢走。同学们都很高兴，终于不用为没有记全笔记发愁了，本来已经有人想去找罗教官请教，但又很怕他，不敢去。

通信理论培训课结束后，马上开始实操练习。练习的项目很多，练习中不管要用到什么通信工具，每人的桌上都各有一台，大部分是为这次培训新运到的，以利于学员们更好地全面掌握通信的实际技能。

林君在通信培训课中，开始体会到了余教官的预言。理论当然不在话下，因为自己本来记忆力就好，但没想到实操也如此轻松。

第一次感觉异样的是一次发报练习。当时每个人发了五张纸的电码，林君不紧不慢地发。发完后，想伸个懒腰，但才伸到一半，愣住了，连忙收回了手臂。因为在伸懒腰时顺便左右望了一下，居然发现很多同学还在发第一张，有个别的在发第二张。

这不是一般的差距。而且之后通过偷偷观察，他逐步发现，这种差距并不单单体现在发报这个技能上，所有的通信相关技能，自己都遥遥领先，包括听力、收报、发报、速记、翻译。林君明白了，自己就是这个领域的天才。

又是一个天才。林君愣愣地想，要不是参军，自己还真的不知道自己在音乐范围之外还有这么多的天赋。但与对待射击天赋不同，林君对通信方面的天赋没有丝毫的欣喜，他第一时间就把这个天赋隐藏起来。虽然已经有洪教官和余教官的谆谆教诲，但在内心的最深处，他依然排斥当个通信兵，他不愿意之后在军营里一直是一个不配枪的文职官员。当然，现在只能按照赵司令安排的计划好好学，说不定有机会跳出通信兵行列呢？自己不是射击天才吗？

十二

通信课开始两个月后，培训班安排了一次小的测验，既包括理论，也包括实操，都是要求在两张正反面的考卷上答题。林君从考试前就决定，要一瞒到底，考试成绩决不能高。但要考到哪个成绩才合适呢？当别人在苦苦思考正确答案时，林君却是在想这道题该不该答错，自己到底要考几分。最后，他一咬牙，给自己定了一个很低的分数：26分。

这是他从这张试卷的难度出发考虑的，根据他对同学们的观察，他们平均分应该不会超过50分，26分肯定是倒数，但应该不会是倒数第一，即使倒数第一也无所谓。

但他失算了，毕竟林君接触通信业务的时间过短，对同学们的了解不深，这次全班同学的平均分有68分，他林君深深垫底。

第二天，罗教官在课堂上大致讲了这次考试的情况，详细分析了整张试卷。表扬了几个成绩好的同学，有两个同学过了80分，还有几个同学75分以上。同时没有点名，但说了这次测验全班的最低分数是26分，同学们纷纷猜测这26分的到底是谁。林君心里暗想自己太过分了，这分数实在丢人。

下课后，罗教官离开教室前看了一眼林君，叫道："林君，到我办公室来。"

看着周围同学猜疑的眼光，林君一笑，说："别猜了，26分就是我。"一脸轻松地去了罗教官的办公室。身后同学们的想法相当一致：小林每天早早睡觉，太不用功了，可惜可惜。

虽然觉得丢人，但林君没什么思想负担，既然已经想好，也就无所谓了。

进了罗教官办公室，站到了他的办公桌前，林君丝毫不紧张。毫不意外，罗教官的办公桌上放着林君的试卷。

罗教官看了一眼林君，把试卷翻到第二张的正面。这里有十道填空题，每道题下面有四个答案，考生需要选择一个填入空中。这种题型不多见。

罗教官指着这些题说："这十道填空题，全班全部做对的人一个都没有，这是这张试卷中难度最大的题，但要全部做错也同样难度很大。这种题型与其他问答题不同，它列出了答案，你有猜对的机会。"

罗教官停顿了下，抬头看向林君道："而全班只有你一个人是全部做错的。"

罗教官说到这里，林君马上明白了，自己失算了。毕竟多年没有参加考试，而且对这种题型几乎没有经验，当时做对几题就好了。

罗教官靠在椅背上，看着林君，继续说："这已经是你们的第三个培训项目，我对你们每个人都已经了解得很透彻，而你林君早已经是名声大噪。你的想法、心情，我都理解。是的，你应该去最前线，用你那百发百中的枪法压制敌人的重火力点，你会发挥出以一当十甚至以一当百的作用。你这样想，太正常了，换了是我，也可能会这样想。

"但是林君，你的通信天赋能发挥更大的作用。你到通信培训课的第一天起我就在观察你，你的刻意隐瞒逃不过我的眼睛。你是我见过的最有通信天赋的学生，抛开理论知识不说，所有的通信技能你都是最优秀的。发报的速度和准确性，收报的听力和记录速度，翻译、速记的准确度和快捷度，无人能及。你这样一个通信天才，在往后的军事通信领域能发挥的作用，远远不是一个战场上的神枪手能比的。"

罗教官站起来，他发现这小伙子与自己一样高，而且英俊挺拔。他心里暗赞，脸上却依然严肃，看着林君接着说道：

"林君，现在已经不是狼烟烽火传军情的年代，现在是电子通信时代，而我们的通信还很落后，漏洞百出，这不单单是

186

技术设备的落后导致的，更是人员素质低下造就的。这就是这期培训班的目的，我已经不需要再多说了。"

罗教官继续说，声音也逐渐高亢激动起来："在现代战争中，通信的通畅性、准确性、及时性，既关系到局部战斗的胜负，又关系到整个战役的成败，更是关系到前方成千上万个将士的生存。"

"教官，我错了。"林君忽然接口道，他看了一眼自己的试卷，严肃地说，"我这张试卷能够考满分。教官，您放心，我无论最后到哪个岗位，一定好好干，决不给您丢脸。"

罗教官的脸上展露出一丝微笑，他知道这个年轻人已经释怀，他将坚定地走上一个优秀通信兵的道路。他走上前，轻轻拍了拍林君的肩膀，说："下一步，我们将学习半个月的通信设备的安装、连接、维护、修理等技术，这些你要好好学。然后我们要全面复习近两个半月内所有的内容，到时候你当我的助手。

"对了，你的岗位我基本可以确定，是去313师，因为李程师长在我们培训班还没有开班之前就来电，要求务必把通信课成绩第一名的学员给他们。这第一名肯定是你，也只能是你。"罗教官狡诈一笑，似乎隐瞒了什么。

"313师，李战神？"林君一阵兴奋，"他麾下还有小战神萧阳。"

"这也知道？"

"这两个战神如雷贯耳，我刚进通信培训班就知道。但第一个知道的还不是老战神，是小战神，萧阳可是我们这些年轻人的第一偶像。"

"希望你以后也成为年轻人的偶像。"最后，罗教官看着林君一字一句地说，"林君，我相信，你会成为最好的通信兵。"

第五章

一

第 313 师师部在长江边的一个小镇上。师长李程,少将,四川人,几十年军旅生涯,实战经验极其丰富,外号李战神。1943 年 2 月开始的这次战役,就是以李战神的 313 师为主力,周边师辅助,为时三个多月的会战。

师部设在占地两万多平方米的大宅子中,是向当地的豪阀借的。其中最大的一个厅坐北朝南,是作战指挥部,也是李师长的办公室,他日常待得最多的就是这里,是师部的大脑和中心。

厅的西边是条窄窄的走廊,里面的木楼梯可以直通二楼。厅再向西是通信科,这也是宅子中第二大的房间。通信科分报务和话务两部分,话务室在东面的一个偏房内,名义上也属于通信科,但业务相对独立。日常大家挂在嘴边的通信科就是指通信报务科。

自李师长今年开始重点发展通信业务以来，通信科就搬到了这里，人员也急速扩充。之所以要搬到这个房间，除了面积大之外，离指挥部近也是重要原因，不但传输信息方便，而且有事情喊一声隔壁都能听见。

通信科有两道门，一道朝东直接与指挥部门对门，另一道门在北边，可以直通战士的生活区。房间中间放着一张拼接成的大桌子，靠墙边也放着几张办公桌，坐着通信科的二十几个年轻士兵。

大桌上放着各类通信工具。靠墙另外还有几张桌子放着各种本子纸张之类，另有几张放着生活物品，包括茶杯、热水瓶等。其中一张是咖啡台，上面有整齐排列的咖啡盒、奶粉、糖和杯子勺子。

靠北面门的两侧，各放着一张大办公桌，是两位正副科长的位置。靠西边墙的那张坐着科长袁生堂，上尉军衔。老袁在整个师部年纪最大，虽已过了退休年龄，但还在军营继续管理着通信部门，因为他是全军上下最资深的通信专家之一。一直以来，除李师长称呼他为"老哥"之外，其他人都尊称他为"袁老"。

而靠东边墙的那张大办公桌坐着副科长林君。除了科长前面带着个"副"字之外，其他待遇都与科长袁生堂一样。他的军衔更是破格，直接成了全军最年轻的上尉。

通信报务科原先只有不到 10 个人，今年开始李师长急速扩招通信兵，增加了 10 多个。林君是来得最晚的，也是最年轻的。

林君刚来时，大家无不喜爱他俊朗的外表和活泼的性格，都叫他"小林弟弟"。他们没想到的是，这个小林弟弟，在不到一个月的时间里，已经坐到了北边靠东墙的桌子后面去了。最让大家瞠目结舌的不是他那如飞机般的升迁速度，而是他神一样的才能，任何一项通信相关的技能，他都遥遥领先。

　　大家都知道，小林弟弟来自目前为止唯一的那期高级通信培训班，而且通信课成绩是第一名，水平自是比其他人高，但高成这样还是让大家始料未及。开始大家以为这个培训班就是这么神，后来才知道其实就是小林个人的天赋异禀。

　　这下称呼就有些尴尬了，"小林弟弟"自然是不能叫了，于是五花八门的称呼相继诞生，有称"林科"的，有称"小林科长"的，有称"小林大人"的，还有人称"您老人家"的，其中最后一个称呼被林君多次抗议。但无论怎样称呼，年轻的通信兵们骨子里对这个最年轻的上尉都无比敬佩。

　　林君是老袁亲自带的，没有人这样要求，老袁就是觉得自己要亲自带，其他人带不了。老袁极少亲自带徒弟，二十多年来他亲自带过的徒弟不到十个。他原先手下就有不少经验老到的通信兵，今年新来的兵都由他们带。

　　与其他人一样，原先老袁对林君的了解，也仅仅是他在培训班通信课程成绩拔尖。但一见林君，老袁就觉得这年轻人不一样。果然，一上手，老袁就知道林君的天赋是如何了得。不到一个月的时间，他的实际能力已经超过任何人，包括老袁自己。

　　对于林君的提拔，在林君报到一周后，老袁就有了想法。自己年纪大了，队伍也扩大了。根据师部拟定的作战计划，几个月后马上要进行大的战役。加之新建立的通信体系，信息的传输量会成倍增加，自己一个人已经很难支撑。通信科应该再设个副科长，林君会是最好的人选。但他才来，这么年轻，军龄为零，这样提拔肯定障碍重重。

然而，老袁还是私底下跟李师长交流了这个想法。李师长的反应出乎他的意料，他不但同意对于林君职务的提拔，而且当即上报军事委员会，申请破格授予林君与其职位相匹配的上尉军衔，并很快得到了批准。

就这样，林君到师部不到一个月，就坐到了这个位子。他迅速熟悉了通信相关的各类业务，并接手了很多原先由老袁负责的管理工作。

1943年年初，战役即将开始，通信科将成为最忙碌的部门，而林君也马上成了全师部最忙的人。

战役开始前三天，早上起来，老袁就感觉不适，与林君一起吃早饭时也没什么胃口。自林君来了之后，师徒俩都是一起吃饭的。林君就让师父饭后去宿舍休息，并请军医来给师父看病。医生没看出什么所以然，说应该是受了点风寒，让老袁卧床休息，多喝点开水。

中午林君从食堂打来两人的饭菜到宿舍，见老袁半卧在床上。林君到了师父床边，问："师父您好点没有？"

全师上下，只有林君称呼老袁师父，他一来就这么叫。这是林君第一次叫别人师父，而且叫得很顺口。老袁也是第一次听到有人这么叫他，他听得也很顺耳，师徒俩就这么称呼上了。

林君想先喂师父吃饭，老袁急忙摆手道："你吃了吗？"

"没呢，"林君道，"我等会儿再吃。"

"你赶紧吃，还有半小时，有个战前会议，你代我去参加。"

"我？"

"你不去谁去？"

林君想想也对，自己不是副科长吗？又问："那师父，我去参加会议您有什么要指示的吗？"

老袁摇摇手说："随便你怎么讲。"

这次的战前会议是参会人员最全的一次，所有部门的头头都参加。林君曾经好几次与老袁一起参加会议，但自己代表老袁独立参会还是第一次。

会议自然由李师长主持并主讲。李师长的口才很好，可以自己一个人整个会议几个小时从头讲到尾。今天他也滔滔不绝地讲了两个多小时，才让副师长讲。两位副师长——张副师长和孙副师长的发言都很简短，该讲的李师长都讲得差不多了。再由各部门头头发言，各部门的发言都比较简洁，提出一些意见，部门间商讨一下，基本解决。313师在强势的李师长治下，容不下各部门互相扯皮推诿的事。

林君一直在做笔记，想着回去可以让师父看会议记录。这时他感觉到有点冷场，抬起头发现参会人员都不约而同地看向自己。原来只剩下通信科还没有发言，所以大家都盯着这位最年轻的上尉，但想想林君是第一次代老袁参会，不发言也正常。

林君的这次独立参会，很出乎大家的意料。这是开战前的最后一次正式会议，基于信息传递的重要性，通信科老科长老袁理应一起参加，何况李师长这次把通信业务视为重中之重。

李师长不但在一年内加强了师部通信部门的力量，还从两年前开始，陆陆续续把无线电通信配备到了营一级，虽然由于设备的短缺，所配备的通信力量参差不齐，不尽如人意，但这是全军上下唯一一个以营级配备无线电通信的师。

尽管如此，对于今天林君代替老袁参会，李师长倒也没有任何异议。看林君还没有发言，他也看向林君道："林君，说说你们科。"

林君丝毫不紧张，道："我们科的所有任务，无论是接收信息还是发出信息其实都是被动的。我们要做到的是确保信息的畅通性、迅捷性和准确性。"

师长看着林君，郑重地问："那你能保证准确率是多少？"

"100%。"林君没有任何犹豫。

此话一出，全场愕然，大家都心说真是初生牛犊不怕虎。100% 通信准确率最大的难度在于设备、环境、气候等外在因素的不可控性客观上造成了制约。

师长笑了，看着林君道："臭小子，你知道全军上下每次战役通信的准确率最高是多少吗？"

"知道，不到 70%，平均不到 50%。"林君冷静地回答。

"那你……"李师长意味深长地看着这个臭小子。

"不改。"林君依然冷静。

"这等于是在立军令状。"李师长严肃起来。

"我接。"林君同样严肃地说，"我代表我们通信科，也代表我师父。"

二

一散会，孙副师长立即打趣林君道："小林啊，你等着挨你师父骂吧。"其他人也一起哄笑。林君咧咧嘴，笑着跑了。

林君赶到师父宿舍，一进门，就看到老袁居然精神十足地坐在桌边吃香瓜子，好像就在等着自己似的。

"师父，您病好了？哟，有好吃的居然不给我。"他笑着坐到桌边。

老袁把另一盘瓜子推到他面前，说："臭小子，不是给你准备了吗？"

林君把会议记录交给老袁，然后开门见山道："师父，我给您闯祸了。"

"说说看。"老袁继续嗑着瓜子。

"我在会上立军令状说，我们通信科在这次战役的通信准确率要达到100%。"

老袁停下手，郑重地看着徒弟问："那你能做到吗？"

林君想了想，也郑重地说："很难，但我想，能做到。"

老袁继续问："小君，你我师徒相处还不到半年时间，但凭你的了解，你师父我是一个怎样的人？"

"师父您是一个追求完美的人。"林君认真回答。

老袁点点头，道："你很了解我，因为你自己也是，这一点我们师徒俩是一样的。"随后，老袁脸上的表情更加严肃，他目光炯炯地盯着林君，继续道，"通信本来就是要求准确率

100%，但师父我一直没有做到。以前因为设备限制，人员不足，做不到。现在设备跟上了，人员也配备齐了，但师父我老了，我的精神、我的能力已经跟不上。但我不甘心，我一直不甘心。"

老袁顿了一下，深深地看着林君："现在你来了，我就有了信心。"

林君忽然灵光一闪，问："师父，今天是不是您装病把我推出去的？"

老袁笑了，心想这小子真是聪明，点点头说："对。我推你出去，主要是为了让你彻底亮个相。对于你几个月前的提拔，在我们自己科里，没有人不理解。大家对你的尊重和佩服，与你当不当科长没有关系。在你还没有被提拔之前，他们已经很敬佩你了，因为大家都懂业务。"

"但是，"老袁继续说，"出了我们科，除了师长以外，没有一个人理解对你的这次突击提拔。所以我要让你在战役开始前彻底亮个相，我知道你小子肯定丝毫不会犯怵。"

"那您事先能猜到这个 100% 准确率的军令状吗？"

"我想过，师长可能会提，因为我跟师长之间的业务交流，讲得最多的就是通信的准确率。对于通信而言，准确率是第一位的，如果信息不准确，畅通性和迅捷性都毫无意义。对此，师长早已经认同。一旦他提到了准确率，这 100% 的军令状也只有你能接得住。因为我老了，小君，不是师父我撂担子，这次战役你的担子会很重，而且会越来越重。你要有心理准备。"

"我知道，师父您放心。其实，在说 100% 前，我也想过，如果说 99%，您和我的压力会轻得多。但我想，这个 1% 的错误率会导致什么？也许是一场战斗的失败，是对整个战役的负面影响，更是战士们付出的鲜血和生命。我们为什么要让它发生？"林君郑重其事地说。

老袁赞赏地看着他："这就是我们师徒相通的地方。"

林君笑道："看样子师父不会骂我了。"

"我什么时候骂过你？"老袁也笑了。

接着林君打开带来的文件夹，拿出一张手书的纸，摊在桌上，跟老袁说："这是我对各个岗位调整的初步设想，为此制定了五条临时性的规章制度，以应对这次战役。前三条都是奔着准确率去的：第一，所有收报实行双人上机抄收；第二，发报岗位选择最优秀的报务员；第三，无论收报还是发报，机要员翻译后直接交给我们俩复核；第四，允许收报时由机要员在旁翻译；第五，多页报文允许分页进入下一个流程。"

修改的第一点，在信号相对较差的情况下，实践中会实施。第四、第五点，有时候也经常在通融。但第三点全部收发报文翻译复核一律通过科长，是第一次实施，这个量是非常大的，底气来自老袁和林君对电码的记忆能力，电码一旦记熟，复核的效率会大大提高。

两人对明码都很熟悉，老袁是早就背熟的，林君是在通信培训班里顺便背的。但这次战役前的密码今天早上刚刚确定，分战区一共有三本，只有林君能背，而且一上午已经基本背熟。

对此老袁很是感慨。这样三本密码本，自己若年轻二十岁也能背出，但肯定要花好几天时间，林君这个小徒弟却只花了半天工夫。

就此，对报文的复核两人作了基本的分工，所有明码的报文给老袁，这部分数量不是太多，但肯定有。加密且加急及以上的报文优先给林君。其他报文视情况而定，随时调整。老袁心里明白，最后，大部分的报文会集中到林君手上。没办法，自己的精力会越来越不济。

说到报文最后的复核，林君略有些遗憾，说："师父，我们俩这组如果能再增加个人就好了。"

老袁摇摇头说："加设一个副科长的位子很容易，但人呢？你我这样的，全军上下也不超过十个。李师长这里有两个，所以他可是笑歪了嘴。"

老袁接着认真看了看稿纸，说："这不是初步设想，已经很完美了。有几点，这个岗位的工作量太大了，只有一个人？"他指着一个位置。林君解释道："是的，但两个人又太浪费。这是小夏自己主动提出来的，他说自己努力努力应该撑得住，我就想让他试试。"

老袁又在其中两个名字间画了条线，道："这两个人换个岗位，虽然他们是师徒，但现在这师父已经比不上徒弟了。"

然后老袁又点了点一个人的名字说："这个小胖，工作量稍微减少一点，并且都排到白天。"

林君有点疑惑："师父，小胖这些工作量应该可以的。"

老袁解释道："是这样，我估计，到时候忙起来，大家去食堂吃饭的时间都没有，就派小胖去统一采购点心。他好吃，买吃的也比别人在行。"

"师父连这个都考虑到了，姜还是老的辣啊，佩服佩服。"

林君一叠声地夸着师父。

"少拍马屁。"老袁笑骂道。

林君继续笑着说:"我也好吃,也可以派我去。"

"你?到时候你自己能吃上一口就已经不容易了,还想去跑腿?"老袁笑道。

"那我岂不是要活活饿死?"

师徒俩开了几句玩笑,见师父没有其他意见,林君收起纸放入文件夹,说:"那我今晚就全部调整到位。"

"今晚就调整?这么急?"

"今晚就调整好。明天有明天的事,如果明天行动,一上午就没了。对了,师父,明后天,您给大家开个战前动员大会吧。"

"有这个必要?这种会我从来没有开过。"老袁心想年轻人就是花样多。

"师父,求您了。"

一看徒弟开始撒娇,老袁赶紧说:"好好好,开开开。"

林君满意地站起身,要往外走:"师父,您今天装病装到底,晚饭我带过来,我们边吃边聊。"

"你这么忙,不要再伺候我了。"

"我现在还不忙,等忙起来,真没时间了。"

晚饭后,林君就组织大家调整岗位,并要求全面打扫卫生。他自己除了指挥外,还戴着副白手套时不时东摸摸,西摸摸的,专挑卫生死角检查。那些比他年纪大的部下都很听话地忙碌着,同时嘴上一刻不停地唠叨。

"林科,你有洁癖。"

"肯定有，瞧小林大人天天洗澡。"

"林科，这灰尘在这么个角落里，谁看见了？"

"我看见了，"林君说，"接下去有几个月时间，我们不能打扫卫生，今天必须打扫得一尘不染。"

"林科，接下去我们要忙成什么样子啊？"

"手脚并用恐怕都来不及。"

"林科，听说你立了军令状——100% 准确率？"

"对啊。"林君满不在乎地说，"我把你们都一起带到坑里去了。"

第二天，老袁果然召开了战前动员大会，还把平时很少接触的话务组也招呼了过来。话务组全部是女兵，一共十二个。近四十个人坐满了一屋子。老袁坐在主座，林君坐在他的侧面。

会议开始，老袁开口道："今天人到得最全，也是我们通信科人员规模最庞大的时候。这是我第一次召开动员会，之所以要开这一次会议，是因为，这次战役，是我们师全面配备最新通信设备到营一级，全面配备最齐全通信骨干人员后的第一次战役，也是对我们的第一次重大考验。我们通信科的工作量会超负荷，压力会非常大，大家必须有足够的思想准备，去打这一场硬仗。"

全场的气氛立即紧张起来，老袁一看，想缓和一下气氛，笑着说："大家也知道了，昨天的全师战前会议中，你们以前的小林弟弟，后来的林科、小林科长、小林大人……"

话还没有说完，大家都笑了，林君没想到这么严肃的会议，师父居然会一下子转弯这么猛，马上抗议道："师父！"

但师父的调侃还没有结束，他继续道："他老人家立了个通信业务 100% 准确率的军令状。"

大家哄堂大笑。等大家笑够了，老袁又严肃起来，说："完成这个军令状，我与你们的林科都有信心，你们呢？有没有信心？"

"有。"大家回答，但老袁不满意，说：

"就这么点声音？"

"有！"全场一致吼道，吼声惊动了隔壁的师部，在师部的几位军官笑着议论道：

"通信科这是怎么了？这可不是袁老的风格。"

"肯定是被他那小徒弟撺掇的。"

三

指挥大厅中的巨型沙盘旁，围着严肃紧张的师部最高一级的军官，当中面朝南站立的自然是李师长。此时李师长正在口述下一步的作战部署，旁边速记的是通信科报务组仅有的两名女兵中的一名——小钟。

大部分的速记，都是直接留下来送报文的报务员让他顺便做的，这次是小钟。而此时，她正暗暗叫苦，李师长的语速越来越快，全然没有顾及口述与文字记录的速度差距。

此时，战役已经进行了一个月，李师长的脾气也越发暴躁。他本来就是个脾气很暴的人，紧张的战事更是给他的脾气火上浇油。正当他快速下指令时，却听到小钟怯生生的话语："师长，刚刚那句能否重复……"

小钟知道这句话不能说，但她确实没有全部听清楚，听不清楚记下来就是错的，错误的指令是不能发报的。所以她宁可冒挨骂的风险也要请师长重复。

师长连贯的指令被打断，顿时他如狮子大吼般暴喝："干什么吃的？饭桶！"他全然不顾小钟梨花带雨的秀气脸庞，朝着通信科方向大叫一声："林君！"

此时林君正在核报文，前面站着机要员小方。小方很希望自己的这次报文翻译完全正确，但还是失望了，刚刚又被小林大人揪出了一个错误。小方打了自己一巴掌。

林君笑着看了他一眼："还真打啊，都有手印了。错不是很正常的吗，否则要复核制度做什么？"

这时隔壁暴喝声传来，接着毫无意外地，又在叫林君的名字。随着战役的推进，隔壁指挥部传来的师长叫林君的喊声越来越多，一旦速记员的记录有一丝丝的不顺，师长就会暴跳如雷，然后高声叫林君。

林君高声回应了"到"之后，迅速起身，把刚审完的报文签名后带上，又打开抽屉，把桌子上其他还没有审核的报文放入其中锁上，拿起速记夹，跑向隔壁。这时，他的桌子上已经没有任何公文。

林君的这些动作一气呵成，快得令人眼花缭乱。每次他离开办公位置，都是一丝不苟地重复这套动作，旁边的老袁每次都用欣赏的眼光看着。通信安全制度的规定，所有人都清楚，但能完全做到的，除了老袁就是林君。除此之外，任何制度相关的要求，包括老袁偶然提到过一句的，林君都一丝不苟地执行。这就是人的素质。

林君跑向隔壁，小钟正好出来，赶紧让在旁边。她感觉林君瞥了她一眼，好像笑了一下，又好像没笑。她早就感觉到，林君自到来之日起，就经常和大家嘻嘻哈哈开玩笑，唯有对她和另一个姑娘小厉，除了公事，从来没有多余的话。姑娘家对这类事情是很敏感的，知道他的行为所透露出来的意思，但她却偏偏不能释怀。

林君可没想这么多，他跑进指挥部，先呈上刚译好的报文，然后站在师长旁边进行速记，师长快速的语句迅速在他的笔下生成文字。林君的速记从来不用缩略语缩略词，字迹也很好认，现在他的中文书写已经非常流利。师长说完，林君敬了个礼，回身迅速离去。唯有他的速记，是不需要复述核对的。

林君跑回科里，迅速把这几页文字记录拿出来，伙伴们迅速各拿一页去翻译。林君走回自己座位，放下速记夹，正要坐下，就听老袁叫他："小君。"

林君走到老袁身边，叫了声"师父"，一手扶着椅背，一手撑着桌面，凑近老袁的头，每次老袁坐着的时候，他都是这个动作。他知道，师父叫他过来与他说的话，几乎都是他们之间的交流，不能大声嚷嚷，他弯腰贴近师父，省得师父起身。

老袁有点为难地低声说："小君，这些天，要不那边门，就你一个人进去？"

林君马上答应："好，反正他也一直在叫我。"

"我就是怕你太忙了。"

"没事，我多跑跑，活动活动。"林君接着压低声音凑近师父耳边说，"说话像打机关枪似的，越说越快，一天比一天说得快，再这样下去，我也撑不住了。"这说的自然是李师长。

"你再怎么撑不住，他也不会骂你。"老袁笑了。

是的，全师上下都知道，李师长从不骂林君，这很奇怪。但大家转念一想也觉得正常，林君这样的业务素质如果李师长还骂，以后就没人敢给他做速记了。但老袁知道，并不仅仅如此，李师长从内心里喜欢林君，与自己是一样的。他叫徒弟一般有两个称呼：小君、臭小子。后来他发现，除非在正式场合，李师长也是这么叫林君的。

这点林君自己也心知肚明。他笑着说："小伙伴们可怜啊。我去跟他们说。"

林君走向房间中间，边走边拍了三声掌，刻意放低声音道："大家注意一下，接下去这些天，那边都由我一个人跑。"

大家一听又惊又喜。机要员小朱问道："林科，那送报也要你去送了？"送报的量可是很大的。

"对啊，"林君边说边绕过中间的长桌往回走，"怎么，你想去？"

小朱连连摇头："我才不想挨骂呢。"

这时小方开玩笑说："那林科你岂不是要跑断腿？"

"等我腿断了，你们抬我去。"大家哄堂大笑。老袁看着，也笑得眯起了眼。自从林君来了之后，尽管这段时间大家都这么忙，气氛却比以前不知道活跃了多少。

小方趁手头的活刚完，有点空隙，马上到咖啡台前，认真地开始泡咖啡。这些咖啡是后来才有的，据说是李师长那边有朋友一直送给李师长，师长又不喜欢喝，不知怎么的知道他们这里有人喜欢，就全部送了过来，每过一段时间还会补充。而其实，喝咖啡的只有林君一人。

这是美国的一个牌子，叫 Kona，是纯的咖啡粉，大家都觉得很苦，尝试了一下之后都不愿意再喝。只有林君喜欢，加点奶粉，加点糖，甚至什么都不加他都能喝。咖啡拿来没多久，林君当了副科长，毕竟刚刚就任，要熟悉业务和适应管理岗位，林君泡咖啡的时间慢慢减少，于是轮流为小林大人泡咖啡，成了通信兵们重要的工作。每次泡的咖啡，咖啡、奶、糖的量加多少，水温多少，都成了他们研究的课题。

林君只教过他们一次，后来实在没时间了。战役一打响，通信量大大增加，林君审核的报文数也越来越多。他怕师父吃不消，就尽可能地多干，要求小伙伴们能拿给他的尽量拿给他，有时候他看到师父桌上的报文多了，就跑过去拿点过来。

现在，跑指挥大厅的活也是林君独占，那他就更忙了。大家天天看他跑进跑出的，却帮不上忙，只能在泡咖啡上多多用心。

此时，小方小心翼翼地端着咖啡到林君桌前，放到他左手边能顺手拿到的位置，低声说："林科，尝尝，不知道今天咖啡的甜度如何？"

林君正在忙，随口道了声谢，两眼依然盯着报文。小方无奈，就拿起咖啡，送到他的嘴边，林君只好尝了一口，道："太甜。"

"还甜啊？那我知道了。"小方回忆了一下自己今天放的糖，心里基本有数了。

林君终于签名放下一张报文，小方趁他停顿的时间，想赶紧让他休息片刻，说："林科，上次小钟被骂，哭了好长时间，你也不安慰安慰人家。"

林君没好气地说："又不是我骂哭的。"

"林科，你什么都好，就是对那两个姑娘，不理不睬的，有点太不近人情。"

"我有吗？"林君故意装傻道。对于这两个姑娘，林君自一进来看到她们就打定主意，公事公办，私事一概不理。军营里，虽然禁止谈恋爱，但非公开的私恋无法禁止，万一自己稍微松动一点，被那两个姑娘误会了，除了害了她们，无任何益处。所以，从一开始，林君就一副拒人于千里之外的架势，但看得出那两个姑娘显然不死心。

"谁都看得出来。"小方道，"林科是否早有意中人，要彻底忠诚才故意这样的？"

"岂止是有意中人，我早就结婚了，信不信？"林君开玩笑道。

小方大笑起来："小林大人说他已经结婚了，谁信啊？"

周边一片笑声，全是"不信不信"的声音。

已经是午餐时间，但没有人去食堂吃饭。自战役开始之后，通信科的人都没有去过食堂，没有时间。每次就派小胖去买点点心之类充充饥，不够的话就吃压缩饼干。这里除了林君，其他人在军营里都起码有个把年头，所以对压缩饼干没有任何好感。但没有办法，自战役打响后，去食堂吃饭的人大大减少，食堂的点心开始紧张，大家都想要。只有林君还觉得压缩饼干很好吃，同事们笑他，说他吃得太少，否则早吐了。

这天中午照例没有人去食堂，老袁于是又派小胖去看看能带回来些什么。小胖这次居然买来了三十多块三角米糕，把食堂剩余的所有米糕都抢来了。

小胖说，这次他捧出了科里的两尊菩萨，一尊是袁老。小胖对食堂师傅说：袁老是年纪最大的菩萨，师部上下谁敢对他不敬，连师长见他都要尊称他为老哥。如果袁老吃得不好影响身体，师长能饶了你食堂师傅？当时食堂师傅连说不敢。

接着小胖又搬出另一尊菩萨：小林大人。他说小林大人现在是全师部最忙的人，连师长都不敢骂他，除了袁老，师长有不敢骂的人吗？如果小林大人吃得不好干工作没劲了，师长能饶了你食堂师傅？食堂师傅最后说，你们通信科现在有一老一少两尊菩萨，惹不起，只好把米糕都卖给了小胖。

大家一边笑，一边吃，一边工作。每人分一块后多出来的米糕先是多分给了两位科长各两块，其余的大家都掰开来尽量分着吃。老袁见大家这么可怜，就把自己多余的米糕分出来，但大家不肯多拿，只拿了一块。

这时林君又跑去指挥部了，大家等他拿新的指令回来分掉。等他回来看见自己桌子上的米糕，知道这肯定是多分给自己的，就说："我吃不了这么多，你们吃吧。"说着就想吃压缩饼干，结果没找到。

"奇怪，我的饼干呢？"林君没时间多找，就只能拿着一块米糕吃起来。一边吃，一边又开始审核报文。见状，另一个稍微有点空的同伴赶紧泡了一杯咖啡过来。当林君感到吃米糕有点嘴干，正想喝点什么的时候，左手一伸，正好拿到咖啡，喝了起来。等手中的这份报文审核完，他看到咖啡，才想到刚刚不知道又是谁拿来的，自己都不知道。

林君工作与练琴一样，非常专注，所以效率很高。每次喝完咖啡他都感到歉疚，被一帮比自己年纪大的同事这么伺候着，实在不好意思。今天他连是谁泡的咖啡都不知道，就说："谢谢大家，以后不要再给我泡咖啡了，我自己来。"

大家都笑了，七嘴八舌地说：

"林科，你自己泡，可能十天半个月都喝不上一杯。"

"林科，你作为师部第一忙人，我们得把您老人家伺候好了，否则你一天连口水都喝不上。"

"谁老了？谁老了？"林君抗议道。

老袁随着大家一起笑，如同看着自己家的孩子互相打闹一般。林君的压缩饼干是他拿走的，就是想让他吃点米糕。师徒俩一起吃饭的时间久了，他知道林君是很能吃的，这段时间他确实没有吃好，今天有米糕就想让他好好吃上一顿。

林君一块米糕还没有吃完，一个收报员急着叫林科，说怎么也听不清，两台收报机都如此。林君过去收听，果然很模糊，杂音很多，但还是准确记下。那收报员问："林科，这怎么回事啊，应该不是信号被干扰吧？"

"不是，应该是发报机问题吧。这是哪个部门的？"

"201加强连的。"

201 加强连是王牌连，连长就是小战神萧阳，黄埔毕业生，年轻有为，是著名的少壮派。萧阳是李师长最得意的爱将，201连也是全军上下唯一一个配备了无线通信的连队，而且它所配备的通信设备等级高过了团级，几乎与师级比肩。201连在这次战役中发挥了很重要的作用。如果战役还没有结束发报机坏了，那就麻烦了。

"不是说要全面换收发报机吗？战役后是否能开始了？"林君问负责这一块业务的小范。

"应该能。本来战役前能送到，但货进口时受阻，慢了好几个月。"小范说。

这批新的机器是美国支援的，但进口货物不容易，都是通过驼峰航线，耽误遗失很正常。

四

战事已经进入尾声，同时也到了最紧张的时刻。林君已经连续一周没有去宿舍睡觉了，有空就在座位上打个盹。吃饭也好，睡觉也好，对于林君而言，这些都不是最重要的，都能克服，每天唯一必须做的事还是洗澡。但他忙得连气都喘不过来，洗澡成了一个问题。

他试着不洗，但没过一天就浑身难受。于是，他自我训练出最快的洗澡方法：跑到后院井台边，脱掉军服，穿着内衣，打两桶井水当头浇下，再拿上军服光着脚跑回宿舍，关上门脱掉湿衣服，擦干后换上干净内衣，穿好军装。再把湿内衣扔到门外的晾衣绳上，跑步回到工位上，整个过程不到两分钟。

整个大院没有自来水，也就没有淋浴房，林君平时就用冷水洗，最快的方式就是直接在井边浇。林君有自己的独立宿舍，这个是他最满意的，起码洗澡换衣服方便得多。但他平时是不锁宿舍门的，觉得麻烦。

自从实行两分钟洗澡法之后，他发现每次自己随意扔在晾衣绳上的湿衣服，后来都干了，被整整齐齐地叠好放在自己宿舍的床上。林君大概猜到是那两个姑娘偷偷做的好事，因为这样整齐地叠衣服，林君觉得男人是很难做出来的，但也只能装作不知道。尽管这么忙，她们还是抽出空来帮他洗衣叠衣，林君心里也很感动。但这方面除了狠心，还能怎样？

科里人都知道，只要小林大人手头最紧急的事情一完，喊一声："有紧急报文吗？"一旦得到"没有"的回复，他就要冲刺到后院进行每天一次的两分钟洗澡。林君洗澡的事，很快传遍了军营。他洗澡的速度、方式，还有冰冷的井水，都使人大跌眼镜，大家觉得，小林大人干业务这么出色，洗澡也别具一格。

这天晚上，报文明显少了起来，林君看着两天没睡的老袁，一个劲地催他去睡觉，但老袁觉得今天晚上很关键，想再坚持一晚上。

"师父，您脸都黄了。"

"你自己不是也七八天没睡了吗？"

"您怎么能跟我比？我一趴在桌上一秒钟就睡着，您不躺到床上就睡不着。师父您比我爸爸年纪还大呢。"

正说着，小朱一脸惊喜地拿着一份报文过来说："嘿，好消息。"

林君拿过来一看，不以为然道："还行，这是必须胜的。"就开始审核。完了之后想偷个懒，继续聊天，等会儿再送去，就听到隔壁李师长的咆哮声又响了起来。大家面面相觑，小朱说："骂不到我们这里，估计又是可怜的小雷子被骂了。"

小雷子是师长的警卫员，警卫连中就他跟在师长身边的时间最多。师长在生活方面不拘小节，很少骂警卫员，但会战这段时间脾气大，经常跟在身边的小雷子就成了最好的出气筒。

林君一时兴起，就拿起刚审核完的报文和速记夹去送报，边走边说："我去瞧瞧。"

林君走到师部门边，看到靠在那里的小雷子一脸的委屈。林君问原因，小雷子悄悄说道："米线拿来时，他不吃，热了三次，现在才吃，就骂米线都糊了。"

林君凑到他耳边说："我替你出气。"说完走进师部，到李师长身边敬了个礼，笑着说："师长，消消气。给，一个不大不小的好消息。"说着递上报文。

正想怒气冲冲吃米线的师长一看到林君，气已经消了一大半。再一看报文，虽然就是如林君说的不大不小的好消息，还是挺高兴，气也就都消了。他自己也奇怪，每次再怎么发怒，一看到林君，气起码会消掉一半。所以这段时间天天跟他在一起的军官们，都希望这个小林多来来，师长的气可以消得快一点。

"不错不错。"师长笑眯眯地看着报文。

211

林君照例问："要回电吗师长？"

"你替我随便回。"

"那我就回：'恭喜恭喜'。"

此话一出，一屋子的人都大笑起来，林君却一脸迷惑地看着大家："这有什么不对吗？"

"没什么不对，但军队的报文没有这么发的。"张副师长边笑边说。

"我觉得挺好，又没有规定军队报文不能这样发。"林君一脸的认真。

"好，你就这么发。"李师长笑着挥挥手，接着道，"小君啊，今天晚上应该不会有太多的消息，你们可以多安排些人去睡觉。我们这里等会儿也轮流休息一下。"

"太好了，我先让我师父去休息，他老人家两天没睡，脸都黄了。我劝了快一天了，就是劝不动。"

师长有些吃惊，道："赶紧让他去睡觉，就说是我的命令。"

"是。"林君说完，敬了个礼，转身，然后貌似不经意地说，"好香啊。"

正要重新开始吃米线的李师长一听，立即叫道："臭小子，回来！"然后板着面孔看着回过身来的林君道："你小子说这话什么意思？"

林君装出一副完全无辜的模样道："我就闻到米线香啊。"

师长指着林君恶狠狠地说："你小子话中有话，这米线食堂里多的是，怎么？你没闻过？"

这下正中林君下怀："当然没闻过，我们怎么能在食堂闻到

212

米线的香味？师长，难道您不知道，我们科的人已经三个多月没有去食堂吃饭了，什么米线，什么米饭，哪里能闻到香味？"

"那怎么不去吃？"话刚出口，师长就知道不对，上了这小子的套了。

果然，林君的话立即像连珠炮一样喷出来："我们哪有时间啊？师长，连一手拿干粮啃的时间都没有，还想去食堂？好不容易派个人去食堂买点点心，还要跟抢似的。我们哪有师长您这么好命，有人会送来，冷了还有人热，还埋怨米线清啊糊啊的。真是饱汉不知饿汉饥。"

林君说完，趁师长发愣，敬了个礼赶紧回身溜之大吉，路过门外的小雷子身边，看到他正跷着一个大拇指对着自己笑。

等林君跑走了，师长才回过神来，气得跳脚道："搞了半天，这小子是来骂我的。"

旁边吃米线的军官们都笑了，心说您李师长这暴脾气也有人收拾。

"还不是被您宠坏了？"孙副师长笑着说。

"等这次战役打完，看我不好好收拾他。"李师长一边吃米线，一边咬牙切齿地说。

"您舍得吗？"大家都笑着看他。

李师长确实不舍得，其他都不用说，连跟这臭小子斗斗嘴都很开心。

五

林君回到科里，让回一个"恭喜恭喜"的报文，又引来一阵笑声。然后跑到师父身边，把他正要涂的清凉油夺下来，说道："师父，师长命令您马上去睡。今天晚上报文不会多，他们也轮流去休息。这里有我呢。"

见师父还是犹豫，林君说："哈哈，师父您信不过我，是吧？"

老袁笑着说了声："臭小子。"终于起身，又不放心地指指下属们，"那他们……"

林君赶紧说："您放心，我安排。您老不去休息，他们都不去。"

终于把老袁给说动了。他一走，林君就一组一组地安排人员去休息，留下三分之一的人值守，然后叮嘱他们，自己就在这里眯一会儿，随时叫他。

林君确实如对师父说的，想睡一秒就入眠，无论是靠在椅子上还是趴在桌子上，都能睡得很香。这可能就是年轻的好处吧。

那晚的报文真的很少，直到 7 点左右，才来了一张。此时其实不晚，但通信科一片寂静，人少了不少，特别是看到他们的小林大人靠在椅子上睡觉后，都尽量不发出声响。

翻译这张报文的机要员是小刘，翻译到一半，他就欣喜若狂，翻译完后拿给另一名机要员小方看，说："特大喜讯，201 加强连太神了！"原来，201 加强连的泉瓦岗保卫战，不但守住了阵地，还拖住了敌人的一个步兵大队，从而使整个战役的最后一场关键战斗取得胜利。

小刘喜滋滋地跑去找林君,但看到林君睡得这么香,犹豫了,实在不忍心叫醒他,他们都知道林君已经有一周多没有去睡觉了。他看了看手中的报文,去与小方商量,请小方复核。两人都觉得,这就是报告胜利的好消息,小方复核后,暂时没有科长的授权,先拿给师长看应该也没事。但谁拿去呢?两人谁都不想去,只好石头剪刀布,三局两胜,最后小刘输了,只好不情不愿地拿着报文去师部。

在门口碰到了小雷子,今晚还是他值班,小雷子说师长在躺椅上睡觉。

"那我这样叫醒他,他会骂人吗?"小刘小心翼翼地问。

"我不知道。"小雷子拼命摇头。

"这可是好消息,他会不会高兴点?"

"我不知道。"小雷子继续拼命摇头。

"那反正是好消息,晚一点告诉他,他会不会生气?"

"我不知道。"小雷子还是拼命摇头。

"你怎么什么都不知道啊?"小刘急了。

"哎呀,你烦不烦啊,你叫你们小林大人来送不就没事了吗?"小雷子也急了。

"他老人家好多天没睡了,正睡得香,不是不想打扰他吗?"小刘嘟嘟囔囔,最后还是灰头土脸地回来,与小方一起到林君桌子边,叫醒林君:"林科,特大好消息。想送去给师长,但他睡着了,不敢打扰。"

林君一骨碌挺起身,拿过报文,正高兴着,忽然看到下面的复核签名,问:"你们刚才说要送去给师长?"

215

"是，看您睡得香，反正是好消息。"

"你们想这样送去？"林君严肃起来，他对工作要求很严，但态度很少这样严肃。

"这样师长肯定要骂的，对吧？"两人都不安起来。

"骂是小事，这完全违反了这次我们制定的规章制度，是要受处分的，到时候连我师父也保不了你们！"

对于规章制度，他们何尝不知，只是，有时候就是会想当然地违反：就一次，就一会儿，应该不会有什么不良后果，成了违规的借口。而这是老衰和林君绝对不会犯的错误，一次也不会。

看到两人局促不安的神情，林君态度缓和了下来。想想伙伴们这些天都不容易，今天也是因为不忍心叫醒自己，就温和地说："以后别这样了啊，别说是我，哪怕需要师父签字，也要从床上把他老人家拖起来的。"然后笑了笑，低头忙着核稿。

看到林君笑了，两人才松了一口气。其实林君平时的一丝不苟他们也看在眼里，但自己就是不能完全做到，这就是人与人之间的差距。

林君拿着审核好的好消息走去师部，照例顺便带着速记夹。这些天报文减少，他不用再跑步。进了师部，果然看见李师长躺在一张躺椅上。想想这些天，全师上下，这个脾气不好的李战神其实是最累、压力最大、最不容易的，但林君还是毫不客气地叫醒了他："师长，别睡了，好消息。"

李师长还没睁开眼，怒容已经涌上了脸，正要开口呵斥，睁眼看到是林君，气就消了。再拿过报文一看，哈哈大笑起来，把师部和隔壁所有半睡半醒的人都笑醒了。

师长拿着报文手舞足蹈："好样的，萧阳，好样的！"

大家都欣喜地过来传阅报文，林君在一旁也高兴地笑着。这些天来，他还是第一次看到师长这么兴奋。

看到他们都传阅得差不多了，林君问："师长，要回电吗？"

师长才看到林君还在，笑着挥挥手说："不急，我好好想想，明天再发。"

林君敬了个礼，正要转身，师长叫住他："欸，我怎么感觉这些天就你在跑进跑出的？你们科其他人呢？"

"都在啊。"

"那我怎么就看见你一个人？"

"师长，您这不是明知故问吗？"看师长一副疑惑的模样，林君继续说，"都怕被您骂，谁还敢来？幸亏您对我还算客气，我脸皮又厚，就天天来跑腿，腿都快跑断了。"

李师长马上知道这小子又想发挥了，也不甘示弱，道："你们是不是天天在骂我？"

"您是师长，不敢。"

"那心里在骂我！"

"腹诽也不敢。"

师长瞪着林君，板着脸道："你等着说这些话是不是很久了？"

"不敢。"

"你说都说了，还说不敢？"师长提高嗓音喊道，继而笑了，狠狠地在林君肩上拍了一掌笑骂道，"臭小子，滚回去睡觉。"

等林君一走，张副师长说："我今天碰到老袁，他说林君已经七八天没有睡觉了。"

李师长说："我知道。没事，他年轻，扛得住。"心里却很是高兴，这小子真是难得，自己真是捡到宝了。

六

为期三个多月的战役终于结束，后续又进行了为时两个月的休整、总结、表彰工作。此次的会战，除了表彰如201连这样的优秀作战部队外，还特意表彰了师部通信科，他们实现了战前100%准确率的承诺。

对个人的表彰中自然有萧阳，曾经也有林君，但被他自己坚决地拒绝了。为此林君私底下跟师长交谈过，除了什么师父指导、同事们努力等冠冕堂皇的理由之外，主要是自己之前升迁得太快了，别让人觉得是师长偏袒，何况一个文职官员怎么能与萧阳这样在战场上与敌人厮杀的军人相提并论。最后师长让步，只表彰了集体。

9月份，秋高气爽，师部的紧张气氛暂时消退。李师长终于有时间与老袁一起好好散散步。两人步行出了师部大院，向东沿着院墙走一段后拐向北，就进入一个寂静的山谷。谷中小道旁是高大的乔木，叶片的秋绿中点缀着金黄，枝条在午间的暖风中不住颤动。低矮的灌木围绕着大树，细弱的枝条努力地向上伸展。灌木的间隙，野菊花张开白色的花瓣，野蜂站立在黄色的花蕊中，吸取着这一年中大自然最后的馈赠。

他们俩在一起为伍已经有些年头，李师长的脾气再暴，也从来不向老袁发火。有空时，他们会一起散散步，聊聊很多公事私事。而今天的话题，几乎都是围绕着林君。

"这次真是累着老哥了，老哥您瘦了一圈啊。"

"累是累点，但我还是很高兴，终于实现了我一直以来的梦想，准确率达到了100%。"

"替老哥高兴，真不容易啊。"

"其实，您也知道，这功劳基本上都是小君的。"

"小君也是您徒弟，徒弟有功，师父脸上有光。"

"您和我心知肚明，小君的那些能力我可没有多少功劳，这就是他的天赋，我从来没有看到过像他那样的通信天才，以后也很难再看到。"

"除了业务能力，"老袁继续说，"他的敬业精神也是一流的，做事一丝不苟，也很能吃苦，脾气也好，不像您。"

"瞧老哥您把他夸的。"师长笑着说，"我脾气差，这小子早就明里暗里说过我了。"

"能不说您吗，这些天他这么忙还要跑您那里，您难道一直稀里糊涂？"

"一方面确实稀里糊涂，哪顾得上这个；另一方面也希望这臭小子来，我省心，一看到他我心情也好。"

"这下好了，他本来就够忙的了，还要忙上加忙。到了最后那些天，有80%的报文是他签发的，我根本已经吃不消了。"

"所以，"老袁郑重其事地说，"师长，我正式向您提出：我早到了退休的年龄，该退下来了，让小君上；或者，我跟他换一下位子。"

师长摇摇头，说："小君的提拔已经够快的了，军衔申请特批，全军上下谁有这么快的提拔速度？他去年被提拔时，人到师部不到一个月，年纪也小，才 21 岁啊。"

"但是，他确实完全担得起。我们科上上下下早就对他佩服得五体投地，那些小子天天小林科长、小林大人地叫，一有疑难事情第一时间想到的就是他。"

"还抢着给他泡咖啡。"师长笑着说。

"对，"老袁也笑了，"我也沾点光，这帮小子可能想想不好意思，也每天给我泡杯茶。"

"哦？老哥您也有这待遇了？"

"嗯，每天一早先给我泡，茶叶随便抓一把，水温不管如何随便倒满一杯，恭恭敬敬捧给我，算是交差了。然后就去研究如何给小林大人泡咖啡，咖啡量多少，糖加多少，奶粉加多少，水温如何。"

两人都笑了起来。

"不过，我已经很满足了。"老袁笑着继续说，"所以，我还是这句话，师长：不拘一格用人才，小君的再提拔是必须的。"

师长严肃起来，放慢了脚步，说道："老哥，您说的我也明白，但这件事至少现在不可行。第一，小君对您是非常尊敬的，他连对我有时候都要撑几句，对您有吗？他绝对不愿意您在他的手下；第二，这小子对这些根本不在乎。您知道，他在培训班通信课的成绩吗？"

"不是满分第一名吗？"老袁疑惑地问，这是大家都知道的，唯一一个满分，第二名才80多分。

"在这之前，还有一次测验，您猜他考了几分？ 26分，班里平均分68分。"

"他故意的。"老袁马上猜到了，但不明白原因。师长马上打破了他的疑问：

"对。在这之前的射击课上，他上了不到一天，连射击的动作都还没有教，就已经毕业了，百发百中。这些他没有向您吹过？"

"没有。"老袁着实吃惊不小。

"臭小子居然没有吹牛？"师长有些意外，继续说，"所以，这小子当时满脑子是上前线当个最优秀的神枪手，后来在几个教官的轮番教导下，才放弃去前线的愿望，来这里当个通信兵。"

老袁真是大大地吃了一惊，感慨道："老天真是不公平啊，聪明的人可以如此聪明，居然两个方面都是天才，而且这两方面完完全全没有关联。"

"他在其他方面更是天才。"师长意味深长地说。

老袁觉得今天自己受的惊实在不小，问："还有哪方面？"

师长笑笑，说："这您以后可能会知道。"

老袁看了看师长，问："师长，您以前认识小君？"

"不认识，"师长摇摇头，接着说，"但我知道他。他的通信课成绩第一，很多人以为我是以这个理由要走他的。但其实他还没有入培训班，我就已经正式提出要他，只不过知情的人非常少，他自己更不知道，到现在也不知道。我要他的目的只有一个，就是让他在我这里的通信部门老老实实待着，直到战争结束或者他退伍。但没想到，他居然是这么个天才，您说我这人的运气是不是很好？"

老袁知道，这里面肯定有什么故事，但他不好多问。

最后，师长郑重地对老袁说："你们马上要进行的报务机置换培训这些事，由您老哥全面负责，不能让小君插手，我不能给他一点点与前线有联系的机会。"

老袁一想，马上明白了师长的用意，郑重地答应了下来。

七

第二天，师长踱步到了通信科。此时通信科大部分人都有空闲，小朱正把咖啡端到林君的桌上。

见到师长毫无预兆地进来，大家吃了一惊，都立即站起来立正。师长挥挥手，示意大家坐下，笑着道："没事，就是来看看大家。前段时间，战事紧张，我呢脾气差了点，某人批评我，说我把你们骂得都不敢来见我，害得某人跑断了腿。"

一名通信兵鼓起勇气说："师长，您干脆明说某人就是我们林科好了。"

"说到你们林科，"师长的眼睛早就看见了刚才端过来的咖啡，慢慢走近林君说，"你们林科好命啊，天天有人给他泡咖啡。"

"那，师长，我跟您换个位子？"林君正要把咖啡杯往嘴边送，闻言赶紧放下，笑看着师长说。大家都笑了。

师长笑着踱了几步说："我堂堂师长，也就几个警卫员，你年纪轻轻的林科，有二十多个人伺候，羡慕啊。"

好几个人都不约而同地叫起来："那师长赶紧跟林科换位子。"

大家笑过一阵，师长先走到老袁面前说："老哥，跟您借几天小君。"然后走到林君面前："有个任务。"

林君赶紧起身立正。

"后天有个美军观察团来，你去当翻译，要三天时间。"

"是。难道他们没有随团翻译？"

"20多个人才配备一个翻译，他们这一组就3个人，事先问我，我这里能不能准备翻译，我说当然有。也可以让你放松几天。"他拍了拍林君的肩，回头走了。

看到师长出门，林君坐下后赶紧朝着老袁压低声音说："明明派我活，还说让我放松。"

话音刚落，看见师长一脸怒容地站在门口："臭小子，又在说我什么坏话？"

林君赶紧举起咖啡，嬉笑着说："我说我请师长喝咖啡。"

等李师长一走，几名经常给林君泡咖啡的通信兵过来，与林君商量到时候是否可以给美国人上咖啡，以显显他们的手艺。林君一想有道理，整个军营只有这里的伙伴泡咖啡拿手，就觉得这主意好，不过，还可以泡得更有特色一点。伙伴们赶忙问怎么样才能更有特色，林君就说试试看，自己也不是很懂。

林君试的是拿铁，伙伴们都围拢过来，看他们的小林科长又出新招。林君先泡一小杯很浓的咖啡，再取一包奶粉加糖、加热水，冲泡出一杯热牛奶，大概是咖啡两倍的量。接着把牛奶慢慢倒入咖啡中搅拌。

林君泡拿铁并不熟练，他自己平时也不怎么喝，只是去欧洲巡演时偶尔喝几杯，知道大概的冲泡方式。林君告诉小伙伴们，这勉强算是拿铁，原来出自意大利。冲泡不难，稍微练练就会了，关键是咖啡和奶的比例，可以多试试不同比例的口味。

伙伴们头一次听说拿铁的做法，啧啧称奇，抢着要上手尝试。

八

两天后，美军观察团到了师部。

观察团一行三人，一个上校军官，两个中尉，外加一个中国司机，但司机不会英文。得到通知并计算好时间，早上9点，李师长和两位副师长、翻译林君及其他几位军官一起等在师部大门前，迎接观察团一行。

车子一到，双方互敬军礼，做自我介绍，然后一起进入师部大院，到偏厅最大的一个会议室进行会谈。一落座，通信科的同事就为美方三位军人端来了拿铁。

会谈全程自然由林君翻译，其间，林君还一边做着记录。翻译他是第一次做，也没有人对他有任何要求，但林君觉得除了口译之外，会谈过程能记录的还是记录一下。无论是翻译还是速记，对现在的林君而言，实在是太小儿科了。

上午的会谈结束，大家就动身去食堂的小餐厅吃饭。这时，为首的史密斯上校就忍不住与林君边走边闲谈："林，你的英语带有标准的纽约口音，是否在纽约待过很长时间？"

　　"是的，我在纽约上学。"

　　"哪个学校？"

　　"茱莉亚。"

　　"哦，学音乐的，什么专业？"

　　"钢琴。"

　　"啊，那什么时候到纽约开演奏会？我一定去欣赏。"

　　"谢谢上校，我到时候一定邀请你。"

　　"我马上给你地址，到时候你只要写信给我，我一定到。"

　　"对了，"上校又想到了另外一件事，说，"你们这里的后勤人员居然能泡出拿铁，你们军营内喝咖啡的人很多吗？"

　　"喝咖啡的人倒是不多。"林君心里暗想，其实就自己一个人喝，"但我们这里的军人都很用心，任何事情都想做得更好。不瞒你说，他们不是后勤人员，是通信科的文职人员，业余时间喜欢研究各类感兴趣的事物。"

　　林君吹得天花乱坠，史密斯听得一愣一愣的："你们的师部很特别，翻译这么出色，还能泡这么专业的咖啡。我们去过好几个师部，第一次遇到你们这样的。"

　　看到林君和美国人嘀嘀咕咕的，李师长找到机会问林君讲的什么，林君瞒住了自己在纽约的事情，把其他的讲给师长听，师长听了很得意。

　　一天下来，史密斯对林君的兴趣已经很浓了，与林君的交谈也很多。第二天吃早饭期间，史密斯忍不住问林君："林，我能问一下你的年龄吗？"

"当然可以，我22岁。"

史密斯不由得啧啧称奇，道："果然很年轻，22岁已经是上尉了，了不起。"他已经知道林君的具体工作，知道这个年轻人肯定是个非常聪明能干的人。

李师长又忍不住问两人讲了些什么，林君说了对话内容，师长说："林君，你告诉上校，你是我们这里的少年英才。"

林君笑着看着师长说："师长，我脸皮可没这么厚。"中方的人员都笑了，这下轮到史密斯问林君，林君只好把师长的话翻译给他听，他一听就说："师长说得没错，林就是少年英才。"

早饭后，大家一起出门，李师长要陪同观察团一起视察整个军营，由于时间充裕，大家决定步行，边走边聊。出了大门没多久，一辆大卡车驶过来，从他们身边开过，停到了大门外。由于大门有台阶，车子停在门外开始卸货。林君回头看到通信科小范的身影，知道是新的收发报机运过来了，这次马上要开始的报务机置换培训工作由老袁亲自领导。

李师长正在与史密斯交谈，忽然发现说的话没有人翻译了。回头一看，没有林君的身影，再往远处一瞧，看到林君已经跑到了那辆卡车旁，在看车上的机器。师长一看急了，叫道："林君，回来！"

林君一听，马上转头跑来，但还恋恋不舍。

上午视察结束后，大家步行回师部吃午饭。餐间照例是美军三位观察员与林君聊天，不知谁提到，史密斯上校是著名的神枪手，这可把林君藏了一年多的心事勾了起来，他灵机一动，说自己枪法也不错，午饭后要不先比试一下枪法？

史密斯上校欣然同意，说没想到林君是文职官员却还有这一手。林君还要了个花招，请美方向李师长提议，而且不要具体指明让林君上场。至于师长最后会不会让林君上，那要看史密斯上校的枪法到底如何了。

饭后，一行人走出餐厅到院子里，史密斯就向李师长提议，要与中方军人切磋一下枪法。李师长听闻后就看向刚刚做完翻译的林君，见林君正抬头看天，一副与自己无关的神情。李师长心里暗骂，这小子肯定是憋不住了，偏偏不让你上。

于是，李师长让张副师长去找三个全师枪法最好的士兵过来，一同来到射击场，开始与上校比赛。刚一开赛，大家就看出情况不妙，史密斯上校先发制人，拿起步枪100米打出10发10环。中方连续出场三人，都没有达到这个成绩。显然，史密斯上校不是一般的神枪手，他就是百发百中。

李师长偷偷看了看林君，看到这小子的脸上挂着笑，分明有一丝幸灾乐祸的神情。心一横，让张副师长再去找找看，还有没有更好的，张副师长为难地说，肯定没有了。

李师长无奈地暗叹了一口气，心想，这下真的让这小子遂了心意。但转念一想，让他露一手就露一手，自己不放手，他也只能乖乖地待在师部，枪法再准也没用。

于是李师长开口道："上校好枪法，我也找不出别的神枪手，要不就让林翻译官与上校练练？"

九

　　此话一出，全场除了林君和美方三位代表之外，都吃惊不小。当时，场内已经有很多来看热闹的官兵，其中就有通信科的人，一听这话，吃惊之余，有人赶紧撒腿跑去科里通知："快快快，我们林科要与美国神枪手比赛射击了！"

　　这话如同爆竹，一下子在科里炸开了花，唯一知道林君这个能力的老袁在后院忙报务机的事，当时在场的人无不惊诧。留下两个人值班，其他人迅速忙了起来，有端凳子脸盆的，有拿咖啡热水瓶的，还有拿毛巾杯子扇子的，然后向射击场冲刺，要去给小林大人助力。

　　冲到射击场，看到林君正走向场中，大家才缓缓气，还好，来得还算及时。

　　全场一片寂静，大家都既紧张又好奇。只见林君走到场中，随意拿起步枪，没见他怎么瞄准，10 发 10 环。全场一阵掌声加欢呼声。

　　林君回到场外，通信科的伙伴们立即把他围了起来，有人拿来冷毛巾给他，有人端来刚泡好的咖啡，还有人给小林科长扇扇子，还不止一把，有两把。虽然已经是秋天，但他们都知道林科怕热。然而怕热的可不止林科一人，还有师长大人。站在不远处的师长看到这情景，再看看自己身后无动于衷的警卫员，一时气恼，摘下帽子，开始使劲给自己扇。

　　这一举动，终于惊醒了后知后觉的警卫员，他赶紧跑到林君旁边，想向通信兵们借把扇子过来，结果被断然拒绝，理由很简单：小林大人是要上场比赛的人。

又轮到史密斯上场了。从刚才林君的射击动作，史密斯一眼看出林君的水平应该在自己之上，他的射击很随意，甚至都没有刻意瞄准。当然他不能轻易认输，还有手枪，他的手枪射击能力优于步枪。

此时，靶移动到50米的位置，史密斯上校拿出腰间佩带的手枪，右手单手持枪，很轻松地打了10个10环，走出场外。他的这个单手握枪的动作，已经高过一般人了，场内的都是军人，知道手枪最好能双手握住，准确率会高很多。

正被伙伴们围在中间伺候的林君放下咖啡，走向师长，问师长借手枪。师长这才想起林君是不配枪的，就把自己的手枪拿出来借给了林君。林君当然有自己的卢格P08，而且就随身带着，但他没有带枪套，直接藏在身上，轻易不能拿出来。

林君拿着师长的手枪，走到场内，也是右手单手握枪，毫无悬念地打出了10发10环。这时林君就想快速结束这场比赛，他走向场边跟史密斯上校说道："我想向上校借枪，用双手打，打十字。"

此时史密斯上校已经知道林君技高一筹，他很大方地拔出手枪给林君。林君又把师长的手枪换了个弹匣，走回场中，双手一同举起，向全场高声说道："我打出个十字。"

场内传出10声枪声，双枪齐发，一共20发，合并成10声，靶上出现了一个标准的十字，新打出的，包括原先打出的10环，从左到右，从上到下，都为5、6、7、8、9、10、9、8、7、6、

5环。与他上次在训练营里打的直线一样，线条笔直，间隔平均，十分完美。

很明显，射击对于这个天才少年而言，就跟玩似的。史密斯上校马上大方地认输，全场欢声雷动。

林君把两支枪分别还给上校和师长。李师长宠溺地看着林君。还有什么好说的，这小子真的是让人喜欢，但越是这样，自己越要看好他。

全场最激动的当然是通信科的同伴们，已经优秀得不得了的小林大人，居然在与通信风马牛不相及的射击领域，又展露了自己天才的一面。本来这次战役之后，他们通信科的人出去头就仰得很高，这以后，他们的头可以仰得更高。

第二天一早，美军观察团离开了师部，要去下一个军营。满打满算，大家相聚其实也就两天的时间，但双方已经很热络了。最热络的当然是林君与他们，他们把自己在美国的地址都写给了林君，说要去听林君在美国的音乐会。然后大家敬礼、拥抱、告别。当然这些林君是不会翻译给师长听的，虽然他知道师长很想听。

送走美军观察团，在回院的路上，师长问林君："看你天天在记，记了些什么？"

"能记的都记了，我马上整理一下，中英文翻译好，再交给您。"

"还中英文翻译啊，这么麻烦干什么，没必要。"

"没事，反正现在很空，闲着也是闲着。"

大家走回院子，林君正想回通信科，李师长叫住了他，说咖啡到货了。林君跟着师长进去，并好奇地问道："师长，既然您不爱喝咖啡，怎么您朋友还是一直给您寄过来？"

"开始嘛，他一直说让我多喝，说喝多了会习惯，所以就一直给我寄。后来我见你们爱喝，就让他继续寄过来。现在物资这么贫乏，有咖啡喝也不错。"

"其实，这咖啡就我一个人喝，伙伴们都嫌苦，不爱喝。"林君拿上咖啡，看着这咖啡牌子，说，"您那朋友挺用心的，这个牌子在国内很不好买，是美国的一个著名牌子，产于夏威夷。"

林君谢过师长，拿着咖啡走向西门，忽然想到了什么：这咖啡，真是师长的朋友寄来的吗？

回到办公室，看到办公桌上放着一个小竹篮，里面是又大又红的鲜枣，林君又惊又喜，问道："这是哪里来的？"

女兵小厉抬起头来，微笑着说："是我老家托人带过来的。大家都吃过了，这些是留给林科您的。"

"哦，那谢谢了。"林君想起来，上次的鲜枣也是这个小厉拿过来的。林君一般不喜欢吃太甜的水果，唯有对这鲜枣的甜情有独钟，就三下五除二地干完了。

十

林君的话，又触动了李师长的心事，这小子嫌太闲，这不妙。他叫人请来了老袁，先问老袁服务机置换培训方面的事。老袁说，到货很不顺，第一批货刚到，也只到了三分之一，估计等全部

231

设备到齐起码还要两个多月。现在先着手整理,到一批整理一批。后续的培训、置换估计要到明年年初了。

"到时候人手如果不够,您甚至可以向其他部门借。就是千万不能让小君插手。"师长说,然后讲了卡车刚到时的情况,"本来这几天他当翻译都兢兢业业,结果一看到那些机器,就全然不顾地跑开了,被我叫回来还一步三回头,着了迷似的。"

"他动手能力挺强的,肯定对这些机器感兴趣。"老袁说。

"所以,干脆就不要让他接触,省得有什么意外。这小子歪点子多,这次射击比赛就是他挑起来的。他就是贼心不死。你把其他活都扔给他,别让他太闲。"

"现在这小子对全科的业务已经很熟了,战事不紧张时,就算全部扔给他也不够给他塞牙缝的。"

老袁回来后,考虑了很久——一直严防着林君不让他接触新到的报务机也不妥,毕竟整理设备会持续一段时间,还是跟他好好谈谈讲清楚,至少他还是很听自己话的。

当天午餐,师徒俩一起吃饭。两人买了饭菜,林君帮师父多端了一个碗,一起去找座位。战役结束后,食堂吃饭的人多了起来,座位又开始紧张。远远地看到通信科的同伴在叫他们过去,前者刚刚吃完。

师徒俩过去坐下。林君来了之后没多久,每次吃饭与师父找座位都有科里的伙伴这样帮他们留位。林君没多想,但老袁却知道,自己原来可没有这个待遇,现在这样,又是沾了小徒弟的光。

其实刚开始,科里的伙伴是故意占着位子,老袁私底下说

232

他们这样被其他部门看到不好。他们后来就想了个法子，磨磨蹭蹭地吃，一看到这对师徒过来，就几口吃完，让出座位，使两位科长随时都有地方坐。

林君刚坐下就问："师父，今天小厉拿来的鲜枣吃了吗？是不是很好吃？"

"鲜枣？哪有鲜枣？"但老袁一想就明白了，笑着说道，"哪有这么多鲜枣，这枣子一般都是晒干成红枣，鲜吃很少很贵的。肯定是那姑娘专门拿来给你吃的。"

这下轮到林君愣了，想想也是，哪有那么多鲜枣。这下好了，又欠了人家姑娘的了，这是林君很不愿意的，但又无可奈何。

老袁笑着说："这两个姑娘一直对你很好，你难道不知道？装什么傻。"

"我知道，但我只能装傻。师父，徒儿我以前中过桃花劫，没主动惹人家，人家都要惹上门，所以还是自己小心早早避开的好。"

接下去，林君就岔开话题，不想继续，老袁也没有追根究底。他知道，林君本来是个多话的人，一旦他不想说，肯定是他不愿意说的。

师徒俩边吃边聊：

"师父，我都好几天没有跟您一起吃饭了。"

"你大翻译家，忙啊。"老袁开着玩笑。

"我不忙，就要耍嘴皮子。师父您好像很忙。"

"这不是这几天你不在吗，我两头跑。你一回来，我顾一头就好了。小君啊，你接下来就好好地给我看着前面那一摊，可千万不要松懈出了什么岔子。"

"师父，您明知道我不会出什么岔子，无非就是不让我去后院接触那些机器。您跟师长两个人像防贼一样防着我，我早看出来了。"

"那你也应该知道，我们为什么防着你。"老袁停下筷子严肃地说，"我问你，这次战役，除了我们师的通信准确率达到了 100%，其他的有吗？"

"没有，最好的达到了 77%。"林君一看师父这么严肃，也只好停下不吃。

"大部分的机器都是一样的，所以这就是人的问题。虽然有些部门人员配备不足，但大部分部门人员还是比较充裕的，其实我们的人手也不足。既然人员差不多，那就是最后把关的人的原因，我们这里就是你，你自己心里也清楚。"

老袁继续说："这 100% 意味着什么，有多大的作用你更是清楚，事先你自己也讲过，不用我多说。这是你跑到前线多打死几个鬼子能比的吗？"

"所以，你在通信领域所发挥的作用，比在射击领域多得多得多得多得多得……"老袁一边说，一边在桌子上用手掌像刀切菜一样比画着，好像要没完没了地说下去。

林君赶紧按住他的手说："行了行了，师父。"

老袁看着他问："那你同意我说的吗？如果不同意，我一直这样说下去。"

"好好好，我同意。"林君感到好笑，师父也要起了无赖，怎么跟自己差不多。

老袁自己也觉得有趣，自己本来一向严肃，结果由于天天跟这个徒弟在一起，什么时候也变得这样不正经了。

"正好在吃饭，我也告诉你，每次都是科里有人刚吃好饭，让出位子给我们，有这样巧的事？以前我可是端着碗到处找空位的。他们都是为了拍你的马屁吗？可我官位还比你高，他们怎么不拍拍我的马屁？还有昨天在射击场，他们给你端茶倒水的，全师部的人都看着，师长就在旁边，他们怎么不去给师长端茶倒水？"

林君认真地听着，说："师父，您和师长的心情我都理解，我知道你们都是为我好。我明白了，我不会让你们担心的。"

老袁的表情缓和了下来，微笑着说："小君，我们师徒俩相处时间其实不长，我教你的时间更短。你在通信方面如此有天赋，我和你们培训班的罗教官一样，能教你的其实很少，这个你自己也明白。但你叫我师父，我心里却很欢喜。我亲自带的徒弟其实并不多，叫我师父的就你一个，而你也是我最好的徒弟。"

"师父，我也是第一次叫人师父，从一开始您带我，我就想着这么叫您。"林君动情地说。

十一

林君自那天与师父在食堂谈话之后，就很听话地一直没有去过后院的报务机办公室。就像他跟师父说的，师父和师长都是为自己好，自己就不要给他们增加额外的心理负担了。

同时，这些天空闲下来之后，他也慢慢想了很多事，理清了思路。源头还是那天从师长那里拿来的咖啡，这个牌子，太巧了，而且同伴们也说了，就是自己来了之后才拿过来的。

这个牌子在美国很有名，当初也是昂波推荐给林君，林君慢慢喝上瘾的。回国后不好买，断断续续地，林岑两家也经常托人去买，但还是经常断货。现在在军营里天天能喝上，不是自己运气太好能解释的。唯一的可能，是敏敏那丫头通过赵司令送过来的。至于这牌子不好买，既然赵司令也知道了，就会通过另外的渠道去买，才让他能不间断地喝上。

既然如此，李师长肯定一开始就知道自己的身份，他与赵司令一样都是四川人，两个人经历也相似。所以，整个过程应该就是赵司令把自己托付给了李师长。当初在训练营分配时，只听说李师长要通信成绩第一名的学员，自己就顺理成章地被分到了这里。但也许李师长很早就已经盯上了自己。

林君本来就聪明，只是前段时间实在太忙，没有往这方面去想，现在一想全都想通了。赵司令的安排可不单单在培训班那边，而是接下去几年都给计划好了。至目前为止，这样的安排可谓天衣无缝。

姜还是老的辣啊，林君暗叹。

至此，林君已经把所有事情都猜对了，包括咖啡。咖啡当然是敏敏想到的，她想了林君很多生活方面的事情，其他很难去替他安排，比如洗澡，比如洗衣服。后来想到了咖啡，他天天要喝咖啡，现在喝不到了是否很难适应？如果能够让小君在军营里也喝上咖啡，就能让他的生活好过一点。敏敏通过赵慧荃询问赵司令，司令说没问题，等林君到了李师长的师部，就让他喝上咖啡。因为这牌子不好买，赵司令动用了他的关系，基本能满足林君的需求。

想明白这些事后，林君的心也彻底安定了下来。这么多人在关心着自己，无论是亲人朋友、培训班的教官，还是师长、师父，他们的用心彻底打动了林君。自己就在这里好好干，发挥自己最大的优势。

同时，他还想到了一个自己以前没怎么关注的问题。自己离开重庆到军营之后，姓名没改，相貌没变，除了李师长之前知道以外，没有一个人认出自己就是当世最著名的青年钢琴家。

在纽约这么多年，林君早习惯了自己在公众中的知名度。几年前，来一趟上海，发现自己在家乡也如日中天，连与敏敏一家一起吃顿饭也被拍照登报。后来到重庆，至少在学校里，他依然是那个人人皆知的大钢琴家。

然而自从进入那个报名大院后直到今天，再也没有一个人认出自己。军营里认不出可以理解，毕竟隔行如隔山，血与火洗礼下的军人与台上西装革履的演奏家完全是两个世界的人。但连培训班里居然也没有一个人认出自己，那里毕竟都是大学生。

所以，中央大学里的学生认识自己，还是因为自己在央大任教。如果自己没在那里当老师，随便进去逛逛，除了在艺术系，估计也没几个人能认出自己。

最有意思的是前段时间来的三位美国军人，都是美国人，明明知道他是在纽约学钢琴的，却全然不知道他是原先在纽约的知名钢琴家林君。

所以，一个人再怎么有才能，有名望，都只能在特定领域里。如此想来，林君倒觉得能发现自己是射击、通信领域的天才，从而在军营里发挥自己的特长，何其幸运。这样一想，自己也骄傲起来，原来除了会弹钢琴，自己还是那么一个有用的人。

十二

想是想明白了，但接下去的一段时间，林君实在太无聊。就像老袁当初跟师长说的一样，非紧急战时状态下，这些通信量，给林君塞塞牙缝都不够。

林君自5岁学钢琴以来，从来没有这么空闲过。学琴、读书，后来的职业生涯，都忙碌不停。到了重庆后空了不少，但毕竟教学任务排得比较满，业余时间也忙着练钢琴、教钢琴、谈恋爱，另外还看了不少教育学方面的书。

进了培训班，不用说，基本没什么空。到了师部之后，开始学业务，当时他把能找到的所有业务书都看完了，有时候通宵达旦。不到一个月得到了提拔，压力倍增。除了业务，老袁连科里管理的事也放手让他去做。然后，就是战役开始，经历了他人生中最忙的几个月。

然而现在，实在太空了。

其实最主要是没有钢琴练。学钢琴后，除了吃饭睡觉，林君的大部分时间都是在钢琴边度过的。有了钢琴，永远不会有太多的空闲时间，哪怕没有任何练琴目的，坐在钢琴前，他也能连续度过几个小时。那时他完全进入自己的世界，这是上帝赋予他人生的最美好的世界，只属于他林君一个人的美好世界。

不练琴，那就锻炼身体，林君加大自己每天的锻炼量。最忙的几个月没有健身，连吃饭都匆匆忙忙，根本没有时间出去跑步。现在一空下来，他就马上把健身提上了议事日程，每天的运动量不断增加。不像培训基地，师部的运动器材少得可怜，只有几个单杠。不过没事，只有单杠就多练单杠，很快大家发现，小林科长的拉单杠水平一流。

除了单杠，练得最多的就是跑步，林君几乎一有空就去跑，还带动了科里的年轻人一起跑步。他还每天去江里游泳。313师地处长江边上，在李战神的严格要求下，战士们大多会游泳。但天气一转凉，游泳的只剩林君一人。自秋入冬，江水寒冷刺骨，林君一个人孤零零地在江里游泳，没有洪教官陪同，但洪教官期望的林君已经做到了。

剩下的时间，只能读书了。业务书都读完了，凭林君的记忆力，所有的业务书都不用看第二遍。他开始在全师上下找书看，同伴们也都帮他找，无论什么书，他都看。但书实在不多，找来一堆，几天就看完了。同伴们说，现在全师的书要不他已经看过，要不他还在看——除了师长那里还没去问过。

林君一听赶紧去师长那里讨书。师长边打开抽屉找书边说："最近听说很多人在借书，怎么回事？"

林君笑嘻嘻地说："都是替我借的。"

师长知道是怎么回事了，这小子太闲了嘛。但师长书也很少，林君埋怨道："堂堂大师长就这么几本书啊。"

师长一听不乐意了，板起脸说："我是师长，又不是教授，不要？不要拉倒。"

林君赶紧嬉皮笑脸地抢过来，敬了个礼跑了。书虽不多，但好歹有几本，能看个一两天。

刚回到办公室坐下，小夏拿着一本书蹦蹦跳跳地进来，冲到林君桌子前笑道："林科，找到了一本好书，能让你背一阵子了。"

林君拿过来一看，是《唐诗三百首》，顿时泄了气道："早就看过背完了。"

"读书时背的？都会背？"伙伴们围上来问。

"小时候不是很多都背过吗？难道你们没有背过？"林君问。

"背是背过一些，但很多都忘了。"同伴们马上想到，小林科长连密码本都能轻松背出，背古诗岂不是更容易？

大家多少都会背一些古诗词，七嘴八舌地说着哪首诗词自己最喜欢。有人说古诗词还是阴柔的多，阳刚的少。林君却说，也不尽然，自己最喜欢的那首就是最阳刚最浪漫的诗，于是他就开始背诵王翰的《凉州词》：

"葡萄美酒夜光杯，欲饮琵琶马上催。醉卧沙场君莫笑，古来征战几人回？"

这首诗很多人都会背，到后面两句大家一起朗诵起来。

林君童年启蒙时就读过很多古诗词，不知为什么，小小孩童，印象最为深刻的居然就是这首《凉州词》，后来每次喝红酒，都会想起这首诗。今天朗诵起来，忽然想到，也许自己骨子里

240

就有征战沙场的梦想，这次为了替哥哥报仇，才会这样不管不顾热血上涌来从军，没有一丝丝的犹豫。

然后大家又说起了词，林君又第一时间想起了一首关于军旅的词，那首辛弃疾的《破阵子》：

"醉里挑灯看剑，梦回吹角连营。八百里分麾下炙，五十弦翻塞外声，沙场秋点兵。

"马作的卢飞快，弓如霹雳弦惊。了却君王天下事，赢得生前身后名。可怜白发生！"

想想辛弃疾那时的心情是多么的悲凉。然后又奇怪，自己记忆最深的这两首军旅诗词，居然都与酒有关。看样子，前世的自己是个爱喝酒的将军。

但是，钢琴呢？林君忽然一阵恍惚。自他学琴以来，离开钢琴最远、最久的就是这段时间。此时想起，只觉得在内心的最深处，钢琴永远都是最刻骨铭心的爱，那是与生命完全连为一体的爱。

第六章

一

年底前，新的报务机终于全部到货。新年初，整理准备工作基本就绪，马上将分批进行培训、置换。通信科除了老袁、小范之外，另外抽调过去的还有好几个人，有长期的，也有临时帮忙的。

林君还是没有过去，虽然他其实很想过去看看，特别是最近这么空，但为了不让师父额外操心，就忍住了。

老袁这段时间几乎全身心地忙于报务机工作，连师部的各类会议也几乎都让林君参加。只有涉及这次的报务机置换事务时，才两人一起参会。周一的例会中，师长传达了一个重要通知：明天中央某局电讯处处长卫肖记要来师部调研。

卫肖记，少将军衔，是国内整个通信行业的奠基者，所有

242

的通信架构、网络建设、人员培训体系等都是由他直接主导并建立的，是国内通信领域的第一号人物。这样的重要人物忽然要亲临313师部，必定引起师部上下的重视。

会后，师长留下老袁和林君，三人一起讨论明日迎接卫处长的相关事宜。根据上级的通知，卫处长将进行为期两个月的军队通信调研，而313师是他的第一个目的地。无论是调研行进路线的便利性还是级别，313师都不应该是第一个调研对象，这是他们最大的疑问。最后，师长给出的理由是，这次战役中313师那唯一的100%通信准确率；老袁补充说，还有313师遥遥领先的通信设备配置数。

"或许，卫处长就是单纯地想先来看望一下老熟人呢？"林君笑着打趣他们俩。

毕竟入通信行业有些时日了，林君了解了不少行业内的老前辈，而卫肖记是他最熟知的通信领域的领军人物。刚进培训班没多久，他的名字就时不时被提起，通信课第一课更是详细介绍过他。林君知道师父与卫处长曾经是同事，虽然不是师徒关系，但业务上老袁也算是卫肖记的前辈。李师长因为近几年重视通信业务，与通信部门打交道比较多，而卫处长从一开始就是他的坚定支持者，两人关系相当密切。所以，林君说的先来看望一下老朋友也不无道理。

第二天上午，轻车简从的卫处长一行到了师部。一辆军车，除了卫处长和司机外，只有两个警卫员。大门外迎接的除了师部最高一级军官之外，还有通信科的正副科长老袁和林君。

卫肖记中等身材，一身戎装难掩他那儒雅的文士气质。他热络地与师长大笑握手，互相捶着对方的肩膀。待与师部其他军官打完招呼后，卫处长上前与老袁握手问好，与师长一样，他尊称老袁为老哥，谦恭地微微弯了弯腰，对老袁行晚辈的礼节。

卫处长与老袁打招呼时，本站立在老袁身边的林君赶紧退后几步。此时，他发现卫处长的眼睛看向了自己，刹那间，处长的眼中闪过一丝光。让林君惊奇的是，这样的眼光，自己曾经如此熟悉，而如今，已经一年多没有感受到了。

这是乐迷看偶像的眼光。

自己真是糊涂了，林君马上否定自己，在这军营里怎么会有这样的眼光。这眼神只是一闪而过，除了林君，没有其他人注意到。看到卫处长关注到林君，师长就想向他介绍，但卫处长已经笑着看着林君道："林君，100% 通信准确率的头号功臣。"林君赶紧行了个军礼称呼道："卫处长！"

师长一听笑道："没错，老卫好眼光。怎么能猜到就是他？"

卫处长依然笑着看着林君道："如此年轻的上尉，除了林君还能有谁？"

大家一听都笑了，林君却认真地说："卫处长谬赞，100% 通信准确率可不是我一个人的功劳。"

"瞧，还这么会讲话，怪不得老李和老哥这么喜欢这小子。"卫处长调侃道，大家笑得更欢了。

一行人步行进入师部大院，李师长和卫处长前排同行，两人一路热聊。

"昨天，我和老哥、小君一起讨论，想搞清楚为什么你会先来我这里。"

"那还用说？你这几年用了我这么多的通信设备，我还不能先来打扰打扰你？全军上下，只有你这里装备到了营一级。对了，还有你的宝贝小战神的加强连，据说通信装备都可以与一般的师部比肩，实在太奢侈了。你一个师的装备，我可以给好几个师配置。先来吃你几顿饭怎么了？"

"说得好像这些装备我藏家里去了一样。如今这战事，没有这些装备我怎么继续保持李战神的名号？趁其他人还懵懵懂懂时，我先下手为强，免得别人跟我抢，让你为难。我可是为你着想，真是好心被当成驴肝肺了。"

"歪嘴和尚念歪经，李战神什么时候成了念经和尚了？倒打一耙！"

"别乱比喻啊，我李程平生最不会去当的就是和尚，你哪怕骂我是强盗土匪，也比骂我是和尚强。别的不说，不让我喝酒吃肉娶老婆，活着有什么劲？"

"好像人家和尚庙要你似的，瞧你那一脸的杀气，泥菩萨都要被你吓瘫。"

两人一路斗嘴，大家跟在后面一路偷乐，终于看到了与李战神旗鼓相当的人。

进入会议室后，会议的主题一展开，证实了昨天三个人的猜想。卫处长这次先来313师调研，就是出于三个原因：第一，100%通信准确率，全军上下唯一；第二，全军上下通信设备最多的师，而且正在更换最新的设备；第三，先来见见老同事老朋友，还有现在通信界最为出名的晚辈——林君。

说完最后一个原因，卫处长看向林君，完全是与师长和老袁看林君一样的宠溺眼神。迎着这目光，林君不好意思地笑着，心里又一次否定了自己最初对那一丝眼光的感觉，觉得自己肯定是理解错了：卫处长这纯粹是行业内长辈对晚辈的喜爱，自己真的是神经过敏，居然想到了乐迷的眼神。

二

当天的会议，都围绕着通信设备置换和100%准确率进行。卫处长对于所有的细节都不放过，细致入微地进行调研，老袁和林君全程参与，答疑、解释、介绍经验。在探讨业务的过程中，双方都对对方的通信业务能力敬佩有加，特别是卫肖记和林君。

两人是第一次见面。对于林君而言，卫肖记是出现在通信培训课中的大神级人物。如今这位大神就在自己的军营，与自己一起探讨通信业务，林君感到自己就如同一个古典音乐爱好者遇上了音乐家本尊一般。对卫处长了解自己多少，林君并不清楚，但卫肖记对通信业务的熟知却使林君佩服得五体投地。

两人对于业务的探讨交流，参会的其他人除了老袁，都听得一知半解，甚至有些内容根本就无法理解。100%准确率自始至终其实都是靠林君主导并实施的，行业内的人对此一目了然，而老袁更是极力推崇林君。这次会议也一样，就此话题老袁全程没有参与，让林君直接与卫处长交流。林君口才本来就好，一旦涉及他熟知的业务更是讲得快速流利，双方的对话节奏越来越快。

其中，卫处长着重提出了两个疑问，一个是临时性的规章制度中边收报边翻译，和多页报文允许分页进入下一个流程这两条，有通信安全方面的隐患。林君对此的解释有章可循，他搬出了最新的通信章程。卫处长却指出：

"这条章程只针对通信人员不足的例外情况。"

"但章程并没有明确这一点，而且还有'紧急状态'这一例外。"林君说道，"我们这次战役就是属于紧急状态。"

"如此说来，任何战役都可以属于紧急状态。"

"是的，所以这是这条章程本身的描述有问题，不够严谨。"林君笑了。

卫处长也笑着说："好吧，最终是我的问题。"

老袁也不由得笑了。所有通信相关的规章制度都是卫处长最终审核通过的。

卫处长提出的第二个疑问，是关于林君背密码的问题：

"第一次背密码，战役还没有开始，能提前背出没问题。然而后来定期修改密码，还是每次全部背出吗？"

"是的，必须背，磨刀不误砍柴工。"

"那时候你已经很忙了，怎么还有这么多时间？你第一次背密码花了半天的时间。"

"那是第一次，后来越来越快，几乎都在一小时之内。"

卫处长明白了，心中暗暗佩服。很快卫肖记对100%准确率的所有细节都了然于心，同时也知道，这个经验很难在全军推广，因为林君不可复制。

对于这次设备的更新工作，老袁详细汇报了进程，大家还对换下的旧设备的再利用进行了讨论。会后，卫处长私底下询问老袁道："老哥，这次的设备置换工作很繁杂，这不是您老这样年纪的人吃得消的，为什么不让林君上？我在前段时间的一次通信工作会议上见过老罗，他说林君的动手能力很强，连汽车都能拆装。"

　　老袁解释道："这是师长的意思，也是我的意思。小君的动手能力强我们都知道，他自己也很想搞。但是这会涉及前线，师长和我不想让他有一点点的机会到前线去，因为这小子一直贼心不死。您知道他的射击天赋吧？"

　　"知道。这么长时间了，他还没有死心？"

　　"没有。跟美国人比赛的事您听说过没有？"

　　"听说过，他的射击天赋就是这次比赛后在全军出的名。"

　　"这场比赛就是他自己挑起来的。"

　　卫肖记先是吃惊，后又乐了，觉得林君这样的性格很率真。

　　当天下午会议结束已将近傍晚，卫肖记边起身边对林君说："小林，陪我去跑步。"

　　师长打趣道："装什么装，好像你天天跑步一样，你能跑得过我们小君？他一天能随便跑上 10 公里。瞧你那弱弱的身板，怕不是要喘个不停。"

　　卫肖记不甘示弱道："你可别小瞧人！我还真的跑了好几年了。每天虽然没有 10 公里，5 公里至少是随便跑跑。"

　　虽然全师上下跑步的人不少，但战役结束后，林君是跑得最多的。大家想，可能林君现在名声大，他跑步的事也传到了师部以外，连卫大处长也听说了。但林君知道事情不是这么简单的，此时他敏感地觉得，自己最初感觉到的那缕眼光的意思，是对的。

两人也没准备什么，只是换了双鞋，卫处长这次居然还随身带了跑步鞋。然后两人都脱了外面的军服，只穿衬衣跑出师部，向寒冷的江边跑去。

三

刚跑出师部，卫肖记就说："小子别跑太快啊，我可是长一辈的人了。"

"我已经压速了。"只剩他们两个人了，林君马上随意起来。

"你的身份，师部没人知道吧？"果然，卫肖记马上开门见山地问。

"师长可能知道，他是不是与赵司令相熟？"

"是的。"

"那我没猜错。我现在这样混日子都是赵司令一手安排的。"

卫肖记一愣，马上明白了过来。然后他笑着问："但怎么也猜不到我也能知道吧？"

"嗯。但您看我的第一缕眼光出卖了您，当时我还以为我神经过敏。那眼光太熟悉了。"

"典型的乐迷看偶像的眼神，是吧？"

"是啊，很久不见了。我很好奇，您在西点读书时，我还是个小孩，在国内。"

"但我首先是音乐爱好者，虽然不算资深，然而对音乐界的动态还是很关心的，你这样一个天才出世，我能不关注吗？又是我们中国人。我去过美国好几次，都是公干，包括通信器材选购等。每次去我都会去西点，去纽约。去前都会第一时间发电报，请同学或者朋友帮忙买你的音乐会门票。但时间往往凑不好，你的门票也很难买，还死贵，看你一场音乐会能看其他人十场。"

"我赚的钱可大部分都捐回来了啊，你们购买枪支弹药、通信设备的钱里面可能就有我的份，还有您的办公经费里或许也有。您花的门票钱，不冤。"

"哈哈哈，你这小子嘴巴不饶人。"卫肖记笑着继续说，"我总共听过你三场音乐会，上海那场票我抢到了，特意飞到上海去听的。当时想好不容易到家门口了，一定要去现场。在纽约听过两场，一场全程李斯特，一看就知道是你小子当时最拿手最喜欢的，特别是那首《唐璜的回忆》，绝了。还有一场莫扎特，估计你自己也不怎么喜欢。"

"不错。卫处长不用谦虚，您起码也算是大半个资深乐迷了。莫扎特虽然是我在音乐界的第一偶像，但偶像的灵魂我还没有揣摩透。本来想过些年再演奏的，但是很多乐迷想听听我的莫扎特，就尝试了下，正好被您给听到了，听出了我的弱点。佩服啊佩服。"林君笑着说。

"这可让我受宠若惊啊。"卫肖记大笑，继续道，"你后来回国在央大，我都知道，好几次想去看看偶像，又找不出理由。听说老赵派军车去绑架你，觉得有女儿真好，我没有女儿，连这招都用不上。"

"好像您有女儿您就有胆量会用这招似的。文人，要瞻前顾后的事情太多，哪像军阀出身的，做事胆大包天。"林君调侃他道。

"有道理，又被你小子说中了。你从军的事我开始真的不知道，等我知道了，你已经在通信培训班了。我真的佩服老赵。虽然他抢你当女婿没有成功，但对你比对女婿还好。我好奇的是，他这个计划应该很早就开始进行了，难道你一报名他就知道？"

林君于是把当初的情形说了，卫肖记一听恍然大悟。

"小子，老赵花的心思可不少啊。"

"我明白。"

"那你就安安心心做你的通信上尉，让大家都省心。明白吗？"

"明白，都是为我好。不过，这也暴露了您先来 313 师的真实目的——乐迷见偶像。您可别得罪我，否则我把您揭穿。"

"小子威胁我是吧？那我也警告你，我随时可以把你调到我的部门，调回重庆，让你连一丝前线的空气也吸不到。"

这个威胁很见效，林君忙不迭地求饶："别啊，卫大处长，卫大长官，我收回刚才的话，收回……"

两人沿着长江边笑边跑。一月的江边寒风瑟瑟，空气中掺杂着江水的味道，清冷而湿润。宽广的江面波涛涌动，凌厉的江风不住地吹乱他们的头发。

跑了半小时左右，两人开始往回跑向军营——马上要到晚餐时间了。路上卫肖记说："明天中午我要顺道去201连，本想带上你。201连的通信设备最齐全，又是最基层的连队，恰恰在这次战役中发挥了这么大的作用，所以我想好好调研一下与通信关联的事务。而我身边没有内行的人，你一起去，在很多地方能帮到我。但现在想来，老李和老哥的想法是对的，你还是离前线越远越好，这样大家都安心。"

林君一听急了："带啊，不就快马半天的路程吗？小战神啊，我这两年心目中第一偶像，让我去见见吧，拜托了，卫大处长！"

卫肖记摇摇头道："不行，本来带你去理由就不充分。而且我是中午前出发快马到201连，下午就下山，而我的车是一早出发绕道开到山脚下，接上我后连夜去118师部。你到时候还要一个人回313师。"

"一个人回有什么关系？难道我是小孩会走丢？带上我嘛！"林君开始死缠烂打，但卫肖记就是不松口。

晚餐时，除了师部的高级军官们，老袁和林君也陪同卫肖记处长在小餐厅吃饭。席间大部分时间都是师长与处长在斗嘴，把一席人逗得大笑不止。

林君边笑边吃，嘴巴一刻都不闲着，一桌人就数他吃得最多，还不忘给身边的师父夹菜。虽然卫处长说过诱人的想法，当时自己也确实怦然心动，但既然不现实就不过多懊恼。林君就是这点好，不多去纠结无可奈何的事。吃是很要紧的，好不容易在食堂的小餐厅里吃顿好的，不能浪费满桌的佳肴。

"小君陪你跑步，肯定活活被你拖累死。"师长继续调侃卫处长的跑步水平。

"胡说，只是慢了一点点，不信你问小君。"

师长马上问林君："小君，是不是跟蜗牛差不多？"

林君正埋头吃个不停，闻言抬头说："蜗牛？怎么可能，狡兔还差不多。"

"怎么样？狡兔！"处长得意非凡。

师长不高兴地板起脸说："臭小子，怎么胳膊肘往外拐？"

林君却继续火上浇油："师长，跑步嘛，您还真的不是卫处长的对手。"

师长怒道："你这个白眼狼，白疼你了。"

林君长叹了一口气笑着说："没办法啊，卫处长威胁过我，他老人家随时可以把我调到他的部门，我不顺着他不行啊。"

师长一听，大笑不止道："你这小子，终于有人能治你了，老卫这一招绝了。"

大家都哄笑不已。

饭吃到一半，小范来请老袁，说有基层军营紧急来人换机器，老袁闻言马上起身。林君也起身想一起走，被师长叫住："臭小子坐下，关你什么事？"

"紧急事务，我一起去看看。"林君不甘心。

"我和你师父先前怎么跟你说的？报务机的事再怎么紧急都与你无关！"

见林君还是不肯坐下，师长板着脸说："你若再不听话，我让卫处长带你回重庆。"

这个威胁最见效，林君马上无奈地坐下，一席人都哈哈大笑。

"怎么样，我这一趟来，送了你一个紧箍咒，随时可以给这小子戴上，怎么谢我？"卫处长得意地说。

师长却不领情："谢个屁！你以为，我真的肯让你带走这小子？"

"这话说的，等到他不听话非要搞事时，你来求我都来不及。"

两人不断拿林君打趣，林君开始时还苦着脸看着他们，后来想明白了，又大吃大喝起来。

四

第二天早上吃饭，在食堂里，林君没有找到老袁的身影。他问了好几个科里的伙伴，都说没有看见。林君正担心师父身体不适，临时去报务机那边帮忙的小刘告诉林君，老袁和小范他们几个早饭都不来吃了，因为昨晚紧急前来的是201加强连的，忙到很晚，但一直没有解决问题。一早他们三个又在忙碌，让小刘带些早点过去。

林君让小刘只带其他人的早餐，说师父的自己会送过去，想趁此机会去看看到底是什么紧急事务。吃完饭，林君就买好师父的早点，直接送到后院报务机所在的办公室里。

一进门，看到老袁、小范和另外一个兵一起围着桌子坐着。那个兵林君不认识，想必就是201连的通信兵。桌上除了放着两人的早餐外，中间还放着几个收发报机和发电机，有旧有新。林君把早点端到师父桌前："师父快吃，热的。"

林君分明看到师父的脸上有一丝警惕，就连忙转身走向桌子的那一头。那边还有个报架，上面放着一些报纸，因为不全，而且都是过时的报纸，一般没什么人看。林君本来想出去，省得师父起疑心，但实在很想知道到底是什么紧急事务，到现在还没有解决，就装作看报纸，竖起耳朵听着。

三个人边吃边聊，但老袁的话很少，林君明白师父是不想说给自己听，但又不好打断其他两个人的交谈。听了一阵子，林君大概明白了是怎么一回事了。

201连旧的德国报务机前两天彻底坏了，正在考虑提前更换。昨天发现发电机也坏了，所以昨晚赶紧一起带过来，想全部一次性换掉。师部备用的发电机与新的报务机可以连接，现在的问题是，怎么带回去再与201连其他的设备相连。林君知道，小战神萧阳的201连不但另外有BC611D手持步话机，还配备了BC1000无线电台。

林君忍不住转身插嘴道："再单独带一个发电机，与在阵地中的调制解调设备连接不就好了吗？"

小范连忙介绍说："这是我们林科。这是201加强连的通信兵小邵。"

小邵连忙说："小林科长我们都知道。"林君闻言吓一跳。只听小范说："不行啊，林科，我们这里备用的发电机只有一台了，也是旧的，201连只能用一台发电机。"

林君明白了，这次的报务机大置换，是用最新的美国进口

255

的报务机，置换原先普遍使用了好几年的德国产的报务机，只要稍加培训，各个单位的基层通信兵就能自己连接发电机等设备后使用。而这次置换的只是报务机，不包括发电机。自从李师长把通信设备武装到营一级之后，发电机数量明显不足，用的大部分都是很旧的机器。而现在师部备用的发电机只有一台，因此201连只能把所有的通信设备连接到一台发电机上。

同时配备了一般性的收发报机、手持步话机及无线电台的部队非常少，以往都是由资深的通信设备专家直接到现场连接。而恰恰201连原先一整套设备中的大部分都要更换，也就要重新连接，一般通信兵无法解决这个技术难题。

林君还在琢磨，老袁已经过来推着他往门外走："走走走，小君，少来掺和。"

林君不愿意走，说："师父，我就听听，反正也没什么事。"

"科里这么多事，怎么没事？"老袁继续推着他。

"现在科里没事，有事他们会来叫我的。"

"那你跑步去。"

"现在刚吃好饭，怎么跑步啊？"

"那你玩去。"

"师父……"林君最终还是被赶走了。

师徒俩的这一番操作，把201连来的小邵看得一愣一愣的。

林君无奈地坐在办公桌前。他自信能把201连的设备安装成功，而整个科里，也只有自己能解决这个问题，但自己去不了。思来想去，就凭着培训时对设备的记忆画了张图，把201连所涉及的所有设备的连接都仔细地画下来，再作文字说明，自己看看基本能够解释清楚。

林君拿着图又回到了报务机办公室，摊开图纸，向小邵和小范他们进行详细的解释。然后望着他们问："能明白吗？"

两人都摇摇头。

"林科，实在太复杂了。"小范摇着头说。

"林科，好像我们那边的解调器不是这种线路。"小邵皱着眉头说。

"不可能吧。"林君相信自己的记忆力。

"这个解调器修理过，换过部件。"小邵苦着脸说。

林君一时无语。他在向他们讲解时故意避开了老袁的目光，但从余光中可以发现，老袁一直盯着自己，目光犀利。

林君终于鼓起勇气迎向老袁，赔着笑说："师父，别这样看着我，怪吓人的，好像要吃了我似的。"

老袁不说话，还是狠狠地瞪着他。林君赶忙指着图纸说："师父，画这图就是教他们的，但您看他们不会，我也没办法。"

老袁瞄了一眼图纸，又瞪了林君一会儿，然后什么也没说，走出门去。

室内顿时安静下来。片刻之后，小邵打破了沉默，问："袁老为什么生林科的气？"他是真不知道。

小范只知道，袁老不让林科接触这次报务机置换工作，但不知道原因。全师上下都知道袁老与林科这对师徒的关系不是一般的亲密，但今天袁老瞪着林科的眼光真的可以杀人。不知道小林大人怎么得罪了袁老。

"那除了林科，是不是没人能安装了？"小邵问。

小范有一点儿明白了，这岂不是要林科亲自去泉瓦岗201连的阵地上连接整套设备？袁老是不想让林科去？

"那林科能不能去一次我们连？来回快马也就约八个小时。"小邵小心翼翼地问，昨晚到现在，终于有解决办法了。

林君低着头不说话。

"林科，我们连报务机坏掉已经两天了，万一有战况，那岂不是……"小邵犹豫着还想说，小范捅了他一下。小范至少心里明白一点，林科肯定是愿意去的。

林君抬起头，眼睛看着桌面，神情有些落寞地说："我当然愿意去。"

"那是袁老不让您去？"小邵有些明白，毕竟是去前线，袁老可能不想让林科去冒险。

"还有李师长，"林君说，"刚刚我师父肯定去找他了。"

"袁老是去说服师长的？"小邵觉得有了希望，又高兴起来。

林君苦笑着说："师父是去坚定师长不让我去的决心。"然后他深吸了一口气说："我去找师长。"起身出门，向师部走去。小范和小邵对视一眼，也一起跟着走出门。

五

正如林君所料，老袁正在坚定师长不让林君去的决心。在座的还有中午前就要出发的卫处长。前因后果老袁都说了，他也明确说林君确实只是想帮着解决问题，不是想趁机上前线。

但结果是一样的。

最后，老袁说："师长，我没有其他理由，完全是出于私心，我就是不让小君去。"

"我知道。放心吧老哥，我肯定不让这小子得逞。"师长打了包票。

老袁却还是担心，说："这小子等会儿肯定会来，我就怕他口才好，一顿说把您给说动了。"

卫处长叹了口气道："怪我，我昨天的话让这小子心动了。"于是他讲了昨天跟林君说的，本来想带他去201连的事情。

师长摆摆手说："老卫，不怪你，这臭小子从来没有死心过。只是今天你也要去201连，这小子肯定会拿这说事，说你堂堂大处长都能去，他为什么就不能去。"

"这好办，我是顺路直接去下一站了，他当晚要回来，不是一回事。万一安装复杂，一耽误，可能会搞到很晚，安全性完全不一样。"

师长心里一动，问："老卫，你看你帮着安装行不行？"

卫处长还没有接话，老袁连忙摆手道："不行，卫处长和我都不行。这么说吧，设备安装那活，老罗第一，能与老罗相提并论的现在只有他的高徒林君。201连这活，三套设备，有新有旧，刚刚小邵说还有修理过的，这么复杂的活现在还真的只有他们师徒两人才能拿下。"

"倒是还有个办法：我马上想法子再找一台发电机，不是都解决了吗？"卫处长建议道。

"还是有问题，"老袁说，"一个是时间来不及，201连报务机坏掉已经两天了。发电机现在可不好找，我们还有两个营部发电机也坏了，正在修，这种情况下201连不可能有两台发电机。另一个，就算给他们两台，一个阵地两台手摇发电机，使用时要多配置一倍的人，长远看肯定不行。"

说话间，就见林君已经走进来，敬了个礼站在一旁，一脸的严肃又带着一丝无可奈何的表情，后面还跟着怯生生的小范和小邵。

师长看了林君一眼，严厉地说："终于熬不住了，想自己去？行啊，不死心是吧？"

他站起身对着林君继续道："我告诉你林君，你哪里都别想去，就乖乖地在这里给我待着。如果你再闹，我就关你禁闭，你信不信？"说完狠狠地瞪了林君一眼，转身背对他站着。

林君看着他的背影，一字一句地说："那您是要把201明星加强连扔了是吧？您可真大方啊，师长！"

"什么叫扔了？"师长回身，朝林君怒吼道。

林君不甘示弱，也提高声音喊道："没有通信的连队，跟被扔了有什么区别？那可是201加强连，是最著名的王牌连，是小战神萧阳的连，这次给您立下赫赫战功的连。您倒好，就这样把他们给扔了，弃之如敝屣！"

小邵听着连连点头。老袁心知不妙，以这小子的口才，这样下去，师长会没有招架之力。

果然，师长一时接不上话，只能回过身继续背对着林君。

林君缓和了一下情绪，走到师长身边，柔声说："师长，我真没有别的想法。这几个月我一直老老实实的，连报务机房间的门我都没有进去过，我确实不想给您和师父添麻烦。我今天就是恰巧碰到了，想帮个忙而已。我这么仔细地画图教他们，就是希望他们能学会。这些师父也是知道的。"

林君说着回头看向老袁问："师父，是吧？"

老袁不理他，继续生气。

"师父还生气啊。"林君嘟囔着。他知道，其实这些事情师父肯定详细跟师长说过，他们也知道他林君不是计划好的，但就是不让他去。

林君回过头继续对师长苦口婆心道："小邵说了，来回快马大概就八个小时，我与卫处长他们一起中午前出发，"林君随即看了一下墙上挂着的钟，钟正指向9点半，接着道，"下午3点前肯定能到，我花一小时安装，嗯，就算两小时吧，马上赶回，最晚晚上10点前肯定站到您的面前。"

见师长不说话，知道他已经心动了，林君继续打消他的疑虑道："这一路上，根据小邵说的和我们已经得到的所有情报判断，很安全，周围最近的日军在起码一天的路程之外。"

后面那些话马上被师长抓住了辫子，他回身看着林君说："很安全？根据已经得到的情报？什么时候情报是100%准确的？哪来的什么很安全？"

没想到，一听此话，林君立即激动地跳起来："师长！现在是战争时期，哪里有绝对的安全？"他抬手一指远方说："陪都，重庆，我来之前生活的地方，每次空袭都死伤惨重。就在我上课的教室里，炸弹落下，我的一个学生受伤，就在我的面前，她的血流到我的衣服上，差点死了！"

他激动地继续说："我们穿着军装，荷枪实弹，您却要绝对的安全。"然后他指着卫处长说："堂堂少将处长大人都要轻装骑马去泉瓦岗，我一个小小的上尉科长，被您当藏宝图一样地藏着，您不觉得可笑吗？师长！"

卫处长赶紧说："那不一样，小子！我上泉瓦岗待一会儿就下山坐车走了，而你不知道要安装到什么时候，万一时间长，当晚回营安全性完全不一样。"

林君转向卫处长正色道："卫处长，您觉得这是理由吗？"卫肖记顿时语塞。

全场寂静。老袁知道，完了，果然说不过这小子，不让他去，确实已经没有任何理由。同时，老袁也才知道，林君原先在重庆当老师。师徒俩虽然关系这么好，但一方面两人都是不喜欢聊自己家事的人，另一方面林君从来不说自己的事情，连他是在哪个学校读的书，学的是什么专业，大家都不知道。老袁只是觉得林君很特殊，有意无意地在隐瞒自己的身份，而上次师长也隐约提到过这一点。

师长已经彻底投降了，他低着头，轻声问："真的没有其他办法了吗？"

"有。"没想到林君平静地回答。

所有人都惊愕不已，看着林君，一脸的期盼。

却听林君揶揄道："造个烽火台，捡一些狼粪烧烧。"

小范和小邵笑了，但其他人的心情又黯淡了下来。

六

师长终于败下阵来，长叹一口气，对林君说："好吧，你去一趟，但安装时间最多两个小时，即使不成功也必须回来。晚上10点前必须到我这里报到，如果超时，回来马上关禁闭。而且以后我连师部大门都不让你走出去一步。"

林君立正道："是！"

师长转身朝小雷子叫道："通知警卫连连长，马上另外安排两个人，护送林上尉去泉瓦岗。"林君想说不用人护送，但觉得能去已经不错了，就没有提出异议。

众人都走了，林君又被师长叫住。师长在抽屉里翻了半天，郑重其事地拿出一把手枪交给林君道："借给你防身用。"

林君没接，因为他看到又是一把卢格P08。

"这个我有。"林君笑着，从自己贴身衣袋里拿出一模一样的一把。

师长愣了一下，马上明白，问："是老余给你的？"

"对啊，他送给我的，不像您这么小气，只是借给我。"林君笑道。

师长也笑了，说："那就再带一把呗，你不是打双枪的吗？"

林君摇摇头："不用不用，这么珍贵的枪一把足够了，而且基本用不上。"

师长的脸上又严肃起来，他看着林君，轻声说："小君，你可不要让我后悔啊。那个地区最近太安静了，我和你师父刚才跟卫处长谈到过，都有些担心。"

林君不由得动情，他柔声说道："师长，不会的，我肯定能平安回来。"他停了一下，看着师长的眼睛，感激地说："师长，我知道，我在这里给您添了很多麻烦。"

师长一愣，心里已经明白，但还是说："此话从何说起？"

林君继续动情地说："我是从上次拿走咖啡时忽然想到的，前段时间太忙，现在都想明白了。师长，您知道吗，刚才我说的受伤的那个学生，就是赵司令的独生女儿。"

李师长吃了一惊，道："老赵可就这么一根独苗。他说过，你是他女儿的救命恩人，就是这一次？"

"那只是举手之劳而已。"林君不想多提这事，继续说道，"赵司令作为保卫大后方陪都的司令，却保护不了自己的独生女。我们在前线的还能这么畏手畏脚的吗？不过，师长您放心，我不会给您和师父找麻烦的，我一定安全回来见你们。"

"好吧，去准备一下，戴上钢盔，选好一点的马。"

"师长，您真的很婆婆妈妈。"林君笑着向师长敬了个礼，出门去了。

等林君出了门，师长马上写了一封短信，让人叫来护送林君的警卫员，嘱咐他到了泉瓦岗之后找机会把信交给萧阳连长，但最好别让林君看见。

准备得很快，林君来到通信科办公室时已经换上了长筒靴子，戴上了钢盔，腰间加上了皮带和枪套，枪套中自然是那把卢格 P08。

林君来到老袁面前，见师父一脸深深的忧郁，这神情即使在战役最紧张的时候都没有出现过。老袁指指林君的衣服说："这么冷的天，怎么不穿大衣？"

"哦。"林君很听话地连忙回宿舍穿上短大衣，他其实不冷，但这个时候实在不想再违逆师父的话。他再次站到师父面前，笑着说："师父，设备一接通我马上发电报平安。还有，今天晚上您可要等我回来了再睡觉。"

"好，等你回来再睡。"老袁也笑着，但很勉强。

林君装作没看见，跟其他同伴打声招呼，转身离去。一起去的师部和卫处长带来的警卫员、小邵几个都已经牵着马等在院子里。一名警卫员问林君："林上尉想要怎样的马？"

"最烈的那匹。"林君毫不犹豫地回答。这是一匹通体枣红色带黑色鬃毛的马，林君接过了缰绳。

卫处长也很快一身戎装来到了院子里，以李师长为首的包括老袁在内的一行人前来相送。师长对等在院子里的林君说："小子，路上照顾好卫处长。"

卫肖记却不买账，道："我用得着这小子照顾？我穿上军服时，这小子还在光屁股尿床呢。"

大家哄笑着出了院子。卫处长与师长他们告别，七个人骑上马。只听后面传来师长的叫声："林君，干完活马上回来！"

"是，师长！"林君回头，向他们敬了个军礼，掉转马头。骏马一扬前蹄，奔驰而去。

一行人策马而行，一路上林君的心情如同刚刚冲破牢笼的大雁。

此时正是1月，满眼都是冬日的萧条，伴随着刺骨的寒风，却都无法压抑他那躁动起来的心。驰骋的烈马、腰间的钢枪，这才是军人的本质。从军将近两年，林君觉得，自己终于离当初的目标稍微近了一些。

出发约一个半小时，行程近半，到了一片宽阔的平原地带，当中一条大河。这条河很宽，水流平静，冰冷的冬风吹皱了河面，泛起层层微波。在大河稍窄一点的地方有两条粗麻绳横跨两岸，其中一条麻绳上用活结系着一条船。

小邵介绍说：这条河上本来有一座木桥，好像前不久下大雨被冲垮了。附近村民只能这么装上绳子，让过河的人坐船上拉着绳子渡河。

因为宽，这条河上的桥很少，前后几十里只有这座桥。往河的上下游约十里的距离各有一个渡口，由于战火，本来有艄公的渡口都成了野渡，只有两根绳一条船冷冷清清地在水面上摇摆。

船不大，一人一马勉强装下，于是七个人分别小心翼翼地渡河。一人渡河时其他六人休息等待，乘此机会吃干粮填饱肚子，算是午餐。

林君与卫处长并排坐着，边吃干粮边喝水壶里的水。目光所及是那条大河及对岸的树丛和草地，还有河中缓慢来回的渡船，如同江南小河里的木船，承载着游人的旅程。不同的是河水起伏不定，全然没有江南小河如镜面般的平静。尽管是冬日，南方依然有大量的常绿乔木，高大的樟树疏疏朗朗地挺立在平原上，给寒冬注入生机。

两人悄声聊着音乐，聊着纽约，聊着与所面对的景致完全没有关联的另一个世界的话题。战马、钢枪、一身戎装的将士们，在这难得的冬日阳光下享受难得的闲暇，暂时忘却了弥漫的战火和硝烟。

一去一回，等七个人都到了对岸，林君看了一下时间，花了整整一小时零三刻钟。又策马驰骋了大约一个半小时，泉瓦岗已经遥遥在望了。

在马上颠簸奔驰了三个小时，林君丝毫不觉得累。想着马上就要进入真正的前线，心里不免激动起来。虽然只是来安装通信设备，但好歹是到了前线，而且是去著名的 201 加强连，马上可以见到小战神萧阳了。

七

一到泉瓦岗山脚附近，山下的岗哨及时通过单线电话向山顶通报了信息。等一行人开始下马上山时，山上已经知道，今天来了两位重要人物，都吃惊不小。

连长萧阳上尉站在山的入口，等着将要登岗的两位重要人物。他很年轻，才 24 岁，英俊挺拔，阳刚气十足。萧阳想，林君肯定是来安装通信设备的，他明白自己的通信设备安装必定有麻烦；而堂堂的少将卫处长为什么也来到 201 连，萧阳想不明白。他身边的山口周围此时站满了士兵，萧阳知道，这帮小伙子是来看林君这个知名人物的。

卫处长一行上山，萧阳迎向前，他很准确地猜出了那位儒雅的中年人是谁，上前敬礼问候。卫处长拍了拍萧阳的肩膀，心里感慨道："老李麾下的年轻才俊真是令人羡慕，林君、萧阳，竟然都如此出色。"

接着两位优秀的年轻人同时上前，互相敬礼简短介绍：

"萧阳。"

"林君。"

"林上尉辛苦。"

"萧连长客气，分内事。"

1月的泉瓦岗上寒风呼啸，下午依然强烈的阳光丝毫无法抵御山顶的寒气，刺骨的冬风夹杂着南方的湿气，毫无顾忌地侵蚀人的肌体，透过衣服轻易钻入毛孔。然而萧阳却见林君的大衣搭在马背上，与自己一样，他也是一身单衣戎装。

按照林君在路上的要求，小邵马上带人把从师部带来的报务机和发电机搬入摆放报务机的坑道内，按照林君事先画的图纸安放到位，并着手试着连接。

萧阳和林君则一左一右走在卫处长的身边，边走边聊，也慢慢向报务机坑道走去。卫处长同时向萧阳和林君了解上次战役中通信方面的作用和问题，特别提到了100%准确率对战事的影响。

"萧阳，这次通信的准确率和速度，你们体会如何？"卫处长问。林君也很想知道。师部的体会很深，但林君不知道基层如何。

"体会很深，完全不一样。这次战役通信不但准确率高，报文传递的速度也大大加快。而我们的发报机正巧快坏了，质量差导致报文发送不畅，居然也没有影响准确率和速度。这些

268

对战事都非常有利，一发出报文，很快得到准确回复的情形以前很少有过。"

卫处长看向林君道："这也是你小子所要的反馈吧？"

林君点点头说："所以，您本来就应该带我来，能现场亲耳听到萧连长的反馈，让我回去好向师长和师父吹吹牛。"

萧阳说："林上尉确实可以去吹吹牛，这基本上都是你的功劳，大家都知道。"

林君正想谦虚，卫处长笑着制止他说："行了，别装了，都把个人的军功章推掉了，嘴巴吹吹牛有什么不可以？"

大家都笑了，萧阳才知道军功章是林君自己推掉的。前段时间他一直在疑惑，为什么林君这么大的功劳没有受到表彰。他当然不知道，林君搬出了他这个小战神才推辞掉了军功章。

一行人进入通信设备所在的坑道，看到小邵已经在试着安装。林君查看了小邵说的那个换过部件的解调器，觉得确实有点麻烦。

卫处长看着这些设备说："要不是在坑道内，还以为到了某师部。萧阳，你们李师长对你真是有求必应啊。"

萧阳笑着说："卫处长，这可不是我求来的，而是师长主动给的，我不要还不行。只是设备太多，安装惹了麻烦，只好请林上尉亲自出马了。"

卫处长摆摆手道："偷偷告诉你，萧阳，这个林上尉假公济私，以安装设备的名义来出差，实际上是来看偶像的。"

萧阳一愣，马上明白了。林君一脸愤恨的神色道："卫处长，记仇是吧？"

众人都笑了。萧阳虽然不明白具体实情，但完全能看出卫肖记对林君的喜爱，想想也是，这么一个出色的人才，同是这行业的前辈自然会格外关注和赏识。

在坑道内稍微转了会儿，一行人跳出坑道。三人又聊了一会儿，卫处长就准备下山，前后在山上待了半小时。行前卫肖记对送到山口的林君郑重地说："小君，我相信你肯定能顺利安装好。安装完毕后不要滞留，马上下山回师部，不要让老李老哥他们担心，知道吗？"

"放心吧卫处长，我一定马上赶回。"林君郑重地保证道。

"也不要让我担心。"卫处长笑了笑说，林君在他的脸上分明看到了临走前在师父脸上看到的同样的神情，心里不由得一暖。

"明白。"林君向卫处长敬了个礼。

萧阳想送卫处长到山脚，被卫处长拒绝。送走了卫处长，萧阳和林君一起回身走向连部，林君马上要去报务机所在的坑道。萧阳笑着问林君："听卫处长的意思，师长是要你完成任务后马上赶回去？"

"是的，晚上 10 点前必须到，否则师长要关我的禁闭。"林君笑着说。

正说着，萧阳听到身后一直陪同林君的师部警卫员在旁轻声叫他，就停住脚步，让其他人先带林君前往。

见是师长的信，萧阳有些吃惊，而看完后，内心震惊不已，但面上依然不动声色，叫了声："一班长！"

一班长应声前来，萧阳简短地说："派人保护林上尉，必须

270

保证他身边有两个人。”

"是！"一班长应命而去，没有多问一个字。在201连，对于命令只有不折不扣的执行。

八

萧阳自己也马上进入报务机所在的坑道，看见林君已经和小邵一起在连接各类设备，就坐在坑道内，静静地看着他们忙碌。他本想帮忙，被林君笑着制止道："萧连长，我们就是干这个的。"

萧阳看到林君的动作非常娴熟，而小邵明显生疏。作为唯一的随连通信兵，小邵日常不但要负责所有的收发报工作，还要兼任机要员，并需要熟悉简单的设备安装和维修工作。毕竟201连最近两年一直驻守泉瓦岗，通信设备安置相对固定，很少涉及设备的拆装，生疏也很正常。但萧阳知道，按照林君的职位，日常很少会接触设备的安装维修之类的工作，而他从事通信业务的时间还不如小邵长，这次全师的设备置换工作又是老袁在负责，所以林君对这些硬件技术平时很少接触，只不过可能在培训班里学过。但如今看林君的动作却很娴熟，而且这类复杂的设备安装只有他才能处理，心下不由得佩服。

尽管林君事先凭着记忆已经画过图纸，基本上了解了设备的接口，但实际操作起来还是遇到了不少的问题。特别是那台修理过的解调设备，接口完全改变，连接难度大增。最终全套系统连接成功时，已经是傍晚5点。

看到设备连接完成，坑道内的所有人都很兴奋，而一直参与的小邵对林君佩服得五体投地。萧阳对林君既佩服又感激，正想与他交谈，一名士兵过来报告，说山下的岗哨好像发现异常。萧阳于是与林君打了个招呼，出了坑道。

这边林君与小邵把连接好的设备摆放齐整到位。林君戴上耳机，熟练地按动电键，调好频率，按照规定呼号呼叫师部，接通后迅速发出了一份报文，他知道师长和师父他们正在等着："已安装完毕我马上赶回林君。"

刚摘下耳机，几声尖锐的呼啸声响起，随之而来的炮弹连续在山岗上炸裂。报务机所在的坑道也中了炮弹，贴身站在林君后面的两名师部警卫员，迅速把林君扑倒在地上。

等炮声平息下来之后，林君爬起来，保护他的两个警卫连战士都已经牺牲。林君看向四周，发现旁边的小邵也已经中弹身亡。

周围几个士兵已经围上来，站在林君身边，林君明白应该都是萧阳派来保护自己的。他没有任何犹豫，重新戴上耳机，镇定地马上发出了第二封电文："泉瓦岗受到袭击炮火猛烈林君。"

又一轮炮火袭来，林君又被士兵保护在下面。等第二轮炮火停息之后，林君爬起身，看到刚刚新连接成功的报务机、解调机全都已经冒烟，知道所有的通信已经中断。身边又多了一名牺牲的战士。

林君回头望了一眼一名手持轻机枪的战士，指着所有报务设备命令道："射烂它们！"

那战士没有片刻犹豫，立即对准设备一阵扫射，加上原先被炮火击中过，所有设备里面黑烟腾起，彻底报废。

同时，林君迅速翻找起来，很快找到一个上了锁的木柜子。他顺手拿起身边阵亡战友的步枪，对准锁开了两枪。打开柜子，里面有两层，上面一层放着两叠纸，一叠是空白电报纸，另一叠是电报报底。下面一层是一个油纸包，旁边还有一盒火柴。

林君打开纸包，从一叠书中抽出一本，确认就是密码本。再拿过那叠电报报底，刚想用火柴，瞥见旁边正在燃烧的一处炮火引起的火堆，就把密码本丢进去，再在旁蹲下，一沓一沓地烧电报报底。

第二轮炮火袭击后，坑道壁上的裂痕扩大，泥石不断地掉落。"林上尉，坑道可能马上会塌陷。"身边的士兵低声提醒道。

"烧完。"林君平静地说。

他静静地蹲在火堆旁，毫不顾及阵阵炮声及不时落下的砂石。等这本密码本和电报报底彻底烧尽，林君抓过一根树枝，搅了搅灰烬，确认都已经彻底消失，又把剩余的书和空白电报纸也一并丢进火堆，不再理会。他这才从牺牲的战士身边拿起了几支步枪，领头跑出坑道，冲到了阵地上。

身边保护他的士兵们一直敬佩地看着林君，发报、找密码本和文件、烧掉，整个过程他都从容不迫。

此时的泉瓦岗上一片硝烟，地上时不时能看到伤亡战士的躯体。林君冲到了阵地的最前沿，这里趴着整排的战士，枪口所对的是山坡上密密麻麻的日军。战士后面有十几座小钢炮，正在朝下面山坡开火。

师部的通信科收到林君的第一封报文时，所有人都等在旁边，翻译出来之后，老袁展颜一笑，报文立即被送到了师长那边。大家正在高兴的时候，又开始接收第二封报文，老袁顿时有种不祥的感觉，边接收边翻译，一个字一个字出来，每个字如同钢刀，一刀一刀切割着在场的所有人的心。

然后，泉瓦岗的通信中断。

九

林君一趴下，就寻找日军最强的火力点——他始终记得余教官的话。很快他看到了两处猛烈的火舌，这是两挺重机枪，在间隔一定距离的两处向山上来回扫射。山头上的战士被这两处火舌压得抬不起头来，而下面的日军正在这火舌的掩护下缓慢上前。

林君迅速移到两道火舌的中间，瞄准其中一道火舌后面的那张脸扣动了扳机，一颗火星瞬间点中那张脸，火舌停止了。

"大哥，第一个。"林君心里默念，然后马上稍微移动几步，对准另一边的那张脸。

"大哥，第二个。"

"给我准备子弹。"林君命令身边保护他的人。

林君不住地来回迅速移动，两边轮换出击，同时压制住了日军两处重机枪，十几个重机枪手前仆后继地倒在林君的枪下。

山上本来被压制的士兵缓了过来，开始迅速射击，日军上攻的脚步缓慢起来，不时有人倒下。

炮火一响起，萧阳就问林君的情况，等战士第二次赶过来报告说，林君已经到了阵地，身边保证有人保护时，萧阳知道已经无法制止林君做任何事，只能保证有人贴身保护他。等日军的重机枪火力点被压制住，萧阳就知道是林君干的。

自第一声炮火响起，战斗已经进行了一个多小时。而这时，山下的日军却停止了进攻的脚步，开始撤退。战斗就这样出现了转机，硝烟弥漫的泉瓦岗暂时平静了下来。

夜晚降临，山岗上篝火映照着被炮火烧焦的土地，泥土和砂石间不时混杂着战士暗红的鲜血、残破的衣衫和还来不及清理的遗体。战士们依然在沉默地忙碌着，清查战友的尸身，治疗伤员。经清点，这一个多小时的战事，201连已经伤亡过半。

林君已经找到了小邵和师部来的警卫员的遗体，看着他们年轻稚气的脸，默默地替他们擦洗。策马而来的一行人除了已经下山的卫处长三人，瞬间只剩下他一人，这就是战争的残酷。

战斗结束后，萧阳召开了一个简短的会议，主要说明两点：第一，林上尉已经把泉瓦岗被袭的消息传回了师部，预计明天天亮前援军就能赶到。第二，大家还是要做好两手准备，写好给家人的遗书。

这之后，萧阳忙完其他事就想找林君，他还没有与他好好交谈过。这时一班长告诉他，林上尉在那边帮忙治疗伤员。萧阳问："林上尉的遗书写过没有？"

"写过了，写了两封，已经交给收集书信的士兵了。"

萧阳终于找到了林君，他刚包扎好一个伤员，站起身来。

两人不约而同地对视着笑了一下，并肩慢慢走着。

"听说林上尉写了两封遗书？"萧阳笑着问道。

"是的，还很长。"林君笑道。

下午两人一见面，就对对方充满了好感，甚是欣赏。同样的年轻，同样的能力出众，又是同样的高大英俊。此时年轻英俊的脸上都沾满了尘土。

林君对萧阳不用说，自入军营以来，近两年的时间里，萧阳一直是林君心目中的第一偶像。他了解了很多萧阳过往的战斗事迹，作为老战神李师长的第一爱将，萧阳可谓战功赫赫，林君对他这三年来的战绩了如指掌。

而萧阳对林君从心底里生出由衷的敬佩。一个文职官员，忽然遇到炮火袭击，依然镇定地发出电文给师部。压制敌人的两个火力点不用说，靠的是他那出名的射击天赋。萧阳最佩服的是他的那份从容，那种像是经过长期战火洗礼的老军人一般的从容。而据他所知，林君应该是第一次进入战场，他连进军营的时间也还不到两年。

"我怎么没见你们写遗书？"林君好奇地问。

"我们早写完了，每次战斗要打响前，我们就再补充补充，或者改个日期。放心，不管如何，这些信敌人是搜不到的。"萧阳道。

两人继续边并肩行走边聊着。

"萧连长，今天来突袭的应该就是松田一郎的旅团吧？"林君问的松田一郎，是日军驻该地区的旅团长，他的旅团出了名的难缠，一直被师部所重视，所以林君也有所了解。

"肯定是，这样几千人的军队调动搞突然袭击，只有他能做到。林上尉对他也了解？"

"师部对他一直很重视，据说他出生在哈尔滨，中国通，估计中文说得比我还好。"林君开玩笑道。

"是的。此人心思缜密，用兵很有一套，外号东北狐。今天这一战，他应该早就开始布局了。他应该早就盯上我们连了。"

林君想起临走前师长的话，道："师长和我师父已经怀疑这边太安静了，不正常。看来我们这个地区的情报网已经被他破坏殆尽，我们所收到的一点点情报也是他煞费苦心编制的假情报。他的这个布局在前段时间的会战结束之后应该已经开始。此人可谓深谋远虑啊。"

"林上尉分析得很对。先破坏情报网，再针对我们201连做出战略部署，一举吃掉我们，这就是他打的如意算盘。"萧阳心生佩服。林君的职业虽然会涉及这些情报，但应该所涉不深，而今天这样的突发战事，他马上能理清思路，分析得有条有理。

"说明你萧连长领导的201连成了人家的眼中钉。不惜用这么长的时间进行布局，发动整个旅团，对付你一个连，松田可是很给你面子啊。"林君开起了玩笑。

"另外，我们今天一行人来，也可能都落入了他的眼里。之所以不动我们，怕打草惊蛇？"林君问。

"对，他并不知道我们201连的通信已经中断，怕你们一行人不按时到达，我们会起疑心。何况，他认为你们即将成为他的囊中之物。"

十

两人分别在两个土墩上坐了下来。

"萧连长，有件事，我想说明，"林君看着萧阳认真地说，"虽然报文我是发出去了，但明天早上援军应该到不了。我怕动摇军心，所以在会上没有说破。"

萧阳却很镇定，看着林君问："林上尉是如何分析得知的？"

"我们来的途中那条大河上的桥，前几天据说下大雨被冲垮了。与其他渡口一样，现在也只拉着绳子，系着一条船，须坐船拉着绳子渡河。船不大，每次只能装一人一马，我们今天七人七骑渡河花了一个多小时。因此，不管师部派出多少援军，即使到明天早上八九点，能到的最多不会超过两百人。"林君冷静地分析说。

萧阳听完思考片刻，说："如果连这座桥也没有了的话，明天早上八九点一个援军都到不了。"

"为什么？"林君疑惑地问。

萧阳捡起一根树枝，在地上画了两条线，代表那条大河，再分别画出了三条横杠，代表两个渡口和一座桥，现在这座桥也已经是个渡口。这三个渡口也对应这段河最窄的地方。

萧阳解释说："这是通过大河来我们泉瓦岗最近的三条路，师长肯定会派遣三路人马前来支援。为了赶时间，援军不会坐船渡河，他们会计划在最窄的地方下水游过河，因为313师的战士大部分都会游泳。"

林君一听，觉得很有道理。虽然是寒冬，但李战神旗下的士兵们在紧急时刻肯定会下水渡河。同时他也更加不解，既然这样，为什么萧阳却说援军明天早上一个都到不了。

萧阳马上回答了他的疑惑，道："松田会在这三个渡口附近伏击，绳子和船都会事先被他毁掉。在那里阻击渡河的士兵，松田无需太多兵力。"他顿了一下，缓缓道："所以，明天会是我们201连的最后一战。"

林君明白了，心下佩服，萧阳分析战情时是如此的明晰。

"林上尉发电报时，是否已经预料到援军不能及时赶到？"

"是的。所以报务机被打坏后，我马上把密码本和电报报底都烧了，我怕来不及。"

萧阳心里不由得一阵感慨，虽然早已经知道了这个局面，林君却依然是这样镇定。

"不知道卫处长是不是安全，会不会遇上日军？"林君担心地问。第一轮炮火袭来时，林君就想到了卫处长，他们只有一辆车四个人，遇上日军的话死路一条。

"不会。"萧阳肯定地说，"卫处长去的方向遇不到日军，按照时间推算，在敌人逼近山脚时，他早就离开这里起码一百里以外了。他的车绕道过来的那条路也不在松田的监控范围之内。"萧阳心里不由得感动，林君已经明白自己将处于绝境，却还在担忧别人的安危。

林君听罢松了口气，同时更加佩服萧阳，小战神对形势的判断永远条理清晰，十分果决。

"可惜，把你给拖累了。"忽听萧阳深深地叹息道。

林君很惊讶地看着萧阳，问："你我同为军人，萧连长何出此言？"

"可你不一样。"萧阳一边看着他，一边慢慢拿出师长的信递给林君。林君接过一看，就明白了，他本来就在疑惑，为什么一直起码有两个人在身边保护自己，给自己挡炮火和子弹。

"烧了吧？"林君问，萧阳点点头。看着在篝火中迅速化为灰烬的信，萧阳心想，林君毕竟是在通信部门工作的，保密的意识这么强。又想到了刚刚他说的烧密码本和电报报底的事，心中后怕不已：今天若不是林君在场烧了这些，而日军傍晚又撤兵的话，泉瓦岗被攻破，那后果真的不堪设想。

而林君此时想着另外的事，说："怪不得你一直叫人盯着我。萧连长，明天阵地上的人都打光了，我还能活吗？千万不要再这样了。"

萧阳点点头。然后他长叹一声说："你这样的天才，真不应该出现在这里，不应该从军。"

林君看着远方的天空，黑幕下星光点点，大地上的硝烟永远无法打破天幕的平静。十多年的时光飞逝而过，在天空中，只是星星一眨眼之间，而人生已经越过无数个日夜，再也不能回头。林君仿佛看到了童年的自己和哥哥，他缓缓向萧阳说："我的音乐天赋是我哥哥发现的，那年他 10 岁。"

他向萧阳说着他与哥哥的过往：从国内去纽约，兄弟俩相依为命，直到哥哥去香港后的分离。他说起第一次分别时自己那刻骨铭心的伤心，萧阳看到面对生死镇定自如的林君，此时眼中分明闪着泪花。

"他是世界上最好的哥哥。"说到这里，林君沉默片刻，脸上满是伤痛之色，"1941 年 12 月，香港那次大轰炸，我哥哥一家无一幸免，尸骨无存。"

他看向萧阳，眼中泛起了坚毅的神色："从军是我唯一能为我哥哥做的。我做到了，我今天已经击中了 49 个鬼子。明天还将继续。"

萧阳看着林君，沉默地点点头，他当然懂。

林君紧紧闭了下眼，轻轻挥了一下手，好像是要把这沉痛的往事抛在一边。接着他笑着说："萧连长可是大名人啊，我刚入训练营时，第一个知道的就是你小战神的大名。今天一路赶来，最兴奋的就是可以见到我心目中的偶像了。"

"难道第一个知道的不应该是李战神吗？真奇怪啊，有那么多著名的抗日将领，怎么我一个小小的连长这么出名？"萧阳也笑了。

"这很好理解：你年轻，我们训练营也都是年轻人，年轻人就喜欢把优秀的年轻人当作偶像。"林君说到这里，忽然想到师长曾经提到过，已经在着手准备申请将 201 连扩编升级成营制的事，萧阳马上就会是全军上下最年轻的少校营长。可是今天遭到突袭，恐怕萧阳再也没有这个机会了，心中不禁黯然。他似乎忘记了自己也处于同样的境地。

"你林上尉的名声更响，而且你才来师部一年多。今天下午一得知是你亲自来，我手下那帮小伙子个个兴奋不已，都在山口争着围观你。"萧阳的话语打断了林君的思绪，他才明白为什么自己刚上山时看到那么多人在等。原来自己的明星效应从音乐界转到了军界，不由得傲娇起来。

"难道不是围观卫处长吗？"林君打趣道。

"偷偷地跟你说，这里很少有人听说过他的大名，虽然他是大人物。"两人都笑了。

"那就算是围观我好了。我的名声主要还是射击方面吧？军人就羡慕这个。"

"不光如此，你通信 100% 准确率的军令状，早就传遍了，而且你还做到了。"

"这可不是我一个人的功劳。"

"又来了，卫处长怎么说你来着？"

"我这几天才知道，我的名气居然还跑到了师部以外，在军界也有了点明星效应，难得。"两人都笑了。

十一

明天的结局已经很明显，可陷入如此境地的林君却丝毫没有悲哀的神态，开起玩笑来好像正在夏夜里乘凉闲聊。萧阳因为林君被拖累所产生的糟糕心情也略略有所缓解。

对于萧阳而言，无论是他还是他手下的战士们，都是在炮火纷飞的战场上摸爬滚打过的，可以说随时随地都在生死的边缘行走。每一次战斗，都有平日里一起吃住的亲密战友瞬间与自己阴阳两隔，因此早已经把生死置于度外。但是面对林君，萧阳不能这样豁达，林君的身份太特殊，而且他本不该出现在这里。所以尽管林君不在乎，萧阳依然耿耿于怀。

聪明如林君早看出了萧阳的心思，所以尽可能地想去消除他的歉疚感。两人又交流分析了这次突袭，萧阳对具体的细节分析丝丝入扣，就如同他站在松田一郎的角度来指挥一样。这些分析非常独到深刻。萧阳还分析出今天松田亲自来了。

"因为他来了，所以傍晚时分撤了兵。"萧阳说。

"是他本人做出的决定？今天撤兵是临时的吗？"林君有点想不明白。

"他原先的战略计划应该是今天晚上前结束战斗，最多两个多小时，以他的兵力肯定能吃掉我们全连。但没想到你压制住了他的两挺重机枪，使他部队的推进速度大大减慢，伤亡过重。所以当松田知道了这情况后，就命令撤兵。"

"而且他对那条大河的情况了如指掌，按照你的分析，可以从容布置兵力阻击我们的援军。"

"是的，所以他不急。他可以重新调整战斗部署，明天一早再对泉瓦岗发动进攻，一举彻底吃掉我们。"

"那他明天的战术调整可能会有哪些？"

"主要就是重火力支援步兵进攻，不能用重机枪，可能会用小型移动炮，射程远，炮手不会被我们击毙。虽然这种炮命中率相对较低，移动也缓慢，但明天他必须用上，否则他的伤亡还是会很大，毕竟我们是201连，哪怕只剩最后一个人，他们也要用好几条人命来换。"

萧阳的眼中闪过一丝骄傲之色，林君想到自己现在正在与这支全师最著名的连队一起战斗，与小战神一起探讨军事问题，心中也产生了自豪感。

"今天后面的半小时已经伤亡过大，松田为什么没有及时调整？"林君又想到一个问题。

"松田没有在最前线，毕竟他是旅团长。等他得知最前线的伤亡原因时，已经损兵折将了。如果他一开始就发现，他可以不撤兵，及时调整战术思路，依然能在今天攻克我们连。当然，这也是松田的用兵特点决定的，他是出了名的以伤亡最低为原则，所以他的军队士气一向很高。"

"所以，归根结底，我们连现在还活着的战士，包括我，都要感谢你林上尉，你为我们多争取了十几个小时的生存时间。"萧阳也开始开玩笑。

林君也笑起来，然后他又想到一个问题："但我怎么感觉，前期即使没有我的加入，松田部队的进攻也不是太顺畅？毕竟他们的人数数倍于我们，不应该打得这么不顺。"

萧阳用佩服的眼神看着林君道："你连这个也看出来了？确实如此。我的理解是他没有把我的武器装备彻底摸透。你知道，我们连的武器是全师最精良的，这个松田肯定知晓，但他没想到，我还有隐藏的十几座小钢炮，从来没有使用过，今天才用上。"

林君想起他刚到前沿阵地时看到的那排小钢炮。但说到小钢炮，两人现在都心中黯然，因为炮弹已经基本打完，明天这些小钢炮将成为摆设。

"松田是想占领泉瓦岗还是只想吃掉你们连？"林君又问。

"我可以肯定，他只是想吃掉我们连，明天他攻占下泉瓦岗后会马上全面撤军。"

两人继续谈着，渐渐地谈到了亲人。萧阳与林君一样，也是 21 岁进入军营，而没有与早就相恋的未婚妻结婚，也是与林君一样的想法。但这个话题两人没有深入展开。军人的金戈铁马，马革裹尸，留给亲人的是无尽的伤痛，绵延一辈子。这个话题太残酷，他们毕竟年轻，没有这样强的心理承受能力，只能回避，不谈、不想、不思考。

"林上尉肯定是第一次上战场吧？"

"是啊，进军营也才一年多。"

"但你给我的感觉好像是个老军人了。"萧阳由衷地说。

"是吗？"林君笑道，"前段时间跟科里的同伴一起说起古诗词，我才知道，从小我印象最深刻的一首诗和一首词都与军旅有关，所以我觉得我的前世肯定是一位军人。"

"我猜猜，诗肯定是那首'葡萄美酒夜光杯'，词应该是'醉里挑灯看剑'。"萧阳笑着说。

林君哈哈笑着点点头，毫不意外。

接着两人一起背诵，体验这最浪漫的时刻。

夜已深，篝火照着这对年轻军人，照着他们英俊而坚毅的脸庞。两人谈笑风生，如同在旅游的途中围着篝火把酒言欢，而实际上，明天等待他们的是死亡。他们年轻的生命即将陨落，他们的人生无法延续。他们知道，当然知道，但他们不在乎，从进入军营的第一天起，他们就做好了这样的准备。

他们知道，今晚的这次相聚是他们此生中唯一的一次相聚。

他们相见恨晚。

虽然不舍，但明天的战斗还要继续，必须去休息养足精神。站起身后，萧阳对林君说："明天你就在我旁边。"

他制止林君的反驳，继续说："我没有其他意思，明天的火力点不好找，重机枪不会再有，我毕竟有经验，我帮你找最适合你的目标。我们不能把你给浪费了啊。"萧阳说完笑了。

对林君，萧阳唯一的执念就是：他要让林君活着，林君他必须活着！在明天残酷的战斗中，这很难，但他想试试，所以他必须让林君在自己身边。他也知道林君肯定会猜到自己的想法，但无妨，他必须这么做。

十二

清晨，所有的战士都已经用干粮填饱了肚子，准备好所有的武器。萧阳命令大家先在壕沟里，等待第一轮的炮击。

6点，天色依旧灰暗，炮弹呼啸着袭来，整个山岗山摇地动，尘土弥漫在炮火中。十多分钟的炮击后，地面部队开始进攻。泉瓦岗的进攻处只有一面，攻防都很集中，子弹、炮火掺杂着血和死亡的气息，覆盖了深冬时节的泉瓦岗。

天渐渐地变亮，日军在一寸寸地前进，岗上的伤亡越来越大，年轻的战士们一个个倒在新一天的太阳升起之前。林君的身边始终有人，随时准备为林君做出牺牲。林君无暇提出反对，紧张的战斗已经不容他分心去做无谓的抗争，只是要求他们顺便帮他准备子弹。

日军的重机枪今天果然没有用上，取而代之的是如萧阳所说的可移动的小炮。炮弹时不时地打在阵地上，虽然没有重机枪命中率高，但还是造成了一定的伤亡。萧阳让林君调低标准找轻机枪，到最后甚至是哪里火力稍微密一点，就打哪里。另外重点通过军服找官阶高一点的打。很快林君就有了自己的头绪，一时找不到合适的就随意打。

离炮击已经过去了一个小时，旭日东升之际，敌人越来越近，阵地上201连的战士越来越少。最后，一些战士自动围在萧阳和林君身边，替他们挡子弹。没有人命令他们这么做，但他们要保护这阵地上最重要的两个人。萧阳开始疑惑过，但后来释怀了，他知道他们的想法：他的下属，他的战友，在生命的最后一刻，向他们的连长致敬，同时感谢远道而来帮助他们而陷入战局的林上尉，他们201连没有在昨晚覆没，林上尉功不可没。他们围在周围，一边时刻准备掩护萧阳和林君，一边为林君准备子弹，同时自己继续战斗。

他们前仆后继，保护着他们阵地上最后的希望。

昨天至今，林君已经射中了107个敌人。由于不用盯着火力点，后面他射击的速度越来越快，依然弹无虚发。

但是，子弹越来越少。该收集的枪支弹药都已经堆在林君和萧阳之间。201连进入了最后的时刻。萧阳回头望了一下后面那排小钢炮，命令手中已经没有子弹的战士把这些钢炮推向山坡上的敌人。小钢炮沿着山势滚动，顷刻间压倒了一片日军，发挥了它最后的功效。

最后，阵地上只剩萧阳和林君两个人，而日军已经快爬上山岗。

萧阳先负伤，子弹打穿了他的左肩膀，他依然在射击，但子弹很快打完了。他正想看看身边是否还有其他枪支时，又一颗子弹射中他的胸口。

这颗子弹是致命的，萧阳视线一阵模糊，他命令自己坚持住，潜意识里知道自己还有一件最重要的事要做，他费力看向身边的林君。

林君正好看到萧阳被击中胸口，他大叫一声"萧阳！"一分神，一颗子弹射中了他的右胸上部，林君仰面倒地，手中的步枪掉落。

日军已经上了山岗，他们没有看旁边还活着的萧阳，几个人向林君逼过来，逼向那个最后向他们射击的敌人。

林君的右手已经不能动弹，他的左手伸向右边枪套，拿出了卢格P08，仰面躺着，抬左手一枪一枪地向敌人的眉心射过去，7发子弹发发命中，然后他举起手枪对准了自己的太阳穴。

"林君，活下去！"萧阳心里默念着，意识到自己就要做那件最重要的事了，他用尽最后一丝力气扑过去，打掉了林君的手枪，狠狠一拳砸在林君太阳穴上，把他砸晕，同时挡掉了身后密集的子弹和刺刀。

一切都如萧阳所料，李师长派出了三路援军。

第一时间于晚上6点半左右冲向那条河边的是163骑兵连，一共180骑。李师长的师以步兵为主，骑兵连是师部最宝贵的连队，轻易不出战，连去年的会战也只是待战，而最后没有参与。但今天师长第一道命令就是下达给他们的。他们的任务就是通过最近的这座桥，去冲击日军的阵营，扰乱日军的战术部署，等到步兵赶到，尽可能地救下泉瓦岗上的战士。

　　然而如今对着这条河，骑兵连曹连长只能一声长叹。此时，桥已经没有了，本来应该横跨两岸的麻绳断在河中，船已经漂在远处。河的对岸是等待阻击他们的日军。

　　曹连长稍一思考就明白了当下的情形，在此地，骑兵肯定是到不了河的对岸了。他当即下令派两骑侦察兵分头前往上下游，看那里的渡口是否还有船。虽然即使有，渡河速度也很慢，但至少能过河。半小时后，两骑侦察兵分别回报，那两个渡口与这里的情形完全一样。

　　曹连长马上命令随军通信兵向师部发报，报告了目前的状况，并预测援军无法及时到达泉瓦岗。

　　晚上10点，第一批步兵赶到最近的本来有桥的渡口。晚上11点，另外两路步兵分别赶到上下游两个渡口。

　　冰冷的河水中，脱掉棉衣的士兵游泳过河，受到河对面日军的不断阻击。1月寒冷的夜晚，枪声在河的两岸此起彼伏，河水中泛着血，强渡的士兵始终没能到达对岸。

　　早上6点，当泉瓦岗上的炮声又一次响起的时候，河对岸的日军集体撤退。增援的三路步兵终于陆续渡河到达对岸。士兵们拖着冻僵的身体，继续急行军赶往泉瓦岗。

　　中午11点，第一批士兵到达岗上，那里的战斗早已结束。

第七章

一

下午1点，师部大厅寂静肃穆，长桌边坐满了人，所有人的脸上充满了哀容。特大的坏消息，如同铁锤重重地砸在大家的心口。201加强连全军覆没，小战神萧阳连长牺牲，林君失踪。

李师长背朝着会议桌，坐在椅子上，一直看着墙上硕大的地图，他保持这个姿势已经很久。

此时前去支援的部队依然在泉瓦岗清扫战场，运送牺牲战士的尸体。早上第一批到达的士兵第一时间发现了萧阳连长千疮百孔的尸身，然后他们找寻林君，却没有找到。巡视一遍战场后，随军通信兵第一时间发报向师部报告了情况。

今天老袁坐在师长的右边下手位子，这个位子本来不应该是老袁这样级别的军官坐的，但今天的会议议题太特殊，开会前师长就作出了特别的安排。

　　会议一开始，老袁先介绍泉瓦岗的通信设施现状："根据前方的报告，原先应该放置通信器材的坑道内除了一个木柜子之外，空无一物，所有的通信设备应该都已经被松田部带走。松田本就是通信兵出身，特别重视敌方通信器材的获得，这个很好理解。但我认为无碍，不会造成任何泄密，因为小君在现场，他肯定会毁坏报务机。那个木柜子应该就是放密码本和电报底稿等重要文件的，锁被打坏，里面是空的，我认为也是小君所为，所有重要的文件都已经被他销毁。

　　"另外，一收到泉瓦岗发来的最新军情，我们已经第一时间修改掉了所有的通信设置，包括频道、联络文件、呼号、波长、密匙及密码等。"说完这些之后，老袁就不再发言，此时他感觉到，在座的所有人都明显地松了一口气。

　　但是，小君呢？你们想到小君了吗？老袁内心觉得一阵悲哀。

　　当老袁签发修改通信设置的紧急指示时，觉得这些文字有些陌生，是啊，自小君当了副科长之后，每次常规性的通信设置修改都是他负责的，自己已经很久没有操心这些事了。像这次一样因为通信人员被捕而紧急修改通信设置的事件，其实老袁还是第一次遇到，老袁一直是在师部工作的，之前师部没有遇到过类似情况。

　　但是，这次偏偏让小君遇上了。老袁当时觉得，自己签下去的这个名字，就如同一根绳索，套住了小君的脖子，随时随地会要了他的命。但是，老袁没有其他选择，他只能第一时间签发这个指令。

林君的失踪，基本可以肯定是被俘。就林君的职位和军衔而言，通信制度有明确的要求，就是要在他被俘的第一时间把相关的通信设置全部改掉。如果是一般的人员，可能马上换掉密码本，基本可以解决，但林君已经是师部通信部门的最高职位，安全保密制度的相关要求高很多。何况，林君脑中记忆了最新的通信密码。

这时，师长的声音在厅中响起："林君就在这里。"他拿着教鞭在地图上画了一个小圈，这个圈是300里外杜镇中的一个大宅子，这个宅子就是日军旅团长松田一郎的营地。对此，师长心里很确定。他亲手写信给了萧阳，他最得力的爱将萧阳肯定会保护林君，直至最后一个人。林君很有可能受伤，但他肯定是阵地上最后一个活着的人。

"我们唯一要做的事是营救他。"他继续说，"我们已经损失了201连和萧阳，我们不能再损失林君。营救工作会即刻开始。"

师长停顿了一下，严肃而冷静地说："营救会很难，但必须去做。"他顿了顿，脸上微显出伤痛的神色，继续说："林君会更难，这是他人生中最大的坎，但他必须去面对，我相信他会迈过这道坎。"

师长的话大家都明白，这道坎，就是林君会受到的酷刑。师长最后说："散会，老哥留下。"大厅中只剩下师长和老袁两个人，师长的话给了老袁少许的安慰，他知道自己不是一个人，至少师长也和自己一样在记挂着小君。此时两人的脸色更加凝重，满是忧伤。

"老哥，营救的事我早就已经在安排。"师长试图安慰老袁，他太明白老袁的心情了。

老袁感激地看了师长一眼，随之依然担忧地说："我怕来不及。松田是通信兵出身，他完全能够从那些通信器材的现状推断出小君的身份。而凭着对通信业务的了解，他会第一时间密切关注我们通信设置的情况。"

"这样的话，"师长明白老袁的意思，道，"一旦他知道我们已经修改了通信设置，小君在他眼里就是一个废人。松田可从来不养废人。"

这就是他们两个最担心的事，松田会很快杀了林君。

"我们的通信设置是否修改，他们能够很方便地证实吗？"师长问。

"很方便，只要通过通信频道，就能知道我们有没有更改，如果我们更改，频道是首先需要修改的。"

"那松田现在已经知道我们修改了通信设置。"师长的话语中透着绝望。

"是的。"老袁很无奈地低下头，然后他又抬起头看着师长，道：

"师长，无论如何，我都很感谢您。您从一开始就这么记挂着小君。我是小君的师父，他是我最好的徒弟，我们俩相处时间不长，但我们之间的感情早就不单单是师徒关系这么简单，他在我眼里就是我的孩子。而这孩子从一开始就是把我当长辈孝顺的，这是真心的，这孩子不会作伪。但师长您——虽然我知道您一直很喜欢小君，但您毕竟是一师之长……"

师长沉默了一会儿，开口说道："老哥，您还记得上次战役结束后，我俩散步时说的话吗？我说过小君在其他方面更是天才。今天我可以告诉您，不过您还是要保密。林君，是当今世界上最著名的青年钢琴家。"

闻听此言，老袁睁大眼睛，半晌说不出话来。饶是他已经六十开外，历经风雨，人生经验可谓丰富，也万万没想到林君会有这么个身份。其实自上次与师长谈话后，老袁也猜想过林君的另外一种天才身份究竟是什么，但从没有往音乐方面去想，更没想到还是这么个地位。钢琴与射击、通信可没有任何的关联。怪不得小君话这么多的人，却从来不谈自己个人的任何事情，他的这个身份实在太特殊。

"那……那他怎么会来当兵？"老袁好不容易才回过神来，问。

师长把林君的情况大致说了一下，最后说："其实简单说来就一个原因，他的亲哥哥被炸死，他要亲手为他报仇。"

"小君就是这样的个性。"老袁喃喃地说。

师长叹息道："所谓隔行如隔山，军队与音乐界完全是两个不同的世界，所以至今没有人认出他来。"

老袁从师部出来，回到通信科。科里所有人的目光都跟着他，一直目送他坐到座位上，他旁边那张大桌子前空空如也。

自从收到林君发出的第二份报文，科里的气氛就一片肃杀，坏消息一个接一个传来：

援军支援受阻！

泉瓦岗被攻占！！

201连全军覆没！！！

萧阳连长牺牲！！！！

科里的气温降到了冰点。

等进一步的消息传来说林君失踪了，大家心里才升起一丝希望，至少，小林科长应该还活着。然而，接下去，修改通信设置的命令马上下达，悲哀的气氛迅速在科内凝聚，大家都明白这意味着什么。他们敏感地觉得，袁老去开会与林科的事有关，应该会有最新的消息。

老袁看着下属们，迎着所有人询问的目光，缓缓说道："小君受伤被俘，但大家放心，我们肯定能救他出来。"

二

当天深夜，杜镇的特工组组长应长联在夜幕的掩护下，乔装后快马前来秘密会见李师长，两人在师长的卧室密谈。

在师部收到林君的第二封电报后，李师长第一时间联系了卫处长将要到达的118师部，请他们转告卫处长，他到达后务必第一时间联系自己。当时师长有强烈的预感，他很需要卫处长。

卫处长到达118师部时已经是午夜时分，之后他们之间一直以无线电台暗语通话的方式保持联系。

刚开始通话，经过慎重考虑后的李师长第一时间对卫处长说:"老卫,小君的身份可不一般,我们必须救他。"

没有任何迟疑,传来卫处长的暗语:"我明白,我是他的乐迷。"

无须多言。

此时师部已经得到所有援军受阻的情报,两人对泉瓦岗上的形势和所有人的处境作出了基本准确的预判,卫处长马上着手开始下一步的部署。等到中午泉瓦岗上的第一批援军发来消息后,卫处长即刻安排杜镇的特工人员直接面见李师长,并要求他们在此次行动中完全听命于他。

"难度非常大。"等师长说了大概情况后,应长联直言不讳,"自松田一郎到杜镇之后,迄今为止,他的营区里没有一个战俘能够活着出来。"

"什么原因?"师长问。

"最直接的原因是在他的营区里找不到内应。松田是中国通,他的很多部下也是他从哈尔滨带过来的,所以他不需要中文翻译,营区没有一个中国人,包括勤杂人员在内,全部是日本人。他不信任中国人,因为其他部队中总会有内部的中国人被策反,而他从一开始就杜绝这种情况的发生。"

"那你们这么些年有没有尝试过策反里面的日本人?"

"有,有过好几次,但最后的结果都很糟糕。"

"没有一次成功?"

"不但没有成功,而且直接导致被救人员死亡。后来我们分析过,每次的策反都中了松田的圈套。我们每次找的这些内应都是底层的勤杂人员,当初觉得他们毕竟不是标准的军人,有被策反的可能性。但其实，他们都是被松田训练过的鱼饵。他们会慢慢引我们上钩，目的是打掉我们整个地下特工组织。"

师长知道，松田一郎有个外号叫东北狐，从这次处心积虑打掉201加强连的行动就可以看出，此人心机颇深，狡猾至极。忽然他想到了什么，问："我听卫处长说，这几年你们杜镇的特工组织每次生存时间都非常短，是否与此有关？"

"是的，已经被端掉六次了。而且不管我们最后有没有上钩，他都会把我们要营救的人带到集市公开处决。"

"好一个心狠手辣的东北狐。"师长说，接着想到林君这个20岁刚出头的年轻人，现在落到了这个老狐狸的手上，不由得心中更加黯然。

应长联看着师长阴沉的脸。他虽然不明白为什么上峰和威名赫赫的战神李师长亲自过问此事，对这个叫林君的下属这么重视，但他知道，这个任务自己必须完成。之所以受重视，肯定与林君的职位、军衔无关，应长联知道以前被俘进入松田军营的还有职位、军衔更高的人，但都不像这一次，会受到军方和特工高层的双重关注。于是他向师长保证道：

"师长，放心吧，我们会好好分析，一定把林上尉救出来。"

师长点点头，接着把林君的个人情况说了一些。隐瞒了他的钢琴家身份，但说明他是从美国留学回来的，特别详细说了林君进军营后的情况。他觉得这些可能有助于应长联他们的营救工作。应长联听了林君的这些个人情况后吃惊不小，觉得林君确实与众不同。

然后师长问："除了内应这个直接原因以外，其他的困难还有哪些？"

应长联说："困难肯定是有的，但比起找内应来相对好一点。首先，是我们本身的能力问题。我们目前最新建立的组织在杜镇只有半年时间，对镇里的渗透很浅，几次被全端后，我们都非常小心，人员也还很少。另外一个原因也与松田有关，自从松田到了杜镇之后，他一直在建立一道道防线，从来没有停止过。杜镇虽然不小，不单单是日本军营，但现在与军营差别也不是很大，整个杜镇的防护都很严密。即使出了杜镇，还有一道道的关卡，一直连绵到杜镇以外30多里，而且还在不断往外伸展。这么说吧，杜镇以外100里范围内,他随时能调动军队进行进攻。"

"我们能帮什么忙？"师长问，忽然闪过一个念头，能不能强攻？但很快被自己否定。按照应长联所说，这样做第一个被牺牲的肯定就是林君本人。

应长联摇摇头，说："军队很难帮上忙，一旦有一点点的迹象被松田发现，林上尉就危险了。"果然，他的想法与师长一样。

两人谈到凌晨，应长联悄悄离去，走之前，师长问应长联："松田一般会留犯人多长时间？"

"时间长短不一，但大多较短。如果是战俘，时间会更短。据说他的地牢很小，而且几乎我们每次开展营救工作，一跟所谓的内应接触，提出要救人，对方就会知道是谁，说明那时松田的军营里应该只有一个犯人。"

师长的心情更加沉重，他对应长联说了松田可能会很快杀了林君的原因，应长联更加觉得任务紧迫。他最后跟师长说，有任何重要消息，他都会亲自过来向他汇报。

三

松田一郎站在会议室中，会议桌上放着昨天从泉瓦岗上带回来的所有通信设备。自昨天部队返回杜镇之后，他的所有心思都放在被带回的俘虏和这些机器上，并已经基本理清了思路。

连同通信设备一起带回的还有一堆被火烧过的残缺的书。与部下如获至宝般的欣喜不同，松田第一时间就认定真正的密码本肯定已经被销毁，这只是随意扔在火堆里的伪密码本。果然，后来不死心的部下证实了松田的推想。

泉瓦岗大捷，全歼了201连，但松田并不高兴，付出的代价太大，完全超出了他的预期。

这两年来，松田几次与201连遭遇，无论是正面还是侧面，都尝到败绩。而每次的失败几乎都出乎松田的意料，小战神萧阳次次都会以意想不到的方式来与松田交锋。这使松田对萧阳和他的201加强连产生了极大的兴趣和憎恨。

一年前，他下决心要拔掉这颗眼中钉，几个月后从外围的情报网开始行动，继而一步步向目标靠拢。这场他精心部署计划了大半年的歼灭战，耗费了他很多精力。

如今目标达到了，但伤亡过重，付出了近千人的代价，这是松田不愿意看到的结果。201连的武器装备是313师中最精良的，这个松田事先有所了解，但还是出乎了他的意料。前天晚上开战后不久，又出现了另外一个意想不到的情况，这是他这次战斗伤亡超预期的另外一个重要因素。

"报告，那俘虏已经醒了。"下属进来大声说道。

松田马上带一行人走向医务区。那里有医生办公室、病房和手术室，俨然一个小诊所。他们推门进入这里唯一一间病房。病房之所以只有一间，是因为镇里是有军医院的，一旦军营中有人需要住院，一般都会去医院，所以这间病房基本上是为有特殊需要的犯人准备的。

室内病床上躺着林君，一个日军医生正坐在他的床头，看见松田闯入，那军医立即起身，走到松田面前，挡住了他的去路，说："这个战俘起码半个月内你不能动他。"

"为什么？他受的并不是致命伤。"松田对这些事情都了如指掌。

"伤是不重，但流血过多，严重贫血。"那军医个头比松田高，居高临下地说。

"那可以输血啊。"松田似笑非笑道。

"输血是要进行血型配对的。"那军医冷笑道。

"那是当然。据我所知，我们镇里的军医院血库能提供各种血型的血。如果正巧没有，可以找士兵献血。"松田依然笑着。

"他是AB型，有可能是稀有血型，否则我早就给他输血了。"军医一脸的不屑。

松田沉默了。AB型不是第一次碰到，他知道这军医所说肯定是事实，但他依然不肯让步。

见他不死心，那军医招招手，走廊里站着的一个女护士过来，递给松田两张纸。松田一看，都是军医院的检查报告。一张上面画了个红圈，里面的数字是6.5。松田能看懂，就是说，这个战俘的血红蛋白现在只有6.5，比正常值低了将近一半。另一张是血型报告，是 AB 型。很显然，军医已经去医院为这战俘测过血型，还做过血常规检查，标出红圈就是让他看的。

这使他不得不相信，只能让步，一行人出了病房，军医边关门边骂了句："Bastard（混蛋）！"

松田边走边问身边人说："他在说什么？"

"不知道，好像是英语。"

继而松田用中文轻声说道："把铃木支开一小时，马上审问。"

林君躺在床上，时不时地咳嗽。他刚醒没多久，当时那个军医见他醒了就在床边坐下讲了些什么，应该是日语，林君听不懂。正在迷茫中，就看见一行人冲进来。刚才的一幕林君都看在眼里，虽然他不知道他们说的内容，但明白跟自己有关，而为首的那个人，林君直觉就是松田一郎。

很显然，松田是冲着自己来的，但被那军医挡住了。林君很好奇，军医能挡住松田，这可不简单。后来又听见了他的那句英文"Bastard"。

军医重新坐回林君身边，他刚才那时而冷笑时而不屑的神情已经完全消失，脸上显出温和的神色。见林君又开始咳嗽，他把手轻轻按住林君右胸的伤口，说着什么，显然他不会说中文。

林君看着军医，不知怎的，他对这个日本军医有一种莫名的信任。他忍住咳嗽说："English?"

军医吃了一惊，立即笑了，说道："Yes!"

自此，他们就一直用英语对话。

"先生，我叫铃木正雄。你伤到了肺叶，现在会有点咳嗽，

301

不要紧，慢慢会好。咳嗽的时候，你最好用手轻轻按住伤口，否则伤口可能会出血。"铃木医生温和地说。

"谢谢。铃木医生，能否告诉我，阵地上还有活着的人吗？"这是林君首先关心的，其实就是想知道，萧阳有没有活下来。在他被萧阳打昏过去之前，萧阳还是活着的。

"只有你一个。"铃木有点感动，这个年轻战俘自己现在生命垂危，然而他醒来第一时间想到的却是他的战友。

林君闭上眼睛，眼眶里已经盈满了泪水，唯一的希望破灭了。萧阳，这个小战神，这个两天前还在跟自己聊天的优秀军人，已经离开了这个世界。他是那么年轻，那么有才华。林君知道，在生命的最后时刻，萧阳关注的只有他林君，他尽最后一丝力气救了自己的命。

看着林君悲伤的神情，铃木很理解。他安慰道："现在，先生，其他事情无须多想，先养好身体要紧。"

这时，那女护士推门进来，告诉铃木有电话。铃木接完电话就带上药箱匆匆出门，坐军车去半小时车程的一处军营给一位军官看病。虽然有军医院，但镇上最好的医生是铃木正雄，所以，经常有军官会来电话咨询，或请铃木过去诊治。

女护士叫山本庆子，二十几岁的年纪，相貌秀美。庆子在军营与铃木搭档已有两年，两人配合已经很默契。她见铃木出门，正打算去病房看看战俘病人，却看见一群宪兵已经冲进病房。她立即避开，走回办公室并关上门，打电话到来请铃木的军营，告诉他们铃木医生一到，马上请他回电话或者立即回来，有要紧事情。

四

松田一郎走进刑讯室，他要争取在一个小时之内解决这个问题。

刑讯室就在医务区所在走廊的尽头，进门后有几级向下的台阶。右侧的墙上有扇小小的铁窗，阳光直射进来，但室内依然幽暗，即使白天电灯也一直开着，整个房间笼罩着阴森的气氛。

林君已经被吊在中间，他的手臂笔直地被铁链锁在两根柱子上，呈 V 字形。松田走到他面前坐下，抬头端详着，很吃惊于他的长相。昨天林君被带回来时，松田只是瞥了一眼，当时他脸上全是血和尘土，今天才发现竟是如此漂亮，高个子，脸庞英俊，非常年轻。此时他的脸上带着几道擦伤，可能因失血过多有点苍白，微微蹙着眉。

同时，他敢肯定，这战俘出身富贵，原本应该是个典型的锦衣玉食的公子哥。这就好办了，松田想。

而此时林君的心里一片悲凉。

刚刚醒过来时，他满脑子是萧阳，完全没有意识到自己现在的处境。当得知萧阳确实已经牺牲，还没有从悲伤中挣脱出来，他就被带到了这里。直到手臂被绑住，拉直的右臂扯住伤口，一阵疼痛，才猛然醒悟，自己现在是松田一郎手中的战俘。

首先闪入脑中的就是洪教官讲的最后一节课。林君太了解自己了，自己肯定过不了酷刑这一关，他毫无信心，唯一能走的路只有一条：自杀。他开始忍着伤口的痛回忆洪教官课中关于自杀的内容，但很快发现，没有一种是容易实施的，每一种自杀方式都很有可能导致失败，而使自己进入半死不活的状态。毕竟当初的教学对象是通信兵而不是特工，只是初步的教学，没有经过训练。

然后他看见那个他认为是松田一郎的人走了过来，坐在他的面前。

"我很少亲自来这里陪着客人，但我今天来了，因为我对先生很感兴趣。"对面的人用标准的中文缓缓开口道，"我先自我介绍一下。我叫松田一郎，少将旅团长，出生在哈尔滨。我的中文比很多中国人都说得好。"

他微笑着，看着林君，说："请先生也介绍一下你自己。"

"王军，三横'王'，军队的'军'，上尉，201 加强连。"林君很干脆地回答。

松田笑了："除了'上尉'这个军衔会被军服出卖，你知道无法掩盖之外，其他包括名字都是假的，对吧王先生？好吧，我就当你是王先生。201 连只有一个上尉，萧阳，已经被我们击毙。怎么又有一个上尉？王先生，你不是 201 连的人。"

林君无法回答。

松田继续说："我们除了带回你以外，还带回了所有的通信设备。关键设备都已经被打坏，密码本之类也没找到，我们没有找到任何一张有用的纸。但这些坏了的设备还是很有用处的。王先生可能不知道，我是通信兵出身，我研究了一下这些设备。201 连的通信设备可比一般的团级部队还多，不单单是收发报机。整套设备里面有旧的也有新的，有三套不同的系统，共用一台发电机。所有设备连接成一体，这很困难，但应该已经连接成功。由此我推断出，王先生是师部的人，是师部通信科的上尉。201连的通信设备可能出了问题，有设备需要更换，遇上了技术难题，你亲自上山就是为了连接这批设备。连接成后还来不及下山，我们就到了。于是你毁掉了设备，烧掉了密码本和其他重要文件。王先生还玩了我们一把，又顺手烧坏了几本书，让我的部下白忙活了半天。

"其实，我们的人是亲眼看着你们一行七人去往泉瓦岗，而其中一个人应该就是先生你。当然，当时我并不知道201连的通信设备出现故障，怕动了你们会引起小战神萧阳的怀疑，否则我当时就可以抓捕你们。"

林君心生佩服，松田一郎的这一推断居然没有一丝一毫的错误。而接下来松田的话更是让他对松田佩服得五体投地。

"这只是王先生你的第一重身份，我接下去再说说王先生的第二重身份。据报告，昨天先生受伤后用左手拿手枪打死了我的七个部下，弹无虚发，留下最后一颗子弹想给你自己，结果手枪被萧阳打掉。近距离射杀能打准也正常，但这七发子弹都正中眉心，这就不简单了。"

林君心想，自己大意了，当时没想到这一层，但事已至此，也无所谓了。

松田接着说："所以我推断出，王先生就是前天打破我进攻计划的那个神枪手，压制了我的两处强火力点，使我方伤亡过大，我不得不中断进攻，推迟一天再继续。昨天王先生继续给我造成麻烦，这两天直接伤亡在你手下的我方官兵至少有100多人，还不包括间接的伤亡。"

"一共是 126 个。"林君心里想着，但没有说出口。他打定主意，在松田这个东北狐面前能少说就少说。

接着，林君又听松田说："我对 201 连的研究已经有一年，我没有了解到他们有这样一位神枪手，否则我的战术部署就不会是这样。我部蒙受的额外伤亡，都拜你王先生所赐。我推断昨天王先生一开始在通信坑道内，岗上被袭击后马上给师部发过电报。从时间上推算，你们师部就是在收到你的电报后派出援军的。在判断后续的形势后，王先生接着损坏了所有的通信设备，毁掉密码本和其他重要文件，然后到达阵地转换身份，成为一名神枪手。"

此时林君除了佩服松田之外，更加佩服萧阳，松田的话证实了萧阳的推断，萧阳真是小战神，可是……林君又是一阵伤感。同时心里也一松，松田以上的所有分析没有涉及任何有关卫处长的情节，说明他根本不知道卫处长这个大人物此前在泉瓦岗上的存在，因此处长肯定是安全的。

在林君对松田佩服得五体投地的同时，松田对林君的佩服有过之而无不及。一个看上去才二十出头的年轻人，已经是通信上尉，可见通信才能了得。他还是个弹无虚发的神枪手，而且临阵处事居然如此迅捷而周到，他还没有见过如此优秀的年轻人，可他偏偏是敌人。此时松田决定，如果林君肯屈服，他一定说服他为己所用。但是，他现在连他到底是谁都不知道。于是，他拿出了林君的那把手枪——卢格 P08。

松田站起身来，把枪举到林君的面前，说："这把枪，就是你最后射杀我七个下属的枪，这可不是一般的手枪，德国的卢格 P08，在中国很少见，你为什么会有？"

这其实是松田最感兴趣的，说明林君的身份非同一般，这也是他急着支开铃木要马上提审林君的原因。他太好奇了，这个带着卢格 P08，泉瓦岗上唯一活着的人，萧阳最后拼命保护的人，他到底是谁？

他用卢格 P08 的枪管抵住林君的下巴，抬起了他的脸问："你到底是谁？不要编，我很快就能查证。"

五

林君没回答，他答不出来，松田该猜到的都猜到了，猜不到的林君肯定不会告诉他。林君没想到，松田没有逼问他关于军营通信方面的情报，却逼问他的真实身份。他随即就想明白了：自己一被捕，师部所有的通信设置第一时间就会被修改，熟悉通信业务的松田肯定会立即注意到。

确实如此，松田已经肯定了林君通信科上尉的身份，明白林君所掌握的通信信息已经毫无用处，所以根本不感兴趣。松田这时就是想知道，这个战俘的真名，他的家庭出身，从而就能得知他的价值。

林君脑中忽然闪过一个念头，万一实在扛不住，是否可以把这些无效的通信信息供出来过关？但这一念头马上被自己否定。这等于向敌人投降，这是林君所不愿意的。他想起洪教官在最后一堂课上说过的话："大部分人都不愿意在酷刑下沦为一条求饶求生的狗。"

所以林君知道自己什么都不能说，既不能说出通信相关的信息，也不能说出自己的真实身份。

见林君不回答，松田收起了一直挂在脸上的笑容，抬起空着的手扳住林君的右肩，用卢格P08挑开他的衬衣领子，把枪管顶住因为手臂被扯住而已经渗出血的伤口，隔着纱布慢慢地捅进去，血立即涌了出来。

林君毫无防备，痛得叫了起来，然后他死死把叫声压制住，全身因疼痛而颤抖。

"说，你到底是谁？"松田问，脸上毫无表情。一边把枪管来回转动，继续往里顶，血已经把林君的衬衣前襟染红。当松田感觉林君身体不再颤抖时，抬起头发现他已经昏过去，就松开手跟身边人说："叫庆子来。"

当林君醒过来时，庆子已经把伤口止住血重新包扎好，正在收拾医箱。林君感觉自己全身湿透，伤口处火辣辣地痛。松田看着他，见他没有想说的样子，就挥挥手，让庆子赶紧走开，对旁边的宪兵说："把他全身都打出血。"

山本庆子赶紧提着药箱向门口走去。她进出这刑讯室无数次了，早已经铁石心肠，但今天她感觉身子在微微颤抖，眼睛开始潮湿。

她不想让他在这里受酷刑，但是她无可奈何，这是她从来没有过的感觉。

她这两年来治疗过很多被抓捕的中国人，都是男人，她从来都把他们视作敌人，只是因为自己是护士，尽护士的职责而已。但对这个男人不同，当昨天擦掉他脸上的血和尘土时，她就知道自己彻底失防了。此后她给他脱衣服时，知道自己脸红了。在他昏睡期间，她温和地为他擦身，看着他健硕的身体，感慨这个男人是如此的完美。这样的男人不应该作为战俘出现在这里，更不应该在这刑讯室里受酷刑。

但她不是铃木，她什么都做不了，她走出刑讯室时，后面传来鞭子的呼啸声。

林君感觉背上一阵剧痛。鞭子抽打着，发出清脆的响声。接着前面也有鞭子劈头盖脑地抽打下来。林君本能地尽量低下头，想不要被抽到脸，但又马上觉得自己真是可笑，命都要没了，还顾及脸？他死死咬住牙忍着，两条鞭子如同两条毒蛇，很快他的整个上身都已经血痕累累。林君的意识开始模糊，最终不省人事。

醒来时，林君觉得全身的伤口都浸泡在水中，疼痛无比。接着是第二轮鞭打，晕过去后再次被冷水浇醒。松田站到他的面前，用手碰了碰他左边下颚处刚刚被鞭打出的伤痕道："啧啧啧，这么漂亮的脸已经有伤疤了，身上更多。不过这些伤痕的颜色不够深，所以要再给你留下一些深的做纪念。"

松田命令用烙铁。第一块烙铁烙到胸口，林君再也忍不住，惨叫起来，随后昏过去，被水浇醒。接着又是第二块、第三块……林君的胸口处都是黑色的烙印，室内弥漫着肉烧焦的味道，并不时传来他的惨叫声，但他还是不开口。

松田很失望，他现在才觉得这个公子哥没那么好对付，今天可能撬不开他的嘴了。时间已经过了快一小时，铃木马上要回来了。再则，铃木给他看过林君的血红蛋白数值，他还是很顾忌，毕竟他现在不想这俘虏死。但他还要做最后的努力。

松田戴上厚手套，拿着一根长柄烙铁走近林君说："王先生，如果你肯合作，我不但马上放了你，还会按照你的要求送你去任何你想去的地方，甚至出国都可以。"

林君垂着头，轻声说着什么，此时他已经精疲力尽。松田凑近问道："你说什么？"

"杀了我。"林君无力地说，这次松田听清了。他笑了，他知道，一般这个时候，犯人的意志力已经消耗到了极限。

松田笑着摇摇头说："我可不舍得杀你，我都还不知道你是谁。"宪兵抓住林君的头发让他的脸仰起来，他的脸上全是血水。

松田继续笑着说："王先生何苦呢？不就是让你告诉我你是谁吗？先生你的身份难道比命还重要？"由此，松田更加认定，这年轻人的身份肯定不一般。

见林君依然没有反应，松田把烙铁放到他的脸前说："既然王先生不肯合作，我就要把你的全身都烙遍，先从你这张漂亮的脸开始。你说先烙哪一边，是左边呢还是右边？"他说着把烙铁又往林君的脸靠近了点。林君已经感觉到热气，但他无动于衷，此时痛苦已经盖过了一切，无论是死亡还是毁容他都已经无所谓了。

见林君还是没有动静，松田知道今天就只能这样了，他很想把烙铁直接放在这张漂亮而可恶的脸上，但还是忍住了，把手往下移动，在他胸口处一个还没有烙过的地方按了下去。

随着林君的又一次惨叫，刑讯室的门猛地被推开，铃木一脸怒容地站在门口。

六

林君全身血水，躺在手术台上昏迷着。铃木让庆子准备麻醉剂静脉注射，进行全麻，庆子略有些吃惊。自己的心事自己明白，但铃木对这个战俘的用心，庆子虽然早就感觉到了，然而就是不明白是怎么回事。

他们以前极少在对受刑的犯人清创时进行麻醉，因为麻醉剂本身量不多，他们每次去军医院进药，麻醉剂都是限量的。虽然在铃木眼里，病人就是病人，他一向不会对犯人另眼相看，但由于麻醉剂数量的限制，对它的使用只能分轻重缓急。铃木定下的原则是：凡是需要外科手术的必须使用，如之前对林君枪伤的手术，要作局部麻醉；犯人刑伤的清创则基本不用。但今天，打破了常规。

手术室内很安静，灯光下，穿好白大褂戴上手套后，两人开始给林君清创。先要剪开他的衣服。铃木站在林君的左边，拿着剪刀，开始从领口处往左手臂剪开林君那被打烂了的衬衣衣袖。剪刀慢慢往下，剪到袖口处时停住了，铃木的眼睛顿时睁大，死死地盯着林君的手指。

这手指，指尖处比常人平，是典型的钢琴家的手。

铃木的手颤抖了起来。他是外科医生，手不是一般的稳定，但此时他无法控制自己。他闭了下眼睛，稳定了一下情绪，告诫自己小心不能让旁边的庆子察觉到。

他轻轻地把林君的手臂翻过来，让手背朝上。

这手，很漂亮，它的形态铃木太熟悉了。

铃木自己的手也很漂亮，但他一直以为，世界上只有这双手能胜过自己的手。

铃木放下剪刀，用消毒棉球快速擦掉林君脸上的血水，露出了他那张英俊的脸庞。

铃木看着这张脸，他的眼睛开始模糊。他努力控制住自己，回过神来，稳定情绪后继续工作。

林君被送入病房后，铃木就匆匆回家，此时还没有到下班时间，但军营中一向没人能管他。以往铃木都是在军营食堂里吃好晚餐再回家的，然而今天不同。他的住处离军营不远，走路也就 20 分钟，但今天他出门就坐上了一辆黄包车。

军营里有些人就住在里面，如松田就长期住在军营里。但铃木和庆子一直租住在外面，嫌军营里太压抑。如果有犯人因身体原因需要有医务人员值班，铃木和庆子至少会有一个留在军营，因此他们俩在军营医务区都有自己单独的寝室。

铃木租住的是一个四合院的东厢房，旁边的租户也是日本人。铃木开锁进屋，开灯后迅速锁上门，直奔书橱，从下面的柜子里拿出一沓唱片，挑出了六张，摊在桌子上。

全部是林君的唱片，自他 14 岁到 19 岁，每年一张。封面上都有林君那年轻英俊的照片，有正面的、侧面的，有欢笑的、深沉的。好几张唱片封面都有钢琴家的手，那双羡慕死很多人的手。

铃木看着这些唱片，眼泪控制不住地流了下来。哭了一会儿，他收拾起唱片，放进柜子上了锁。然后他拿出皮箱，整理出换洗的衣服放入，提着皮箱出门，重新坐黄包车回到军营。

庆子看到铃木回来，还带着箱子，很吃惊。铃木告诉她，这些天他都会住在军营，她可以每天回家。

庆子马上就明白了，铃木是为了那个年轻战俘。虽然依然不解，但她很高兴。自己没有能力保护他，但铃木可以。

"先生还没有吃饭吧？我去准备。"庆子看铃木这么短时间就回来了，应该还没有吃晚餐。

"还没有，谢谢。王先生怎么样了？"铃木问。他们从宪兵处得知那战俘自称王军，虽然松田不信，但现在他们只能当他是王军。

"他醒了，不肯吃饭。"庆子很无奈地说。

"他的饭菜在哪里？"

"在那里保温。"庆子指了指旁边台子上一个大大的棉包，随后去为铃木准备晚餐。

庆子拿来晚餐后，铃木让她回家。吃完晚餐，稳定一下自己的情绪，铃木开门走入斜对门的病房内，关好门。病房门的上部有块玻璃，走廊上一直有宪兵在来回走动监视，透过玻璃，从外面能清楚地看到里面的动静。

铃木走近病床看向林君，看到他脸色灰白，闭着眼睛，眉头紧皱。铃木知道，这时麻醉剂的药效已经过了，林君肯定全身的伤口都在疼，特别是背部还被压着，会更痛。

铃木坐到床头的凳子上，看着林君，轻声用英语叫了一声："林君，林先生。"

林君大惊，睁开眼睛看向铃木。

林君毕竟没有受过特工训练，即便再镇定沉稳，在这里听到有人叫出自己的名字，无论如何都做不到没有反应。

而此时，铃木已经泪如雨下，他心中残存的最后一丝希望也荡然无存。

"果然是先生。你怎么能在这里？"

他声泪俱下道："我从你12岁起就关注你，我有你所有的唱片，我还在1937年听过你与维也纳爱乐乐团的演奏会。我最难忘的是你安可的那首、那首……"他抽泣着一时说不出话来。

"《波莱罗舞曲》。"林君轻声替他说。

"是的，是的。以前这首曲子都是弦乐，但先生改编成了钢协，那次是第一次演奏。"

铃木记得，当时，他坐在前排，激动地看着16岁的林君，带动着乐队，把舞曲一轮一轮地推向高潮。这个受上帝宠爱的音乐天才，这个英俊的黑发少年，用他那肆意飞扬的青春，刺激着全场的观众。场内的观众都快疯了，从来没有感受过这样的《波莱罗舞曲》。

"我其实昨天就应该认出了先生，但我无法让自己这样想，我无法接受先生你会出现在这里。但今天我看见了你的手，我无法再逃避，但我真的无法接受。"

铃木无法接受，他心目中的偶像，这个他关注了十年的音乐天才，如今作为战俘，被关在敌营里，忍着浑身伤痛躺在病床上。他抱着头抽泣，顾不上外面有监视的宪兵。

林君温和地看着他，柔声叫道："铃木医生。"林君无法不感动。其实，他们的心早已经接近，所以自己才会对铃木莫名地信任，铃木才会对他如此用心。是音乐使他们心灵相通。

铃木抬起头来，擦干眼泪，正色对林君说："先生，既然我在这里遇到了你，我一定尽一切可能帮助你。你现在什么都不用想，只要养好身体。我从今天晚上起，就住在这里，在你身体好转之前，我不会让松田再找你的麻烦。你不要小看我，虽然我只是个医生，但你看，他今天要提审你，一定要先把我支开。等我一回来，他只能放过你。"

林君没有说话。他今天在刑讯室里所经历的，是他以前想都没有想过的，这样的痛苦，他不想再经历第二次。当时他在想，但丁的《神曲·地狱篇》中描写的情形也不过如此，而自己为什么要遭受这些？就跟他刚刚进入刑讯室时的想法一样，他知道自己的路只有一条——死，要不被松田杀死，要不自杀。松田现在好像还不想杀死自己，他将来留给自己的只有酷刑，所以只能自杀。怎么才能自杀，是林君现在唯一想的事。

铃木让他感动，但铃木的话并没有打动他。铃木也看出林君的心思，说实话他也很理解林君。但铃木不能让他这样想，要努力激起他生的希望。所以铃木继续说："先生，事在人为，相信我，也相信你自己。先生，你不是你一个人的，你既然是泉瓦岗上活下来的唯一的一个人，那就是上帝的旨意，你就应

315

该活下去。"

这句话有点打动林君。是的，他的命是萧阳和 20 多个战士用命换来的，他欠了很多人，他没有资格轻言死亡。

铃木看他有点松动，就说："我先喂先生吃饭。等吃完饭，我给你吃安眠药，好好睡一觉。先生，绝食是没有用的，他们会让我给你鼻饲，你反而更痛苦。"

林君一想，确实如此。记得以前看到过关于文天祥的文章，文天祥被押解北上时，途中曾经绝食，绝食几天后就被蒙古人用竹筒插入食管灌食。当时林君看到这里，觉得这真是非人的折磨，看来人有时候想死真的不容易。还是先吃饭吧。

七

铃木喂林君吃好晚餐，了解到他从来没有吃过安眠药，就只用了半颗，林君吃后果然睡得很沉，伤口的疼痛也被忽略。

铃木关掉了病房里的大灯，只留一盏小灯，依然坐在林君床边，看着他熟睡的脸。此时铃木的心情异常压抑，他明白，自己其实完全没有阻止松田的能力，他的名医身份只是在表面上能够起到一些作用，但真正让松田决定接下去如何处置林君的，只能是松田自己对林君的认识。

对于战俘，松田一向没有耐心，认为战俘本身没有什么价值，所以进入松田军营的绝大部分战俘都很快被枪决，少部分认为可能会有一定用处的，会稍加审问，之后也很快被处死。

对于林君，松田显然已经了解到他在军中的职位，这个职位的特殊性，使松田现在对林君稍有耐心。但从铃木和庆子了解到的情况，今天松田对林君用刑所要逼供的并不是通信信息，而是他的真实身份。显然，林君作为通信上尉的价值已经不存在了。如今松田对他的兴趣只在于他的其他身份，一旦松田的这种兴趣有所减弱，处决林君是迟早的事。

这是铃木最为担心的事，林君时时刻刻处在死亡的威胁之中。

铃木另外的担忧在于，他不知道松田会何时再对林君动刑。他估计几天内应该不会，毕竟林君本来已经受过枪伤，因失血过多已经贫血，而今天刑伤又很重。对此松田多少会有所顾忌，除非他不管林君死活，但目前来看暂时还不会。

然而再次受刑是迟早的事，这一点铃木和林君自己都很清楚。今天林君是扛下来了，但铃木不知道，接下去林君还能扛多久，如此的酷刑，无论是身体还是精神，都是难以承受的。

铃木呆呆地坐在林君床边思考了很久，思考着怎么去帮这个自己这么多年以来一直关注的偶像，自己能为他做些什么，该如何去解开这个困局。

第二天早上醒来，林君觉得精神好了很多。

一见铃木，听铃木还是称呼自己先生，林君就对铃木说："铃木医生，请以后不要再称呼我先生。你应该比我大哥还要年长，我称呼你铃木大哥，好不好？"

铃木犹豫一下，说："好。你大哥怎么称呼你？"

"小君。"

"那我也叫你小君。"铃木笑了，宠溺地看着林君，如果自己真的有这么个弟弟，那是何其有幸。

这样叫还有一个好处，即使有人偷听，也听不到"林"字，不会暴露林君。林君自一开始就不想暴露自己的真实身份，而铃木也强调千万不能让松田知晓，否则不知道这个人会弄出什么事情来。

铃木对林君已经相当了解，但林君对他完全陌生，所以铃木早上先详细介绍了一下自己。他少年时学过几年钢琴，没有坚持下去，但一直以来爱好古典音乐，尤其关注钢琴界的动态。林君12岁被茱莉亚音乐学院破格录取，这新闻在音乐界流传，铃木就敏锐地关注到了这个天才少年。他当时就认为，这是当时唯一能在西方人一统天下的古典音乐界杀出一条血路来的东方人。所以从此之后，他一直关注着林君的一切：他的钢琴，他的学业，包括他的生活。林君的每一张唱片他都第一时间设法托人去海外购买。为了能经常亲临现场听林君的音乐会，他甚至想放弃自己早就设定的攻读硕士博士学位的目标大学——瑞典卡罗林斯卡医学院，而改去申请纽约的大学。当然，最后还是很理智地去了欧洲继续深造。

铃木是大阪人，医学世家出身。他自小聪明过人，又偏爱医学，就顺理成章地成了他们家族这一辈的掌舵人。从欧洲学成回国后，他在日本的医学界声名赫赫，是年轻一辈中的翘楚。然而由于家族的原因，他不得不来华，加入了军队。凭着在医学上的地位，他在军中的威望很高。平时他虽然在松田军中，依然有很多附近的军官会找他看病。铃木主攻外科，但对其他

318

科也颇有研究，是个很难得的全科医生。铃木留在松田军营里是他自己的意思，他不愿意去医院，那里病人多，太忙。他参军就是来混日子的，有空的时候，他宁愿多钻研钻研医术，听听古典音乐。

听到铃木是因为家族原因而参军的，林君问："铃木修一与你有关系吗？"

铃木一听有些吃惊，道："他是我的堂伯父，怎么你知道他？"

"著名的反战人士，在犬养毅被杀前一个月先被害的，我知道这个人。"

"小君居然还关心政治，"铃木笑了，"自从堂伯父被杀后，我们家族后来越来越成为那些少壮派的眼中钉。年轻男子必须从军，已经有好几人在不同战场上身亡。我运气还算好，好歹是个名医，就来当个军医，每天混混日子，不用去战场刺刀见红。"

林君叹了口气说："不关心政治不行啊，敌人都杀到门口来了，已经害了我的亲人。"

八

林君本来身体素质就不错，入伍后经过近两年的锻炼，身体更加结实。所以到了下午，林君觉得身体状态更好了，他躺不住，就想起来走动，铃木吓唬他："松田一看到你活蹦乱跳的，马上会把你揪到刑讯室去。"

林君吓得赶紧乖乖躺着。铃木暗地里好笑，接着说："你不但不能乱走，去卫生间也要我扶着你去，吃饭也由我喂你，这样才显得你身体还很虚弱。你的身体情况以后就我俩知道，连山本庆子都不能让她察觉。而且你现在贫血这么严重，血红蛋白很低，只有 6.5，本来就应该小心。"

林君感到奇怪，问："我现在贫血这么厉害？我上次献血，献了 800 毫升，感觉头空空的，比现在严重。"

"你不信？我去拿化验单给你看。"

林君摆手道："这倒不用。我只是好奇，血红蛋白这么低，我怎么好像没什么反应。"

"献血那次你验过血了？"

"那倒没有。"

"所以，不要单单凭感觉，数据在那里，要相信医学。"

"我受伤那天到底流了多少血？血红蛋白会这么低。"

"这谁都不知道，毕竟你是从那么远的地方被送过来的。反正我当时就觉得你应该是贫血，就先测了血型，想准备一些血。但没想到你是 AB 血型，我对这血型一直很小心。后又去做血常规，才发现血红蛋白这么低。"

林君佩服铃木在医学上的敏感性，就告诉铃木自己是 Rh 阴性 AB 血型。

铃木对医学界的动态一向是最为关注的，1940 年发现的 Rh 抗体他早就知晓。镇军医院没有检测 Rh 抗体的能力，因此铃木对于 AB 血型特别小心，因为 Rh 阴性 AB 血型是最为稀少的。所以，当他知道林君是 AB 血型时，就认为有特殊血型的可能性，要小心应对。果然，铃木的预感很准确。

最后铃木又强调说："以后去卫生间，一定要让我扶你去，起码扶到门口，知道吗？"

接下去几天铃木几乎没有其他事情，所以经常坐在林君床边，两人用英文聊天。铃木说他现在一天说的话比他一年说的话还要多。

平时铃木在军部一直很孤傲，一副目中无人的做派，对任何人都不主动打招呼，包括对松田也很少正眼瞧，大家对此也都习惯了。他说话的对象基本就是山本庆子和病人。对于庆子也都是公事公办，虽然庆子对他很尊重，生活上也尽可能照顾他，但铃木和她打交道从不涉及私事，他知道自己与她是完全不同的人。

他现在能与林君聊天，加上林君也是话很多的人，所以两人每天滔滔不绝，聊得最多的当然是音乐。林君详细讲述了那次安可的《波莱罗舞曲》。

由于交通不便，林君一年也最多去一次欧洲。那次到欧洲后，偶然得知拉威尔先生现在身体很不好，林君就想在演出前抽空去看望一下老人家。在业内人士的帮助下，林君带着自己最新的第三张唱片，与几位音乐界的大佬一起登门拜访了拉威尔先生。

老爷子那时身体已经很差，坐轮椅多年。他看到林君非常欣喜，说自己一直在关注他，林君已经出的唱片他都有。他毫不掩饰自己对林君这个少年天才的喜爱。

当时老爷子问林君，最喜欢他的哪首曲子。他以为林君会说他的《G大调第一钢琴协奏曲》或者《水中嬉戏》，这都是林君演奏过的。但林君却说，他最喜欢老爷子九年前所作的《波莱罗舞曲》，可惜没有钢琴协奏版。

于是老爷子就说：你为什么不自己改编演奏呢？他当时就口头把这首曲子所有与钢琴有关的改编权授予了林君。

林君很感动。他与维也纳爱乐乐队会合的第一时间，就开始改编排练这首曲子。当时最大的分歧在于钢琴什么时候介入。指挥和乐队认为，前面部分应该保持原有的风格，钢琴不要介入，但林君坚持钢琴要第一时间介入。最后指挥与乐队让步，钢琴从第一时间就用单音代替小军鼓开始伴奏，再一步步地进入旋律。

由于节目单都已经确定并宣传出去了，钢琴协奏版的《波莱罗舞曲》就作为安可曲出现在现场，结果一炮打响，现场演奏极其精彩。

演奏会结束后，林君又去拜访了拉威尔先生，给他带去了现场的录音。老爷子听了非常兴奋，他预言说，这首曲子这样的演奏风格，以后也只有林君能够驾驭，因为其他人无法弹奏出开始时那样的伴奏单音。此话真的被老先生说中，后来有不少钢琴家尝试过，却都无法弹奏出这样的效果。

钢琴开始时的单音伴奏，其实林君自己也认为效果肯定不如小军鼓，但当时少年张扬而叛逆的性格使得他坚持钢琴要全程介入。既然开始时不能代替管乐器，那就代替小军鼓进入，结果这单音伴奏恰恰显示出了林君的天分。

半年之后，拉威尔老爷子去世。为纪念老先生，此后一年，只要与乐队合作演出，这首曲子就成了林君唯一一首协奏安可曲。这对林君而言是非常难得的，因为无论是独奏还是协奏，林君都不喜欢过多重复安可的曲子。除了那首《革命》经常被乐迷现场要求演奏之外，他的其他每一首安可曲最多演奏三个月。这源于他巨大的曲量，林君是当世曲量最多的钢琴家，虽然他还这么年轻。

听到此处，铃木不禁叹息道："当初为什么一定要回到国内？在纽约是最安全的。"

九

这个问题，林君也问过自己很多次，特别是这几天处于这样的绝境时，更会考虑到这个问题。他于是说："当初，纽约的朋友们都说，我可以继续在那里演出，收入捐款支持国内的抗战，这不是更能发挥自己的优势吗？也有朋友说，如果担心父母，就尽力劝说父母来美国，那不就没有后顾之忧了吗？我后来坚持参军时，父母也自责说是他们拖累了我，我才回到国内的。但其实，这些都不重要。"

林君住了口，好一会儿才悠悠地说："除非我大哥没有死，否则，无论我在哪里，我最后都会从军，都会自己上战场，亲手为我大哥报仇，否则我枉为人弟。我很自豪，我做到了。我死而无憾。"

林君的眼光依然那么清澈，但带着无畏的坚强。这就是林君，铃木关注了十年的偶像，铃木觉得自己这么多年的关注没有错，这可不仅仅是一个钢琴天才，他有自己独特的性格，真诚而不羁，一旦决定的事，会义无反顾。但是，铃木宁可他不这样，宁可他现在没心没肺地待在纽约，待在依然和平的花花世界，专心做他的钢琴家。

林君看到铃木忧郁的眼光，赶紧笑着说："我说着玩的，我其实很怕死的。"

一天，他们聊到了日本以后的命运，聊到了偷袭珍珠港事件。

林君说："日本自黑船事件以来，一直是惧怕美国的，这次跟美国开战当然有很多理由，但国内政坛难道就没有人看到不利的结果吗？那个去年被美军击毙的山本五十六，他原本是条约派，反对跟美国交恶的。持这样观点的人应该也不止他一个吧。"

"当然有。"铃木说，"不少人看到，但要不不说，要不说了没用。至于山本，他骨子里是个武士，服从是他的本性，虽然观点不被接受，但绝对服从，不折不扣地执行上级的旨意，一手策划偷袭珍珠港。其实机动舰队司令官南云忠一也是如此，他一直反对偷袭珍珠港，但又忠诚于上级，积极执行上级的命令。"

"就是山本这样的人，你们国内开始还一直有人要刺杀他，可见你们日本自下而上的军国主义倾向有多可怕。"林君看着铃木说，"所以我敢断定，铃木大哥，你的日本肯定会失败，结局会很惨。"

铃木点点头，说："很多人都知道这个结局。清醒的人还是有的，但有什么办法？不过，小君，你想过没有，如果没有珍珠港事件，会怎样还真不好说。"

"我知道一些，是因为日本的资源问题。如果不向美国开战，日本最多能撑一年？但这所需的资源本身也是战争的需要，因战争需要资源，为更多的资源需求扩大战争，本身就很荒谬。"

"还有在于实力，那时，在太平洋地区，我们的海军实力在美国之上，这也是他们开战的底气。"

"对，当时是。但是，现在呢？以后呢？美国的工业基础岂是日本能比的？山本早就看到了这一点，他毕竟在美国好几年，太了解美国的实力。但日本那些所谓的少壮派没时间去想。他们只想到眼前，所以他们必败。欲使其灭亡，必先使其疯狂啊。"

铃木悲哀地摇摇头说："日本自食其果，还害了这么多其他国家的人。"他心里说，连林君这样的世界级天才音乐家都被关在日本军营里，以后生死未卜，战争太残酷了。

聊到这样沉重的话题，两人都不开心，以后就心照不宣地不再提起。音乐是他们最主要的主题，而音乐是聊不完的。

那天林君在卫生间，正在水龙头下洗手，无意间抬头看向窗户，拉上了的窗帘一边露出了一小段黑色的铁栏杆，上面有一颗白色的结晶体，在阳光下闪着光。林君走过去，看到栏杆很多地方湿湿的，有一丝丝怪味。他用手指拈起这白色的颗粒，闻了一下，觉得应该就是盐，再看那湿漉漉的锈迹斑斑的栏杆，忽然心中一动。

栏杆上的潮湿他原先也看到过，当时不以为意，以为就是卫生间潮湿的原因。但今天看到这小得不能再小的白色颗粒，忽然明白了什么。这白色颗粒自此深藏在他的心底，成为一丝希望的火苗。在往后的岁月里，他时常想起这小小的白色颗粒。在人生中遇到困苦时，在生命中遇到艰难险阻时，甚至在绝望的时刻，他就会想起来。

十

尽管难受，不能起床走动，但林君也只好这么装下去。铃木觉得林君体质真是好，胃口也大。他原先觉得林君过惯了富贵的生活，富家公子身体一般不会太强健，但林君明显是例外。最不可思议的是，这么冷的天，那天受刑时被冷水浇了那么多次，居然一点事也没有。这种情况铃木没怎么见过。天热没什么，天冷，受刑时被浇过冷水，很多犯人会发烧，甚至有人就此丧命。

当铃木说起冷水之事时，林君笑了，说："我不会，我平时就洗冷水澡。我还冬泳呢。"

铃木吃了一惊，问："你一直这样？"

"那倒不是，我原来每天在家要洗澡是真的，但肯定是用热水。然而到了军营没有热水，只好洗冷水，就习惯了。没想到，体质倒增强不少。"

一说到洗澡，林君浑身不自在起来。被带到这里的第一天，他昏迷着，应该是庆子替他擦的身子，后来他就坚决自己擦。但那都是擦擦而已，对林君而言，不是真正意义上的洗澡。唯一一次淋个痛快，还是那次受刑时，只是当时感觉碰到伤口很痛，后来才听铃木说是盐水。这是松田想出来的：一是可以消毒，防止伤口感染，减少医疗支出；二是可以让盐水浸泡伤口让犯人更痛苦。确实痛苦，但这算是被俘后唯一一次淋浴，还淋得很痛快，林君一想到这就只能苦笑。

这天，林君实在熬不住了，就小心翼翼地问铃木："铃木大哥，我能洗个澡吗？"

"不是一天两次给你擦身吗？"铃木知道林君肯定爱干净，就安排庆子一天两次端热水过来，让林君自己擦，"如果不够，我再让庆子多端几次。"

"擦身算什么洗澡啊？"

"那你要泡澡？"铃木有些为难，犯人真的没有这个待遇，如果林君一定要泡澡，要好好想办法，而且现在伤这么多也不能泡。

"不用不用，不用那么麻烦，只要冷水浇浇就可以了。"

铃木马上明白了，立即板起面孔道："你可别胡来哦，你身上这么多伤口，都还没有愈合，怎么能碰冷水？千万别胡来，听到没有？"

林君无奈地点点头，然后问："今天下午是不是要换药啊？"

"对，你怕痛是吧？实在不行我给你用麻药，或者吃点安眠药。"铃木早就看出林君的痛点其实很低，每次换药龇牙咧嘴的，真的不知道那天受刑他是怎么熬下来的。

"那倒不用，能忍。"

林君问这个是有目的的。等铃木出去，从门上玻璃看出去外面暂时没有人，林君就赶紧起床跑进卫生间，锁上门，拿起脸盆装满水当头淋下。等接第二盆水时，已经感觉身上的伤口开始痛起来，但他还是坚持接满水，又淋了两盆。这时他已经感觉痛得受不了，特别是胸口。他抱住胸口蹲到地上，把头埋进膝盖忍着痛，心里骂自己：这下完蛋了！

铃木刚回到病房，就惊讶地看到林君开了卫生间的门，一脸痛苦地从里面出来，双臂抱着胸，全身都是水，才知道刚才为什么问换药的事，不由得怒火中烧。

病房门外监视的宪兵好奇地从门上的玻璃看着里面，他已经看了半个小时。那个每天跟姓王的年轻战俘说说笑笑的铃木医生，此时一直站在床边骂那个战俘，已经骂了半个小时有余，好几次还用手指戳那战俘的额头。那王上尉抱着膝盖坐在床上，如同做错事被大人骂的小孩。

监视的宪兵及时把这一反常现象汇报给了松田，松田一时想不出原因，就让人叫来了山本庆子。庆子说了林君洗冷水澡的事，最后说：“铃木医生生气的不仅仅是会影响伤口的愈合，而且洗澡时王上尉差点晕倒在卫生间，他贫血很严重，本来不应该擅自行动的。”

王上尉差点晕倒的事，完全是铃木编给庆子听的，因为他知道松田肯定会向她询问情况。

庆子走后，松田想，通过这件事，可以说明两点，一点，自己原先的判断没有错，那个自称是王军的年轻人，肯定出身富贵，在家天天洗澡习惯了，不洗简直要命，能天天洗澡的人，不富贵是不可能的。另一点，此人意志坚强，富贵人家出身的公子哥不可能在家洗冷水，他洗冷水肯定是到了军营后被迫的，但是宁可大冷天洗冷水澡也要坚持，这可不简单。

然后松田还想通了一件事。那天给王军用刑，发现了他的两个特点。一个特点是这年轻人痛点很低，很容易昏过去。痛点是以前他向铃木请教后才知道的，他本来一直不明白为什么不同的犯人忍受酷刑的反应这么不同，铃木告诉他后才知道，这其实是天生的。王军就是痛点很低的人，甚至是他松田见过的最低的，鞭打几分钟就昏过去，烙刑更不用说了，一块烙下去就晕倒，痛点高的人能扛两三块。

还有一个特点就是王军被冷水浇不容易醒。其他犯人只要不是夏天，一勺冷水基本就醒了，而王军要浇两大桶才能勉强醒来，要知道现在可是冬天。如今才明白，他平时天天洗冷水澡，已经习惯了，比常人更难因受到冷水的刺激而清醒。

这些都是松田要慢慢考虑的问题，他知道这个战俘，自己以后肯定还要花时间好好对付。他对这战俘的兴趣越来越浓。目前对这个自称王军的年轻人的定义是：南方人，家世显赫，留过学，家中有军方背景。这样一个重要的人在自己这里一定要好好利用。现在既然铃木护着他，那就让他先把伤养好，反正他又逃不出自己的手掌心。而且他现在贫血严重也麻烦，松田可不想让他轻易死掉。

十一

林君被铃木骂得狗血淋头，只能认错："铃木大哥，别骂了，你都骂了半个小时了，累不累啊？我知道错了。"

"你知道错了？那你给我保证你不再犯了！"铃木怒不可遏，林君一个劲地认错，就是不保证不再犯了，他知道这小子肯定还要再去洗。

林君也确实还想再洗，他知道自己肯定忍不住，他不想骗铃木。

所以铃木足足骂了半个多小时，实在骂累了才罢休。

熬了两天，林君又忍不住了。这次他学乖了，溜进卫生间后，脱了衣服再淋，接着擦干身子，还忍着痛用毛巾按了会儿伤口上的纱布，让纱布尽量干一点。然后穿好衣服，偷偷回到病床上。

运气不错，铃木暂时没进来，庆子倒进来了。林君"嘿"了一声，示意庆子过来。这是林君第一次主动与庆子打招呼，庆子心里一喜，赶紧走到床边。因语言不通，林君只好敞开衬衣领子，手指点了点湿掉了的纱布，然后把食指放在嘴巴前"嘘"了一声。庆子马上明白了，她立即回身走出病房，并回味着刚才林君"嘘"的样子。

办公室里，铃木在打电话，庆子知道刚刚有军官来咨询病情。她站到医药柜前，背对着铃木，偷偷地准备好给林君换药的药品和器材，然后悄悄出门，走进病房，关上门后走到床边。刚把东西放到凳子上，门被推开，铃木一脸怒容地瞪着他们。

不用说，林君又被骂惨了。

"才两天，两天呢，就这么忍不住？"

"铃木大哥，"林君转移话题道，"我今天举起盆，右手臂还是很痛，以后会不会影响我弹琴？"

"你还知道以后要弹琴？你浇冷水时怎么不想想以后？我告诉你，你在伤好之前若再犯一次，我就不再管你了。"铃木怒道。

这是最没有杀伤力的骂，林君嬉皮笑脸地说："你才不会呢。"

铃木哭笑不得，他知道自己拗不过这小子，叹了口气，说："算了，我知道你还是会忍不住的。以后要洗之前，先跟我说，我把你胸口的主要伤口隔一下水。"

林君一听大喜："你早说不就好了吗？"

"我不是被你这小子逼得没办法了吗？"铃木又怒了。

此时铃木不知道，从这天开始，军营外面，有人开始焦急地等着他的出现。

就在林君第二次洗澡后的第二天晚上，应长联第二次悄悄到313师部与李师长见面，他向师长汇报的正是关于铃木的事。调查了铃木的所有情况后，他决定找铃木作为营救林君的内应。

"我这次有很大的把握，"应长联介绍完铃木的情况后说，"可能对别人不一定合适，但对林上尉很合适，至少语言上相通。"

师长听完后仔细思考着铃木的家族背景，他的留学经历，传言中他在军中孤傲的个性。然后他点点头，同意了应长联的建议。其中还有一点应长联没有提及，就是铃木是个狂热的古典音乐爱好者，应长联觉得这不重要。如果连这一点师长也知道的话，他肯定无须再思考，第一时间就可以认定铃木这个内应最合适不过。

"但是，现在的问题是，自从五天前的傍晚他进入营区后，再也没有出来过。"

"能不能调查到以前有过这种情况没有？"

"住在营区里面一天时间有，可能有病人要照看，但也不多。像这次这么长时间，从来没有过。"

"会不会与林君有关？"师长敏锐地察觉到异样，问。

"但是，如果是因为林上尉的伤，那他第一天就应该在里面。他是第二天出来回家，又返回营区的。有人看见他拿着个大皮箱，里面应该是衣服之类的生活用品。"

"拿了个大皮箱，说明他要在军营里住一段时间，我还是觉得与林君有关。如果真有关的话，他是要在军营里守护林君？"师长猜测道，但具体为什么是第二天才开始，他想不出原因。

"这样的话，我不想再在其他人那里冒险，就等铃木，他总会出来的。这样可以吗，师长？"应长联问。

师长同意了应长联的计划。

这一等，就又过去了十天。而十天后的这次变故对于林君和铃木而言，来得猝不及防。

十二

十天后这一变故的源头，是老袁对通信频道采取的新的措施。

自第一天及时修改掉所有的通信设置后，老袁一直在考虑，如何弥补因为这个修改而导致的对林君的不良影响，如何能让松田知道林君还是有用的。几天思考下来，他决定重新启用老的频道，通过这个老频道发送无效的密码报文和所有的明码报文。

老袁把这一设想告诉了师长，师长听后立即同意。于是老袁回科室后就马上布置了下去。通信科的通信兵们虽然不知道具体缘由，但想想应该与林科有关。于是立即行动，313师原先的频道在停用三天后，重新涌入了大量的报文，包括明码报文。

但对于这个方案的实施是否有效，老袁心中完全没底。原因有几个：

第一，不知道小君现在是不是还活着。这是最让老袁伤感的，他一直避免自己去想，但这其实是最关键的。

第二，松田他们能不能及时发现这个频道的变化，由于这个频道先前已经停止使用，当时松田部应该马上就侦测到了，后续他们可能会放弃对这个频道的监控。所以老袁把明码报文放到了老频道，想让明码报文在新频道中的失踪来引起松田部的注意，从而在其他频道上查找。暗码、明码报文在不同的频道发送，势必会给通信部门增加工作量，但老袁还是决定这么做。

第三，就算发现，松田会如何认定这个方案实施的结果？他不可能轻而易举地就此认为，313师重新启用了老的频道，这不符合常识；但他也不会忽视这个频道的改变，具体松田会如何思考，老袁无法猜测。

然而，现在老袁唯有用这个方案，去尝试救自己心爱的徒弟。

如老袁所料，松田的通信部门并没有及时发现老频道的这一变化，等他们发现时，已经是林君被捕后的半个月。

那天，松田的通信部门偶然发现，313师部的明码报文已经消失了好几天。明码报文并不是每天都有，但消失这么多天有些不正常，于是开始在其他频道上搜索。很快查明，明码报文出现在313师原先已经停止使用的频道里，而且该频道内有大量的报文，报文数量是平时的数倍之多。

这一反常现象马上被报告给了松田。松田对此思索了良久。

有一点，松田马上就能确认，这件事绝对只与一个人有关，就是那个自称王军的通信上尉。313师这个方案的实施，目的很明确，就是要告诉松田，现在在松田军营里的这个俘虏很重要，他不是一般的人，不能轻易杀了他。松田不禁对这自称王军的年轻人更加好奇。

对于王军的身份，松田这半个月来已经考虑了很多，这也是他到现在一直留着王军的唯一理由。否则，他绝对不会允许一个战俘在自己的军营消耗粮食和医疗资源，还每天跟那个他十分讨厌而又缺少不了的铃木用别人听不懂的英语聊天。

但是，今天这件事使松田开始考虑另外一个问题，就是王军的通信上尉身份。自第一时间发现313师修改掉了通信设置以来，他就将此忽略掉了，一直只盯着他的真实身份。现在，他又重新开始思考这个问题。

根据他对目前中方军队的了解，王军这样的年纪，入伍时间肯定不会太长，他的这个军衔肯定是被破格授予的，他在军中的职位应该是相应的通信科科长或副科长级别，差不多也是师部通信部门的最高职位。那么，他凭的是什么？即使他的身份特殊，被提拔到这个特殊的职位，也是要有真才实学的，那王军有真才实学吗？肯定有，理由就是他出现在泉瓦岗。

松田重新回想了一下那些从泉瓦岗带回来的通信设备，他自问是无法把这几套设备连接成一体的，据他对双方通信现状的了解，他觉得能够做到的人寥寥无几，这个王军就是其中之一，所以，他亲自去了泉瓦岗。

也就是说，这个年轻人的通信才能非同一般，除了常规的通信业务外，他还掌握了一般通信人员所无法掌握的信息和技能，包括现在看来已经修改掉的那些通信设置。顺着这条线，是否也能审问出有价值的东西？

第八章

一

想明白了王军新的价值，松田马上带人一起走出办公室，边走边命令道："把铃木暂时控制起来，马上提审王军。"

铃木正在办公室，宪兵直接从外面反锁上门，把他关在里面，任凭铃木在里面叫骂。

林君立即被带到刑讯室，松田已经等在里面。

看见林君的脸上略带有一点疑惑，松田笑了笑，说："对不住，王先生，上次对先生你太粗暴。既然王先生不愿意透露自己的身份，我暂时也不想追究，虽然我越来越好奇。今天我想问其他的问题，先礼后兵。请问一下王先生，你愿不愿意把你所掌握的你们通信方面的所有信息告诉我？"

看到林君吃惊的神色，松田继续笑着说："王先生先不用着急回答，我先来为先生介绍一下这些工具的功能。上次太匆忙，没来得及向你介绍，你边听边慢慢考虑。"

林君被拽着从各种刑具边慢慢走过，松田一一细细介绍着，好像在工厂车间里介绍自家生产的产品。

林君之所以吃惊，是他不明白为什么现在松田会问这个问题。上一次受审时，他曾经疑惑过松田为什么不问，后来他马上就知道为什么了。既然松田已经猜到了林君通信科上尉的身份，那林君一旦被俘，原先所知道的通信信息就已经毫无价值。但现在为什么他又要问？

松田的介绍，林君没怎么听进去。但这些刑具他都在洪教官的幻灯片里看到过，很熟悉。尽管不专心，他的心跳还是在加快，那些沾着血污的刑具刺激着他的神经。

片刻后，他们来到一条长凳前。这条长凳比较宽，长度也超过一般的长凳，长凳两边的边沿装着一些皮带和扣子，一时看不出是干什么用的。但林君的眼睛马上看到了旁边方凳上放着的两个竹筒，一个放着一些金属工具，另一个放着一些竹签。

他认识这套刑具，那个令他当场冒冷汗的幻灯片的场面，他记忆犹新，这永远都是他的死穴。这时在现场面对着实物，他的冷汗再一次冒了出来，双手开始发抖。

钢琴是他的生命，而手就是这个生命的心脏，一旦心脏被损坏，他的钢琴生命也就结束了。没有了钢琴这个生命，他林君的生命也就没有了意义。

松田正拿起一个竹筒想介绍，忽然发现了林君的异样。汗已经从他的额头淌了下来，他那很好看的手指在不断地发抖。

松田内心一阵欣喜，没想到意外发现了林君的弱点。

"我虽然不知道什么原因，但王先生的反应有点大啊！"松田笑着看着林君。

林君低着头，闭着眼睛，极力想保持镇静，但毫无作用。他慢慢睁开眼睛，但依然低着头，目光中闪着痛苦之色，用虚弱的声音说道："我作为通信科的上尉，一旦被俘，相关的通信设置第一时间就会被更改，我目前所掌握的一切通信信息都已经毫无用处。"

这等于在求饶，告诉松田，别整我的手，我已经没什么用了，杀了我算了。而林君明白，这已经是自己第二次向松田求饶了，他的内心无比痛苦。

松田心想，你终于又求饶了。此时看这年轻人，镇定和傲气荡然无存，痛苦的眼神彻底暴露了他内心的软弱。

松田继续笑着说："既然是没用的信息，那不妨告诉我。"

林君不吭声。松田也知道，这招对这个年轻人是没用的，于是干脆直截了当道："就不跟你兜圈子了。原先我也这样想，所以让王先生好好养伤，等你伤养好了，再慢慢找王先生交谈。但刚刚我们才得知，贵师部老的通信频道已经重新启用。"

林君震惊不已，抬头看向松田。"王先生也觉得这有悖常理吧？可这就是事实。"松田说。

林君想不明白。"为什么？"他喃喃自语道。

松田有些得意，他喜欢看这个年轻人任何失常的表现。人是不能得意的，一得意就会大意，此时松田也大意了，他随后说出了令他即刻就后悔的话："不但启用了旧频道，还把明码电文都放到了这个频道中，报文数量也大量增加。"

　　话一出口，松田就后悔了，他隐隐觉得自己这段话要坏事，这年轻人太聪明，这是上一次同他打交道时就知道的。

　　林君心中顿时雪亮，立即想明白了所有的事情。他心里叹息道：师父，您老人家为了徒儿我这条小命，真是殚精竭虑啊。而自己刚刚居然还向松田求饶，林君羞愧无比。他仰起头，再次闭上眼睛，深深地吸了口气，他的手不再发抖，缓缓低头平静地看向松田。

　　此时林君的眼中满是坚毅，他一字一句地说："松田，无论是我的真实身份，还是通信方面的任何信息，我都不会告诉你。"

　　松田心里懊恼不已，但他还是不甘心地说："你觉得你能熬得过去吗？"

　　林君微微扬起下巴，倨傲地看着松田："那你试试。"

二

　　林君被压倒跪在长凳前，手臂被拉直，用皮带绑住。

　　这时林君想起他的手买过的巨额保险，当初买这保险是唱片公司的建议。这其实是一种噱头，但林君在音乐以外的事情上都比较配合，不过是签几个名而已。记得当时还与保险公司的人握手拍照，报纸上大登特登，称之为世界上最贵的手。那今天这最贵的手受了伤，是否可以理赔？金额多少来着？

正想着，右手手指一阵剧痛，本能的惨叫声立即从胸口冲出，但马上被林君死死压住。今天已经很丢脸了，不能再像上次那样大呼小叫，如同娘们一样。他顺势咬住了长凳的边沿，一直咬着。牙齿开始酸、痛，然后开始出血，他依然不松口。

手指上的疼痛连绵不断地传来，林君一旦有点意识模糊，宪兵就会停手，痛就开始减轻，一旦林君意识清醒，又开始动手拔指甲。整个过程很慢，两三个宪兵轮流施刑，都很有经验。林君绝望地发现自己始终没有昏过去。

这是松田安排的，他觉得这种拔指甲的刑罚很适合林君，只要控制好节奏，他就不会昏过去，比老是昏过去，冷水又要浇好几桶的刑罚，有效果得多。而今天林君恰恰一看到这种刑具反应就很大，正好适用。

刑罚持续了一整个下午，松田一直候在刑讯室内。林君的指甲一根根被拔掉，已经被拔了指甲的手指上撒上了盐，松田觉得这种痛苦林君这样痛点很低的人不可能忍受多久。但林君一个下午就是这样一动不动地咬着板凳忍着，全身湿透，都是汗水。

松田的希望一点点湮灭，等指甲都拔完，他站起身说："送进地牢。"然后走出门去。从今天起，林君已经不是可有可无的人了，他的口供非常重要，不能再让铃木过多地与他接触，必须杜绝一切可能的意外发生。

地牢很小，但防护很严，外面两道铁门上锁，里面三个小牢房，每道门再加锁。地牢里本来没有犯人，林君一关进去，外面马上多了两名看守。

林君被推入其中一间牢房，全身瘫软，摔倒在地上。他用手臂撑住地面，努力站起身，挪到里面墙前，身子背靠着墙滑了下去，屈膝坐在地上。他闭着眼睛缓了一会儿，终于鼓起勇气抬起了双手。看着血淋淋的手指，林君再也忍不住用手臂抱住双膝痛哭起来。

铃木在被反锁住骂了几句后，就镇定下来。他叫来一名宪兵问是怎么回事，宪兵倒也不隐瞒，把忽然提审林君的原因说了。铃木不懂通信方面的事，但既然这样，那林君接下去可能每天都要被提审，这是除了死之外最恶劣的情况。于是铃木冷静下来坐在桌前慢慢思考着，他要尽快形成行动的思路。

刑讯室很近，铃木一直在听里面的动静，却一点儿都听不见，他有点疑惑。他听说上次林君受刑时一直惨叫，今天怎么没有声音？到了下午3点多，铃木开始与庆子一起准备医疗器械和药品，想等会儿林君出来可以马上给他治伤。没想到，林君出来后被直接送进了地牢。

铃木当机立断，整理好药箱，就不让庆子一起，自己单独前往。既然林君进了地牢，他与林君之间的交流会很少，如果再两个人前往，治伤时间缩短不说，庆子还在旁边，太不方便。所以，尽管他知道庆子很想去，还是不顾她失望的眼神，撇下了她，独自一人前去。

进入地牢第一道门，宪兵履行程序先要搜身，检查药箱，铃木倒也很配合。但宪兵对铃木不敢查太细，草草检查后就请铃木进去。走到牢门前，铃木看到林君的样子，马上明白了，今天林君受到了精神和肉体的双重打击。

铃木回身，让宪兵先去准备晚饭，林君手指受伤，自己要先给他喂好饭。然后他步入牢房。

牢房地上铺了些潮湿的烂稻草，上面扔着一条破毛毯。顶上有个垂下来的昏暗的电灯泡，只要犯人住进去，这盏灯就一直亮着。

铃木坐到林君旁边的地上，放下药箱，用手轻轻抚摸着林君的头发。林君依然在抽搐哭泣，双肩不断抖动。

"小君，没事的，让我看看。"铃木柔声道，轻轻抓住了林君的一只手，查看了一下伤口，然后说，"不要紧，会好的。"

林君缓缓抬起头来，靠在墙上。他满脸泪水，下巴上的血已经结痂，他边哭边说道："我是一个很软弱的人，从小就怕打针，牙齿痛一定要吃止痛药，很小的痛苦我都不能忍受。上次和今天，已经完全超出了我的极限，而这才刚刚开始。我肯定会熬不下去的，我会投降，但我不能投降。我只能死，我一直在想怎样死，但死不掉。"

林君的泪水不断地涌出来，他用手臂搭住铃木的肩膀，用祈求的眼光看着铃木道："铃木大哥，帮帮我，看在你是我乐迷的分上，看在钢琴的分上，看在我为你弹奏过《波莱罗舞曲》的分上，帮帮我，你可以做到的，只要一粒药丸就可以。你也看到了，我现在生不如死。"

三

铃木的眼泪也下来了，但他必须振作起来。

此时，看守拿来了饭菜，铃木接过饭菜盘，重新坐下来。等看守走出门后，他轻轻抱住林君的双肩，轻声说："小君，看着我。"

看到林君的泪眼看向了自己，铃木盯着林君的眼睛，柔声道："小君，你慢慢听我说，先等我说完好吗？小君，今天下午我一直在想，我犯了一个错误。你的人要让你活着，目的是要救你。但从松田的军营里救人很困难，因为没有中国人可以做内应。他们后来肯定会想到我，对你，我最合适。但我这些天一直没有出过军营。如果我没有猜错，今天晚上我回家，应该就能与他们见面。小君，明天若松田继续提审你，你再忍受一天。如果明天我们见面时，我没有能够带给你好消息，那我就带来你要的东西。就再忍一天，好吗，小君？"

铃木说完，依然抱着林君的肩膀，温和而坚定地看着他。

林君看着铃木，慢慢平静了下来。今天半天时间他的心情跌宕起伏，感动过、哭过，绝望过，也勇敢过。他还很年轻，他已经尽力忍耐，但生与死、血与痛，一齐压在他年轻的身心上，使他无法承受。然而铃木的话慢慢抚平了他伤痛脆弱的心，给他注入了人生命中最重要的源泉：希望。他感激铃木，他想起了那粒白色的颗粒，想起了萧阳和所有为他挡枪弹的战士，想起了师父和师长，想起了家人和爱人。

林君低头闭上眼睛，过了一会儿，他睁开眼抬头看向铃木，缓缓地轻声说道："铃木大哥，对不起，今天发生的一切太突然，而且点到了我的死穴，我一时承受不住。大哥，请你放心，今天是我林君此生最后一次轻言死亡。我会活着，再艰难也要活着，为所有希望我活着的人，也为我自己。"

"其实，大哥，我知道，即使明天没有好消息，你也不会带我要的东西过来。是吧？"林君微微笑了下，看着铃木。

铃木笑了，他当然是这样想的。他略微放心，道："小君，我相信你，你肯定能行。我先检查一下你的伤，再喂你吃饭，然后给你吃安眠药，你睡着后给你治伤。"

"身上有其他伤吗？"铃木拉开他的衬衣领子问。

"没有。"林君摇摇头。

"那你嘴巴是怎么回事？"

"那是我自己咬的。"

铃木明白了，怪不得一个下午都没有听到林君的声音，他越发心痛。他检查了一下林君的口腔，用药棉擦掉他口腔内外的血，说："明天你不要咬了，否则你的牙齿都要掉光。"

"掉光了全装假牙。"

"你才多大啊，装假牙。"铃木说着开始给林君喂饭。

"不咬我挺不过去。"

"那你叫出来，可以消解掉一点痛苦。"

"那嗓子要叫哑的。"

"你是钢琴家，又不是歌唱家，嗓子哑就哑吧。"

林君笑了，铃木彻底放下心来。

"这几天吃东西牙齿都会痛，会出血。"

"我会忍。"林君道。

"但愿明天松田不要伤了你的腿，如果行走不便，会很麻烦。"铃木想到了这一层，很担心，他对这些刑具都很熟悉。

"我自己解决。"林君很干脆。

"你怎么解决？"铃木疑惑地问。

"我会演戏，让他继续折腾我的手。"林君淡淡地说。

"能不再伤手吗？"铃木不忍。

"其他我演不出来，只有手，不用演。但愿松田这个老狐狸能上当。"林君毅然决然地说。

铃木深深佩服林君的决心。他一边喂饭一边轻轻地自责道："自从我认出你之后，想帮你，每天瞎想，可就是没有什么行动。"

"你有，卫生间的铁栏杆。"林君轻声说。

铃木吃了一惊："你看出来了？"

"嗯，我稍微试了一下，我肯定能扳断。"林君又好奇问道，"我看到的一粒好像是盐，而闻闻栏杆好像有醋味，还有什么成分？"

"双氧水。"铃木笑着道。然后回头看了一眼外面，没有看到看守，就迅速从医箱的隔层里拿出一张叠着的纸，打开在林君面前，悄声说："这是我这些天画的军营的地图。我方向感不太好，不太有自信，怕画错。每天利用散步机会出去转一圈，回来修改，一直没有定稿。今天下午我匆匆把它完成，应该基本准确。你先看着努力记一些，明天我再带过来。"

随后他指了指纸张靠近自己的那条边，说："这是朝北。"

林君看了一会儿，就说："我记住了，你明天不用带过来了。"

345

这下铃木更吃惊了，松田的军营很庞大，布局也很复杂，林君居然看过后全记住了。也是，这些天除了钢琴家，铃木更是知道了林君的其他身份，任何人如果有其中一项天赋，已经是很了不得了，而林君轻轻松松全具备。他还没有尝试过其他，谁知道他还会有什么天赋。

铃木坚定地想：林君是上帝极其宠爱的人，这样的人绝对不能让他陨落在松田的军营里。这是自己的责任。

铃木走出军营，他没有坐黄包车，提着皮箱慢慢地走着，他想让要找他的人更容易看到他。走到家里的院子里，他放慢脚步，拿出钥匙开门后，站了一会儿，先打开灯，再慢慢关上门。

门后出现一个人，手里的枪指着铃木。铃木虽然有思想准备，但还是吓了一跳。

来人是应长联，他一边继续用手枪指着铃木，一边带着歉意用日语说："铃木先生，我没有恶意。"

"为了林君先生吧？"铃木镇定下来，开门见山地问。

应长联放下枪，大大地松了口气，铃木的这一句话，使他准备的所有请铃木帮忙的言辞都是多余的了，两人的对话马上进入了主题。

"林上尉现在如何？"这是应长联最为关心的事。

"有伤，但不影响行动。"

介绍了目前林君的情况后，铃木随之摊开了那张被林君看过的地图。图是用英文标注的，不用铃木翻译，应长联就能看懂。铃木简单介绍了一下后说："现在最大的问题是，军营的这几道门，没有一道是容易通过的，24 小时宪兵执勤都很严，有钥匙也没用。"

"我在外围远处目测了一下墙，上面没有铁丝网，应该不超过两米八，不知道准确高度是多少。要问一下林上尉，他应该可以翻过。"

铃木又吃了一惊，这是今天林君给他的第三个意外。这个小弟弟，还有多少惊喜是自己不知道的？

两人商量推敲着所有的步骤和细节，直至深夜，应长联方才离去。

四

由于安眠药的作用，林君这一晚睡得很沉，到了早上药性过了，就被手痛醒。此时林君的脑子非常清醒，闻到牢房里一阵阵的霉味，还听到窸窸窣窣的声音，翻身起来一看，发现旁边的墙边两只大老鼠在来回溜达，丝毫不惧林君的注视。

林君一惊非同小可，才想到这里是地牢，翻了翻地下的草，下面都是各色各样的小虫，甚至还有类似蜈蚣一样的爬虫，不由得毛骨悚然。他本能地想起身，但又强迫自己躺了下来。他知道今明两天非常关键，昨天铃木分析得很有道理，所以，现在对自己而言，休息好，保持体力是最重要的。如果连这点小东西都去在乎，肯定会影响身体和精神，必须无视它们。

他闭上眼，调整自己的呼吸，恐惧的心理慢慢平复了下来。

牢门打开，看守拿来了早餐，是两个馒头和一碗水。他起身拿过来，大口吃着，全然不顾牙齿的疼痛和渗出的血，连血一起咽了下去。吃完，他继续躺下闭上眼休息。

大概是算好了他吃早餐的时间，过了一会儿，就有宪兵来带他，又到了刑讯室。

松田已经在等他，看到林君就笑着问道："昨晚王先生休息得好吗？手痛不痛？"他知道，凡是有手指的伤，晚上都是会很痛的，所谓十指连心。但他又想到，铃木肯定会给他用安眠药。

"这个卖国贼。"松田心里暗骂道。

昨天松田回到办公室之后，一直在想今天怎样撬开林君的嘴。让他开口很重要，但此人还不能单纯地仅仅让他开口，他的身份依然牵制着松田：万一他能成为一个大筹码呢？还有他依然很在意他的贫血，万一用刑过火死了，那就前功尽弃，所以他很是伤脑筋。

昨天林君开始时的异样留给松田很深的印象，他不明白原因，但至少可以肯定，手指的刑罚对林君的精神有很大的冲击，这是他心理的自然反应。所以今天最后松田还是决定，再看看林君的这个异样反应是否会有所改变。

于是，松田又带着林君在刑讯室内转着，一边紧紧地盯着他的脸。松田注意到林君看其他刑具还是有点紧张，但刻意不去看昨天他待过一下午的地方。

松田让宪兵把林君拽到昨天那条长凳前，压低他的头，让他的眼睛对着长凳和旁边的两个竹筒。林君马上闭上了眼，但显然还是看见了。跟昨天一样，他的冷汗又冒了出来，手不由自主地颤抖，呼吸也开始粗重起来。看得出他在极力控制着自己，但脸上依然显出恐惧的神色。

松田笑着看着他的脸，一把抓起他的一只手，把其中一个手指的纱布扯掉，林君吃痛，皱了下眉。

"昨天才用到了一只竹筒，另外一只还没有用过，那就今天继续给王先生使用。"松田说完，林君如昨天一样又被绑在长凳上，宪兵扯掉他手指上的纱布，开始用竹签钉手指，从指尖和已经被拔掉指甲的指盖钉进去。

林君听了铃木的话，这次没有再咬长凳，一点儿也不克制地不停惨叫，不断昏迷，再不断被一桶桶冷水浇醒。今天浇的冷水中加了冰，这也是松田琢磨出来的，果然开始时效果比第一次好了不少，一桶浇下去，林君很快就醒了，但渐渐地效果越来越不明显。随着体力的下降，林君昏迷的间隔时间越来越短，对冰水也越来越适应，浇醒的水用得越来越多，后来林君大部分时间都处于昏迷状态。刑讯室地上全是水，长凳所在处的水中混着血。

临近中午，松田已经失望了，但还是不甘心。他蹲下去，让宪兵拉起林君的头发，看着刚刚好不容易浇醒过来的林君说："王先生，你年纪轻，记忆力好，记住的肯定很多，但我现在只要你说出一点点，随便什么，今天我就放过你。"

林君看着松田，忽然笑了，缓缓开口道："你今天只能放过我，因为你怕我出血太多会死，我如果死了，你前功尽弃。"

松田被激怒了，他示意了一下，宪兵开始往林君手指的伤口上撒盐。松田捏住林君正在忍受痛苦的脸，冷笑着说："怎么不说了？继续说！"

但林君很快缓过来了，又开始对着松田笑着说："我可以告诉你，我天生过目不忘，你要的东西我都记在脑子里，而且我还会背——密——码。怎么样，松田，是否很诱人？"

的确很诱人，松田不由得心跳加快，他相信这年轻人所说。一个这么年轻的通信上尉，肯定在通信领域有着非同寻常的才能，能背下密码可能就是其中之一。但松田知道现在他是在刺激自己，目的是什么？松田想起他的两次求饶，他无非想死。看了看地上的血水，松田慢慢镇定下来，他警告自己不要上了这小子的套，就放开林君的脸，站起身，示意今天到此为止。

皮带松开，昨天在刚松绑时瘫软不能动的林君，今天却出乎意料地马上用手臂支撑着身体，艰难地自己站了起来。宪兵拽着他慢慢走向门口，侧身走到了松田的旁边。松田笑着对林君道：

"王先生，明天我不会再让你出血，但会让你痛入骨髓。我们明天见。"

林君转过脸看着松田，他全身湿透，头发上的水还在不断地顺着他那英俊的脸淌下来。他好看的嘴角微微上扬，向松田微微一笑，说道："明天？好，我等着。"然后转开脸，走了。

松田的笑脸凝固了，刚刚林君几次三番地刺激他，而最后还在示威，表示他今天又胜了。此时松田几乎无法克制心中的怒意，他很想立即把这小子拖回来，像第一次那样把他吊起来打，再用烙铁毁了他那张漂亮的脸，但最终还是忍住了。他发现一向冷静的自己，却在这个毛头小子面前失了控，是自己性格变得太冲动，还是这个小子太会刺激人？

　　而此时正走出刑讯室的林君正在暗骂自己，今天自己怎么这么沉不住气，毕竟还是太年轻太冲动。与松田打了三次交道，前两次林君都刻意惜字如金，绝不多言。但今天，却主动去刺激松田，是怕以后没有机会了？林君明白自己最后对松田的笑，除了示威外，还在告诉他：本少爷明天不会再来这里了。不知为什么，林君就是有这种强烈的预感。

五

　　铃木在牢门外，看见林君依然如昨天一样的姿势坐在地上，但没有哭。看到铃木进入牢房，林君抬起头，看到了铃木的一只手隐秘地比了个"V"字，登时放下心来。

　　今天刚到中午，吃的是午饭。铃木一边给林君喂饭，一边轻声而准确地把今天到明天晚上所有越狱的流程讲了一遍。然后说："有两件事要确认：第一件，这墙应该有两米八，你能否翻过去？"

　　"没问题。"林君想，洪教官说得对，真的是技多不压身啊。

　　"那就好，你就从西边的墙翻过去，尽量靠近中间位置。那里的树木较杂，好隐蔽，外面离接应的地点也最近。"

　　"好。"

　　"第二件——这件事如果不好解决，问题也不是很大——就是第二次两粒药丸最佳的服用时间是午夜2点。而你能确认

351

的时间点只有半夜 12 点，那时正好看守换岗。"

"好办，我可以确认，用曲子。"

铃木马上懂了。接着问林君："这个计划你听下来有什么问题？"

"有三个问题。第一，我听到狗叫声，应该有军犬。"

"这个已经考虑到了。"

林君点点头，继续说："第二，我脸上有伤。"

"最近外面流感流行，很多日本兵戴口罩。"

"还有最后一个问题，"林君看着铃木很严肃地说，"明天晚上，你必须离开军营回家。我一走，松田肯定怀疑你，你若在营里怎么也说不清楚。但你若不在，即使他再怎么怀疑你，也没有证据。"

铃木吃惊地看着林君，马上否定道："我留下是很关键的，否则庆子必定留下，一旦被她发现，她肯定第一时间报告，虽然她很喜欢你。"

"她很喜欢我？"林君故意装傻。

"你不用装，你早就知道了。"铃木白了林君一眼，继续说，"她是狂热的好战分子，她家中有很多人早都参加了关东军，她自己也是积极报名从的军，我从来不信任她。你不用担心我，凭我在军中医学界的地位松田不敢动我，最坏最坏的结局是上军事法庭，罚我提早退役回日本，我求之不得呢。"

"别忘了你堂伯父是怎么死的。"林君轻声提醒道。

铃木郑重地看着林君说："小君，我在这里碰到你，若不能救你出去，我这一辈子都无法安心。"

林君也郑重地说："铃木大哥，如果因为我而使你遭受到任何的不测，我也会一辈子都无法安心。"

"明天你处于昏迷状态，我若离开，松田反而会怀疑。"

铃木这话其实也很有道理，但林君不吃这一套："那是你的事，你肯定能处理好。"

铃木还想辩驳，林君坚定地说："铃木大哥，明天你若不走，那我也不走。"

铃木知道林君做得出来，他急了，道："小君，你怎么这么固执啊！"

"你才知道啊。"林君开了一句玩笑，然后正色道，"我知道我很固执，我固执地从纽约回国，固执地从军，固执地到了前线，这都是我自己选择的，我自己承担，我不后悔。"

铃木无奈，于是他把庆子日常晚上值班的习惯告诉林君："她一般晚上10点左右巡房一次，然后最多半夜2点多再巡一次。但明天晚上情况不同，你处在昏迷状态，她肯定会多来几次。而且她是很谨慎的人，我无法在她的茶杯里加安眠药之类的东西。她可能会成为明天晚上行动的最大障碍。"

林君道："这是从东北狐军营里逃出去，本来就没有十全十美的计划。晚上10点左右庆子来巡房后，我即刻行动，走廊上的宪兵这个时候开始也不再巡逻，一般不会有问题。"

铃木知道林君主意已定，无可奈何，只能作罢。

"你明天如何向松田解释我的忽然昏迷？"林君好奇地问。

"贫血。明天你的验血单出来，你的血红蛋白不会超过5。"

林君忽然明白了，道："你从一开始就在作假？用药？"

"是的，上一次直接在输液中加入，明天就是你自己第二次吃的其中一颗药起作用。输液见效快，吃药见效慢，但数值都能事先控制。"

林君瞪大眼睛道："可是，你刚见到我时还没有确认是我啊。"

铃木说："是没有确认，但其实早已经认出了你。你想，我对你这么熟悉，能认不出吗？只不过心里不肯承认而已，而潜意识已经想要准备点什么。当我发现你有可能是特殊血型，就有了想法。于是我就用了药。"

也幸亏林君是 AB 血型，铃木以前对于 AB 血型的小心应对不是第一次，因此松田对此没有任何怀疑。既然铃木认为 AB 血型不能随意输血，那就不要随意输，这个东北狐对铃木医生的医术是绝对信任的。

铃木有点欣慰地说："现在才知道，这个作假效果很好。松田如今急着要得到你的口供，如果不是顾及你的身体，按照他以往的惯例，他会连续审问犯人三天三夜。"

林君一听不由得一哆嗦，继而笑着对铃木说："铃木大哥，你不但是个优秀的医生，也是个优秀的特工。"

铃木笑骂道："少抬举我，是要让我也夸夸你？"

"那我现在的血红蛋白实际上是多少？"

"根据我对你身体状况的观察，应该在正常范围。"

午饭已经吃完，不能说太长时间，毕竟外面有看守。铃木的脸暗沉了下来，低着头说："小君，等会儿你吃完安眠药入睡后，我给你治伤，然后就会离开。明天下午你醒来时，血压高压不会超过 100，你要继续装睡，免得节外生枝。别忘了松田这个'东北狐'的名号。醒来后，你要抓住机会悄悄活动活动手脚，免得躺的时间过长手脚麻木。"

"铃木大哥，你真啰唆。"林君强笑着说。

铃木继续低着头说："即使我在旁边，你也不要跟我打招呼。"

已经不需要说什么了，两人都明白。林君的眼睛噙着泪水，轻声道："铃木大哥，就此别过。"

两人同时注意了一下外面，见没有看守，互相拥抱在一起。

"大哥，谢谢您。"林君哽咽着说。

"小君，祝你好运。"铃木也哭了，"想早点听到你的演奏会。"

"我的下一场演奏会，我要亲自把票送到你的手中，你等我。"

"好，我等着。"

说完，两人迅速分开。互相看着对方的泪眼。这次分开什么时候能相见？两人都不愿意去想。

还有，是否还能相见？

终于，铃木拿出安眠药，让林君服下，接着轻声说："小君，躺下吧，你马上会睡着。"

铃木替林君治完伤，一边慢慢收拾着药箱，一边看着林君，林君正熟睡着，眉头微蹙，伤口的痛在影响着他。

铃木一直希望林君快点离开这个地狱般的军营，但真的要离开自己，铃木内心又是如此的不舍。从这个少年12岁起，铃木就关注着他，对他的感情是很深的。这些天两人很有默契地有意忽视掉林君的处境，尽情交谈着互相感兴趣的话题，当然最多的是音乐，铃木的心情一直是很愉悦的。但他内心深处又有一种罪恶感，自己的这种愉悦是建立在林君随时面临死亡的恶劣情景之上的。所以，他要尽自己的一切可能，帮助林君脱离这个绝境。如今，已经到了最关键的时刻。

铃木收起恋恋不舍的眼光，收拾好药箱，站起身走出牢房。自这一刻起，他的每一个动作都要为明天晚上的行动做准备。

六

铃木带着担忧落寞的神情从地牢里一路走来，走进办公室，坐在桌边一言不发。最关注铃木神情的当然就是山本庆子。

这两天，庆子的日子很难过，自林君昨天被带走后，她一直没有近距离接触过他。

她自认为，自己对这个王上尉的关切不亚于铃木医生，但两人的境遇却如此不同。铃木能天天陪在他的身边，与他笑谈，能像骂小孩一样地骂他。庆子是学过一些英文的，但他们说话都很快，因此他们的交谈她基本听不懂，只是偶然听懂几个单词，她听到最多的是"piano（钢琴）""music（音乐）"。这不奇怪，铃木是古典音乐爱好者，这个很多人都知道，他有个行李箱专门装留声机和唱片。显然，王上尉也应该是古典音乐爱好者，所以他们有很多共同语言。

这就是人认知的局限性，庆子这样想很自然，同样这样想的还有松田。虽然松田很聪明，但再聪明的人对于超出他认知范围的事，也无能为力。他不可能从林君的手指推断出林君是个钢琴家，就算林君举着手在他脸前晃一整天，他都不可能往这方面去想。虽然松田对于林君被带来后的第二天傍晚，铃木在林君床边哭一直很疑惑，但绝对不会想到这一层。

自林君进了军营之后，庆子的心几乎都挂在他的身上。虽然他几乎不跟她主动交流，唯一的一次就是第二次淋冷水后，想让她偷偷换药。她后来一直在回味他那举着食指做"嘘"声的神态，他的眼睛清澈如水，不染一丝尘埃，她从来没有看到过这样的眼睛。

本来他在病房里，虽然不能跟他说话，但换药都是她与铃木一起换的，那是她与他接触最久的时刻，也是她最快乐的时刻。另外还有一些生活上的事，她也能经常接近他，比如送饭，虽然饭是铃木喂的；还有每天送热水到他的床边，虽然除了第一天他昏迷期间给他擦过一次身之外，后来他都自己擦。而现在，这些都做不到了，而且她知道，到了地牢，很难再回到病房，除非伤病很重。

铃木不带她进入地牢，她明白他的心思，他想与王上尉多交谈，不想让她在身边碍眼。除了工作之外，铃木对她一直冷冰冰的，她也知道是什么原因。除了铃木的性格之外，还有其他因素，比如铃木已经成家；还有，铃木的家族背景使他与军营里其他人格格不入，包括她在内。

但今天，看到铃木那样的神情，庆子实在忍不住了，对那年轻上尉的关心，使她只能鼓起勇气问铃木："先生，王上尉怎么样了？"

铃木看了她一眼，目光和善了些许，庆子知道他看出了自己对那年轻人的关切心情。

铃木长长地叹了口气，说："很糟糕。昨天还行，但今天身体状况差了很多，感觉他身体很虚，胃口也差了不少，我劝了很久才勉强让他吃完午餐。"

"他的胃口可是一向很好的。"庆子担心起来。

铃木点点头说："还有他说今天早上开始头痛。我还感觉他的呼吸也比以前快，但我今天失误了，没有带听诊器，无法好好听一下他的心肺。"

庆子马上想到了林君的贫血，问："会不会现在他的血红蛋白更低了？"林君的血红蛋白原先就只有 6.5，三次受刑又流了不少血。这些症状可都与贫血有关。

"是的，我也怀疑，但无法进一步诊治，所以我很担心。"铃木眼中满是忧虑。

说完这些，铃木不再说话，他与庆子之间这样长的对话很少，今天他算是很有耐心了。整个下午，他就坐在办公桌前，前面摊着一本医书，但显然他压根儿都没有看进去。庆子与他一起工作了两年时间，第一次看到他这样落寞、无奈和担忧。铃木可是一直以高傲冷漠著称的，永远一副目空一切的神情，今天，却完全不一样了。

庆子自己也好不到哪里去，一下午也是魂不守舍。对王上尉身体的担忧，经过铃木的话得到证实。她是护士，她知道他的身体情况，本来就受伤贫血，只是他身体素质好，年轻，恢复得还不错。但尽管如此，他还是会经常头晕，去洗手间都是铃木扶着他到门口，然后提心吊胆地等着，怕他会晕倒。这连续两天又失了血，结果会怎样？

她自然不知道，铃木，这个业余特工，自一开始就策划了这一场景，连林君自己都到今天才全部知晓，何况是她这个铃木一直防备着的人。

业余特工铃木演了一下午的戏，下班回家。他今天依然没有坐车，步行走过了一个集市，拐进一个烟杂店，这是他经常买烟的地方。他买好一包烟，拿起店里的公用电话，打给一个他知道最近就在附近镇里的老朋友。既然小君坚决要让自己明天离开军营，那就按照他说的做，安排好一切事务，不能辜负他所冒的风险。

林君在手指的剧痛中醒来，今天手指的痛胜过昨天，他知道是伤上加伤的缘故。但他顾不上疼痛，看到门口已经放好了晚餐，就起身过去拿来，很慢地吃完。之所以吃得很慢，就是给门外的看守看的，他也要配合明天的行动。

按照林君现在的身体状况，此时他恨不得狼吞虎咽，但没有办法，不但要吃得慢，在看守偶然来查看时，还要装出很难下咽的样子。这样也挺痛苦，林君觉得演戏确实也不容易。

好不容易演完戏，林君留下一碗水，把盘子放到门口后继续躺着。等看守拿走盘子，林君认定看守一时半会儿不会过来，就拿出藏在衣服里面的一个小纸包，那里有三颗药丸。

三颗都不一样，严格地说只有两颗多一点。林君迅速起身，用水把这小半颗药吞下后躺下，那是安眠药，可以让他熟睡五个小时左右。铃木怕他手指的疼痛会影响睡眠。

吃完药，林君在手指的剧痛中又慢慢入眠。再次醒来，依然伴着手指的疼痛，但感觉好了一些。按照铃木的计算，这个时候应该是晚上 10 点左右。

林君等了一会儿，听不到外面看守的动静，就拿出藏在衣服里面压在背下面的一个大面包，躺着慢慢地一小口一小口撕着吃起来。这是铃木留下让林君加餐的。铃木说，明天一天三餐都不能吃，水没有问题，会输液，能量也没什么问题，输液时能补充。但肚子太饿，对于林君这个好吃的人来说，会很不好受，所以今天能多吃一点就多吃一点。

吃完面包，借着昏暗的灯光，林君起身，仔细检查了一下衣服、毛毯，以及地上的草，防止面包屑掉在上面，接着闭起眼睛静静地休息等待。手指依然在痛，但在慢慢好转。他仔细算了一下醒来到现在的时间，预计接下去听到看守换岗的时间应该是 1 小时 50 分钟后。于是他开始默想马勒的第一交响曲。这首交响曲时长 1 小时不到一点。

马勒的交响曲在林君的脑海中曲终，他又开始重复默想，第二遍默想完没多久，就听到了看守的换岗声。林君又重新默想了两遍这首交响曲。预计过了大概 2 小时不到，稍微等了约几分钟，第二次拿出那个装药的纸包，先服下剩下的两颗药，再吞下纸团，不留一点痕迹。

之后，他静静地闭上眼躺着，等着意识的模糊。

七

看守发现林君的异样，是在放好早餐一段时间之后。他过来发现早餐还在门边，林君依然在睡觉，就进门踢了几下林君，想叫他起来吃早餐，但林君脸色惨白，毫无动静。

看守有点心惊，就蹲下捏住林君的脸来回晃了几下，但林君还是毫无反应。这下看守慌了，摸了摸林君的脖子，摸到依然跳动的脉搏，稍微安心了一点，但知道情况肯定不妙，连忙打电话上去通报。

林君被送入病房时，铃木还没有到军营，迟到早退对于铃木而言是经常的，特别是心情不好的时候。

庆子连忙先给林君接上氧气，然后开始测血压，一测不由得大吃一惊，林君的血压只有40—80。她是记得以前林君的血压的，即使是在他身体情况最差的时候，血压也是很标准的。

庆子顿时心慌起来，昨天她与铃木担心的事情终于发生了。她开始手足无措，心里盼着铃木医生快点到办公室。

松田自听到林君昏迷的消息后，就一直在病房现场，看着庆子量血压，听她报出的数，也知道这个值太低了。铃木还没有来，他于是只能问庆子可能是什么原因，庆子就把自己认为可能是贫血引起的想法说了出来。松田心里一紧，有些懊恼，自己还是太大意了，万一今天这个自称王军的年轻人抢救不过来，这条到手的大鱼死掉，自己这些天的努力就白费了。

谢天谢地，铃木终于到了。一看到这个情景，铃木脸色大变，松田看到他的眼睛都已经湿润。铃木一向高傲冷静，这样的神情松田还是第一次见到。然后铃木迅速镇定下来，马上到办公室，边报出一串药名，边与庆子一起准备，之后给林君打上吊针，注入抢救的各类药物。

等第一轮抢救程序完成后，铃木让庆子马上抽血并坐车送去军医院验血。他自己就一直坐在林君的床头，过一段时间就测一下他的血压，听一听他的心肺。松田时不时进出病房，铃木一直没有理他。相较于铃木，松田更加信任庆子，他几乎已经认定了庆子的说法。但庆子毕竟只是个护士，根本不能与军中医术最高超的铃木相比，所以松田很想再听听铃木的诊断意见。

"铃木医生，这到底是怎么回事？昨天还是好好的。"松田终于开口小心翼翼地问道，心里很别扭，自己一个堂堂旅团长，对一个军医居然要低声下气。

"等军医院的验血结论。"铃木看也不看他，冷冷答道。

松田明白，铃木也与庆子一样判断是贫血，所以才急着去验血。看样子，自己这两天确实太心急了，但这么重要的通信信息必须尽快问出来，这也是没办法。

差不多两小时后，庆子急急忙忙从军医院坐车回来了，她满脸焦虑地拿着验血单给铃木。铃木一看眉头紧皱，递给了一旁急着想看的松田，并用手指点了点其中的一个数值。松田接过来一看，这个数值是 4.7，不由得倒抽了一口冷气。饶是他这个外行，也看出这个数值实在太低了。

铃木把头埋入手中，一动不动地继续坐在床边。他的神态很明显在表达：该用的药都已经用了，现在就看这位王上尉自己能不能挺过这一关了。

过了中午，林君的血压开始有些回升，大家的心情略有些放松，铃木和庆子轮流去吃了午饭。铃木、庆子、松田三人各怀有不同的目的，但脸上的焦虑略有些消退是一样的。当然优秀的业余特工铃木依然在演戏。

到了下午 3 点左右，林君的血压继续缓慢上升，铃木终于松了口气，站起身离开病房到办公室歇了一会儿，喝了些茶。过了半小时，他又坐在林君床前，他知道林君随时会醒过来，万一刚刚清醒的林君控制不住，神态出现什么异常，他能及时处理。

过了 20 多分钟，铃木看见林君的眼皮轻微地颤动了几下，马上又恢复了平静。此时室内正巧没有其他人，铃木知道林君已经醒了，但他控制得很好，这一关过了，铃木心里不由得暗赞林君。

此后铃木、庆子、松田时不时进出病房，铃木和庆子也时常量林君的血压，此时血压已经上升了 10，林君的脸色也有些好转。三个人脸上的担忧之色也渐渐减退，慢慢露出喜色。

接近傍晚 5 点，铃木对庆子说："今晚我值班，你回去吧，应该不会有什么事的。"

松田看铃木这时心情好转，就问道："他今天能不能清醒？"

"有难度，但明天肯定行。毕竟年轻，居然扛过去了。"在松田看来，铃木少有地不是那么冷冰冰，可能林君脱离危险，他心情也随之好转了吧。

松田松了一口气，这时庆子从对面办公室跑过来叫铃木说有他的电话。铃木过去接电话，松田和庆子两人在病房里忽然听到对面铃木的大呼声："高桥兄，你什么时候到这里的？"

接着听到铃木一阵激动的话音，最后他有点遗憾地说："高桥兄，我今天晚上有病人，明天晚上……

"一定要走吗？……

"那你下次什么时候来？……

"这样啊。"

铃木的声音里明显带着失望。

"你等等，高桥兄，你等等。"

铃木冲进病房，他的脸上既激动又矛盾，跑到林君床边，拿出听诊器仔细听了听他的心肺，然后又量了量他的血压，他仔细看着林君的脸，然后下了很大决心似的跑回办公室继续拿起话筒，只听他说：

"高桥兄，今天晚上稍微晚一点，6 点半这样好不好？我到你那里接你，我们去我们军营东面京都人开的千佐居酒屋喝酒聊天。……对对，好的，就这样，你等着我，再见。"

铃木挂了电话，回到病房对庆子说："今晚我要去见一个朋友，你值班，我晚点走。王先生一般不会有问题，万一有问题，你马上打电话到隔壁的千佐找我。"

正常下班时间是 5 点半，铃木多待了大半个小时，又检查了林君的心肺和血压，此时林君的血压上压已经快到 100，铃木明显感到放心，就嘱咐了庆子几句，下班走了。

八

林君确实是在铃木猜到的时候醒的，根据铃木原先预测的，这时应该是下午4点左右。一醒来他就开始继续默想马勒的第一交响曲，比上次默想时稍微慢了一点点，以尽量接近1小时。他心想，马勒怎么也不会想到他所作的交响曲会被人用来计时。林君一边默想曲子，一边静听几个人的动静，等交响曲第一遍默想一半时，他就能听出是谁进出病房，是谁坐在自己的身边。

在他猜测是铃木坐在身边时，他小心地动着手脚，但幅度很小，连铃木也看不出来。刚刚的大半个小时里，林君觉得十分难熬，所以有点纳闷，为什么铃木大哥不把他醒来的时间计划得晚一点。但等动了手脚才知道，自己现在几乎没有力气，而且随着时间的推移，感觉力气恢复得很慢，这才明白这样昏迷过后，是会影响身体机能的，铃木肯定是算好了要留出足够的恢复时间，让他晚上行动时能有充沛的体力。

前面这两个小时中，林君感觉到床边的凳子上要么是铃木坐着，要么是偶尔庆子坐着量血压，铃木大部分时间就在病房里。他也听见了他在打电话，虽然听不懂日语，但聪明如林君马上猜到铃木是在安排今晚的离开，心里不禁觉得安慰。

预计6点多，林君觉得铃木在与庆子打招呼，然后走了。没过多长时间，林君觉得今晚最难熬的时刻开始了——庆子开始坐在床边的凳子上。

此时庆子有了一种"你终于属于我了"的感觉。自从铃木说让她晚上值班之后，她脸上虽然不动声色，但内心一直兴奋着。

她早早就开始准备，5点半一到就开始吃晚餐。等铃木一走，松田也离开了病房，她就拿着听诊器和血压计，坐到了林君床头。

她脸上依然不动声色，以一个护士看病人的神态坐着看林君。那张英俊的脸，那张已经抓住她的心半个多月的脸，终于可以这样近距离痴痴地看着了。

此时，庆子的心情极好，林君在好转，已经转危为安，否则按照铃木与林君的关系，铃木也不会放心地走。经过今天的事，松田肯定会对林君的身体有很大的顾忌，接下去一段时间不会再对林君动刑。

庆子高兴了，而林君就惨了，这时他觉得自己和铃木都忽视了这个庆子的心理，对现在这样的场景都没有预计到。铃木坐在身边时林君是很放松的，但此刻庆子一坐，林君整个身子开始紧张。

而且没多久，紧张感又升级了，庆子开始拿听诊器听林君的心肺。她的手在林君的胸口移动，幸亏那里大部分还有纱布，但庆子的手有意无意地不断摸到没有纱布的地方。脸也很近地贴过来，林君都已经感觉到了她的气息。

林君只能努力克制着，不让自己的肌肉紧张起来，祈祷她快快结束这要命的听诊，他觉得庆子的听诊完全是幌子。

感觉过了很长时间，庆子的听诊器终于拿掉了，但人还在那里坐着。林君心里叫苦不迭，他又一次觉得长得好也不是什么好事情。这日本女人可别一晚上都坐在这里，否则自己今晚的行动非泡汤不可。

自庆子坐在身边后，林君觉得自己的身子好久没动已经开始僵硬，于是他开始大着胆子小心地动脚踝，因为他觉得庆子的眼睛肯定一直盯着自己的脸，不会去看脚的方向。他时不时地偷偷动一下，才稍微感到好过一点。

尽管很难熬，他脑子里默想的曲子却一直没有中断，他预测现在应该已经晚上8点左右，不知道这女人还要坐到什么时候。这期间，庆子量了一次血压，听诊足足有6次，但林君的心理反应一次比一次小，感觉自己脸皮越来越厚。中途她也离开过一次，但很快就回来坐下。

终于到了大概9点多，庆子离开病房，过了半小时，她又回来。这次应该是很认真地给林君检查，听心肺，测血压。然后她关掉了大灯，只开一盏靠近卫生间角落的小灯，离开了病房，回身锁上了门。如果病房中住着犯人，到了晚上，病房的门外面要加上一道锁。

林君松了口气，按照铃木说的她以往的习惯，她应该就是去睡觉了。

病房里寂静无声，走廊里也没有任何动静。林君慢慢睁开一直闭着的眼睛，看向四周。幽暗的病房内，卫生间门旁的小灯发出微弱的光，伴随着窗帘的缝隙中漏进来的丝丝暗淡的月色，给房间打上了朦胧的色彩。

林君继续躺着，缓缓开始动手脚，幅度不断增大。同时他仔细聆听四周，依然一片寂静。他慢慢起身坐了起来，感觉身体没有明显不适，就下床起立行走几步，不由得佩服铃木，此时的他已经感觉到精力充沛。

林君迅速走进卫生间，关上门锁死。没有开灯，把窗帘拉开一道很小的缝，一丝暗淡的光从外面院子里照进来。借着这一丝光，林君从台盆下面的柜子里拿出铃木准备的全黑的服饰和鞋子。这一定是铃木走之前刚刚准备的，否则很容易被人发现。

林君迅速穿上衣服，除了一身黑的衣服、黑的鞋子外，还有黑色的面罩和手套，此时的林君除了眼睛外，已经全部被黑色所覆盖。

然后他走到窗户边听了听外边的动静，缓缓推开玻璃窗，用双手抓住每一根铁栏杆靠近窗框的边沿处，同时用力，先把水平的一根根扳断，再把左右各两根扳断，整个铁栏杆就被拿了下来。

林君从窗户里小心探身出去看了一下外面，没有见到一个人影。他拉上整个窗帘，回身开了灯，再稍微打开一点水龙头，让水流声能够在寂静的夜晚传到卫生间门外。

林君走到窗帘后面，爬过窗框，站到了外面，回身仔细装好铁栏杆，扳断处的凹凸不平使铁栏杆依旧能勉强卡住。然后他整理一下窗帘，再推上玻璃窗，身子迅速退开，隐没于黑暗之中。

按照铃木原先的计划，卫生间是不开灯的，开灯容易引起外面宪兵的注意。但现在是庆子值班，庆子成了最重要的防备对象，卫生间就必须开灯。

按照记忆中铃木所画的地图，林君迅速往西边围墙的方向行进。路上时不时地看见巡逻的宪兵，但整个院子中有不少的绿植，足以让他隐身。围墙的四角有探照灯，四束雪亮的灯光不停地从不同的方位来回扫射。林君在宪兵和探照灯的间隙停停走走，不断靠近西边的围墙。

终于来到了围墙中间位置附近的树荫中，此时夜风吹动着树木，发出沙沙的声响，四周暂时没有宪兵巡逻过来。林君知道，不能等，他紧紧盯着不断扫射的探照灯，瞅中空隙，快速冲向围墙，翻身越了过去。

刚刚跃过，站稳在墙根下，就见对面一堵墙中有扇门打开了一道小小的缝。林君没有犹豫，冲向前，闪入门内，门在身后无声关上。接应的正是应长联一行三人，三人都穿着日本军服。

看到一身黑衣的林君冲了进来，应长联心中的两块石头落下了一块。他连忙上前问："林上尉？"

"是。"林君简短回答。

"请跟我们来。"一行四人进入院子，林君到其中一个房间内换掉全身衣服，换上的是全套的日本低级武官的军服，外加一副白手套和一只口罩。换下的衣服应长联几个喷撒上药粉，埋入了院子里的一个角落，林君的身上也稍微喷了一些。这样，若有军犬追来，只能追到这里。

这个院子其实也归属松田的军营，只是堆放杂物，有时候放养些军马，平时没有什么人，但也不安全。四个人从北边的一扇小门迅速撤离，又拐弯抹角地走了几个街巷，来到了一条相对开阔的街道，那里停着一辆日本军车。四人上车，一个叫小牧的小伙子开车，向镇外驶去。

九

到这时，几个人才有点放下心来。应长联开始向林君介绍自己："林上尉，我叫应长联。终于把您救出来了。"

"应先生辛苦，我给你们添麻烦了。"林君感激道。

"出镇有两道岗哨，出了镇还有三处岗哨，相对简易些。但之外 100 里依然是松田的防守范围，所以现在我们还只是暂时安全。如果松田军营里没有发现异常，凭我们的这些准备，通过应该没有问题。"

林君有点担心。如果是铃木值班，就万无一失；而现在是庆子值班，平添了不少变数。但这些他现在不想说。

应长联继续说道："我们在杜镇的力量很薄弱，因此我们已经联系了友军游击队，一旦镇外遇到意外情况，我们要及时弃车走山路，他们会护送我们到最后的接应地。"

车子开到了第一个戒备森严的岗哨前，停下，宪兵上前检查，把人与证件对照一下，也没有对林君的口罩有什么怀疑，就顺利放行。此前每人都已经有了一本证件，林君看到自己穿着日本军装的照片，有些好笑，佩服应长联他们这么快就做了这个天衣无缝的假证。

第二个岗哨也过得很顺利，这样他们就出了杜镇，大家的心放下了一些。林君见开车的小伙子车技不是太熟练，开得慢，而且很紧张，知道他可能还是他们三个人里面开车技术最好的，于是就提议："我来开车吧。"

应长联不同意，说："林上尉身体有伤，又经过这一番折腾，肯定很累。"

林君确实觉得有点累，毕竟昏迷过，又装昏迷了很长时间，特别是山本庆子坐在身边三个小时，真是身心俱疲。同时手指上的伤对握方向盘也会有所影响。但他还是想接手开车，隐隐地觉得这样会更主动，就道："还是我来吧，我车技可能会好很多，这样对大家都好。"

于是暂时停车，两人迅速换了位子。林君一上手，车速马上变得飞快。应长联指挥着路线，车子快速向前，驶向镇外的第一个岗哨。

如同前面的两道岗，车子也顺利通过了。此时林君有点后悔，自己应该早点接手开车，否则现在肯定已经通过了镇里镇外的全部岗哨。

应长联心中不由得感慨，林君的能力真的不是一般的强。自他接手这个任务以来，他了解了很多林君的事，从上峰和战神李师长对他的重视可以看出他在军中的重要性，但直接的观感还是来自从昨天开始的越狱行动。

整个行动其实对林君的考验非常重，一般人很难如此顺利地通过。服药、昏迷、装睡恢复体力、扳断铁栅栏、翻墙，没有高超的技能、充沛的体力、冷静的思维和定力，很难完成。应长联还不知道山本庆子对林君造成的额外三个小时的心理压力。从翻墙而出到现在，他始终冷静至极。然而林君本身的职业是通信兵，不是特工。他还很年轻，才22岁。

车子很快到了第二个岗哨，依然顺利通过。这样只剩最后一个岗哨，出了那个岗哨不远，就可以与前来接应的人会合。

此时是晚上 11 点半。

山本庆子 10 点上床准备睡觉，这是她一贯的作息时间，一般她 10 分钟就能进入梦乡。但今天，她无论如何都无法入眠。

她的宿舍就在办公室东边的隔壁，铃木的在西边的隔壁。而她宿舍的房门斜对面就是病房，此时，那个他正在那里昏迷。她想着自第一天见到他那张干净的脸到现在，满打满算也不过半个多月的时间，这半个多月，她无时无刻不在想着这个年轻战俘。今天白天那惊恐的一幕，彻底暴露了她的内心，她不知道如果他当时真的死了，自己会如何失控。好在，他终于转危为安。

至于以后怎样，她不去多想。他应该还会在这病房内住上一段时间吧，他还会继续与铃木医生天天用她听不懂的英语笑谈吧。这样至少她还能天天看见他，替他换药。对了，他的伤又多了，换药的时间会更长，她能在他的身边待更长的时间。还能继续为他送饭，虽然不能代铃木给他喂饭。

铃木怎么这么幸运？我为什么不会说英语呢？

她辗转反侧大半个小时，依然无法入眠，就想着再去看看他。虽然已是深夜，但他毕竟还昏迷着，作为护士去查房也是正常的。于是她在睡衣外穿好大衣，带上钥匙，悄然打开房门走到走廊上，从病房门上的玻璃往里面看，忽然发现昏暗的灯光下，床上的被子翻开着，没有人躺在那里。

庆子一惊，急忙打开门上的锁推门进去，看到卫生间的灯亮着，听到里面传来水声，好像是水流到台盆里的声音。

庆子心里一松，显然，王上尉已经清醒，醒来就进卫生间很正常。或许他还想着洗澡，他应该三天没有洗澡了吧？

庆子觉得自己这样守在卫生间外面不妥，就悄悄退出病房关上门锁好，回身走回到自己的宿舍。

她坐在床沿，考虑自己再等多久去探望。去探望时一定要带上听诊器和血压计，要装出一副吃惊的模样，不能让他察觉自己刚刚就在卫生间外面。

这样，她又等了一会儿，此时已经是晚上 11 点 15 分。

庆子终于鼓起勇气，带上听诊器和血压计又走到病房外面。通过玻璃窗看到里面还是老样子，他怎么还在卫生间里面？忽然，庆子觉得有点不安，她赶紧开锁进去跑到卫生间门边，听到的是同样的水声，她隐隐觉得出事了。她是有卫生间钥匙的，但她有些犹豫，万一他真的在里面，看到她打开门进去，会怎样地鄙视她？

怎么办？如果他不在里面，那他在哪里？跑了？庆子浑身一颤，这时她忽然清醒过来，自己这是怎么了，着迷了一样，他是战俘啊！是令松田旅团长这些天很烦恼的战俘，据说他掌握着很多信息。自己真的是昏头了，对敌人，哪怕再爱他，也不能如此荒唐。

短短的一刹那间，山本庆子恢复了她的本色。她迅速跑出病房，敲响了旁边值班室的门，叫出值班的宪兵。然后拿出卫生间的钥匙，让宪兵与自己一起前去查看。之所以让宪兵一起去，也不是如刚刚犹豫的那样怕王上尉会鄙视自己，而是怕自己一个女的不安全。

门被迅速打开，里面空无一人。灯亮着，水正流到台盆里。宪兵拉开窗帘，窗户关着，粗粗一看铁栏杆也在。但仔细一看，栏杆已经断了，整个可以拿下来，玻璃窗里面的插销没有插上。

一切都明白了。

十

松田第一时间被电话叫醒，马上下命令打紧急电话给所有的岗哨，必须拦截一切人、马、车通过，并排查刚刚一个多小时内从各岗哨通过的人、马、车。同时立即派出大队人马，带上军犬去追踪。

军犬的追踪马上结束，在隔壁的一处院子里消失。岗哨的排查结果很快有了反馈，有一辆军车最可疑，出了西边的城门，车上有四个人。现在这辆军车刚刚过了镇外第二个岗哨，他们已经通知第三个岗哨，而且马上安排人员骑三轮摩托车追赶。没多久，第三个岗哨传来消息，一辆军车冲卡，他们已经会合第二个岗哨一起也骑摩托车去追赶。此时松田已经命令大队人马向西边追击。

没过多久，传来消息，两个岗哨追赶的车队远远看着那辆军车直冲下山坡，等他们赶到往下看时，发现军车已经在坡底着火。

这个消息一传到，其他人都松了一口气，既然追不到，还是死了的好。唯有松田沉默着，他的内心有一种预感，这个这几天给他带来很大烦恼的年轻人不会这么轻易死掉。于是他下令所有追赶的人马上到坡底及周围搜查王军，生要见人死要见尸。

松田的预感很准确，半个小时后，搜索的结果传来，坡底没有发现任何人的踪迹，只有军车的残骸。

松田此时想起了前天王军的那次受刑，原来这是自己与那个年轻上尉的最后一次交手。与前两次不同，那次他笑着说了很多话。现在松田洞察到了他那时的心理，当时他已经知道，这是他最后一次与自己的对话。松田又想起后来他从旁边走过时的那个微笑，现在明白，那是他在告诉自己，他即将获得自由。

第二个岗哨通过没多久，岗哨位置就传来了警笛声，应长联很敏感地说："好像行踪暴露了！哪里出问题了？"接着就看见几道车灯紧追而来，应该是摩托车。

林君说："我大概知道原因。"他没有过多解释，嫌口罩戴着闷气，摘掉了口罩，再提高车速。他的车技虽然没有达到洪教官的水平，但依然比一般人好很多，慢慢甩开了后面的车灯。

转眼间来到了前面的第三道岗哨。灯光照射下，明显看出他们已经得到警戒的通知，木栅栏层层叠叠放着，旁边站了近十个荷枪实弹的宪兵，想要拦下这辆军车。车里的其他几个人开始紧张，连应长联都有点不知所措。这是他们没有预想到的。

林君盘算着，停车等于等着被抓，而回头也不可能，只能硬闯。他向其他几个人说："你们趴下坐稳了。"然后把油门踩到底，微微低下头，以防中枪，直接开车高速向木栅栏冲过去。宪兵们想拦但不敢拦，木栅栏瞬间被撞飞撞碎。混乱中，宪兵匆忙朝军车开了几枪，但车速实在太快，都没有击中要害，眼睁睁地看着这辆疯狂的军车飞驰而去。

危险依然没有解除，在方圆100里内松田依然可以随时调动军队包围他们这辆军车，必须离开车，但只是离开还不够。车灯照射下，林君看着山路和路旁浓密的树林，有了主意，就对另外三人说："趁现在摩托车还没有追上来，我停一下车，你们马上下车。"

"不可以，我们本来就是来营救您的，林上尉。"应长联坚决否定。

"我也马上跳车，但我先要把车处理好，用车吸引后面的追兵，否则我们谁也逃不掉。快点！"林君急着吼道。

应长联明白林君的意思了。他很想自己来做，但他车技不如林君，他知道他们几个中只有林君才能做到。于是他挥挥手，跟林君说了声"小心"。林君紧急刹车，其他三人跳下车滚入旁边的山坡，隐没在黑暗的树丛中。

林君继续开车，他稍微放慢车速，寻找着合适的路，并等着后面的车队。终于看到了后面的车灯，但相距很远，双方只能远远看到对方的灯光。

林君就是要这样的距离，他保持着与他们相同的速度。一个左转弯后，车灯下看到前面缓慢的下坡。日本军车的驾驶座在右边，林君没有犹豫，稍微放慢一点车速，迅速跳下车，并关上车门，滚下旁边的山坡。

车子继续滑行，一段直行的缓慢下坡后山路向右拐，滑行的军车直行冲下了山坡，后面追赶的车队所能看到的就是车灯顿时消失。等车队开到车灯消失处，远远看到坡底火光冲天，继而传来油箱的爆炸声。

林君滚下的山坡很陡，好不容易收住向下滑行的身子，感觉站到了一棵树上。刚刚稳住身形，背贴着山坡正听着上面的动静，意外出现了。这棵树可能是内中空空，也可能树枝本身不够粗壮，无法承受林君的重量，忽然断开，林君整个人毫无防备地开始快速下滑。不知道是忽然断裂的树枝还是其他坡上的树木，在黑暗中扑面而来，其中几根不偏不倚刺向林君的眼睛。

林君感觉眼睛一阵剧痛，他用右手紧紧捂住眼睛，左手往旁边抓去，抓空了几下后好像抓住了一块石头，终于停止了下滑的势头。此时不远处传来很低的叫声："林上尉！"

"我在这里。"林君也压低声音应道。

应长联三人打着微弱的手电筒赶到，发现林君满脸是血，不禁大惊。其中一人撕下一只衬衣袖子，立即替林君包扎好眼睛，暂时止住了血。然后四人沿山坡往下。山坡很陡，两人扶着看不见路的林君，一行人缓慢地在黑夜中前行。

约莫过了几分钟，远处打过来微弱的灯光，两长四短。应长联心中一松，知道友军游击队前来接应，连忙用手电一长二短打灯光回复。

有五位山民打扮的游击队员迅速赶了过来，头上绕着布条，脚上穿着草鞋。为首的游击队长姓耿，他们听见汽车的爆炸声，知道可能有变故，就顺着爆炸声前来接应。

见林君眼睛受伤，身材魁梧的耿队长伏下身子背起林君。林君本来想拒绝，但考虑到自己行动缓慢会拖累众人，如此情形还是应当服从，内心非常感激。耿队长背着林君，步履稳健，宽大的草鞋在山坡上如履平地，一众人迅速撤离。

此时，日军追赶人员的摩托车队刚刚赶到，注意力都放在前面山坡下面坠毁的军车上。等松田要求检查坠毁车辆及周围的命令传到时，他们一行九人已经离开这个区域，几经周折到了最后接应的地点。

林君终于脱险，但是他的眼睛受了伤。

十一

凌晨1点不到，整个过程已经详细汇报给了松田。

松田坐在办公室里回想着，已经清晰地知道王军越狱的整个过程。卫生间的铁栏杆被人力扳断，就是他所为。军犬从西墙追踪出去，说明王军是翻墙而出。后面军车疯狂冲卡，车内人提前跳车，让军车冲下山坡，松田认定这也是这个自称王军的年轻人干的。

这是一个怎样的年轻人？这大半个月的时间，自己与他打交道，处处落于下风，现在居然被他成功从他松田这个牢不可破的军营中逃脱了。他当然不可能一个人完成这一行动，他当然有不少帮手。外部的帮手目前很难查，而内部的帮手是谁，松田心中一目了然。

铃木与高桥一起在千佐居酒屋喝酒一直喝到晚上10点多，

两人才互相搀扶着离开。

铃木的酒量其实很好，但没什么人知道，他平时就在自己家中关起门来喝。而高桥的酒量不怎么样，与铃木对喝，已经走路摇摇晃晃，而铃木就是在装醉。

两人出了居酒屋。杜镇的深夜人烟稀少，铃木好不容易拦了一辆黄包车，两人在车夫的帮助下坐上车，向铃木家驶去。这天高桥就睡在铃木的床上，刚睡下就鼾声如雷。

铃木躺在沙发里，清醒地看着时间。已经是午夜 11 点，如果再过半个小时镇里还没有动静，那他就安全了。唯一担心的还是山本庆子，这个小君，真是固执，明明自己安排得妥妥当当的。

但是这就是小君，10 年来自己心目中的唯一偶像。他绝对不是一个只顾自己的人，所以他绝对不会让铃木为他牺牲，哪怕只是可能的牺牲。

11 点半，忽然响起了警笛声，铃木知道不妙，他敏感地觉得这是针对小君的。他深深地叹了口气，现在他无能为力，只能默默祈祷小君能安全脱险。而自己明天还要继续演戏，不能让小君白白冒险。

一发现林君的失踪，松田第一时间就派人监视铃木，看到铃木和高桥一直到第二天中午才出门，此时两人看上去酒意还没有完全消退。铃木把高桥送上了一辆黄包车，又返回自己家，过了一会儿，拿着包出门坐车到军营。

铃木在高桥还没有醒时，自己又喝了些酒。等送走高桥自己再出门前，又喝了些。因此等他走进军营时满嘴酒气，眼神涣散。

他走进办公室，一眼看到松田坐在他的办公椅上，庆子站在一旁，室内还有几个宪兵。铃木一脸迷惑道："我走错了？"

刚要转身走开，看到周围的医药柜，好像才想到没有走错，就回头看着松田问："你坐到我的椅子上干什么？你也会当医生？"他依然迷离的眼神带着嘲讽的意味。

松田冷冷地看着他。之前，他已经让人调查了高桥的底细，他与铃木是同乡兼朋友，也是医生，在日本时就很熟悉。前几天来附近出差，昨天特意到杜镇来看望铃木，今天返回，这点没什么疑问。但是松田就是不信任铃木，就像铃木不信任庆子一样。

"铃木先生，你不知道军营里出事了吗？"

"出了什么事？"铃木随意问道，坐到了另外一把椅子上，伸直两条腿，一副你的军营出事关我什么事的腔调。

"你最关心的王上尉出事了。"松田紧紧盯着铃木的脸说。

铃木开始没有反应，好像酒后脑子不够用。但马上反应了过来，立即跳了起来，一边吼着"他怎么了？"，一边冲出办公室，跑向斜对面的病房，猛地推开门，对着空空的床，又问道："他人呢？他怎么了？"他的声音已经带着哭腔。

庆子马上听出铃木误会王军已经死了，就跟着跑进病房。松田也快步走了进去，走到床旁，回头看向铃木，看到铃木满眼泪水，眼睛紧紧盯着床。

庆子想说什么，被松田用眼神制止。见铃木嘴唇颤抖着，嗫嗫说道："昨天明明已经好起来了，我才走的。"然后他想起了什么，转头对着庆子吼道："我不是叫你有事去找我吗？你为什么不去叫我？我就在附近，我特意找最近的地方。"

庆子忍不住了，她不顾松田的眼神，赶忙说道："先生误会了，王军先生没有死，他逃走了。"

铃木睁大眼睛盯着庆子，又回头看了看松田，眼中的酒气荡然无存，忽然笑了起来，眼泪又出来了。他收起笑容，一脸的悲哀之色，对着松田说："何必呢，骗我干什么？看到我与小军天天谈笑风生，你很不高兴是吧？他逃走了？他路都走不稳，他逃走？把他整死了，这下你高兴了是吧？"

这下松田和庆子都愕然了，他们都没想到铃木是这样的思路。同时庆子也犯了嘀咕：对啊，王军他昨天的状况怎么能逃走呢？自己亲自去验的血，血压自己也亲自量过，昨天晚上自己 10 点钟还看过他，他还昏迷着，怎么一会儿他就消失了呢？难道不是他自己主动逃走的？

铃木又对着庆子问："昨天不是你值班的吗？你不是也很关心王上尉吗？你怎么看着他的？就一个晚上他就不见了，被谁搞走的？"

庆子恐慌了起来，她结结巴巴地把昨晚的事说了个大概，当然隐瞒了自己坐在王上尉床边三个多小时的事。

铃木皱着眉头听着，边用手捏了捏自己的太阳穴，想保持清醒。松田依然静静地看着他。

铃木思忖了一会儿，用嘲讽的眼光看向松田说："少将大人，既然发现这么重要的人跑了，你没去追吗？别说军营里，就是这个镇子里，苍蝇想飞出去也不是那么容易的，何况是个昏迷的病人。"

十二

这句话狠狠地刺痛了松田的心，他甚至认为这是铃木在讽刺他。但铃木的眼中依然带着泪痕和痛苦，他的眼神告诉松田，他肯定王军已经死了，被松田折磨死的，现在还拿他逃走来骗人。

"我当然去追了，也发现了他的行踪，可惜还是让他跑了。他的车已经坠毁，但不见他的人。"

铃木心里大大一松，但他的脸上反而严肃起来。他走到床边，坐到他平时坐的凳子上，努力思考着。松田想了想，也坐到铃木对面床边的另一张凳子上，看着铃木，看着他如何继续，看他是不是真的在演戏。庆子不安地站在床尾，看着两个人。

铃木慢慢地恢复了他平日里冷静高傲的神态，酒意好像已经完全消退。他抬头看向庆子，让她再重复一次昨晚上他走了之后王军的情况。庆子依然隐瞒坐在床头的事，把其他的详详细细又复述了一遍。

铃木思考了一会儿，冷笑道："按照你们的说法，小军是搞断卫生间的铁栏杆出去的？他昨天就算醒过来了，他能搞断这样的铁栏杆？"他看向松田："少将大人，您一个标准的军人，现在去把这铁栏杆扳扳看，看能不能扳断？"

两人无语，这其实也是松田他们想不通的地方，这铁栏杆

382

常人无法扳断，何况是王军昨天的身体状况。但检验的结果是，这铁栏杆不是用利器搞断，而是人力扳断的。

铃木的脸上又泛起了嘲讽之色，他看着松田问："那，就算他出了卫生间，到了院子里，又是怎样逃出军营的？您没有侦查过吗？"

松田只好说："根据军犬的追踪，他是翻的墙。"话一出口，连自己也不信。

铃木笑了，接着泪水又盈满了他的眼眶，他的神情告诉松田，他完全不相信，王军就是已经死了。他吸了口气，又问："好，就算他翻墙而出，然后呢？查到了他的车，看到他坐在车上了？"

松田沉默着，到目前为止，没有人能够确认这个王军在车上，一切只是猜测。

铃木冷笑道："就算他坐在车上，车子坠毁，他跑了？"

松田觉得自己被逼入了绝境，怎么会到这个地步？明明是自己要审查铃木的，现在反过来自己被他审查。

他冷静了一下，说："这辆车冲了镇外的第三道关卡，岗哨的车队追踪着这辆车，远远看着这车消失，后来发现坠入了山坡并着了火。随后岗哨和我们军营里的大队一起前去坡底及周边找寻，没有发现任何人的踪迹。车子坠入山坡前，人应该已经跳车。"

松田说完，自己也开始怀疑起来，这些事实在太蹊跷。之前他觉得事实就是如此，而今在铃木嘲讽眼光的逼视下，觉得这些事实在经不起推敲。

铃木看了一会儿松田，对着他缓缓开口道："少将大人，我把这些连贯地复述一遍，请您检查是否有遗漏：王军先生，一个血红蛋白只有 4.7 的昏迷病人，在晚上 10 点之后醒过来后，走进卫生间，扳断铁栏杆，跳到院子里，避开所有巡逻的士兵和探照灯，翻过将近 3 米高的墙，逃出军营。后来在行驶的车里跳下来，还没让后面的车队发现，跑了。"

铃木紧紧地盯着松田的眼睛继续问："您觉得他是人还是神？"

而此时他的内心乐开了花，小君真的跑了，虽然有波折，但他还是逃脱了。其实从一进入办公室，看到松田的脸色就知道林君没有被抓到。现在听过这些分析，就了解了全部的过程，前面都是按照事先的安排进行的，后面冲卡跳车显然是应对行踪泄露的突发事件，铃木几乎肯定这些都是小君所为。这小子，就是神，松田这个东北狐，最后还是败给了小君这个小狐狸。

今天晚上又得好好喝几杯了，铃木想道。小君说得对，自己还是一个很好的特工。自己不但可以做医生、特工，还能做演员。瞧自己这个演技，下次碰到小君一定好好吹吹。

资深演员铃木正雄先生继续卖力地表演着。他的眼泪哗哗地往下流，用祈求的眼光看着松田道："他现在在哪里？能不能让我再看看他？"

他久久地望着松田，见松田迟迟没有做声，就失望地用手捂住眼睛，手臂支撑在林君曾经睡过的床上，失声痛哭，眼泪从他的指缝里流出来。

他哭着说道："20 年了，他是我遇到的唯一的知音，我从来没有遇到过像他一样能与我谈音乐的知音，以后也不会再遇到了。我懂的他都懂，他懂的我也都懂。小军，你还是那么年轻！”

此后的很长一段时间，铃木在军营里一直处于悲伤痛哭的状态中，演着他的戏。

而山本庆子此时已经完全相信了铃木的推断，王上尉不可能逃脱，应该是死了。只是自己为什么没有发现，她没去多想。松田是谁？他不想让你知道很难吗？

她的眼眶红了。到现在为止唯一让自己如此心动的男人，就这么死了。昨天晚上自己还坐在他的身边，看着他那英俊的脸庞，好几次听着他的心跳，那时的他心跳还是那么正常。庆子的伤心也持续了很长时间，她觉得自己这段时间与铃木医生是同病相怜。她似乎忘了，当初就是她毅然决然去报告林君逃跑的消息的。

只有松田，心里的懊恼无法述说。他当然知道林君已经逃了，但怎样逃的，按照现在所发现的所有线索，都太不可思议了。最不可思议的是：他是怎么逃出这个牢不可破的军营的？

原先唯一怀疑的铃木，现在反而经不起推敲。首先本人不在现场；其次，就算他在现场，凭他一个人，也无法让林君逃出军营。而刚才铃木那精湛的演技，让松田对他的怀疑又降了几分。

松田的内心充满了挫败感。他回想起来，这种挫败感自大半个月前那个神秘的年轻人被带入军营后就开始了。每一次与他面对面，这种挫败感就增加一分，直至他在自己的眼皮底下逃脱。

此时，松田内心最大的疑问是：这个令敌军不惜一切代价相

385

救的通信奇才，这个带着卢格 P08 的神枪手，这个能与铃木用英语谈古典音乐的英俊少年，到底是谁？

第九章

一

　　而林君并没有如铃木所预想的那样一切顺利，他的眼睛受伤很严重。

　　卫肖记即刻临时中断调研回到重庆，安排了目前在国内最好的眼科医生——来自美国的布朗医生前来诊治。在林君被送入军区医院后的第二天，他和医生一起坐飞机过来，马不停蹄地来到了医院。

　　老袁和小夏刚刚赶到医院，此时陪林君到检查室后等在门外。检查室里，布朗医生用随身带来的目前国内最先进的仪器，仔细检查林君的眼睛，卫肖记陪在一旁。

　　半小时内，检查室里寂静无声。检查终于结束，林君马上询问检查结果。医生没有丝毫隐瞒，告知林君的结论很明确：根据检查结果和他现在所掌握的医疗信息，目前无法治疗林君的眼睛。

林君平静地与医生交谈着，卫肖记在旁一直看着林君，没有说话，他不知道能说什么。不到一个月的时间，泉瓦岗山顶一别，再见面时，这个二十出头的年轻人已经不能看见这个世界了。

出了检查室，迎着老袁询问的目光，卫肖记微微地摇了摇头，老袁马上明白了。

眼睛蒙着纱布的林君却一脸轻松，笑着向卫处长道："我还没有谢谢卫处长救命之恩呢。"在铃木详细告知越狱的行动方案时，林君就敏感地觉得是卫处长一手安排的。

卫肖记却笑不出来，他扶住林君的肩膀，轻声地说："没有安排好……"他说不下去。

"卫处长……"

卫肖记拍了拍林君的肩膀，制止了他。半晌才说："小君，后续有任何计划，都告诉老李，我们会全力安排。我等会儿马上要与医生一起飞回重庆，以后再来看你，你好好养伤。"

老袁和小夏一起送林君回病房。三人刚离开，李师长赶到了医院，一脸沉重的卫处长告诉了他林君眼睛的诊疗结果。

"这么说，他瞎了……"师长自言自语道，他艰难地吐出每一个字。他无法接受，但他不得不面对这个现实。他看向卫处长，卫肖记的眼中分明闪着泪花。

"那，他眼睛的情况，他自己知道吗？"师长有点迟疑地问。

"知道，他与布朗医生直接交谈的。"

"当时他的情绪如何？"

"当时看，没有什么情绪的变化，好像他自己知道会是这个结果。"卫肖记叹了口气，又道，"小君后续可能会计划去纽约，医生也这样建议他。"

师长送走医生和卫处长后回到医院，问林君的主治医生林君其他的身体情况。主治医生说："林上尉胸口处枪伤在好转，只是手臂功能暂时受限，但以后问题不大。胸口除了枪伤还有很多处烫伤，还没有痊愈。手指伤很严重，是新的，另外上身有很多鞭伤，基本已经愈合。伤不少，但铃木医生的医术也很高超，没有留下什么后患。"

师长轻轻叹了口气，从这些能推断出林君所受的折磨是很重的，特别是这几天，但他还是这么镇定地逃了出来。

"那他其他方面呢？"

"其他都不错，睡眠很好，昨天晚上开始睡，足足睡了10多个小时，直到今天布朗医生来。胃口也很好。"

师长谢过医生，迟疑着，慢慢向林君的病房走去。

此时林君正坐在床上吃着压缩饼干，他一手饼干，一手咖啡，正吃得津津有味。几天前用牙咬过凳子边沿，他的口腔一吃东西就会出血，现在还没有完全好，但几天下来林君已经习惯了，一感觉出血马上与食物一起咽下，别人根本察觉不出。

军区医院设在一座中式的宅子中，没有单人病房，伤病人也很多。林君的病床在最大的病房靠门的一角，离门近，出入方便，床的四周专门围着布幔，算是隔出了一个独立的空间。

床旁边坐着老袁和小夏。与林君轻松的神情不同，他们两个都神色凝重，看着林君脸上的绷带。

"才不到一个月的时间，居然这么想吃压缩饼干。"林君边吃边说。

"小君，那里的伙食怎么样？"老袁尽量用轻松的语气问。

"还挺好，我还是很受优待的，主要是他们顾忌铃木医生。就是没有咖啡喝，也没有这种饼干吃。"

"林科，那你伤好之后还回科里的吧？"小夏小心翼翼地问。

林君犹豫了一下，笑着说："不回去了吧。"

"大家都盼着你回去。而且你听力那么好。"小夏说不下去了，他的眼泪已经盈满了眼眶。

林君继续笑着说："要给大家带来麻烦的。当然，我出院后会回去看……"

"看"字刚出口，林君就住了嘴，马上改口道："会回去科里一次的。"

小夏实在忍不住，转身跑出了病房，蹲在走廊的地上痛哭起来。此时师长正从他身后走过，停顿了一下，看了看他，叹了口气，走向病房。

走到布幔外面，师长稍微调整了一下自己的情绪，笑着边走边说："还在吃啊，医生说你已经吃过不少东西了。"

"师长。"林君笑着把手中剩余的饼干塞进嘴里，敬了个军礼，含糊不清地叫道。

二

师长坐在刚刚小夏坐的凳子上，顺手拿走林君手中空了的咖啡杯。

"刚刚还在跟小夏说呢，就馋这个。"林君指了指嘴巴里还在嚼的饼干。

"睡了很长时间，睡够了没有？"

"嗯，现在好多了。其实在松田那里睡眠也不错，但还是心里不踏实。到了这里，一下子轻松了。对了，师父，您老人家是怎么想出这一招的啊？增加了多少麻烦，特别是明码也放到了老频道上，通信兵们还要切换频道发报文，多麻烦啊。"

"这点麻烦算什么，时间也不长，克服克服就过去了。"老袁说。

"我知道，就是为了我这一条小命。"林君小声道。

"那松田是什么时候知道老频道又启用了的？"老袁又问。

林君把松田前几天的情景都说了。师长好奇地问："这么说松田一开始十来天都不知道，这很奇怪。按照松田一贯的行为，他从来不养无用的人，但对你好像很有耐心。"

"那是因为他对我很好奇，他几乎猜出了我的全部身份，他很好奇我是怎样的背景，所以一直留着我这条小命。松田真的很厉害，不愧为东北狐。"

"可是，他这个东北狐还是上了你这个小狐狸的当。"师长笑着说。

三人都笑了。

这时师长拿出了他的那把卢格P08，交到林君的手上，说："你的那把卢格被松田拿走了，这把给你。这次是真的送给你，省得你又说我小气。"

"不用了吧，我现在也没用。"林君不动声色地说。

"以后会用到的。上次你也说用不上，最后不是也用上了吗？"

林君没有再推辞，谢过后收下了："幸亏上次没有两把都带，否则就便宜了松田那小子。我看到他拿着我的那把卢格P08在我眼前晃悠，心痛死。"

忽然他兴奋地说："师长、师父，你们猜，我这次在泉瓦岗射中了多少日军？"

"六七十？"老袁问。

"不止不止。"林君拼命摇头。

"100还多？"师长问。

"126个。"林君得意地笑着说。

饶是战神李师长，也吃了一惊："那你一个人差不多消灭了日军的两个步兵小队啊！好小子，肯定还是弹无虚发。"

"那是当然。"林君笑得一脸灿烂。

也许是受到了林君好情绪的感染，师长和老袁的心情也渐渐有点好起来，但该说的还是要说。

"小君，那你以后怎么打算？我想你一定已经计划好，无论你想做什么，我们都全力支持你。"师长说。

"退伍。但请师长帮我办理阵亡手续，我不需要任何抚恤金之类的，只要证书和坟墓，坟墓最好跟萧连长一起。"林君很干脆地说，但说到最后一句话，他的神色暗淡了下来，"我的命是萧连长救的，我还想再去他的坟上祭拜。"

"之所以要阵亡证书，在我眼睛治好之前，我想暂时从我原先的世界里退出。"林君知道师长和师父会疑惑，就主动解释道。

"好的，小君，接下来呢？"师长问。

"我想马上跟我父母一起去纽约，找医生看眼睛。今天与布朗医生谈过了，他也这样建议，而且那里我很熟。"

"没问题，我们一切都会安排好。还有什么要我们做的，你接下来也可以慢慢想。"师长说，心想老卫果然猜对了。

"铃木医生肯定没事吧？"林君还是担心地问，先前一遇上卫处长，林君就询问过铃木的消息。

"没事，"师长说，"据应长联说，铃木把罪责推到了松田身上，说松田害死了你，他这两天每天悲伤不已。"

林君笑了，说："我原先说他是个很好的特工，现在发现他还是一个很好的演员。师长，麻烦您请应长联转告铃木，我的眼睛暂时受伤，会去纽约医治，等眼睛治好之后，再登上舞台，请他不要担心。"

对于是否告知铃木眼睛受伤的事，林君纠结了很久。如果告知，铃木肯定会自责前天没有坚决留下来。但不告知，以后自己的死讯传到了他那里，对他的打击会更大。就算暂时瞒过了他，一旦战争结束，自己的眼睛若还没有治好，铃木在古典音乐圈里能得到的消息也只能是自己的死讯。斟酌再三，林君还是决定把眼睛受伤的实情告知铃木，至少让铃木知道自己还活着。

三个人半个多月没有见面，而这半个多月发生了太多的事，他们谈了很多，泉瓦岗、201连、萧阳、松田、铃木。

"你的眼睛换了铃木的命。"师长说。他心里更加欣赏林君，这样生死攸关的时刻，他都一定要为别人的生命考虑。

"那是必须的，否则我会一生不安。没有铃木，我早死了。师长、师父，不怕你们笑话，我好几次都想过死，还哭过，很丢人的，都是铃木拼命地鼓励我，一直给我希望。我向松田求过饶，还求了两次，我说我反正没用了，想求他杀了我。后来想想真是丢脸。"林君不好意思地笑了。

林君在笑，师长和老袁的眼中已经噙满了泪水。他们当然知道是怎么回事。

三

但其实，林君一直在演戏，他已经演了两天的戏了。他还将继续演，一直演到离开军营，那个他无限留恋的军营。

自从树枝插入他的眼睛开始，他的心就沉到了冰冷的湖底，这一沉，就沉了很久很久。

当时他本能的第一个念头就是：也许这一生，自己都无法再看得到这个世界。

不幸的是，布朗医生的检查结果证实了林君的预感。

"也许以后会有新的医疗技术。"林君想着布朗医生最后安慰他的话，"还有，我这几年一直在中国，美国最新的医疗信息我也不是很清楚，建议林先生自己去美国治疗。"布朗医生当时已经知道林君原先在美国，就建议他。

也许这是唯一的希望，回到纽约。但林君去纽约还有一个原因，就是他要尽快离开她。从一开始，从树枝插入他的眼睛的那一刻起，他就已经决定了。

军医院离313师军营有几个小时的车程，通信科的同事隔几天就有人坐车或者骑马来回跑着，送各种好吃的，轮流前来陪伴。

其间，师长和老袁也来过好几趟，卫处长调研一结束也来探望过他。随着林君那没心没肺的笑闹，大家的心情也渐渐好了起来。

知道林君不愿意在医院里亮相，入院没几天，医院就设法腾出了一间治疗室作为林君的单人病房。

林君住院的时间很长，医生让他把所有的伤都彻底治愈，到5月份才出院。出院前，林君让同伴们准备墨镜，要求尽可能时尚。等医生拆掉了眼睛上的纱布，林君第一时间就戴上了墨镜，他决定除了医生，不让任何人看到自己真实的眼睛。

出院后林君先去了墓地，那里已经有了自己的坟墓，在自己坟墓的旁边，是萧阳的墓。

墓地在一处群山环绕的山谷中，并不平整的山地上竖着几百座墓碑，有石碑也有木碑，都相当简陋，泉瓦岗上牺牲的战士们都长眠在此。

此时春天的嫩草在死寂的坟墓间绽放着生命的气息，仿佛在向地下长眠的将士们述说人间的喜怒哀乐。周围树上的飞鸟迎着阳光鸣唱，送走冬天的萧瑟，欢快地向春天展示生命的活力。长眠地下的生灵们曾经也是人世间一个个鲜活的存在，然而他们在最灿烂的青春岁月离开人世，被埋入冰冷的泥土中，永远孤寂地与这青山为伴。

林君站在萧阳的墓前很久，心里跟他说着自己后来大半个月的境遇，告诉他自己活了下来，请他放心。还告诉萧阳自己以后的打算。要离开军营了，真的舍不得，但自己现在已经是一个废人。还特别告知了自己要离开那丫头的决定。这件事，林君觉得只有萧阳最能理解他。

林君想着自己跟萧阳聊的那几个小时，跟他相处的不足一天的时间，想着这个比自己大两岁的小战神，这个与自己一样英俊挺拔的男子，他将永远长眠在这里，他的生命永远定格在这青春盛放的时刻。

陪同林君一起来的战友看到，这段时间一直快乐活泼，丝毫不因自己的失明表现出伤心难过的林君，此时泪流满面。

林君最后回到军营。

通信科的同事看到的依然是那个英俊活泼的林科，墨镜使他看上去更加帅气。林君坐在自己原先的办公桌前，喝着同事们为他泡的咖啡，吃着各处拿过来的好吃的零食和水果，欢快地与同事们一起聊着天。

第二天，林君办理了所有的手续，与大家告别。

他始终在笑，笑得没有一丝勉强的成分。他挨个与同事们拥抱，还说这是外国人的习惯，自己原先留过学，现在快要走了，赶紧拿出来显摆显摆。

他向师长行了个军礼，然后抱住了师长，笑着说：反正自己已经脱下军服退伍了，不管军队这一套，要跟他没大没小。

最后，他抱住了师父，跟师父说："师父，我以后肯定还要来孝敬您的，您要等我。"

大家都送林君到大门口，林君上了车。陪同他的是卫处长从重庆派过来的两名高级特工，他们早年曾留学美国。从今天起，他们要寸步不离地一直陪着林君，直到他在美国安顿好为止。

车开了，林君一只手伸出窗外一直在挥。他看不见他们，但他知道所有人都在目送着他。

林君已经无法控制自己，他摘下墨镜，用手捂住了眼睛，眼泪如泉涌般流了下来。

他多想留下来，跟战友们一起战斗，那熟悉的滴滴答答声，那一张张报文、一行行数字，密码本，速记夹。他想再与师父一起吃饭，再与师长斗嘴，听他们叫自己一声"臭小子"。

这个自己才待了一年多的军营，给自己留下了一生中最无法忘怀的时光。

这些战友，林君不知道自己要多久才能再见到他们。

或许，自己永远也无法再看到他们。

林君让自己的眼泪肆意地流淌，这泪水承载着对战友们无限的留恋，对军营生活万分的不舍。同时，在内心的最深处，他仿佛看到自己的未来如同现在的眼前一样，一片黑暗。

四

林君选择了一个周六的晚上回到重庆的家中。从家里曾经的来信中得知，敏敏一三五会来家里，而周六是在自己家。尽管如此，林君还是提前让陪同的特工侦察确认过。

此时是晚上8点，天色已暗。林君披了一件黑色的斗篷，悄然在家门口下车，听见铃声来开门的是多年的娘姨张妈，一眼就认出了少爷。

全家顿时欣喜若狂。客厅中，林太太抱住了儿子，喜极而泣。

林先生站在旁边笑着，忽然他的眼光停留在林君的墨镜上，笑容瞬间消失，小心翼翼地轻声问道："小君，你的眼睛怎么了？"

林君没有回答，旁边的特工回答道："林先生的眼睛受了伤，失明了。"

林太太猛地抬头看向儿子的脸，想要去摘他的墨镜，被林君制止，林太太的眼泪喷涌而出："小君，怎么了？你这是怎么了？"

林君抚着母亲的背，柔声道："姆妈，我活着回来不好吗？"

林太太顿时清醒过来。此时，最痛苦的是儿子本人，自己要坚强。她忍住眼泪，大家一起围着圆几坐下。林君要张妈请两位特工先生去隔壁小客厅休息一下，自己有话对父母说。

林君从桌上的一个文件袋里拿出一些物品，摊开在桌子上：一本阵亡证书，一张林君墓的照片，两封信——一封是给父母的，另一封是给敏敏的。

"这是那次最后战斗打响之前写的遗书。当时我们连一共200多个人，最后只有我一个人活了下来。"林君解释道。

林先生和林太太看着这些东西，马上明白了儿子的意思。林太太想到敏敏那每天期盼的眼神，不忍道："小君，你这样太残酷了呀。"

"一时的残酷，胜过长期的残酷。"林君平静地说。

林太太没有再说什么，她太了解自己的这个小儿子，他自己决定的事永远无法改变。

"爸爸，麻烦您今天晚上就去岑家。"

"好。等会儿爸爸就去。"林先生平静下来，收拾好这些文件。

"儿子不孝，我以后就需要爸爸姆妈陪伴照顾了。"

林太太握住儿子的手说："小君，我们是你的父母，你这么小就出远门，爸爸姆妈多么想以后一直跟你在一起生活。"

林先生点点头道："小君，你以后有什么安排？爸爸姆妈都听你的。"

林君笑了笑。这么短的时间里，父母就把一切都想明白了，林君感到很欣慰，打心底里感谢父母。

"爸爸，我记得您以前说过，您单位曾经要派遣您去纽约工作。现在还有这机会吗？"

"对，那时你在纽约，单位照顾我，想派遣我去，后来你回国了，就没去。现在还有没有机会不清楚，我明天就去问。"

"如果还有，爸爸您立即申请去纽约，只要您单位申请递交到有关部门，其他你们就不用管了。假如没有这个机会，也没关系，我们自行前往。无论是公派还是我们自己走，所有出国的手续都会由有关方面办理妥当，包括护照、船票等。今天随同我来的两位先生会全程陪在我身边，直到我们在纽约安顿下来。"

听完林君的计划，二老略有些吃惊，但马上了然于胸。林太太想让儿子先去休息，林君摇摇头，说："我不能住在家里，那丫头要过来的。"

林太太恍然大悟。

"我与两位先生住宾馆，每天晚上等敏敏走后，他们会来跟你们联系。你们不要去找我，我与你们出发后见。具体航程目前还不清楚，但我预计我们会很快动身。这里的房子反正是租的，房子包括家具等等以后都请岑伯父处理吧，我们只要整理好必要的行李。"林君已经把所有能想的都想好了。

只是有一件事，林君心里有点不踏实。纽约的生活，他很想让昂波去安排，并要找回老刘，但自己现在不想让昂波知道实情。而除了自己，只有敏敏能联系昂波。然而她接下去的这一段时间能有心情去安排这些吗？她会是世界上最痛苦的人。林君想起了自己在哥哥去世后那撕心裂肺的痛，心里一阵伤感。

岑家大门门铃响起时，敏敏正在楼上自己的房间里做功课。她感到一阵不安，马上到窗口探望，见娘姨领着林伯父进来，敏敏的心猛烈地跳动起来。她走出房间，悄悄走到了楼梯口，看向下面的客厅。

不一会儿，林伯父和岑先生夫妇已经围坐在客厅的茶几旁，茶几上放着一些文件之类，林伯父在讲些什么，而自己父母一脸的悲伤，母亲已经掩面而泣。

敏敏的脚开始发软，她想问，但不敢，只是愣愣地站在那里。

岑先生略一抬头，看见了敏敏，马上走过来，边上楼边柔声叫着："敏敏，过来。"

敏敏一脸恐惧地看着爸爸，摇摇头："爸爸，我只是看看，我做功课去了。"说完努力地想转身，泪水已经控制不住地流了下来。

岑先生抱住她的肩，把她慢慢扶下楼："敏敏，乖，勇敢一点。"

敏敏被父亲推送到茶几旁，她不敢看茶几上的东西，她知道这肯定是她不愿意看到的。她也不敢看林伯父，他肯定会告诉自己她不愿意听到的消息。

但事实是冷酷的，林伯父悲切的声音在她的耳边响起："敏敏，小君回不来了。这是他写给你的最后的信。"

一个信封送到了她的手中，她还看见桌上的其他东西，她扫一眼就知道这些是什么。她拿了信没有说什么，转身向楼梯走去。泪水已经模糊了她的眼睛，她看不清楼梯绊了一跤，爬起来后没有理会后面长辈的叫声，跑上楼梯进了自己房间，锁上了门。

她背靠着门，身子慢慢滑下，坐在地上，抱住膝盖失声痛哭。

"你说过要回来的，你耍赖了，你从来说话算数，但你这次为什么要赖了？"

她不知道哭了多久，听见门外的敲门声，她没有理会，继续坐着。

慢慢地，她拿起了那封信。信封很脏，上面的笔迹她太熟悉了。她手发着抖，撕开信封拿出信纸，一字一句地看下去。泪水不住地模糊她的眼睛，她用袖子直接擦掉，不让眼泪掉到信纸上。

这是他留给她的最后的文字，她不能让它被泪水弄脏。

林君去参军后，寄过来的信都是刻意隐掉很多信息的，看起来平淡无奇。但今天这封信不同，也许知道是最后一封信，他写了很多，写得很长。

他写他们的相遇，写他的安可她的鲜花，写他们半年的约定，写在纽约的生活，写归国的旅程，写做她的老师教她钢琴，写生病时对她的依赖，写在重庆郊外放风筝，写他们四手联弹，写他们对彼此琴声的感知，写他们曾经对婚礼的憧憬。

后面，林君写道："丫头，继续学钢琴吧，再回到茱莉亚，去找昂波，他会帮你，会为你做好所有的事。"她明白他的意思，惨笑着轻轻摇头。

最后一句话是："敏敏：离开你的那天晚上，我真想拥有你，但我不后悔。"

"可我后悔。"敏敏哭出声来，用手狠狠地拉扯着自己的头发，她骂自己自私，骂自己没有早点嫁给他，让他等了这么多年，直到今天，他孤独地一人远行。

五

敏敏一晚上就坐在门后，看着天光慢慢地照射进房间。她动了动麻木的腿，缓缓起身。

她冷静下来，她要去他家，去看林伯父林伯母，去看不到三年的时间失去了两个儿子的两位老人。

她还要去他的房间，去他的琴房，去感受他曾经留下的最后的生命气息。

敏敏下楼，父母已经在等她。简单吃了早饭，三人一起坐车前往林家。

见到林伯母，敏敏只是抱住她哭，什么话都说不出来。本来是想来安慰他们的，结果，悲伤得无法自持。

大家都看到，一夜之间，敏敏已经变了很多，脸色苍白，眼睛红肿，脸颊消瘦，目光悲切无神而绝望。

她去了林君的房间，一个人待着，直到唤她吃饭才出来。此后接连几天，她天天如此，一早来林家，到林君的房间或琴房，除了吃饭，就一直一个人待在里面。晚饭后，方才离去回自己的家。这时一般是晚上 7 点前，特工已经知道这个规律，每天就在敏敏走后来到林家传递消息，并带走林太太做的林君爱吃的菜。

林君到家的第二天，林先生下午就去单位问关于纽约工作的事，答复是还需要派遣人员，于是林先生马上申请。没过几天，所有的事情都已经有了进展，纽约那边也开始准备在林先生工作的单位附近租公寓。

特工向林君汇报了去纽约的进展情况，说到租房的事，林君犹豫了一会儿，说再等等，不急。他心里在想着，敏敏这丫头还是可能会想到这一节，再等等吧。等这丫头缓过一点来，肯定要安排纽约的事。无论是出于她对于他母亲的感情，还是对于他的感情，她都会比对她自己更用心地去安排。

如果她忙于这些事，会稍微少伤心一点吧。想到这儿，林君的心又刺痛起来。这几天家里的情况他都知道，但他无可奈何，只能硬起心肠，盼着她能早一点坚强起来，迈过这道坎。

林先生向单位提交申请后，回家与岑家人一起吃晚饭时，就说了去纽约的事。

"单位的意思，是想让我散散心，我也有这个打算。昨天晚上得到消息，我就与内人商量过这件事，想要离开重庆。在这个城市生活了这么短的时间，却让我们失去了两个儿子。另外，到纽约去，可以去看看小君生活过这么多年的地方。"林先生解释着为什么忽然要去纽约的原因。

岑先生和岑太太都理解。接下去他们商量了要处理的事。林先生和林太太只管整理好行李出发，其余事情都由岑先生处理，他会帮忙把所有的东西变现，将款项汇往纽约，房子则退租。他们说这些的时候，敏敏机械地吃着饭，似乎听见了，又似乎没有听见，没有说一句话，好像一切与她无关。

每天在林君的房间里，敏敏几乎都是席地坐在床边，把头埋在床单里。有时候，她会把房间里放着的一些照片拿到床上，看着照片中的他。照片中最多的是他们俩的合照。

那天黄昏，她又对着那张她看得最多的合照。这张以卡内基音乐厅为背景的照片，是敏敏到纽约后两人的第一张合影，昂波给他们拍的。照片中一对璧人，青春无邪的笑脸。此时正是纽约的冬天，他们被寒风吹乱的头发，如同少年跳动着的快乐无忧的心。

　　纽约，纽约？忽然，敏敏想到前几天有人提到过纽约，在哪个情景下？好像吃饭时，林伯父？纽约工作？她马上回忆起来，那天饭桌上说的所有的事，那时自己完全不在状态。

　　当时他们俩从纽约回来后，才知道林伯父曾经想去纽约工作，正在犹豫之中，既然他们打算回来，就取消了这个计划。后来小君决定从军，伯父伯母就开始后悔，觉得当初应该马上去纽约，这样小君就不会回国。当时敏敏还安慰过他们，说依照小君的脾气，一旦听到哥哥被炸身亡的消息，即使他当时在舞台上，也会第一时间回国参军。

　　敏敏一下子清醒过来。伯父伯母去纽约，人生地不熟，即使单位会安排，肯定也还有很多的麻烦。这几天自己昏头了，什么都不顾。

　　敏敏马上来到楼下，四位长辈都在客厅。这几天所有人的脸色都阴沉着，看到敏敏自己下来了，都不由得一愣。

　　"伯父伯母，你们是否要去纽约？"敏敏一下来就问。

　　"是啊，不过还没有定时间。"林先生说。

　　"我这几天昏了头，今天才想起来。伯父伯母，现在事情办得怎么样了？"

　　"都进行得很顺利，纽约那边也在找房子，好像要租个离单位近一点的公寓。"

"单位在哪里？"

林先生说了个大概的地址，敏敏一想就明白了，说："伯父，您对您单位说，房子的事不用他们操心了，我来安排。我马上联系小君在纽约最好的朋友周昂波，请他买稍微远一点的别墅。这个地区的公寓楼不好，而且住公寓，伯父伯母你们会很不习惯。我还会请他找回小君原先的司机刘叔，有了他，你们以后在纽约的生活就基本没有问题了。钱不用担心，小君和我都有资金留在昂波那里。"

三次说到小君时，敏敏的心就狠狠地痛了三次。但是她终于有点缓过劲来了：他已经不在了，她要为他的亲人做点事，让他的在天之灵可以安心。

晚上，林君就知道了敏敏已经在安排纽约的事。唉，丫头，你终于开始缓过来了。林君有点放下心来，一是纽约的事可以解决，二是敏敏终于迈出了第一步。她还有很长的路要走，才能走出心灵的伤痛。如果自己的眼睛真的不能被治愈，希望她最后能够走出来，彻底从对自己的思念中走出来，开始新的人生。他知道这个过程会很漫长。然而他的内心深处隐隐觉得，这是不可能的，她一辈子都会对自己无法忘怀。

敏敏当天晚上一到家就开始拟给昂波的电报，主要有三方面内容：第一，小君的情况和林伯父林伯母要去纽约的计划。她不知道小君的死讯是否会很快传到纽约，还是先说明。第二，要求购买房子的事。这条她写得很详细，她按照上海林府的情况，要求昂波只能大不能小，其他的如地段、周边环境等也都做了详细的要求。第三，一定要找来老刘。最后敏敏请昂波收到电报后一定要回电让她知道，等行程信息有了，她会第一时间再发电报给他。

她修改了一遍，想改得简洁点，但最后还是想尽量详细，把事情说清楚最重要。第二天她自己去邮局发电报，发报小姐看到这么长的报文吃惊不小，说："小姐，这要花很多钱的，不能写信吗？"

"写信来不及，而且还怕丢。"敏敏答道。

花巨资发了电报，敏敏的心稍微安定了点。第二天一早，就收到了昂波的电报，报文很简单："小君……一定照办，放心。"省略号表明了他的震惊和痛苦。

没过几天，行程信息也有了，敏敏又发了电报告知昂波。昂波马上回了电，除了说明收到了行程信息外，还表示房子很快会准备好，而老刘也已经回来。这下子敏敏终于放心了。

接下去，敏敏又开始帮林伯父林伯母整理行李。根据她对纽约的了解，列出清单，哪些不用带，哪些可带可不带，哪些必须带。她还建议林太太把所有衣服带去，林太太一向喜欢穿旗袍，到了纽约可不好找。

然后，敏敏把林君所有的衣服用品一并装入箱子，有满满两大箱，带到了自己的家里，花了半天的时间，放入了自己房间的衣橱和柜子里，与自己的衣服用品混在了一起。

林君听闻此事，有点哭笑不得。刚到家那天他要动身来宾馆时，林太太本来想整理一些衣服让林君随身带来宾馆，被林君否决了。他的这些东西那丫头太熟悉，很多都是她买的，如果少了一些，她会察觉继而起疑心。

他本来很想拿几副雷朋墨镜过来，但最后也忍住了没有拿。这些墨镜价格不菲而且时尚，几乎都是敏敏买的。她很喜欢给他买各种时尚的东西，对自己却马马虎虎，说纽约的女性时尚物品太成人化，她不喜欢。而林君很喜欢戴墨镜，所以雷朋一出新款，敏敏都会第一时间买入。

喜欢戴墨镜，这下好了，自己可以戴个够。林君心里苦笑着，不知道这是不是造化弄人。

六

林君回到重庆后一个多月，出发的时候到了。

整个航程与1941年回重庆时完全不同。太平洋战争爆发后，中美之间的海运停止，这次赴美先要坐飞机通过驼峰航线到印度的加尔各答，再坐美国的海轮到纽约。

这次所有的手续都是卫处长和赵司令一手办理的。这期间，他们两位都偷偷地来宾馆看望过林君好几次。林君感谢他们对自己的照顾，虽然看不到他们，但林君能强烈地感觉到他们压抑的心情。

出发那天，卫处长前来送行，与两位特工一起先送林君上了飞机。

机舱内，望着林君那张熟悉的脸，卫肖记心中无限伤感。短短的半年时间，这个曾经与自己一起在冬日寒风凛冽的江边跑步的年轻人，现在成了残疾人。在卫肖记老辣的目光下，林君那墨镜下强行伪装出来的轻松无法掩盖他内心的绝望。

林君洞察卫处长的心情。他笑着对处长说："三位少将，为了我这个小小的上尉，忙了好几个月。"

"瞎忙。"卫肖记低声吐出了两个字，接着强打起精神说，"纽约那边已经在找眼科方面的专家，等你到了应该就能去诊治，我觉得还是有希望的。"

林君觉得有些意外："您连这个也考虑到了？"

"你不是想暂时隐身吗？我估计你不会联系朋友，找医生有些难度。另外，那边已经安排了联络人，你到了之后他们会给你联系方式，以后你在纽约有任何问题都可以找他。"

"谢谢！"林君感激道，继而催促卫处长下机。告别之际，在狭窄的机舱内两人拥抱。

卫肖记忍住哽咽道："我如果出差到美国，就来看你。"

林君以尽量欢快的语气说："您信不信，我会重上舞台，到时候不需要您来抢票，我会免费送给您票，而且是最好的位子，省得您又说票价贵。"

"好。"卫肖记只能吐出一个字，抱着林君，眼泪无声地流下。

此时，赵司令的手下在忙着送林先生夫妇，名义上是林先生单位安排的。因为敏敏来机场送行，赵司令自己不便出面。这次除了林先生夫妇外，还有家里多年的娘姨张妈也一起去纽约。张妈独自一人，不像司机老赵，拖家带口只能留下。

林岑两家人在机场告别。已经有 20 多年的时间，两家人几乎都相伴在一起，而今却要天各一方，身处地球的两边。这一分开，不知要多久才能相见，两对夫妻依依惜别。

只有敏敏的面前没有人。如果有人，她不会与他告别，她会一直与他在一起。

林先生走到了敏敏的面前，搭住她的肩膀说："敏敏，天涯何处无芳草，明白伯父的意思吗？"

敏敏看着林伯父，缓慢而坚决地摇了摇头，林先生心里暗叹。

林太太走过来抱住了敏敏，没有说话。两人这几天已经抱着哭过很多次，每次都没有任何的语言。对于敏敏而言，她说不出任何安慰林太太的话。林太太的内心五味杂陈，她看着这丫头痛不欲生的样子，很多次都很想告诉她，其实她的小君还在，她不用这么痛苦。

飞机滑行，冲向蓝天。

此时林君坐在舷窗的旁边，猛地用手拍到了舱壁，他的头抵住手背，眼泪从墨镜下流出，滴落到手上。

他终于把她留在了重庆的大地上。他们曾经发誓要一直在一起的，但现在，他们却要天各一方了。

敏敏在机场内目送着飞机，机身上巨大的机翼在她的眼前越来越小。此时，她忽然有一种奇怪的感觉，好像有人生生地把她的心拉走了一部分。为什么？现在走的是小君的父母亲，为什么会有这样的感觉？也许，因为他们是他的血亲。

回到家中，敏敏第一时间锁上了钢琴，盖好蕾丝布。又把所有的谱子锁到了柜子里。没有了小君，她这辈子不想再碰钢琴。

此时暑假已经开始。前面的一个多月时间，敏敏没有上学，这是她人生中第一次旷课。她也没有参加钢琴专业的期末考试，开学后本来敏敏应该上大学四年级，但现在她要转系。

她找出通讯录，电话联系了陈绍平。自林君牺牲的消息传来后，老师和同学们在校内进行了各类悼念活动，学校还为林君搞了个大型的追思会，这些敏敏都没有参加。这些天一直有好些个老师和同学来林家和岑家探望过他们，其中绍平来了好几次。他告知敏敏，有任何需要，都可以找他。

绍平事先带着艺术系严主任的介绍信，替敏敏联系好了化学系的梅主任，约好第二天下午去他的办公室商讨敏敏转系的问题。为了公平，敏敏要求先不要跟梅主任讲自己的身份，最好能光明正大地转系。

两人一起来到了化学系。梅主任很疑惑，学钢琴的怎么能转到化学系？敏敏说自己一直在辅修化学，旁听了好几门课程，并参加了考试。她拿出辅修的成绩单呈给梅主任。

梅主任看了看成绩单，成绩都还行，全在 70 分以上，其中无机化学和有机化学 90 多分。但是梅主任还是有疑虑，辅修的课程还不够，总学分与已经学完三年的化学专业的学生有差距，而且辅修的课程中没有实验课。这大四最后一年，要修足学分，还要补上实验课，难度比较大。

绍平建议，能否请梅主任允许敏敏在暑假里使用学校的实验室，尽量补齐实验课，暑假结束前请梅主任出实验题考试。至于总学分是否修足，能否顺利毕业，就看敏敏自己最后一年的学习情况了。

梅主任还是很为难，实验课不止一门，每门课都考的话，自己难道还要请其他课的老师出考题？

绍平又建议，能否先考基础化学实验，如果成绩足够好，就直接转系，如果不尽如人意，再考其他的实验课。梅主任勉强答应，说先与实验室方面接洽一下，让敏敏在家等消息。

两人离开了化学系，中途分开，敏敏回家，绍平去艺术系。看着敏敏远去的背影，绍平马上又返回化学系。

见绍平又折返，梅主任有些反感，道："陈老师，我可是看在严主任的面子上给这个机会的。"

绍平严肃地看着梅主任说："您知道她是谁吗？"

"无论是谁，都一样。"梅主任几乎要发怒。

"她是林君教授的未婚妻。"绍平直视梅主任的眼睛，"她没法再学钢琴了。"

第二天下午，梅主任就通过绍平通知敏敏，说已经接洽好实验室，随时可以来使用，至于暑期末的实验考试也取消。说已经与几位老师商量过，根据敏敏的辅修成绩，先转到化学系，至于以后的成绩如何，完全取决于敏敏自己。

三个人都放下心来。敏敏和绍平不用说，梅主任也放下了心。自从前一天知道了岑敏敏的身份后，他拿着敏敏的辅修成绩单很费了一番心思。最后他决定，无论如何要给这位林君教授的未婚妻一个机会。

敏敏终于转系成功，绍平帮她一起办理了相关手续。

七

转系后，敏敏感觉压力大了不少。化学毕竟是自学，2 个月后就要正式开学，要努力的课程太多。这个暑假是关键，否则最后一个学年很难取得好成绩。

因此，接下来敏敏定下心来，整个暑假期间每天白天去学校实验室做实验，晚上回家继续学习，努力平复自己的心态。这样，让自己用功，并在用功的时候不再想到他，虽然很难，但她竭尽全力去做。

这期间，敏敏只见过慧荃。

就在转系手续办理完结后，敏敏到了艺术系的琴房，慧荃就在那里等她，昨天她们已经约好。

自林君死讯传来后，前几次见面，旁边都有其他人，今天是她们俩第一次单独见面。两个女孩一见面，没有多说一句话，已经抱在一起痛哭起来。

在央大，特别是艺术系内，爱慕林君的女学生很多，但慧荃是特别的。她不但与林君有更多的交集，而且全程参与了林君从军的事，她的身上更是流着林君的血。

慧荃已经知道敏敏转到了化学系。她告诉敏敏，钢琴班也有不少学生转到了其他的音乐专业。慧荃自己不打算转，因为已经转过一次，而且是林君当初为了救她的命让她转的。她感激他，她要一直坚持下去，虽然他已经不能再教她了。

钢琴班的学生原先一直坚持着，虽然私底下对新来的老师有各种抱怨，抱怨最多的一点，就是示范太差。这是真的没有办法，有哪个钢琴老师的示范能超过林君老师？如今得知他们一直期盼的林老师不能再回来教他们了，他们坚持的动力便荡然无存。

钢琴选修课的学生散得更早，三个班凑起来还没有一个班，四年级开学后就与钢琴班合在一起上课。等最后一学期结束，学生毕业后，央大的钢琴专业就没有再招收学生。央大的这个专业因林君临时回国而设立，也因林君在战场上牺牲而撤销，只存在过一届。

慧荃从学校回来后很难受，敏敏转去化学系了，她连钢琴也不弹了，慧荃无法再跟她学钢琴。而且敏敏转系后课程压力会很大，她们以后见面聊天的机会也会很少。林老师走了，敏敏也离她越来越远，慧荃从来没有觉得这么孤独过。

到家看到父亲的车子，知道父亲已经回来，慧荃没有回到自己房间，而是去了父亲的书房。这些天她感觉父亲一直很忙，对林君的牺牲，他好像没有过多的意外，慧荃想可能父亲早就听到了音讯。她想去他那里，跟他多谈谈林老师，或许父亲那里有更多林老师以往在部队里的消息。

走进父亲书房，看见赵司令正面朝窗户坐着。慧荃搬了个小凳子，走过去坐在父亲的旁边，把头靠在父亲的腿上。她把这段时间学校里钢琴班同学转专业的事情说了，当然包括敏敏的转系。

赵司令长长地叹了一口气，没有说什么。

"爸爸，您能跟我说说林老师在部队里的事情吗？您肯定知道得很多，为了保密，不说公事，生活上的事说说也好。"慧荃抬头用祈求的眼光看着父亲。

赵司令想了想，慢慢说道："很多事情现在不能说，但我可以告诉你，你记在心里即可。你的林老师非常了不起，他是军中最年轻的上尉，他一个人几个小时内干掉了一百多个鬼子。他在军中很有名，就像是一颗灿烂的流星，快速地在空中闪过，闪过时是如此明亮。"

慧荃听得瞠目结舌，她万万想不到，这个曾经在台上身着燕尾服，卷发披散的音乐天才，居然在枪林弹雨的战场上是一个如此的佼佼者。

她想知道更多的细节，但作为将军的女儿，她懂，什么该知道，什么不该知道。但是这样一个优秀的人居然死了，再也见不到了，他还那么年轻，他还救过自己的命。想到这里，慧荃的眼泪默默地流了下来。

赵司令也同样感慨。前段时间，他与卫处长一起去见了李师长，三人商讨林君包括去纽约在内的所有相关事宜，从中了解了很多林君的事。泉瓦岗一战，打掉了李战神麾下最闪亮的两颗新星：萧阳和林君，战神为此黯然神伤了很久，这或许会成为他一生的痛。唯一有些安慰的是毕竟林君还活着。

但出了军营，知道这件事的人极少。看着女儿这几天的悲伤神情，赵司令几次想说，但还是忍住了。然而现在看到女儿的眼泪，知道她痛苦到了极点，心下不忍，掂量了一下，缓缓开口道：

"荃荃，我想跟你说一件事，但你务必不要再告诉其他人，无论你多想告诉他。"

慧荃有些吃惊，然后很郑重地点点头说："爸爸，我保证。"

"林先生没有死。"司令一字一顿地说。

慧荃瞪大眼睛，呆住了。但她毕竟是将门之女，马上冷静下来，知道这是真的。赵司令继续说："他受伤失明了。"

慧荃失神地看着前面，半晌才问："那他现在在哪里？"

"与他父母一起动身去了纽约。"

慧荃也是聪明之人，立即明白了林君的意图。她眼泪又下来了，难过地说："他难道不明白吗？只要他活着，无论他成了怎样，敏敏都是幸福快乐的啊。"

"他当然知道，但他是男人，他有男人的骄傲。如果他眼睛治好了，他们就能团聚，否则很难说。"赵司令叹了口气说，"我理解他，换了是我，我也会这样做。"

"但是敏敏现在多痛苦啊，她不可能忘掉他的。"想到敏敏的绝望，慧荃泪流不止。

"时间长了，会淡忘的。"赵司令看着窗外悠悠地说。

慧荃站起身来，走到父亲身后搂住了他，把头埋在他的肩膀上，轻轻地说："有些事，有些人，是一辈子都忘不掉的。就像您，一辈子都忘不掉我的母亲。"

八

林君一行在加尔各答下机后，在宾馆里等了几天，就上了

416

赴美的海船。除了这段空运比较折腾外，后续的航程被卫处长和赵司令安排得非常周到。国际海运客船上包了两个套房，共有两个厅、四个卧房，八张床，这两个套房之间还有门，白天门一打开，大家都能在一起。

整个行程中，林君很少说话，在海船上也是。除了出来吃饭与大家见面，其他时间都是把自己关在卧室里，要不在床上，要不坐在舷窗旁。无论是对父母还是对其他人，除了必须说的，没有一句多余的话。

林君不说话，其他人也没兴趣说，整个行程死气沉沉。

林君不是不知道，但他累了。自树枝插入眼睛起，到离开军营，他演了几个月的戏，他不想再演。他知道这样对父母是不公平的，但他已经心力交瘁，只能在父母这里彻底撤掉所有的防护。他知道父母的心情，他知道对不起他们，但他现在真的无可奈何。

唯一让林君有点兴趣的是，从医院开始就练习的在房间里独立行走。他避免做任何一种看起来像盲人的动作，练习很自如地在房间里走动。他发现，到了任何一个陌生的环境，只要慢慢地走过一次，他就能准确地走到任何他想去的地方，这使他安心不少。

在船上他练过一次，就能很自如地走到客厅吃饭，走去洗手间，不需要任何人的协助。这令其他人很好奇，林君走路时的样子，好像他不是盲人。

经过漫长的海上漂泊，终于快到纽约了，林君召集所有人到客厅，说了船靠港之后的计划：

"爸爸姆妈，你们和张妈一起上岸，昂波和老刘会来接你们，他们会把你们安顿好之后才离开。我们三个等你们上岸离开后，一起去离港口最近的那家酒店暂时休息，用两位先生的名字开房。"

特工把自己带有英文名字的名片交给了林先生。

"等昂波走后，爸爸姆妈把这张名片交给老刘，老刘会来酒店接我们三个，只要告诉他，是我 1941 年出发前住过的那家酒店，他就知道了。"

"还有，"最后林君补充说，"见到昂波，告诉他不要把你们到纽约的信息传出去，否则，后续会有很多我以前的朋友到家里来探望你们。"

这是林君上船之后说话最多的一次，之后他又回到自己房间，直到船到港靠岸。

接下去所有的程序都按照林君所计划的进行。

林先生一行三人上岸被昂波和老刘接走后，林君与两位特工一起下船去宾馆开了两个房间等待。此时是上午，按照林君的计算应该要等两三个小时左右，等老刘来接要到下午了。在房间里用过午餐后，特工退掉了他们休息的一间房，一起到林君房里等老刘。

卫处长事先告知林君的关于眼睛诊疗的事果然已经安排好。特工告诉林君，一到宾馆他们就联系了纽约的联络人，明天就去接头。联络人那边前段时间已经联系好了纽约最好的眼科医生，争取明天就一起带林君去就诊。

他们三人一起从 313 师部出发直到现在，一直在一起，但互相间的交流非常少。除了对行程的安排外，就是生活上必须要说的话。他们互相说话都很客气，但绝没有任何多余的话。

就林君而言，他很清楚，这两个高级特工身上拥有无数的秘密。这次护送他一直到纽约，是因为卫处长对他的特殊安排。但特工与军队完全是不同的体系，他们之间的合作仅限于单独的一次行动。所以他绝对不会与他们作任何多余的交流，否则双方都会很尴尬。

他们也介绍过他们的姓，但林君认为这只是他们众多姓中的一个，自己无须记住。反正他也看不见他们，平时若有事称呼也只是称"先生"，后来连他们告诉他的姓也忘记了。

而对于这两位特工而言，这次的任务实在是太特殊了。他们不是没有经历过类似的行动，但是林君与以往他们所接触的人完全不同，三位少将一起亲自为林君安排一切，而他的军衔仅仅是个上尉。在 313 师，他们目睹了战神李师长他们送别他的情景。虽然林君的事情他们早已经完全知晓，但亲眼所见还是令他们很感意外。313 师的这些将士与林君的感情之深厚非比寻常。

当时他们俩还不约而同地有点担心，林君那么活泼的个性，一路上要相处这么长时间，到时候肯定经常会与他们交谈，他们该如何应对？但是，完全出乎他们的意料，一出军营，林君在车上大哭一场之后就判若两人，沉默寡言，没有一句多余的话，一直到现在都是如此。

为此，特工们大大地松了一口气，但时日一久也颇生好奇之心。这个二十岁出头的年轻人，是怎样一个人，他的性格可以瞬间改变，他真实的性格应该是怎样的？还有他那对环境的敏感性，随意一次探寻就能轻松掌握环境信息。整个行程中，一些关键的步骤其实都是林君自己安排的，就像今天下船后的事，他早就了然于胸。他们不禁佩服这个年轻人，也为他深深惋惜，衷心希望他能够复明。

此时，老刘正在匆忙赶往宾馆的路上。

一路上，他都在不断地流泪。少爷没死，少爷还活着！"少爷，眼睛不要紧，活着最要紧。"老刘心里不住地说。

昂波一离开家，林先生就交给了老刘两张名片。当时老刘接名片的手颤抖不已，既激动又高兴！胸中的阴霾一下子消失殆尽，林君还活着的消息如同雨后的阳光，照射到他已经阴沉了近两个月的心。

他尽力保持着平静，为了开车安全，他必须镇定下来。他先放慢车速，等心情稍微平复一些之后，才加快速度。

门铃按响后，宾馆房间的门打开，门里站着的除了陌生的特工外，中间就是那分别了三年半的少爷。他依然是那样年轻英俊，脸上的墨镜老刘并不陌生，少爷经常戴，少爷戴墨镜比任何明星都要好看。

"少爷，我们回家。"老刘的声音带着哽咽。

"刘叔，开了这么长时间车，要不要先休息一下？"林君笑了，自离开军营后，身边的特工还是第一次看到林君笑。

"不用。少爷，我不累。老爷太太还在家里等着我们。"

九

　　路上老刘跟林君讲了昂波先前进行准备的经过，以及房子的大致情况。

　　"周先生说，他收到敏敏小姐的电报时，送电报的人说从来没有收到过这么长的报文。当时周先生大哭了一场，然后就打起精神开始找房子。"

　　听老刘说完，林君心里感叹，这丫头估计自己找房子也没这么用心，那时她肯定急得不行。至于昂波，林君完全能理解他当时的心情，他在哥哥离开纽约后，对自己的用心照顾，不是一个朋友的情谊可以涵盖的。听闻此噩耗，他当时的心情可想而知，可自己还得瞒着他。这时林君忽然有点动摇，是否不该瞒着昂波？但转念一想，能少一个人知道就少一个人知道，何况昂波与纽约音乐界有太多交集，而林君现在最不想出现的就是在音乐界。

　　老刘还告诉林君："周先生把少爷原先留在他那里的东西都搬过来了，专门做了一间琴房，还做了隔音。里面的装饰和布置完全与原先少爷您公寓里的琴房一致，连窗帘、灯、开关位置都一模一样。钢琴搬来前还调过音，还是请您原先喜欢的那位调音师调的音。除了钢琴还有书、唱片之类也都完全按照您原先放的样子放着。"

　　林君听闻有些想不通，昂波得知的信息是自己已经死了，怎么还给钢琴调音，这样用心布置琴房，居然还做了隔音。他忍不住问老刘道："昂波这是唱的哪一出啊？我不是已经死了吗？"他不由得笑出声来。

老刘说："我也不明白，可能就是周先生想留个纪念吧。"然后试探着问道："少爷，钢琴搬运过，音又会不准，我明天马上请调音师来调个音吧。"

"不用了。"林君没有任何犹豫。他那难得展开的笑容又消失殆尽。

一行人到了位于长岛的家中。老刘和张妈一起安顿好两位特工的住宿，林君坚持要他们两位留宿在家里。

第二天一早，老刘送特工出门，下午，就接林君一起到了西奈山眼耳医院，到联系好的眼科主任纳尔逊医生处检查。在那里，林君也与卫处长说过的在纽约的联络人正式建立了联系。

纳尔逊医生检查后告诉林君，他的眼睛是外伤，没有伤到神经，理论上来说可以治愈。现在的医疗技术还不行，但他现在已经在研究更新的角膜移植术，两年之内应该可以进入临床试验阶段。角膜移植术不是新的技术，但临床应用还不多，对于类似林君这样外伤导致失明的医疗试验还没有。

林君马上报名要参加第一期临床试验，而且是两只眼睛一起进行。

纳尔逊医生否定了这一打算，说不能两只眼睛一起做，因为一旦试验失败，眼睛以后复明的可能性会大打折扣。但林君坚持己见，一定要一起做，复明就一次性复明，失败他也认了。

从医生处回来，大家心情稍微好了一点，毕竟看到了一丝希望。

送林君到家后，两位特工正式向林君告辞。林君动情地拥抱了他们。三个月的时间里，他们尽心尽力地照顾他，一直护送他到了纽约，而他连他们长什么样都不知道，连他们到底姓甚名谁都不清楚。

"如果我真的能够再看到光明，希望你们能再来找我，因为我不知道你们是谁，即使在眼前也无法认出你们。对不起，一路上我给你们添麻烦了。虽然我顾忌你们的身份，刻意不过多地与你们交流，但我压抑的心情一直影响着你们。对不起。"林君真心道歉。

一向被训练得镇定冷静的特工也不禁动容，道："林先生，我们很理解您，我们也很敬佩您，我们为能够护送您而高兴。希望您的眼睛能够治好，希望我们还能见面！"

十

林君又回到了他最为熟悉的纽约，纽约还是那个纽约，但林君已经不是那个林君了。

第二天送走两位特工后，由老刘带着，林君开始在家里进行了第一次探寻，除了花园，他上上下下都走了一遍。房子包括地下室共三层，格局比较像上海的别墅，但比上海的大，除了单层面积大之外，还多了个同样面积的地下室。一楼除了大小客厅、饭厅、厨房等公用房间之外，还有保姆房、司机房、客房，以及林君的卧室套房和琴房。

林君其实上楼没问题，但怕父母担心，还是选择了一楼东面的套房。想想这样也好，关起门来也一样清静。这也是此后他待得最多的地方。

琴房就在林君卧室的旁边，但这次探访，他唯一没有去过的就是琴房，连门口都没有滞留，直接路过。

林君不知道房子花了多少钱，他也不关心。只知道昂波昨天想把林君和敏敏的银行账户转交给林先生，被父亲拒绝，他说这是小君交给昂波的，还是请他保管。父亲说他单位已经发了薪水，国内的资金也已经陆续到位，以后万一要用钱了再说。

休息了一天，老刘就送林先生去上班。回来后，与林太太、张妈一起，收拾各种物件，忙得不亦乐乎。经过几天的收拾，所有东西都已经井井有条，林家开始了在纽约的生活。

唯有林君像个局外人，对所有的一切都漠不关心。他只是坚持放置自己的行李，不让其他人参与。他的行李不多，因为重庆的所有物品都已经被那丫头拿走。

昂波拿来了林君放在他那里的一些衣服，主要是演出的燕尾服和几套西服。林君考虑再三，让张妈全部拿到楼上一间空着的卧室衣柜里挂好。而他现在需要的就让老刘另外去买来，不要求多，反正也不出去，不需要太多的行头。

林君每天没有固定的作息时间，早上肯定不会起得太早，基本在 10 点之后。除了吃饭，他都把自己关在房间里。吃饭也很随意，林太太做他喜欢吃的菜，他也基本没什么反应，问他好吃吗，总是说好吃。

他吃饭时间很短，席间几乎沉默，吃完饭就进屋。吃饭时不喝酒，平时就在自己房间里随意地喝。卧室的柜子里放满了各色红酒，茶几上经常放着刚喝空的酒瓶，酒气散发在房间中，日夜不散。他酒量好，也喝不醉，每天喝得很多，几乎以酒代水，以前喜欢喝的咖啡也不喝了。大家谁也不敢说他什么，只是每天看着他没有什么表情的脸。

家里的气氛是很沉闷的，但林太太并不感到意外。儿子这样太正常了，他现在的境遇能让他快乐开心是不可能的。她决不轻易去打搅他，只希望他自己慢慢地调整过来。儿子活下来已经很不容易，不能太苛求老天爷，林太太一直这么提醒着自己。

但家里人的心情都不可避免地有些压抑。一天，老刘接林先生下班，林先生问老刘，少爷是否从来没有进过琴房，老刘说是的。林先生思忖了一会儿问："老刘，你觉得少爷如果眼睛真的不能治好，就算没有敏敏的事，他还会返回舞台吗？"

"绝对不会，老爷。"老刘肯定地说，"老爷，少爷以前太顺利了，自他 14 岁第一次演出，他只要出现在舞台上，他永远是众人目光的中心。他那么完美，绝对不会允许自己以现在这个样子出现在舞台上。"

老刘是很了解林君的，他毕竟与他朝夕相处了五年。

暑季进入尾声后，纽约凉爽的秋季匆匆而过，即将进入冬季。

林君的心情并没有任何的好转，除了喝酒之外，他让老刘买来了香烟，开始在自己的卧室里吞云吐雾。老刘不得不给他买烟，而他每天的抽烟数量越来越多。

林太太坐不住了，她好几次小心翼翼地敲门进去，都看到林君背朝着门，坐在窗前，旁边的茶几上满满放着红酒、红酒杯、醒酒器、开瓶器，还有香烟、打火机、烟灰缸。烟灰缸经常是满出来的，按照老刘的说法，少爷起码一天要抽两包烟。

林太太开始经常进出林君的房间，天气冷，窗户经常关着，满屋子的烟味和酒味。林太太开窗通风，但又怕林君着凉，通一会儿风就连忙又关上。趁此机会，林太太多次小心劝说林君少抽点烟，但他几乎没有回应。有次，听林太太又开始说，林君淡淡地回了一句："我没事干。"

林太太无话可说。是的，他们都不知道林君天天闷着在想什么，但他确实没事干。林太太，包括所有人都很想说：可以弹钢琴，可以听唱片，这些都是他曾经的最爱。但现在林君连琴房都没有去过，他目前的生活完全与音乐无关。

除了琴房外，林君也从来不去花园。他知道花园很大，老刘请了一名园丁定期来打理，平时林太太、张妈和老刘有空时都喜欢侍弄侍弄花草。花园也是敏敏在电报中要求的，敏敏知道林太太与自己母亲都很喜欢花木，原先他们两家在上海家的花园里种满了各种花草。

纽约家的花园大部分在南面，从大门处蜿蜒而入的车道旁是连绵的草坪，从两边一直通到后院，后院相对较小。

林君不去花园倒不是因为别的，唯一原因是不想让路人看到他。因为事先跟昂波打过招呼，所以家中没有什么外人来，只有昂波会经常来，想看看有什么要帮忙的。不过昂波每次都是周日来，已经有了规律，这使林君的藏身方便不少。

冬天快过去了，到纽约已经半年，林君就在这样的状态下生活。他的头发已经很长，微卷披肩。他一手拿着香烟，一手

426

举着红酒杯的样子经常让老刘想起他17岁那年出现在时尚杂志上的照片。少爷还是那样的外表，但他的心早就不是了。什么时候他能再回到从前，那个快乐顽皮的模样？

看着林君的长发，一天，林太太问他是否请个理发师来家里为他理个发。林君说不用，反正又不出门。

十一

春天的纽约还很冷，但林君怕热，早就只穿一件衬衣。

自从身躯和手臂有伤痕之后，林君不再穿短袖的衣服，再热的天都是长袖的衬衣，扣子也尽量多扣，只剩领口最上面的一粒敞开，但他知道应该还是能看到一些脖子上的伤痕，然而他也管不了这么多，反正脸上和手指上的伤痕本来就很明显，要让家人不发现是不可能的，只有尽可能少让他们看见更多的伤痕。

那天下午，天气有些闷热，林君抽了一会儿烟，喝了杯酒，感觉身体有些出汗，就从衣橱里拿出衬衣和长裤搭在椅子背上，摘下墨镜，带着内裤进了卫生间去冲凉。这些天，他一出汗就洗澡换衣服，反正他也没事可干。

这时张妈在外面敲门，见没人答应，小心开门探身一看，见房中没人，知道少爷在卫生间，就进来收拾烟灰。自林君开始抽烟后，张妈一天要进来收拾好几次，生怕烟灰太多掉落到地毯上。

收拾完茶几上的烟灰，张妈看到床上有点凌乱，想可能少爷又躺过了，就去整理。顺手拿掉枕头时，一把手枪赫然出现。

张妈吓得快要叫出声来，她哆哆嗦嗦地放下枕头，赶忙跑出屋外请林太太过来。林太太看到手枪，也吓得差点哭出来。

林家和林太太的娘家都是书香门第，家中没有人入行伍，她从来没有在家中看到过枪械。其实在纽约，家庭持枪的不少，但林家毕竟才刚刚到纽约不久，而且自来到纽约后，林太太一直在家陪着儿子，没有出去从事任何的社交活动，完全不知道枪在纽约是很普遍的。

林君到纽约之后，这把师长给他的卢格 P08 他经常拿出来把玩，只是都背着家人，免去了解释的麻烦——他没那个心情。

林太太让张妈先出去，想自己留下来，至于留下来干什么，她自己也不知道。是问问儿子吗？但怎么问呢？儿子居然把枪放在枕头下面，他想干什么？他天天闷闷不乐的，还藏着枪。林太太不敢想下去。

这时卫生间门开了，水汽袅袅中，林君裹着大浴巾，擦着头发走了出来，他当然不知道母亲正在屋里。

他背对着林太太，用大浴巾的一角擦了一会儿头发，然后戴上墨镜，穿好长裤，接着取下浴巾，拿起衬衣开始穿。

此时，他背上和手臂上的道道伤痕历历在目，如同利刃般刺入林太太的眼睛。

"小君，你身上怎么有这么多伤痕？"林太太一边哭着喊道，一边冲到了林君的面前。

"姆妈，您怎么在这里？"林君吓了一跳，后悔自己没有

428

锁上房门。他迅速穿上衬衣，开始快速扣扣子。

林太太已经冲到林君面前，她哭着想拉开儿子衣服的扣子："让姆妈看看。"

"姆妈，这有什么好看的。"林君急了，他绝对不会让母亲看到他的胸口，那里的伤疤更是触目惊心，母亲看了肯定会昏过去。他也不会让其他人看，如果有可能，他这辈子都不想让人看到。

但是，也许只有她能看到，也只能让她看到。自己的一切都是她的，她说过。林君每每想到这里，心中都会一痛。

林太太忽然怒了，她哭着喊道："我是你姆妈，我看看怎么了！"

林君赶忙一手轻轻握住她的手，一手抱住她的背，柔声说："好了，姆妈，好了。对不起，都是我不好。"

林太太已经泣不成声："小君，你受过多少苦啊？你从来都不说，你脸上、脖子上和手指上的伤我们都看见的。你一向怕热，但现在天再热你都穿着长袖，我们都知道的，但不敢问你。"

林君依然柔声安慰母亲道："姆妈，不说了，都过去了。没有什么比我像现在这样活蹦乱跳地站在您的面前强，对吧？"

换了以往，这句话足够抚慰林太太的心。这些日子里，无论心里怎样担忧压抑，儿子活着回来是对她最大的安慰。想想小航，如果小航还活着，哪怕也是盲人，哪怕断胳膊断腿的，都比再也见不到强。

但是，今天这把枪，彻底动摇了林太太最后的心防。她抬起脸看着儿子，抽出一只手轻轻抚摸着他的脸，流着眼泪说："小君，你可不能再出事了。你再出事，姆妈可真的什么都没有了。"

十二

林君莫名其妙，问："姆妈，我不是好好的吗？我不会再出事了。"

林太太鼓起勇气问："那你把枪藏在枕头底下干什么？"

林君恍然大悟，把玩好枪忘记收好了。他拉着母亲的手一起走到床边，拿起了手枪，熟练地上膛，说："姆妈，你们以后看到这枪不要碰，里面有子弹的。"

林君走到窗前，双手拿着卢格P08平举着，对着窗外。这是标准的手枪射击动作，林君实际射击的时候从来没有做过，但他其实很喜欢这个姿势。

林太太走到儿子侧前，看着他的脸。此时的林君与平日判若两人，英俊的脸上满是坚毅的神色。他边举着枪，边缓缓地说："姆妈，你儿子不但是一个天才的钢琴家，还是个优秀的神枪手。我在几个小时内射中了一百多个敌人，这些都是我献给我大哥的祭品。

"那次在泉瓦岗上，两百多人都牺牲了，我是唯一活下来的。我的命是几十个战友替我挡子弹换来的。为了救我，我的上级，我的师父，我的同事，甚至敌营里的朋友，花了无数的心血。我的命不单单是我自己的。姆妈，我不瞒您说，我确实曾经想过自杀，但是我后来发过誓，为了所有救过我的人，为了所有

430

要我活下去的人，为了我所有的亲人，也为了我自己，我肯定会好好地活下去。姆妈，您放心，儿子我这辈子决不会自杀。"

他慢慢放下枪，虽然看不见母亲的脸，但知道她已经释怀。

林太太走到儿子身前，轻声说："小君，你做什么姆妈都支持你，姆妈只要你快乐一点，开心一点，只要你稍微多注意一下自己的身体。"

林君温柔地笑了一笑说："我会的。对不起姆妈，我知道这段时间我情绪不好，让大家都不安。我会改，给我点时间，我会慢慢调整。烟我不抽了，您拿走吧，酒我也会少喝。"

他说着，用手甩了甩湿漉漉的头发，笑着说："头发确实太长了，请个理发师来吧。"

"好。"林太太高兴地答应着，看着儿子脸上久违的笑容，她沉闷了几个月的心开始有了点松动。

林君确实开始调整自己的生活。烟不抽了，酒也少喝了一点，又开始喝 Kona 咖啡了。作息时间也有了点规律，早上虽然还是睡到10点，但几乎差不多同一个时间起床。吃饭也开始挑挑拣拣，会跟母亲提出想吃的菜，每次林太太都乐滋滋地去准备。

林君开始听收音机，主要听一些时政新闻，最关心的自然是全球的战局发展情况。他也开始练老刘买来的哑铃。哑铃老刘早就按照原先林君练的重量买来了放在琴房，问过林君好几次，林君都说不想练；现在他想起来练，但一练发现太轻了，老刘赶忙又去买了几副更重的不同重量的哑铃。林君试了试，留下了两副相对重的，放在自己卧室。他这才知道这两年多的军旅生涯，真的令自己受益匪浅。

除了练哑铃，他又开始进行俯卧撑之类的练习。要像在军营里那样锻炼是不可能的，跑步不能跑，单杠之类也没有，只能练练不限场地的健身活动。

花园里倒是有游泳池，但林君又不能去。而且对于林君这样这几年习惯在江河里游泳的人而言，这游泳池也太小了点，即使能游也肯定不尽兴。

但他的话还是很少，自从那天跟母亲讲了很多话之后，他又觉得没有什么可以讲的了，情绪依然高涨不起来。

第十章

一

春去夏来，很快进入了8月，距林家到达纽约已经一年。三个月前，在欧洲战场上，德国已经宣布投降。此时，世人的眼光都注视着亚洲，等待着另一个战场最终的结果。

近段时间，林君听收音机的时间越来越长。8月份以来，几乎每天都有亚洲战场的新消息。应该快了吧，太久了，在这片被战争肆虐的土地上，和平快要降临了吧。

那一日，终于到来了。

1945年8月10日的上午，林君从收音机里听到了日本投降的最新消息：日本政府分别电请中立国瑞典和瑞士，照会美、英、中、苏四国，表示同意接受《波茨坦公告》。

林君刚把消息告知大家，外面一向寂静的道路上传来了喧闹声。虽然不是人群涌动，但依然回响着人们抑制不住的欢呼声。

林家人都激动万分。这个消息太令人振奋了。由于日本的侵华战争，林家两个天才儿子，一个身亡，一个失明，二老也为此背井离乡，到了地球的另一边生活。

林先生夫妇和老刘、张妈一起要去街上，林君站在自己房门口，脸上是久违了的兴奋之色。"爸爸姆妈你们小心些。"林君笑着提醒他们，四人一起跑出门到了街道上。大家都兴高采烈，见证这历史性的胜利时刻。

林君一个人站着，听着外面的欢笑声。那声音渐渐地远去，而另外一种声音在他的心中开始回荡。他缓缓转过身，慢慢地向他从来没有进去过的琴房走去，走向他曾经无比熟知的九尺施坦威钢琴。

他熟练地拉掉布盖，撑起面板，坐到琴凳上，调节了一下琴凳的距离，打开琴盖，落下了他三年零五个月以来的第一个音：

《悲怆》！

贝多芬的 c 小调第八号钢琴奏鸣曲，作品第 13 号。这是贝多芬第一首亲自写上标题的作品。第一乐章开头那悲怆的极缓板在林君的手指下缓缓响起，在寂静的琴房中回荡。琴声随即冲破屋宇，冲向天际，如同夜空中飞逝的闪电，瞬间跨越了时空。

同一时刻，在地球的另一边，在备受战火煎熬的陪都，8 月 10 日 18 时开始，电台播报了四次日本接受《波茨坦公告》，也就是无条件投降的新闻。

当晚，重庆开始了连续三天的狂欢，几乎所有人都拥上街头，人们欢呼雀跃，庆祝着这来之不易的胜利。这晚，敏敏全家也在街上，她的脸上一年来第一次露出了笑容，沉浸在这庆祝的浪潮中。

在人群的欢乐中，在暑气的热浪中，在无数笑脸的跳跃中，忽然一阵钢琴声在黑夜中破空而来，冲进了敏敏的心。她顿时怔住了。她太熟悉了，这是他的钢琴声！这只能是他的钢琴声！

这是《悲怆》，来自那架他最喜爱的九尺施坦威。

也就几秒钟时间，敏敏已经快速转身，不顾身旁父母诧异的眼光，跑回家中。这样的快速奔跑，她记得只有一次，就是那次声乐教室遭到空袭的时候。她要快速回到钢琴边，她要抓住这琴声，她不能让它流走。

敏敏跑上二楼她的小琴房，找出钥匙，拉掉蕾丝盖，手有点发抖地开了锁，打开琴盖，坐到了琴凳上，调节好琴凳。她平复了一下呼吸，等着下一段章节，然后跟了进去。

她太熟悉这首曲子了，这是他教她的第一首曲子。

林君14岁录制第一张唱片，其中就有这首《悲怆》。年仅14岁的他却演绎出了异常成熟的意味。这也是敏敏听到的他的第一张唱片，那时她12岁，就被这首《悲怆》所震撼。她一直断断续续地自己跟着唱片练习，直至后来她去了纽约，林君亲自教她。

两架钢琴，分处地球两端，弹奏着同样的音符，琴声被他们俩所感应，跨越了时空。这是只能属于他们之间的通话，他们彼此听到了，感受到了，他们享受着这只能属于他们自己的幸福。

他们一起弹了完整的三个乐章，琴声停止，寂静重临。但他们的心不再孤独，两颗心已经在同一个频道上一起跳动，无法再平复。

林君放下琴盖，用手撑住头，心里斥责着自己：林君，你在干什么？

他不明白自己今晚为什么要弹琴，为什么要弹《悲怆》。他之所以一直没有碰钢琴有很多原因，其中一个原因就是担心她会感应到。但是今天，他失防了。

但其实，他明白自己的心，他太想她了，他内心的最深处，渴望她能来到自己的身边，哪怕不见面，哪怕不重逢。

她听见了，她回应了。她从第一乐章的下半曲开始进入，与他一起演奏。她的琴声有些生疏，应该很久没有碰钢琴了。是的，他知道她早就转到化学系了。

也许这一切都是幻觉，但林君依然无法控制自己，他泪流满面地坐在钢琴边。良久，心才慢慢平复下来。他站起了身，他知道现在家人应该都等在门外。

林君打开门，立即传来了一阵掌声。

"刘叔，钢琴该调音了。"林君笑着平静地说。

"好的，少爷。"老刘的眼中闪着泪光，这句话他等了整整一年。

从这一刻起，林君觉得，自己那已经深深沉入冰冷湖底的心，有了一点点的暖意，虽然眼前依然是黑暗一片。

二

敏敏已经从中央大学毕业，虽然她最后一年已经转到了化学系，但学校依然给了她化学和艺术两个专业的本科毕业证书。敏敏知道这很大程度是因为她是林君教授的未婚妻。

这没有引起学校师生什么异议。敏敏的钢琴水平早就名列前茅，比一直坚持到底的钢琴专业的学生水平高出太多，给一个文凭也没什么。而化学系的文凭基本实至名归，敏敏的聪慧、三年的自学辅修加上一年的刻苦，她的学分已经够了。

这一年，敏敏几乎把所有能用的时间都用到了学习上，从暑期转系后开始，她把自己安排得满满的，除了吃饭睡觉，没有一刻的放松。至于毕业之后的事情，她并没有考虑过。这一年局势已经基本明朗，岑家以后应该不会在重庆长住，所以敏敏也没有去想以后是工作还是继续读书。

这期间，她没有碰钢琴，也没有听唱片，这一年多的时间里，就如同在纽约的林君一般，她的生活与音乐无关。

她一直在等，开始时自己也不知道在等什么，但渐渐地她明白了。然而，越到后来，她越失望。她明白原来自己一直不死心，一直在等他的琴声。但是已经一年多了，她越来越默认他真的已经不在了。如果他还在，钢琴是他的生命，他肯定不舍得放弃。

直到今天晚上，胜利日的晚上，却如绝处逢生般，她感受到了他的琴声。

弹完了第三乐章，敏敏在钢琴前坐着，满脸泪水。是他吗？是幻觉吗？真有可能，因为自己一直在等所以产生了幻觉，但是不要紧。

敏敏知道此时父母他们应该就等在门外面，她擦干眼泪，平复了一下情绪，走出琴房，果然看到诧异的父母，自己可是一年多没有碰钢琴了。敏敏笑了笑，没说话，心里想着钢琴该调音了，这可怎么办？以前都是小君请调音师过来两架琴一起调的，自己现在该找谁？找绍平？

当天晚上，敏敏在自己房间里想到半夜，她把很多的细枝末节都联系在一起，在心中形成了一个初步的答案：小君还活着，他受了伤，残了。能弹钢琴，手应该没事，是腿？或许是眼睛？

许多内心深处的疑惑，答案渐渐清晰了起来。

第一个疑惑，是得到小君死讯后，每次与林伯母碰面，心中都有种隐隐的感觉，就是林伯母对于小君去世的悲伤，与当初大哥去世时是不同的。敏敏当时的答案是小君去参军，林伯母已经有了充分的心理准备，但还是感觉有点说不通。记得当时林伯母更多是在安慰自己，现在一想，就明白了。

第二个疑惑，机场上送林伯父林伯母离开重庆，飞机起飞时，她有种心被拉走一部分的感觉，现在才明白，那时他应该就在飞机上，刚刚离开自己。

敏敏不知道这答案是否正确。她一直是很理性的，不会轻易去相信这种虚无缥缈的感觉。但无所谓，她已经想好了以后的一切计划，她要让这个答案得到验证，一步步去验证，这是她现在唯一想做的事。

第二天午餐期间，敏敏问父亲："爸爸，日本人投降了，您有什么打算？"

岑先生说："前段时间我们同事们都在议论，眼看着要胜利了，我们很多外乡来的肯定都要有所准备。一部分人想回原来的城市，一部分人跟着政府转去南京。还有人想去台湾，现在那里需要人，也有人打算去外国或港澳。"

"那爸爸您呢？您是想回上海到原先的研究所，还是跟着现在的机构转去南京？或者另有打算？"

"无论是回上海还是南京，都不理想。回上海，原先的工作中断过几年。去南京，长期在异地。所以我另有打算，我可能先提前退休，再作计划，毕竟也是五十开外的人了。"岑先生说完，笑着看着女儿说，"敏敏有什么建议？"他知道，女儿今天有话要说。

前一天晚上，他们夫妻俩已经交谈过。晚上女儿忽然弹琴，肯定有什么原因，不仅仅是因为胜利。自从去年传来林君的噩耗以来，她的脸上已经很久没这么有光彩了。

"爸妈，如果爸爸不考虑工作，那我们去美国吧，我想申请茱莉亚音乐学院硕士研究生，继续学钢琴。"果然，一年多没有弹琴的敏敏，提出了这个看似匪夷所思的想法。

夫妻俩对望了一眼，岑先生笑着对女儿说："好啊，听女儿的。"

敏敏大感意外，她想好的所有理由都用不上，父母居然就这么爽快地同意了。敏敏知道，父母这样除了心疼女儿，没有其他理由可以解释。自己今天中午呈现的短暂快乐，对于父母而言是那样的宝贵。自己过去一年多深深的悲伤，已经刺痛了父母这么多的时日。其实敏敏早知道，但她实在无法假装快乐，只能拼命读书。

接下去开始商量具体的事情。除了必要的出国手续外，由于打算长期居住，要办理的事情很多。纽约的所有事情由敏敏去办理，包括自己的学业和未来全家在那里的生活。国内的事情由父母处理。

饭后，岑先生当即写信给林先生，把这个重要决定告诉老朋友。他想，老朋友一家肯定会很高兴的。

敏敏自己也于下午就写信给昂波，告知了自己全家要去纽约的打算。茱莉亚音乐学院的申请自己会提交，请昂波加以关注，另外请他帮忙买房子。这次敏敏没有拍电报，毕竟电报太贵。如果信被耽误了问题也不大，反正自己一起去，对纽约很熟悉，那边有很多小君的朋友，加上林伯父林伯母一家也在，所以她一点儿都不担心。即使到了纽约房子没有准备好，学校申请没有落实也不急，可以先住宾馆再找房子，安顿下来后再申请升学，晚一年上学也没事。

给昂波的信一寄出，敏敏就开始自己的硕士研究生的申请。申请音乐学院比较麻烦，到时候还要面试。申请的步骤敏敏倒是清楚，原先就是准备回到纽约后继续去茱莉亚音乐学院读书的。

手头事情一完，敏敏就想帮父母处理一些家里的事。由于已经帮林家处理过，有了不少经验，重庆家中的东西马上陆续变卖，只剩下生活必需品。并打算如果顺利，还可以先住到宾馆，尽量处理干净。由于贵重物品前几年都已经搬来了重庆，上海的房子和里面的物件已经全部委托亲朋去代为处理。

除此之外，敏敏开始拼命练琴。已经一年多没有练琴了，那天晚上明显感觉生疏不少,这样的水平考茱莉亚够呛。钢琴一直没有调音,敏敏想自己毕竟不是小君,对音准没那么苛刻,差不多就行了。为了自己转系,已经麻烦绍平不少,这么一点调音的事也去找他,实在说不过去。

这次岑家出国的手续办理远远没有上次林家的来得快,大家都误以为上次是因为林先生公派的原因。一直到10月底,才有了眉目,于是赶紧去订船票。

见一切基本就绪,敏敏整理好所有的唱片,打电话给慧荃,约好去她家。毕业后,两个女孩见过几次面。敏敏很想早点告诉慧荃自己要去纽约,但想慧荃肯定会提出来帮忙,敏敏也知道赵司令帮忙肯定能使自己家少很多的麻烦,但她不想再麻烦赵家。自小君参军开始,已经麻烦了赵家太多,自己这些事情就自己解决,不就慢一点吗?

敏敏带着唱片到了赵家,慧荃已经在门口等候。两位姑娘进了慧荃的闺房,敏敏才告诉慧荃自己全家已经着手办理去纽约的事。

敏敏原先以为,慧荃肯定会很吃惊,而且依依不舍。出乎她的意料,慧荃两眼放光,一叠声地说:"应该去,应该去。"见敏敏有些不解,慧荃道:"你钢琴弹得这么好,当然要按照原先的计划,再去茱莉亚深造。"

这个理由说得过去,敏敏也就不再理会。但慧荃的心却怦怦跳个不停。敏敏去纽约真的只是为了学钢琴吗?她都一年没有弹琴了。去了之后会碰到林老师吗?但慧荃不去过多理会,最后如何发展,不是现在她能预测到的,她明白连敏敏自己可

441

能也无法预测。

敏敏把带来的唱片都送给了慧荃，说这些都是 1941 年来重庆前在纽约买的，在国内不好买，慧荃肯定喜欢，所以都送给她了。

慧荃很感谢，她自然喜欢。然后她果然提出要帮忙，还埋怨敏敏不早告诉她，这样肯定会少不少事。敏敏说基本差不多了，后续有需要肯定会来找她帮忙。

收拾行李花了点时间，带什么东西都是按照敏敏的要求。而她自己，最重要的是要带走自己的婚纱，以及上次从林家拿来的林君的所有物品，其中也有林君的结婚礼服。

最后几天有点忙乱，很多朋友来帮忙。出发前，谢绝了朋友们的邀请，全家还是去宾馆住了几天，把家里的事务全部处理好，房子退租。

正式出发已经是 11 月底，那天也是赵司令和慧荃带车子来送，赵司令命人一直把行李全部送上船。在上海的转船岑先生没有答应让赵司令帮忙，说想同上海的亲朋好友碰面，一切都由他们安排。

大家在码头告别，来相送的除了岑家的同事朋友之外，还有绍平，以及敏敏的几个要好同学。最恋恋不舍的自然是慧荃，两个女孩泪眼婆娑，这是去地球的另一端，不知何时才能再相见。

又一次远航赴纽约，时隔六年，已是物是人非。依然是在浩瀚的太平洋上，波涛承载着远洋的航船，乘风破浪地驶向彼岸。敏敏孤独地趴在船的栏杆上，思绪万千：一个多月后到纽约，你会在吗？能见到吗？或许自己这次本来就是幻想之后的冲动？

三

林君自从那天晚上演奏《悲怆》后，终于正式开始练琴。开始一天的练习时间控制在 3 个小时以内，让手先适应一下，接着逐步增多，后来一天达到了 10 多个小时。三年多远离钢琴所积攒下来的对音乐的所有眷恋，开始集中喷发，一发不可收。

三年多没有练琴，开始林君对自己的状态心里没底，毕竟以前自己几乎每天练琴。但自那天弹出第一个音，他就知道，这些年，钢琴从来没有离开过自己，它已经紧紧地与自己的生命连为一体。他预计最多三个月，自己就能完全恢复到原先的状态。

除了练琴，林君也开始听唱片了，并让老刘购置了不少近几年古典音乐界出的唱片。他边听边整理，在封面上贴上长短不一的小纸条。吃饭时，他的话也开始多起来，脸上也渐渐舒展，虽然与以前那活泼的个性差距甚远，但大家已经很高兴了。他们只以为是林君开始练琴的缘由，并不知道那一晚与远方音乐的碰撞，才是林君内心那一丝温暖所在。

9 月末周一的傍晚，林先生下班回家，第一件事就是敲林君琴房的门："小君，能停一下吗？"

这是从来没有过的，林君练琴，都是他自己练完出来，有时候要吃饭，大家也一起等他一会儿，林君也不会让大家等太久。但今天林先生迫不及待地要在第一时间告诉儿子最新的消息，他知道，这件事最高兴的肯定是儿子。

听到父亲的声音林君很诧异，马上停了下来说："爸爸请进来。"心里有点担心：是不是出了什么事？

林先生进来走到林君身边，兴奋地说："小君，今天下午刚刚接到岑伯父的信，他们打算全家来纽约，敏敏要来茱莉亚读书。"

"真的？！"林君失控了，满脸的笑意。他不知所措地把手放到琴架上，随后慢慢收敛起笑容，把头埋了下去，说："我不会见她的。"他说着，哭了起来。

林先生第一次看到成年后的儿子在自己面前痛哭，眼睛也不由得湿润了，他抚摸着儿子的头说："小君，顺其自然吧，顺其自然。"

"爸爸，您先请出去吧，我没事的。"林君依然埋着头说，语气已经开始平静。林先生并不担心他，知道就应该让他自己一个人先消化消化。他轻轻拍了拍儿子的头，就出门并告诉张妈今天晚饭稍微晚一点。

林君慢慢平静了下来。丫头到底还是来了，来得这么毅然决然，按照收到信的时间推算，她应该当即就做出了决定。岑伯父和岑伯母与自己的父母亲一样，是少有的开明父母，就这样要与女儿一起远离故土，到异国他乡生活。

林君坐在钢琴边想了一会儿，知道大家都在等他一起吃晚饭，就开门出了琴房。

晚餐时和晚餐后，大家一直在商量着敏敏一家要来纽约的事。林君也第一次吃完晚饭后坐在客厅里。

全家人都很高兴。林先生说："我本来也是过几年才到退休年龄，反正没什么事，想再上几年班再退休。但既然老岑提前退休来了纽约，我也就马上提前退休，等他来了，我们又可以一起下棋聊天打嘴仗。"大家都笑了。

林太太则因为终于能有老朋友一起聊天、喝茶、养花而高兴。自来纽约后，她几乎一直在家里，没有与外界接触过，没有任何的社交。但林太太的高兴不单单是岑太太，还有敏敏，她一直放不下这个自小看着长大的丫头。她对敏敏的了解不亚于对林君的了解，甚至更多。她很长时间都不知道林君不喜欢吃甜的，但对敏敏爱吃的菜却了如指掌。现在丫头马上就要来了，自己又可以烧好吃的给她吃了。

然后讲到林先生信中所说的敏敏托昂波办的事，因为昨天昂波才来过，所以大家知道至少在昨天，昂波还没有收到敏敏的信。老刘说自己明天马上去找周先生，如果他还没有收到信，就请他把事先办起来。

"敏敏这丫头，这次怎么不心急了，还慢吞吞地写信？"林太太埋怨道。

林君笑道："上次看你们二老人生地不熟的，她怕误事，才发电报的。这次她自己也过来，自以为已经是老纽约了，所以即使什么都没有准备好也没事。电报费到底贵啊，这丫头很抠门的。"大家大笑。

说到钱，林先生让老刘明天顺便问问周先生，不知道他那边的钱够不够买房，如果不够，先支些给他。

最后大家都看着林君，问林君到底怎么打算，见不见敏敏，是不是要继续瞒着。

"敏敏如果像以前那样经常来我们家，每次待很长时间，那你就一直这样躲着？"林太太问。

"还有，万一敏敏要每个房间参观一下，怎么办？"林先生也问。这些都是很实际的问题，林君事先一定要考虑好。

林君却说："她不会一个个房间参观的，她不是这样的性格。就像重庆的房子，她就去那几个房间。至于以后来家里的时间，绝对不会像重庆那样多。重庆那会儿她比较空，而明年她如果进了茱莉亚，压力会很大。茱莉亚高手如云，毕竟她已经一年多没有弹琴了，琴技生疏不少。虽然她现在天天练琴起码10小时，但要在茱莉亚学下去，非下苦功不可。以后来我们家，我觉得也就一周一次吧，可能每周日会带你们这些长辈逛逛纽约市区，只能这样了，她真没时间。"

林君随意说着，大家却都听得目瞪口呆，他说得好像他就在敏敏身边一样，什么琴技生疏，什么天天练琴起码10小时。而且此后敏敏每周做什么他也安排好了。

根据老刘来回传递的消息，昂波也收到了敏敏的信，开始找房子。事先林君已经让老刘去附近打探了一下，了解到周围没有空余的房子，林君稍感安心，否则太近了自己藏身不方便。大家还商量了很多以后在生活细节方面需要注意的地方，比如林先生和林太太要经常去岑家，这样岑先生岑太太就来得少了，否则林君在家只能关在卧室里。

昂波的房子找好后，除林君外，其他人都经常过去，看看有什么需要帮忙的。林先生也在单位办理了提前退休手续。大家就等着岑家来消息告知何时动身，他们觉得快了，只有林君觉得肯定不会这么快。他感觉这次这丫头不会找赵司令帮忙，什么事都要自己来，出国手续办理得肯定比自己的慢很多。他果然猜对了。

11 月，岑先生发来电报，月底他们终于要动身了，到纽约的时间是 1 月初。林君算算敏敏到纽约后，离茱莉亚面试的时间已经很紧，不由得有些替她担心。转念一想，今年不上，明年再上也无所谓，到时候昂波可以给她找一个老师，辅导一年，再考就没有问题了。可惜自己不能教他，想到此，心中不觉黯然。

昂波除了为敏敏他们准备了住房之外，还准备了车辆，老刘介绍了一个同乡司机，并雇用了一个女佣，在预计岑家到纽约前几天已经到岗。1 月初，敏敏一家到了纽约，那天昂波、岑家的司机和老刘带着林家夫妇，一起坐车从码头到了新家。

岑家离林家走路半小时的路程，不近不远。进屋后敏敏吃惊地发现，房间里有好几件家具很眼熟，就是自己原来小公寓里用的家具。昂波告诉她，确实是她原来用的。当初本来应该卖掉，但昂波考虑到，这些家具都是林君当初花了四个月时间断断续续亲自买的，就不舍得卖，现在都搬了过来。敏敏暗暗感动。

四

吃完中午饭，昂波回去了，林岑两家人一起来到了林家。林君早就预计到下午他们会过来，午饭后就把自己关在卧室里。他有点紧张，一直关注着外面的动静，果然没多久就听到院子里的汽车声。

林君房间的窗户都紧闭着，窗帘也都已经拉上，房门上了锁。但他还是不放心，又检查了一下，然后就背靠在房门上，一动不动地聆听着。

他听见很多人进了客厅。各种声音中，他马上抓住了她的声音。他感觉她走到自己的房门外停住了，此时他们俩只隔着一道门。林君的手紧紧握着房门把手，他感觉手上慢慢渗出了汗水，不知道自己是要锁紧房门，还是想控制要出去的冲动。

敏敏就站在林君的卧室门外。她站在这里，眼睛看向琴房。琴房的门窗都开着，昂波说过，林君寄存在他那里的东西，全部按原样安置在林府的琴房里。敏敏看着琴房，慢慢走了进去。看着熟悉的钢琴和书架，宛如又回到了他的公寓，她的眼睛瞬间模糊。

她偷偷地擦掉眼泪，缓步走向钢琴。多少次，他就坐在这里，而她经常坐在旁边，他看着琴键，而她看着他。如今，琴依然在，而人呢？

钢琴的面板是放下的，琴盖布整齐地盖着，这点林君事先注意到了。敏敏站到钢琴前，撩起盖布，打开琴盖，用右手从低到高弹了一串半音阶。

林君听到后心里一颤，他明白她的意思，自己大意了。然后马上又想到，她会不会还注意到了那些唱片，唱片数量增加了，而且所有唱片都加了纸条标签，这以前是没有的，自己当时都没有意识到这些。在这丫头面前，自己还真的不够谨慎。

敏敏倒没有注意唱片，弹完半音阶后，她放下琴盖，盖好盖布出了琴房，也没有去其他房间。大家在客厅里聊了一会儿天，敏敏他们就回去了。

院子里传来汽车远去的声音。林君依然背贴着房门站着，直到门外传来了林太太的敲门声，林君才惊醒过来，发现自己脸上满是泪水。他匆匆擦掉眼泪，打开了门。林太太后面是老刘，老刘搬进来两大箱东西，说是敏敏小姐带来的、原先少爷的东西。

这下林君犯难了：这些东西怎么处理？是用好还是不用好？想想还是不能用，万一哪天那丫头来了想看看其中哪件衣服、哪副墨镜，就麻烦了。于是就让老刘搬到楼上的那间放演出服的房间，张妈全部整理出来，安放到不同的柜子里。林君有点懊恼，想这是不是那丫头故意为难自己的。

敏敏到纽约后不到一个星期，就要参加茱莉亚的钢琴面试，因此到了之后她当天就开始练琴。考试那天，昂波陪同她一起去。敏敏对茱莉亚很熟悉，林君带着她来过好几次，但今天考试，敏敏还是很紧张。

考试要求连续演奏五首不同类型的曲子，敏敏演奏了巴赫的《C大调前奏曲与赋格BWV846》、贝多芬的《悲怆》、李斯特的《塔兰泰拉》、肖邦的《冬风》、德彪西的《水中倒影》。

这些曲子承载了她内心的所有情感，满满的都是对他的思念。

考完试，不管结果如何，敏敏都松了一口气。她与昂波一起到了校内咖啡馆。咖啡馆人很多，两人好不容易找到一个角落里的桌子，面对面坐下。这是两人第一次有空坐下来聊天。

咖啡送来后，两人默默对坐着，敏敏一脸的伤感。这些天一直很忙，现在松下来了，又面对着昂波，敏敏彻底把压抑着的心情表露了出来。她知道他们谈的只能是小君。

"这个咖啡馆，到考试前人更多，因为它是24小时营业，位子都抢不到。只有小君从来不来抢，他任何考试从来都不复习。"昂波长长地叹了口气，继续道，"五年时间，物是人非啊。"

敏敏没有说话，只是默然盯着咖啡。

"我当初收到你的电报，半天都无法回过神来。小君怎么会……"昂波的眼泪涌上了眼眶。

"都怪我。"敏敏的眼泪也涌了上来。

"这怎么能怪你？小君多么任性的一个人，他想要去做的事没有人能阻止。"昂波含着眼泪摇摇头说。

"怪我，"敏敏哭出声来，"我明明知道上战场有多么危险，却没能阻止他。我当初应该把他锁在家里。我以为自己很理解他，但我为什么要理解他？他的命都没有了，我理解他又有什么用？我眼睁睁地看着他走，明明知道很危险，还这么送他走！"

敏敏用手捂住脸，任由眼泪从指缝里流淌出来。周边已经有不少人看过来，但敏敏全然不顾。

"敏敏，这真的不怪你。"昂波不知道怎么安慰她，他第一次看到敏敏这么失态。

敏敏没有理会，继续哭着说："我还这么自私，让他等了我整整三年。我早就应该嫁给他，我要是早嫁给了他，他即使走了也不会那么孤独。现在他是一个人走的。我自私透顶，我口口声声说爱他，却不肯嫁给他，我虚伪。小君倒霉，遇到我这么一个自私虚伪的女人，他真是倒霉。"敏敏完全失控，自去年那个最为黑暗的时刻之后，今天她完全把自己内心的痛苦表露了出来。她知道昂波能够理解自己的失控，她与小君之间，昂波是最了解的。

昂波什么话都说不出来，他只能陪着她哭，两个人都不顾周围的眼光。终于，敏敏慢慢地控制住了自己，擦干眼泪。两人继续默默坐着，一句话都说不出来。

敏敏的成绩出来了，算是勉强被录取。音乐学院硕士研究生的考试一般是在学生大学四年级时进行的，毕业后到暑期正式入学，但敏敏半年前已经毕业，通过昂波的关系与学校沟通后，获准提前在春季班入学，师从琼斯教授，一个资深的老太太。

这并不是敏敏的首选，但她申请时间过晚，成绩也比较勉强，能选择的教授很少。琼斯教授以严苛刻板著称，学生们不太敢去申请她的研究生。昂波却认为，琼斯教授虽然很严格，但学术水平是很高的，建议敏敏还是选她。

到纽约后马上练琴准备考试，考完试没几天就入学，敏敏的空闲时间很少。等待考试结果的这几天，除了收拾自己的物品之外，就是抽出时间带着四位长辈一起逛逛纽约。之后，果然如林君所说的，她每个星期天不管怎么忙，都会安排好时间带他们一起出门，在市区游览——但也只能有这么一点空闲时间。

考试结束后的第一天，敏敏就带长辈们去了以前她与小君住的那套公寓楼外面，后来又去了茱莉亚音乐学院，和昂波一起带他们进去参观。林君是茱莉亚最著名的校友，他还经常给学校捐款，学校里有很多林君的痕迹。

最后带他们去了卡内基音乐厅，给他们介绍这个林君演出最多的剧院。这里是敏敏来纽约和林君第一次合照的地方，也是林君回国前举办最后一场演奏会的场所。敏敏自己也很多次在观众席第一排正中位置，坐着看小君的演奏。

敏敏看着音乐厅，想着他和林君之间曾经的约定。那时敏敏想练习李斯特的《匈牙利狂想曲第二号》，这首曲子收录在林君16岁时录制的那张唱片中，当时被古典音乐界称为最好的版本，敏敏听过很多次。但林君认为她暂时还不能练，以后他会教她。

当时他们就在卡内基音乐厅外面，一边吃着贝赛斯冰淇淋，一边闲聊。冰淇淋的甜是林君少有的能忍受的甜味，据林君自己的说法，因为有冰的刺激，中和了它的甜。

敏敏记得当时她说："我如果把《匈二》练好了，想去卡内基演奏。"

"好啊，"林君说，"无论我在哪里，我都会赶过去给你献花。"

"一言为定！"

"一言为定！"

两人当时还笑着拉了钩。

五

敏敏第一次上课就感觉很不适应。琼斯老太太果然是个严苛的人，不苟言笑倒还罢了，上课时言语冰冷，对敏敏的钢琴水平没有一句赞赏的话语，都是贬义的评价，什么控键太差、错音偏多、节奏不稳。这些敏敏还能忍受，她不能忍的是老太太要求她接下去的一年只能弹巴洛克时期的音乐，其他的一律不准碰。

她一脸沮丧地下了课，在后来一次与昂波碰面时，发了好大一通牢骚，想要换老师。

"哪有这样的老师啊，就是个老巫婆，没有一句鼓励倒还罢了，还一点不给学生自主的权利，难道我不能有一点点自己选择曲子的权利吗？以前小君说他的老师经常让他自己选曲子。巴洛克要弹一年，那我还是不学钢琴算了。"

昂波笑着劝道："不是她这个老师特殊，是你这个学生太特殊，你是被你的林老师宠坏了，经常依着你的性子。你的巴洛克确实弹得太少，小君早就说过。"

昂波劝敏敏再坚持一段时间，多练练巴洛克肯定没错，练得多了，或许老太太会改变主意，会增加些其他类型的曲子。敏敏无奈，知道也只能这样。

但她不甘心，拿出林君的唱片，天天听几遍他的《匈二》，忍了几天，还是自己开始练习。但是这很快被琼斯教授发现了，她很敏锐地听出敏敏在练其他曲子。老太太很生气，警告敏敏，如果再不改，就不要做她的学生。

敏敏再一次在昂波面前发牢骚。昂波问她为什么一定要现在练习《匈二》，再忍耐一段时间不行吗？敏敏没有说什么原因，她暂时不想说。

她改变方法，一段一段地抠，减少练的时间，暂时瞒过了老太太。但这样的练琴敏敏感觉很不舒服。

早春来临。每周四下午敏敏和昂波正好都在学校，一般课后他们会碰个头聊聊，聊的除了敏敏的钢琴课就是林君。这个周四下午，他们一起来到了中央公园，倚在一处栏杆上，看着春景下依然身着冬装游玩的市民们。

中央公园内已经绿意盎然。公园高大的乔木开始长出细嫩的绿芽，草坪上灌木的新枝纷纷向外怒长。举目望去，到处是春天的气息和欢快的游人。

敏敏除了那次在学校的咖啡馆里痛哭过之后，后来每次说到林君都很平静，仿佛那次的眼泪消耗掉了她长久的积怨，暂时使心灵得到了安宁。

昂波看着她的侧面。这几年敏敏外貌没怎么变，但神情变化很多，变得深沉而忧郁，几年前那个幼稚可爱的小妹妹已然完全消失不见。昂波深深地叹了一口气，说："敏敏，这周日还是带长辈们出门？"

"是啊，这使我想起以前在上海时，我们时常也会这样。

当时是他们四个大人带我一个小孩，现在是我带着他们四个。"

"很温馨，但不快乐。"昂波直截了当地说。

"那还能怎样？我是他们唯一的安慰了。"

"但你自己的生活呢？"

"不是在读书练钢琴吗？"

"我指的不是这个。"

敏敏默然，她当然知道昂波所指。

"敏敏，你也应该知道，自从你来到纽约后，我们这些小君的朋友，都很喜欢你。每次聚会因为你在场，大家都会更加兴奋。"

这个敏敏是知道的。开始她也是稀里糊涂，还是小君开玩笑对她说的，说自她在场后，那帮朋友个个话更多了，衣服也穿得整洁了，眼睛时不时地瞄她。当时敏敏还笑着问他是否吃醋了，小君说他们瞄他们的，反正你是我的。

"我也一直很喜欢你。"两人并排对着栏杆，昂波看着面前的草地轻轻说道。

敏敏沉默着，很久才开口道："小君给我的最后一封信中，他让我来纽约找你，说你会帮我，会为我做好所有的事。我明白他的意思。"

昂波吃了一惊，他吃惊于林君最后这样直白的托付，也吃惊于敏敏这样的直截了当。

"但是昂波，"敏敏望着前方，继续说着，"在我的心里，除了小君，还会有亲人、朋友，甚至知己，但，不会再有爱人了，这辈子都不会有。"她说得很坚决，毫不拖泥带水。

"可是他已经不在了，敏敏，你一直是一个理性的女孩，这个事实你迟早要接受。如果我没有记错，你才22岁吧。"

"那又如何？即使到80岁了，我依然这样想。"

"敏敏，小君不愿意你这样想，所以他才这样写信给你。"

"那是他想的，不是我想的。"

昂波以前认为小君很固执，现在看来敏敏更固执。他知道今天多说无益，就最后说道："敏敏，我今天的话一直有效，你慢慢想，我想你会想通的，我等着。我知道这个事实很残酷，但事实就是这样：小君……他不在了。"

"万一他在呢？"敏敏轻轻说道，然后偏头望向昂波，看到他的一双眼睛瞪得老大，吃惊地看着她。

两人同时侧过身子，斜靠在栏杆上面对面站着。

"昂波，我没疯。"敏敏冷静地说。

"我知道，告诉我怎么回事。"昂波认真地说。

"我与小君之间，有种很特殊的感应。有时候，我们能远距离感应到对方的钢琴声，次数很少，但肯定有。这次他走了之后，这种感应消失殆尽。说实话，我很长时间都一厢情愿地幻想过还能再感应到，但没有。后来我失望了，我想他是真的走了。"敏敏闭上眼，缓了缓，然后她睁开眼睛继续说：

"但是，去年8月10日得知日本人投降那天的晚上……"

"你感应到了？"昂波急切地问。

"是的，《悲怆》！这是他教我的第一首曲子。我不会听错，就是他，就是他的那架施坦威。我后来跑回家也参与进去，跟他一起弹。我弹得很乱，他一直在稳定着我的节奏。我们一起弹了三个乐章。"

昂波睁大眼睛听着，过了好一会儿，才回过神来问："那你觉得这是你这一年多以来第一次感应到，还是他第一次弹琴？"

"第一次弹。"敏敏很肯定地说，"我听得出，他的状态不如以前。"

"那他现在就在纽约的家中？"昂波还是没有完全回过神来。

"是的。后来我想了好久，把以前我内心深处的种种疑点都想通了。林伯父林伯母这么急着来纽约，就是带他回来的。"

"那他为什么？"

敏敏知道昂波问的是什么。

"他应该是残疾了。"敏敏对他说了自己那天下午的所有思绪，以及对林君现状的猜想。

昂波顿悟，但又马上有了疑问，道："敏敏，你到纽约的那天下午就去了林家吧？那你的意思，那天小君就在屋子里？"

"是的。那天我进入琴房，试了一下他的那架施坦威，发现好像刚调过音。"

昂波也知道有问题，这琴先前虽然调过音，但搬运过后，音肯定不准了。敏敏虽然没有像小君那样对音准这么敏感，但毕竟弹了这么多年钢琴，这点音准还是能听得出来的。

"我当时觉得他肯定听见我在试音。我觉得他那时肯定离我很近。"

昂波的心快速地跳动起来，急切地问："那你为什么不直接去找他？当时他无处可逃啊！"

敏敏看了一会儿昂波，继而垂下眼帘，眼眶红了起来。

"这是我唯一的希望了，昂波。"眼泪顺着她的脸颊流了下来，"我怕这一切只是幻想，我的一切猜想判断，都只是建立在虚无缥缈的幻想之上。如果真是幻想，那至少是我心中唯一的希望，我生怕这唯一的希望也破灭了。还有，如果他执意要逃开，就算我真的找到了他，他还能逃走。如果他再逃走，我还能去哪里找他？所以我就存着这个希望，就当小君就在那里，他离我很近。"

敏敏擦掉眼泪，脸上显出坚决的神色，道："我要让他自己出来见我！"

六

跟敏敏在中央公园交谈后的第二天上午，昂波来到了林家。

他把车停在林家附近，走路到了大门口。他知道自从岑家来到纽约后，林家夫妇经常由老刘开车送他们到岑家，每次都要待上一整天，那今天他们应该也不在家。现在想来，如果敏敏所猜的是事实，这是否也是小君的刻意安排？

他站在大门口，静心听了一会儿，没有听到任何动静。他想到琴房的窗户是对着北面后花园的，后花园小，窗户离后面的花园栏杆外的路倒是很近，于是他想绕到后面的路上。

该地区别墅的前花园外围大部分没有栏杆，草皮直通外面的马路，有的周边种植些树篱。昂波当初买房子时考虑到中国人的习惯，对私密性的要求较高，还是为林先生夫妇选择了整个花园外围有栏杆的房子。别墅外，低矮的白色木栅栏整齐地围绕在花园四周。

昂波离开大门往西行，顺着木栅栏折向北，沿着花园的西边缓缓行进，绕到北边的花园外面，慢慢走向中间，来到别墅的北面。

此时周围万籁俱寂，只有远处觅食的鸟儿在低鸣，周边一座座寂静的花园随处可见争春的嫩绿色。昂波站到花园外，白色的木质栏杆上，蔷薇越冬的枝条争相萌发出新的枝叶，微小的花蕾已经挂满叶丛中，期待着更加温暖的春风以张开她所有的花瓣。

昂波的视线越过蔷薇和花园，望向对着后花园的琴房。琴房的窗户紧闭，厚重的深墨绿色窗帘紧贴在玻璃窗上，一丝钢琴声隐隐约约但依然清晰地传了出来：

普罗科菲耶夫《g小调第二钢琴协奏曲》。这是林君回国前曾经想与纽约爱乐乐团一起合作的曲子。

小君……昂波微笑着，两行热泪缓缓流下。

昂波久久伫立在花园外，听完了整首曲子。他回想起曾经有多少次在林君的公寓中，也是这样入迷一般地在他的琴房外听他练琴。已经有五年多了吧，是的，真的已经有这么长时间没有听过小君的琴声了，今天，隔着早春的花园，终于又听到了。

小君，终于回来了！

良久，昂波回过神来，擦掉眼泪，缓步走回到前面的大门口，按响了门铃。张妈前来开门，看到昂波打破规律周五来，很是吃惊，连忙道："周先生，今天老爷太太去岑家了。"

昂波看出她的意思，最好他不要进去。

"我知道。我想看一下琴房，感觉琴房有点问题。"

张妈见昂波执意想进去，也不好阻拦，只能请他到了客厅。昂波走到客厅的楼梯旁，看着后面的那个琴房。门开着，钢琴的面板也没有撑起，盖布也好好地盖着，给人的感觉好像刚才没有人弹过。

昂波心里暗笑，心想动作好快。他走到琴房门口，看向里面的钢琴缓缓地说："刚刚我在后院外的路上好像听见有人在弹琴。"

张妈跟在后面，有点不知所措，尴尬地说："是在放少爷以前的唱片。"

昂波继续看着钢琴笑着说："我听了很久，我听完了整首曲子。这首普罗科菲耶夫的钢协小君没有录制过唱片，而且我听到的只有钢琴没有乐队。另外，我虽然不是钢琴家，但好歹是学声乐的，真人弹和唱片还是能听得出来的。"

此时，他听到身后右手边的门开了，他缓缓转过身去，看到身着黑色衬衣的林君笑着站在门口。

"你偷工减料，琴房的隔音没有做好。"林君开玩笑道。

昂波看着林君，他还是那样的年轻、英俊、挺拔，留着微长微卷的头发，戴着时尚的墨镜，依然是那种胜过所有明星的帅气。

昂波走过去，流着泪抱住了林君。然后看着他脸上的墨镜问："是眼睛？"

"是的。"林君道，然后手一挥，说，"来，坐下说话。张妈麻烦拿红酒。"

昂波想抬手搀扶，却惊讶地发现林君已经领头往窗边的小茶几走去，走到其中一把椅子前，手指着对面的椅子示意昂波坐下。

"小君，你举手投足一点都不像盲人啊。"

"练的。"林君笑道，"以前看到过盲人，抬着头走路，其实抬头一样看不见。至于家里我已经很熟了，跟能看见一样。"

张妈拿来了红酒。林君拿起酒杯道："来，为我们的重逢。"

两人碰了杯。

昂波一直仔细地看着林君，看到他脸上左边下颚处两道浅浅的伤痕，从衬衣领口处也能看到脖子上的伤痕。拿着酒杯的手依然那样漂亮，但手指处全是淡淡的疤。衬衣的袖扣紧紧地扣着。

如今虽然只是早春，昂波自己还穿着外套，但他知道小君很怕热，这个季节他早就穿衬衣了。然而除非是演出或者是正式场合，他很少正规地扣上袖扣，特别在家里更是如此。

昂波看着他的手臂，趁他放下酒杯，迅速抓住他的手，就去解袖扣。林君动作更快，立即挣脱出来。

昂波眼睛潮热，他忍住泪水，问道："听说你在军中是文职，后来是怎么回事？"

"去前线出差，阵地受到了日军的突袭，200多人阵亡，只有我一个人受伤成了俘虏。被营救出来时发生了点意外，眼睛受了伤。"林君如同说别人的事情一样轻描淡写地说。

林君说得轻松，昂波却听得惊心。他心里很难过，这个一直被众星捧月般呵护着的天之骄子，竟受到过如此多的折磨。

林君知道他在想什么，说道："之所以只剩下我一个人，是有人替我挡了无数的炮火和子弹。相较于生命，伤痕算什么？眼盲其实也没什么。人活着是最重要的。"

七

两人喝着红酒，昂波的酒量不怎么好，只能小口酌着。

"先问你个问题，"林君说，"我一直好奇，明明我已经'死'了，你为什么还要给琴房做隔音？"

"我也不知道怎么了，先是想按照你原先琴房的布置安置家具，做装饰。后来又想，其他都一样了，就少了隔音，所以就又做了隔音。你看我还是很有先见之明的。"两人都笑了。

"你今天是有备而来啊。"

"那是，有人指点。她还说了你可能有的几种情况，一种就是眼睛出了问题。"昂波说，"你不奇怪她为什么自己不来？"

"这有什么奇怪的，她要保留这么一点点可怜的希望，还怕我又跑了。"林君声音有点低沉。

昂波不由得叹服道："你真是她肚子里的蛔虫。"

昂波想到了最重要的事，问："你的眼睛去看过吗？有没有希望治好？"

林君把已经报名去做临床试验志愿者的情况说了。昂波本

462

想说，能不能等医疗技术成熟点再去医治，但又想这不是林君的性格，自己肯定劝阻不了他，只能作罢。

"小君，假设你的眼睛治不好，我是说假设啊，问你两个问题。"昂波认真地说。林君点点头。

"第一，你见不见她？"

林君想了想，摇了摇头说："我若看不见她，也不想让她看见我。"

"你知道吗，昨天她是被我逼的。我向她表露了我的心迹，这一点我不隐瞒。"

林君笑了："我曾经写过一封信给她。"

"我知道。你把你最心爱的女人托付给你的兄弟，你自己在旁边看着？"

林君失笑道："那时我以为自己马上要死了。"

"那现在耍赖了是吧？"两人都笑了，林君挠了挠头，这个问题他还真的没有想过。

昂波收起笑容，正色道："我把她的原话传递给你：'在我的心里，除了小君，还会有亲人、朋友，甚至知己，但，不会再有爱人了，这辈子都不会有。'"

林君低着头，没有吱声。

昂波趁热打铁继续说："她考完试的那天，我们在学校的咖啡厅，她失声痛哭，完全不顾周边人的眼光，我从来没有看到过她这样的失态。她一直怪自己，怪自己没有拦住你，怪自己没有早点嫁给你。"

林君垂下头，昂波看到他用手捂住脸，知道他在挡住泪水。

昂波眼睛湿润了，接着道："刚刚我看到你站在门口，小君，你不知道我有多高兴。如果是她看到你活生生的样子，无论你是瘸了还是盲了，她都会感觉到自己是这世界上最幸福的人。"

半晌，林君收住眼泪抬起头，说道："昂波，这些我都知道。但生活不是只有每天的你侬我侬，还有日常的衣食住行。"

昂波打断他道："你就是骄傲，小君，觉得只有你大男人能照顾她，不能由她照顾你。你不是说过，你很享受你生病时她对你的照顾吗？"

"那能一样吗？那只是小病，我只是撒撒娇而已。"林君急道。

昂波笑道："哦，你也知道你会撒娇啊。"

"那第二个问题呢？"林君问。

昂波觉得，林君有些心动，心想敏敏的事现在也不着急，就进入第二个话题，问："你还会重返舞台吗？"

这次林君没有任何犹豫地摇头，非常地坚决："肯定不会。"

"我刚才在后院外面虽然听得不是太清楚，但至少听得出你已经回到了以前的状态。"

"我知道。这样的状态已经有好几个月了。"

"到底是天才啊。"昂波感叹道，"都三年多没碰琴，这么快就恢复了。也是，想你17岁那年，贪玩荒唐了一段时间，当时状态也下降过，后来从上海回来不到一周就恢复了。"

林君笑了，道："何必说得这么客气呢，直接说堕落好了。"

两人笑了一阵，昂波说："我听见你在练的'普二'，已经很不错了。"

"当时没有继续与纽约爱乐合作下去，也很遗憾。不过这几年他们好像没有出过这首曲子。"

"他们不是一直在等你吗？"

"问题是现在我不是已经死了两年了吗？他们应该早就另外找人了啊。"林君笑了笑。

"据我所知，他们决定不再排练这首曲子了，说这首曲子只属于你。"

林君低头无语，不知道说什么。昂波看着他，继续说："小君，音乐是最纯粹的。"

林君点点头，说："音乐是纯粹的，但对于我林君而言是不够的，我追求完美。我可以忽视脸上和手指上的伤痕，但我决不会把我现在这个形象展现给观众。自我 14 岁那年开始出现在古典音乐的舞台上，我永远是最光彩夺目的，我已经习惯了。一旦光彩不再，就坚决离开。"

昂波遗憾地摇摇头，说："小君，你总是那么固执。"

林君笑笑道："是啊，我自己也知道。父母在战火纷飞的国内，我回去了。哥哥去世，我要亲手去杀敌替他报仇。很多人不是这样的，但我执意要这样做。我做了就不后悔，所有的后果我自己承担。"

林君指指自己的墨镜，接着说："自从纱布去掉后，我就戴上了墨镜，而且已经换过好几副，我要最时尚的。我练习走路，练习举手投足看起来不像个盲人。昂波，这是在我自己家里，甚至在我自己的房间里，没人看见，没人在乎，但我自己在乎自己。我知道这很难理解，但没办法，我林君就是这样的。"

昂波无奈地说："可是小君，你是天才，你才二十几岁，你要因此亲手埋没自己？"

林君沉默了，许久，他缓缓地说："我已经把最赏心悦目的形象、最绚烂的青春年华留给了这个世界，够了。"

八

昂波知道目前在这件事情上多说无益，只能祈祷小君的眼睛能够治好。他改换话题，说到敏敏现在学琴的情况，林君一听笑了："这丫头现在尝到苦头了，以前在我这里各种作。琼斯教授很适合她现在的这种状况，她确实应该收一下，既然走专业的路，最基本的必须抓住。"

"问题是，她现在急着要练《匈二》。"昂波道。

林君听了一愣，马上明白了："这是要逼着我现身啊。"

"那你怎么办？"昂波饶有兴趣地看着林君，"她能不能完成这个愿望在于你，而你怎么想，在于你有没有勇气去见她。"

"又回到刚才的话题了。我承认我很矛盾。眼睛受伤后，一年多的时间，我的心一片冰冷，直到去年8月的那天，才开始有了一丝暖意。那天我无意识地弹《悲怆》，无意识地召唤了她。我知道这很自私，但我当时控制不住自己。她果然来了，她来找寻她内心唯一的希望，而她也是我的希望。她现在离我很近，虽然不相见，但我知道我们各自的心是很踏实的。"

林君顿了顿继续说："我不知道如果我的眼睛依然治不好，

到时候我有没有勇气和决心去见她。但她的这个愿望我一定要帮她实现。"

"最大的问题：谁教她？"

"当然是我了。"

"你怎么教？"

"你一定有办法。"林君坏笑着。

昂波无可奈何地说："小君啊，我这辈子就被你拿捏得死死的。对了，先跟你说好，一旦你眼睛治好了，我从茉莉亚辞职，全职做你的经纪人，要高薪哦。"

"没问题。那周大经纪人，先说说你的计划。"

昂波喝了口红酒，开始说自己的打算："我自下个月开始要去费城每周兼职上课一次，我想让敏敏每周把她的练习录下来，我就跟她说，拿去给你的老师麦克·威尔逊教授指导。"

"威尔逊教授怎么去费城了？"林君诧异问道。

"还不是被你害的。本来老爷子退休后答应再留校的，被你的死讯刺激得回乡隐居起来了。"昂波笑骂道。

林君有点不知所措，急道："昂波，你得秘密把我送过去见见他老人家。不过也不行，老头子大嘴巴，把我供出来怎么办？"

"行行行，这个慢慢想，毕竟你的死讯已经传来快两年了，老人家已经有点适应，你忽然出现，非把他吓昏不可。"

"这倒也是。"林君这才冷静下来，心想，自己的死讯不知道伤害了多少人，当初还真没有想这么多。

昂波继续说："一周一次点评，我记录下来反馈给她，反正你与你的老师风格很相近，她应该不会起疑。就算起疑，也无

467

所谓。"

林君点点头道："录音设备不好搞吧？"

"这个你不用操心，我毕竟混音乐界这么多年了，找唱片公司买个旧的来应该可以。"

林君很感激昂波："昂波，我让你操心的事真的是太多了。"

"对啊，是够多的，本来连媳妇都要托付给我了。"

两人都大笑起来。林君忽然想到，自己这两年多以来，一直没有像今天这样长时间地笑过。自己当初其实不应该瞒着昂波，他在自己心目中的重要性不是一般朋友可以比的。

昂波这时也想到了这一点，故意板起脸来不高兴地说："我真的不应该帮你，生死这么大的事都骗我。"

"昂波，我真心道歉。当初也犹豫过，但想到你毕竟在纽约音乐圈这么多年，涉及的人太多，你一旦知道真相，那就要天天演戏，会很辛苦的。"

"哦，这么说我还要感谢你？"昂波依然不高兴地说。

林君忍住笑道："感谢不必了，算我们俩扯平好了。"

昂波失笑道："这也能扯平？行，反正我这辈子既然被你拿捏着，下半辈子就要靠你吃饭了，你可要一直供着我。"

"不过还有一个关键问题，"昂波说，"敏敏一旦开始练习《匈二》，琼斯教授应该马上能察觉到，这一关怎么过？"

林君想了想说："让丫头自己解决吧，她应该能解决。"

九

昂波把买来的旧录音设备送到敏敏的家里，直接搬进琴房，并教她怎么用。敏敏这方面比一般女孩子强，一教就会。昂波告诉了她自己的计划，他每周一上午坐火车去费城，要求敏敏务必每周日下午把录好的唱片交给他。

"威尔逊教授肯定会看在小君的面子上给你辅导的，他的风格又与小君相近，你肯定也能适应。"

敏敏很感激昂波，他居然想得这么周到。她没有问其他的事，她知道，昂波让她知道或不知道，都是昂波的权利，自己不要作要求，只要按照昂波帮助自己的计划进行。

昂波在下个月正式去费城上课前，先过去办理手续。同时去了一趟麦克·威尔逊教授在费城的家，婉转地告诉了老人家林君还活着，只不过现在眼睛暂时失明正在等待医治的消息。

那天昂波走后，林君一直放不下老师威尔逊教授。他内疚于自己这一年多以来就想着自己，完全没有想到这位恩师。当初自己可是答应过老师，一旦回到纽约，要第一时间去看望他老人家的。自己人生道路上最重要的师长有两位：麦克·威尔逊教授和师父。与师父相处时间短，但师徒间的相处是铭心刻骨的。师父好歹知道自己还活着，威尔逊教授却全然不知。

麦克·威尔逊教授在茱莉亚是带研究生的，硕士和博士都带。但林君 12 岁一进入茱莉亚读本科，威尔逊教授就直接把林君招入了自己门下，直到四年后，林君博士毕业，师生俩相处的时间是最多的。无论在学业上、音乐事业上还是在生活上，麦克都为这个少年付出了无数的心血。

与很多音乐教授不同，麦克年轻时以表演见长，曾经也是一流的钢琴家。由于意外事件导致手臂受伤，以至于退出了演奏家的行列，转为幕后教学。在近 20 年的演艺生涯中，麦克积累了众多的音乐界人脉，特别是当世一流的乐团和指挥。而这些资源，他都毫无保留地交付给了林君，为这个天才少年搭起一流的音乐平台。

林君经常去威尔逊教授家吃饭，吃师母做的法式菜。师生俩都是活泼健谈的个性，无论是音乐还是其他的交流都很多。两人都喜欢喝酒，当时林君的年龄是不能喝酒的，麦克老爷子就让林君在他家里偷偷地喝。林君还很多次留宿在老师家中。

林君想着与老师的种种往事，等不住了，打电话给昂波，请他先去知会一声，然后带自己秘密前去探望。行前，林君请昂波代买了老师喜欢的烟酒、烟斗和各类食品。

老刘开车送他们俩去了费城，下午到了老师家。看到失而复得的学生，麦克激动不已。他抱住林君哭了很久。林君没有劝他，任由他抱着自己，尽情地把泪水洒落到自己的衣服上。

麦克几十年的教师生涯，育人无数，林君是他最心爱的学生，也是他带过的年龄最小的弟子，又恰恰是天分最好的。林君除了音乐天赋最好之外，表演的心理素质也极佳，这是天生的，也是有些音乐家先天所缺乏的。

大家一起在老师家吃晚餐。时隔五年，林君又吃上了师母做的法式菜肴，和老师对饮。林君说，自己终于长大了，今天和老师喝酒终于没有负罪感，可以名正言顺地喝个痛快。

师生间说着许多往事。林君讲着他这几年的经历，隐瞒了所有令自己痛苦的事情。他知道老师还没有老，能看出自己脸上和手指上的伤痕，但老师没有问，林君也没有说。

麦克甚至没有过问林君眼睛的事，他不想让心爱的学生回忆起这些痛苦的往事。至于林君以后的事，老师也没有问，只是说，如果林君重返舞台了，他也会再回到茱莉亚带几年学生。否则就在这里养老，林君多来来，两人一起喝酒聊天也挺好。

其间，林君说的最多的是，自己目前的真实现状请老师务必保密。麦克每次都一口答应，但林君还是不放心。麦克名声大，虽然已经回到老家隐居，但依然会有不少学生和朋友前来探望。老人家话多，又喜欢喝酒，一喝多难免多嘴。最后出门前，林君使了个撒手锏，对老师说，一旦老师把自己的事说出去，以后自己就不能来探望他老人家了。

这句话还是蛮有效果的，麦克愣了愣。虽然想不通为什么一旦把林君的事说出去，林君就不能来探望他了，但他觉得，自己这个失而复得的最得意的学生如果不能来探望自己了，这事情很严重，所以还真的要管好自己的嘴。从后来的情形看，林君的这一句近似无赖的警告对老师还是很有效的。

车回纽约，已是午夜时分，车灯照射下的路面泛起白色的微尘。车行驶于黑夜中，林君向昂波交出了那天两人见面时所涉及的两个问题的终极答案：

"昂波，如果我终将是一个盲人，作为钢琴家的林君从此会从这个世界上消失，我也不会去卡内基音乐厅给敏敏献花。我会与她重逢，成为她的朋友，成为她的老师，成为她的兄长，成为她的亲人，但不会成为她的爱人，不会成为她的丈夫。这是我的坚持。"

十

敏敏自己还有一件事情要解决，否则会严重影响自己练习《匈二》，就是如何向琼斯教授说明。她最后决定直截了当，只是隐瞒了自己与林君的关系。目前情况下，在茱莉亚不与林君扯上任何关系，是敏敏和昂波早就约定的。

接下来的一次上课期间，敏敏坦率地向琼斯教授提出，自己除了那些她布置的曲子之外，还要练习李斯特的《匈牙利狂想曲第二号》。她讲了她与未婚夫的约定，讲了她对他死亡的怀疑，讲了她心中的希望。她希望老师能成全她的这一次任性。

一直以来面若寒霜的女教授听后眼眶湿润，她感谢学生的坦率，尊重学生的这一次选择，同意加上这首曲子，她还可以加以指导。敏敏心里的一块大石头落了地。至于两个老师一起辅导是否会导致互相打架，她没想那么多。

周日晚上，昂波带着敏敏录制的第一张唱片到了林君的琴房，这张录音已经是整首曲子的演奏，自然速度比较慢。林君说这次先揪出错音，肯定不少。于是林君边听边暂停边说，昂波在琴谱中记录。昂波走之前，林君让他带话给敏敏，说威尔逊教授说了，这些错音不能第二次犯，否则以后就不教了。

"在我这里，她会重复犯错音，用我老师的名义指出，她应该不敢了吧。"

"那还不是被你宠的？在她面前你哪里像个老师？"

"那她还是时不时叫我老师的，关键的地方我也不让步，否则她的琴技能提高得这么快？"

这点昂波是认同的，从敏敏刚来纽约时到现在，弹奏水平的进步不是一般的大，她毕竟不是林君一样的天才，除了自己勤奋外，这个贴身老师功不可没。

第二次，错音果然都改掉了，加上当时的演奏速度慢，除了偶尔碰错，几乎没有错音。看来这个威胁还是有效果的。

由于是两个人教，风格不一，难免有要求不一样的地方。敏敏一般都会尽量按照琼斯教授的要求，并让昂波转告威尔逊教授，请他老人家原谅。林君这个"老人家"对于这点也心知肚明，表示尊重琼斯教授。

有时候，敏敏实在很喜欢威尔逊教授的指导风格，就会向琼斯教授提出自己的意见，琼斯一般也会接受。

曲子已经在练习了，去卡内基音乐厅不是问题。茱莉亚每年都会在卡内基音乐厅租场地举行学生的会演，一般一年一次，特殊情况一年两次。作为茱莉亚校友的昂波和林君都知道，所以他们对此并不操心。

林君现在着急的是自己的眼睛，按照纳尔逊医生的计划，第一期临床试验应该快开始了。角膜移植要解决的不单单是技术层面的问题，还要有合适的供体，所以确切的时间不好定。

林君不去考虑是否能够成功，而是想尽可能快点做手术，因为手术后还有一段时间的康复期。他频频给纳尔逊医生打电话，询问进展情况。

昂波对此很担忧，他建议林君一个眼睛一个眼睛地做手术，而且不要因为要去卡内基音乐厅献花而把自己的眼睛不当回事。除了昂波，林先生和林太太也频频劝林君，是否可以稳妥一些。林先生还说，医学界有个统计数据，第一期临床试验的成功率很低，还不到10%。

但林君毫不动摇："要复明，两个眼睛一起复明。另外，不去卡内基献花我也会这样做。至于是第几期临床试验，我不在乎，我不关注成功率。如果按照事先预测，医学上任何一次手术的成功率，都达不到100%。"

"我讨厌黑暗。"他最后说。听到这句话，大家一起噤声。

9月初，一开学，校方就通知，茱莉亚音乐学院1946年度在卡内基的会演定在10月初，称为金秋音乐节。由于节目众多，分为两场，键盘乐器演奏在第二场。敏敏的《匈牙利狂想曲第二号》被琼斯教授报上去，并特意安排在最后一个节目。敏敏很感谢这个自己原来一直不喜欢的老师。

此时林君也得到了纳尔逊医生的通知，马上要进行眼睛的角膜移植手术。按照医生叮嘱，林君开始戒酒，注意饮食。他毫不紧张，反而很兴奋。其他人是既兴奋又紧张。

接到通知后第三天，林君住进了医院，开始术前的准备。首先要签各种协议，因为是自愿参加临床试验，术前的协议签订比一般的手术复杂不少。林君让护士读给自己听,由于是英文,林先生和林太太都听不懂,但昂波是听懂了,不由得出了一身冷汗。但林君没有丝毫犹豫,盲签了自己的名字。

住院后三天,开始手术。手术那天,林先生林太太、昂波、老刘都等在手术室附近。手术从上午8点开始,一直进行到下午1点,全程由纳尔逊医生亲自操刀,直到缝合。当纳尔逊医生走出手术室告知手术很顺利时,等在门口的四个人激动不已。

林君蒙着眼睛躺在手术床上,马上就要被推到病房。眼前依然是黑暗,但林君心里已经光明一片。他知道自己成功了,自己的运气真好!他想起了那么多希望自己好好活下来的人,他心里告诉他们,自己又是以前的林君了,请他们不要担心。

看到林君被推出来,大家围过去,见他虽然眼睛缠着绷带但是满脸的笑意。这么灿烂的笑已经很久没有在他的脸上出现了。

术后的包扎只有一周。一周后,林君来到治疗室,纳尔逊医生亲自为林君拆开纱布。

纱布一层层慢慢地揭开,终于看到了林君紧闭着的眼睛,屋子里所有的人都紧张地看着林君。事先纳尔逊医生就告诉过林君,刚刚睁开眼睛会模糊不清,需要一个月的时间,才能完全恢复视力。

他缓缓睁开眼睛,以适应许久没有见到的阳光。这时是在室内,而且还刻意拉上了薄窗帘,但这光亮对于林君而言依然很强烈。他又闭上眼睛,再缓缓睁开。眼前是几个模糊的人影,但林君都能够辨认出来。

林君走上前，先拥抱了纳尔逊医生和医生身边的女护士。然后他拥抱了母亲和父亲，再拥抱昂波和老刘。林君没有说话，只是拥抱，此时无需语言，他的神情已经说明了一切，感激和喜悦交织在他的脸上。

十一

此时林君出院也没有问题，但他还是想再住一段时间院。他还需要用药，在医院里心里更踏实，也省得来回跑。而且他现在基本能看见了，一个人在医院生活自理完全没有问题。

午饭后，林君让大家都回去。昂波走前对林君说，是否可以考虑让敏敏知道真相了。林君早就想过这个问题，他一知道手术成功，第一个念头就是马上让那丫头知道，但后来还是否定了这一想法。

虽然这次敏敏去卡内基演奏《匈二》是逼他现身，但最初的愿望就是单纯地去那个林君演出最多的剧院，演奏她最想弹的曲子。那么就让这丫头好好去演奏吧，她这次的演奏肯定会展现最好的状态，因为她等着自己的出现。但是一旦她现在知道了，接下去的半个月时间，她肯定不会再好好练琴，即使上台也不会发挥得很好。

单人病房里寂静无声，穿着病号服的林君打开玻璃窗，站到窗口，贪婪地眺望院子里模糊不清的景观。病号服的袖子高高挽起，在这里他无须隐藏手臂上的伤痕，享受着难得的自由。此时，凉爽的秋风袭来，林君的内心无比地轻快愉悦。自那个黑暗的时刻起，这样的心情已经有两年多没有出现，曾经冰冷的心终于又温暖如初。

身后响起了敲门声。"请进。"林君以为是护士，随口应道，继续望着窗外。

"眼睛治好了，开始耍明星的大牌了？"声音是如此熟悉，林君猛地转过身，虽然身影模糊，但还是认了出来。他立即激动地跑过去，一把抱住了来人。

"卫处长！"

"小子，轻点，要摔倒我啊。"卫肖记笑骂道。

林君松开手，两人笑着对望。卫肖记双手捧住林君的头问："真的治好了？"

"嗯。"林君笑着不住地点头。

卫肖记的眼睛中闪着泪光，笑着说："我们那个调皮活泼的臭小子又回来了。"

林君眼睛湿润了，他又抱住了卫肖记，轻轻地说："我一直盼着您来，但又害怕您来，害怕您盯着我眼睛上的墨镜而伤心失望。"

两人在院子里慢慢散步，卫肖记先把林君最关心的国内众人的消息告诉了他。李师长已经升任为军长，老袁依然在老李的麾下。赵司令一家已经迁到了南京。应长联已调往他地，另据他说，铃木在日本投降前就回了国。

对林君孤注一掷地参与第一次临床试验的行为，卫肖记很是感慨，说："在纽约的联络人曾经想请我来劝阻你，但我想这世界上恐怕无人能说动你。而且若换了是我，可能我也会这样去赌一把。"

"结果我赌赢了，我运气是不是特别好？"林君笑着说。

"小君，运气，上天不是随便给的。"卫肖记严肃起来，"想当初你在松田军营中大半个月的时间，在那里所受到的磨难，后来两年多的盲人生活，这些都不是一般人能承受的。如今你只是回到了当初的正常生活，这不是上天的恩赐，是你林君应得的。"

"当初逃出来后，开始几个月的时间，我经常做噩梦，梦到松田，梦到还在他的军营里。今天眼睛虽然复明了，但以后在很长一段时间里，我肯定还会经常梦到失明的这两年多时间里，内心中令我无法自拔的绝望。然而清醒的时候，我拒绝去回忆这些，我想淡忘它。我是不是很懦弱？"林君笑着问卫肖记。

"小君，痛苦不值得追忆，忘了它！"卫肖记坚决地说。

"您这次能待多久？能多待些时间吗？"林君转换了话题。

"怎么，你又有什么活让我干？"卫肖记开玩笑道。

"再过半个月，10月初，茱莉亚在卡内基的音乐节，我要给我未婚妻去献花。那一天，也是我向古典音乐界宣布我林君的重生，我希望您能在现场。"

"没问题，我会先离开纽约，到时候再过来。"看到林君有些迷惑，卫肖记并不理会，问道，"你还记得上次离开重庆时在机舱里说的话吗？以后你的音乐会，你会免费送我票子？"

"当然记得。"林君笑着说。

"不会赖吧？"卫肖记狡诈地笑着。

"一言既出，驷马难追。"

卫肖记停住脚步，两人面对面站定。

"我这次来不是公干，我已经退伍，刚刚去哈佛报到。接下去几年，我会在哈佛攻读哲学博士学位。"卫肖记微笑着，看着林君。

林君惊喜道："这么说，您接下去几年就在美国了？哲学？您的跨度也太大了，清华的理工，西点的军事，哈佛的哲学。"

"你忘了你自己的跨度了？钢琴、射击、通信。"

两人大笑。卫肖记接着说："所以，回到刚才的话题，这几年我会时常在美国听你的演奏会，或许是每一场必到，你，还免费？"

卫肖记说完，意味深长地看着林君。

林君这才回过神来，笑着说："每一场，最贵的，永远！"

林君又在医院住了十天，这时的视力已经恢复了六七成。林君原先的视力很好，很多钢琴家都近视，偏偏林君没有。纳尔逊医生说他的视力原先的基础很好，所以恢复得也很快。

此时，离卡内基的音乐会还有一周。

近一个月以来敏敏天天狂练钢琴，连星期日带长辈出游的行程也暂时取消。离音乐会还有一周时间时，她开始考虑演出服。她本来闪过一个念头，想穿婚纱去。但是想想实在太不妥，就到学校的礼服室租了一套白色的演出服，紧身的拖地蓬蓬裙，乍一看有点像那件结婚礼服。

这时，林君也在考虑那天在卡内基穿什么衣服。就如同他前些天与卫肖记说的那样，这一天，不单单是他给敏敏献花，不单单是他与敏敏的重逢，也是他向全球音乐界宣告他的重生：当世最著名的钢琴天才林君，回来了！

　　林君打算那天要演奏，所以起初想穿燕尾服，但想想不合适，自己是坐在下面观众席的。后来还是决定穿那套敏敏带过来的黑色的结婚西装礼服。

　　音乐会那天，敏敏早上就去学校准备了。她提了个皮箱装着服装之类，她的一个女同学会做她的助理。按照规定，每位演员可以请两位家长观看演出，但敏敏的家长数超额，自然由昂波安排。

　　昂波为了让林君可以在座位上隐蔽些，选了后排的八个位子。音乐会开场前，昂波就送四位长辈进去。就在当天上午，岑先生和岑太太才知道林君的情况，大感惊喜，整个一天他们俩都笑着，这两年多的阴霾终于散开了。

　　昂波送完长辈出来后，与林君和卫肖记一起坐在车上等，一直等下半场的铃声响起，看看周围没什么人，三人才走出车子，林君又戴上了墨镜。此时他的头发恰好长到五年多前他离开纽约时的长度。

　　三人悄悄溜进剧场，从侧门进入，坐到那个隐蔽的后排，林君摘下了墨镜。事先准备的一大束红玫瑰已经由昂波放在了旁边的座位上。

十二

　　此时下半场开始，大家都心不在焉地听着。特别是林君，一点儿都没有听进去。他感觉自己演出这么多年都没有这么紧张过，此时那丫头一定也很紧张吧，她的紧张是双重的。这时林君又有点后悔，可能早点告诉她会更好，自己也许还是失误了。但事已至此，也只能任由她发挥了，即使演砸了也没有什么大不了的。这么一想又释然了，但还是希望她能发挥出最佳的水平。

　　林君正胡乱想着，终于听见了她的名字。敏敏的英文名是Patia Cen。

　　此时林君的视力还没有完全恢复，又坐在最远的座位上，所以看不清敏敏的脸，但能看清她的一身白色礼服。林君一惊：这衣服很像原先在重庆准备的婚纱，只是简洁了一些。估计这丫头今天本来是想穿婚纱来演奏的。

　　向观众施礼后，敏敏坐到钢琴前，开始演奏李斯特这首著名的《匈牙利狂想曲第二号》。她开始的演奏略显紧张，但很快调整过来。近十分钟的时间很快过去，她的演奏也进入了尾声。林君感到整首曲子敏敏基本发挥了她平时的水平，这样的演奏水准在专业的学生中也算是中上乘，而且她是第一次在这么正规的剧场演出，能发挥成这样已是难得。

　　一曲终了，林君拿起了鲜花，站起身来。那么多年的演奏生涯，林君收到过无数的鲜花，但给别人献花，是生平第一次。

　　此时敏敏已经走到台前向热烈鼓掌的观众鞠躬，有小学妹上台向她献花。按照常规流程，敏敏应该走下场。但她拿着鲜花走到了话筒前。观众安静了下来，大家不知道这个压轴演奏的东方女学生想说什么。

敏敏看着台下用英语说："我今天的演奏献给我最亲爱的人，他曾经说过，只要我在卡内基演奏《匈牙利狂想曲第二号》，无论他在哪里……"

她停顿了一下，眼睛已经湿润，她已经看到了他，那个她想了整整四年半的他，此时已经快走到了中场。他还是那样的帅，一身黑色西服，她认出来就是那套结婚礼服。

林君的身影在敏敏眼里已经模糊，她哭着继续说完最后一句话："他都会来给我献花……他已经来了。"

很多人已经看到林君，接着都认出了那个最著名的校友。这里坐的绝大多数是林君的学弟学妹，这个著名的偶像，这个著名的学长，一直是他们这几年最记挂的人。他们骚动起来，一起喊着：

"James Lin！"

"学长！"

记者已经抢着过来拍照。坐在台下的琼斯教授这才知道自己学生的未婚夫居然是这个著名的钢琴天才。

这太震撼了，这个传说中已经在战场上牺牲了的天才钢琴家，现在居然这样出现在卡内基，拿着鲜花要给台上的那个女学生献花。

林君开始向舞台方向跑过去，台上的敏敏开始向林君方向跑过来，等林君跑到台下时，敏敏从台上跳了下来，跳到了林君的怀里。林君接住了她，两人紧紧拥抱在一起。四年半没有见面的一对情侣，终于相拥在了一起。

"小君，是你吗？"敏敏哭着搂着林君的脖子。

"是我，宝贝。"林君流着眼泪。

"你怎么了？"

"眼睛。现在好了，一起都好了。"

"不准你再离开我。"

"不离开了，再也不离开了。"

敏敏破涕而笑。两人稍微分开，敏敏接过林君的红玫瑰，林君捧起她的脸："丫头，你长大了。"

周围是热烈鼓掌的学弟学妹们，他们很多人流着泪，见证着这令人激动的场景。

林君拉着敏敏，一起从侧面的楼梯走上了台。林君走到麦克风前，一手依然拉着敏敏的手，一手拿起话筒。此时台下所有人都起立鼓掌欢呼，闪光灯不住地在场内闪耀。

林君看着这个场面，想到了五年多前自己离开这里的情景。卡内基音乐厅依然是老样子，自己何其幸运，最后又回到了这熟悉的舞台。

台下热烈的观众开始安静，纷纷回到自己的座位上。

林君开始用英语说道："谢谢你们还记得我，我很幸运，又回到了这里。这五年多来，大家都经历了不同的人生。我也经历了太多的不寻常。我感谢所有支持我的人，感谢这几年帮助保护我的人，感谢我的亲人。"

林君的眼睛湿润了，他看向远方，动情地说："我远方的朋友们，我林君的下一场演奏会，我要把票亲手送到你们每一位的手中。你们还好吗？我想念你们！"林君说完，一手举起了话筒，眼泪彻底流了下来。

林君说话的时候，敏敏一直看着他，眼睛一刻都没有移开，她丝毫不顾台下的观众，只是痴痴地笑着看他，这个她想念多年的最亲爱的他。

台下响起了不间断的掌声，许多人跟着一起热泪盈眶。等掌声终于平息之后，林君擦掉眼泪，又说："现在，让我们俩给大家献上本来只属于我们两人的一首钢琴曲，我自己作的四手联弹——《爱的无名曲》。"

掌声中，两人走向钢琴相继坐下，开始演奏他们那首四手联弹。演奏到其中的那段高三个8度的伴奏时，林君的右手毫不迟疑地绕过敏敏弹奏，台下发出一阵阵会意的笑声。

琴声和鲜花，灯光和舞台！

一对璧人，演奏着只属于他们的爱情。此后无论再经历怎样的艰难困苦，他们都能坦然面对，他们都会想起今天晚上，整个卡内基的舞台只属于他们，整场的观众为他们祝福，祝福他们的音乐，祝福他们的爱情，祝福他们的人生。

（完）